HEYNE <

Das Buch

Lenas Zwillingsschwester Cambry fuhr vor drei Monaten zu einer abgelegenen Brücke weit außerhalb von Missoula, Montana und sprang in den Tod. Zumindest ist das die offizielle Version der Polizei. Doch Lena glaubt das nicht. Mit Cambrys Auto und einem Kassettenrekorder bewaffnet fährt Lena zum Ort des Geschehens, um herauszufinden, was wirklich passiert ist. Sie befragt den Polizisten, der die Leiche ihrer Schwester entdeckt haben soll. Corporal Raymond Raycevic hat sich bereit erklärt, Lena am Tatort zu treffen. Er ist sympathisch, aufrichtig und professionell. Aber seine Geschichte scheint abwegig, es gibt Ungereimtheiten. Zum einen hielt er Cambry nur eine Stunde vor ihrem angeblichen Todessprung wegen überhöhter Geschwindigkeit an. Und dann sind da noch die sechzehn vergeblich abgesetzten Notrufe von ihrem Handy – sie hatte keinen Empfang. Lenas Suche nach Antworten wird zu einem erbitterten Kampf um ihr eigenes Überleben.

Der Autor

Taylor Adams ist Filmregisseur und Autor. Sein Thriller »No Exit« war international ein großer Erfolg und wurde 2022 verfilmt. Adams lebt im Bundesstaat Washington.

TAYLOR ADAMS

DIE BRÜCKE

THRILLER

Aus dem Englischen von
Norbert Brack

WILHELM HEYNE VERLAG
MÜNCHEN

Die Originalausgabe HAIRPIN BRIDGE
erschien erstmals 2021 bei Joffe Books LTD, London.

MIX
Papier | Fördert gute Waldnutzung
FSC® C014496

Penguin Random House Verlagsgruppe FSC® N001967

Deutsche Erstausgabe 08/2024

Redaktion: Lars Zwickies
Umschlaggestaltung: Nele Schütz Design unter Verwendung von
Shutterstock.com (Nejron Photo, Cavan Images)
Satz: Uhl + Massopust, Aalen
Druck und Bindung: GGP Media GmbH, Pößneck
Printed in Germany
ISBN: 978-3-453-42726-6

www.heyne.de

Für meine Eltern

TEIL 1

Vier kleine Feuer

KAPITEL 1

Lena

Sie sehen *genauso* aus wie sie.«

Das hatte Lena Nguyen schon oft gehört. Und es ging ihr immer noch auf die Nerven, als wandelndes und sprechendes Gespenst einer anderen Person angesehen zu werden.

»Sie waren also Zwillinge?«

Sie nickte.

»Eineiige, richtig?«

Sie nickte wieder.

Etwas im Blick des State Troopers veränderte sich, er schaute sie bedauernd an. Als würde er sich dafür schämen, dass er nicht mit dem Standardsatz begonnen hatte: »Ich bin … Es tut mir … Herzliches Beileid.«

Der übliche Singsang. Lena blieb höflich.

»Ich kann mir gar nicht vorstellen, wie es sein muss, eine Zwillingsschwester zu verlieren.«

Niemand konnte das.

»Versuchen Sie einfach, es Schritt für Schritt zu überwinden.«

Noch so ein lahmer Spruch.

»Sie werden vermutlich nie darüber hinwegkommen. Aber eines Tages werden Sie es hinter sich lassen.«

Das ist doch mal was Neues, dachte Lena. Sie fügte es ihrer Hitliste der dämlichen Betroffenheitssprüche hinzu.

Corporal Raymond Raycevic hatte eingewilligt, sie auf diesem Schotterparkplatz zu treffen, vor dem Magma Springs Diner und der Shell-Tankstelle, sechzig Meilen von Missoula entfernt. Auf dem Highway bewegte sich ein stetiger Strom von Autos aus einem Gebiet vorbei, das wegen eines Waldbrandes evakuiert wurde. Der Highway traf hier auf eine unübersichtlichen Kreuzung, die keine Ampel hatte.

Corporal Raycevic hatte die Statur eines Gorillas und steckte in einer leicht verblichenen braunen Uniform, die sich um seinen muskulösen Körper spannte. Er bestand vor allem aus breiten Schultern, dicken Oberarmen und einem freundlichen Lächeln. Er hatte ihr sehr ernst die Hand geschüttelt, leicht verkniffen. Unter seinen Augen hingen Tränensäcke, die wie blaue Flecken aussahen.

»Vielen Dank, dass Sie Zeit für mich haben«, sagte sie.

»Selbstverständlich.«

»Ich weiß das sehr zu schätzen. Es geht schließlich von ihrer Arbeitszeit ab und …«

Er lächelte dünn. »Meine Schicht ist schon zu Ende.«

Für einen langen Augenblick musterte er sie, immer noch fasziniert, und Lena merkte, dass sie ungeduldig wurde. So fühlte sie sich immer, wenn sie mit Fremden über ihre Schwester sprach. Es war wie in einem dieser Bücher, wo man den Fortgang der Handlung selbst bestimmen konnte. Sie wusste ganz genau, was Raycevic dachte, bevor er es sagte, seine Worte kamen wie auf Abruf: »Entschuldigen Sie. Ich … ich komme einfach nicht darüber hinweg, dass Sie ihr so ähnlichsehen.«

Versuchen Sie mal, Ihre Trauer um jemanden zu bewältigen, dessen Gesicht Sie jeden Morgen im Spiegel sehen, dachte sie säuerlich. Das ist schrecklich.

»Es muss schrecklich sein, jeden Morgen ihr Gesicht im Spiegel zu sehen. Wenn Sie sogar der Rückspiegel im Auto aus heiterem Himmel … überrumpeln kann.«

Sie schaute ihn überrascht an.

»Mein herzlichstes Beileid, Lena.«

Ernsthaft? Na gut, vielleicht habe ich dich unterschätzt, Ray.

Ein lautes Kreischen und Zischen ließ sie erstarren. Sie drehte sich um. Ein Sattelschlepper hatte die Abzweigung zu schnell genommen. Einen grausigen Moment lang schlitterten zehn Tonnen Stahl mit blockierten Reifen direkt auf sie zu. Dann schwenkte der Truck wieder auf die Fahrbahn, und Corporal Raycevic starrte die getönten Fenster des Führerhauses an, als erwarte er eine Entschuldigung des Fahrers.

Die kam aber nicht. Der Motor heulte auf, und der riesige Laster donnerte davon. Der Luftzug zerrte an ihren Kleidern. Lena schob sich die Haarsträhnen aus dem Gesicht und sah, wie der Schriftzug des Hängers an ihr vorbeizog: *SIDEWINDER*. Und schon war er verschwunden. Zurück blieben nur ein leichtes Dröhnen in ihren Ohren und ein paar Staubkörner auf ihren Zähnen.

»Idiot«, murmelte der Cop.

Ich bin wirklich hier, dachte Lena. Ich bin hier und tue es.

Der Staub auf ihren Zähnen machte es real. Nach monatelangem Warten war die vierundzwanzigjährige Lena endlich hier in Montana angekommen. Meilenweit von zu Hause entfernt. Sie machte weiter, machte Fortschritte. Eine Stimme in ihrem Kopf flüsterte kaum hörbar: Sei vorsichtig. Lass dich nicht einlullen.

Nicht mal eine Sekunde lang.

Sie ertappte sich dabei, wie sie eine Haarlocke um den Zeigefinger wickelte und daran zog – eine alte Angewohnheit aus der Grundschule –, und hörte sofort damit auf. Das ließ sie nur nervös wirken.

Raycevic hatte es nicht bemerkt. Er schaute blinzelnd in die Ferne. »Die Hairpin Bridge ist nicht weit von hier. Aber da oben gibt's keinen Schatten. Die Sonne ist dort so grell wie ein Scheinwerfer. Saugt einem jede Energie aus dem Leib. Brauchen Sie noch was aus dem Diner, bevor wir losfahren? Wasser zum Beispiel?«

»Ich kaufe mir schnell was.«

»Alles klar.« Er deutete auf seinen Wagen. »Ich fahre dann voran.«

Sie ging eilig zurück ins klimatisierte Magma Springs Diner. Dort hatte sie heute bereits einige Stunden zugebracht, schwarzen Kaffee getrunken und gewartet, während Grüppchen von Feuerwehrmännern vor Tellern mit fetttriefendem Rührei miteinander fachsimpelten. Jetzt stand sie vor dem Kühlschrank mit den Energydrinks und Wasserflaschen und tat so, als müsste sie überlegen. Sie wartete ab, bis Raycevic in seinem Cruiser verschwunden war und sie nicht mehr durchs Schaufenster beobachten konnte. Dann ging sie in ihre Sitznische.

Dort stand ihr Laptop auf dem Tisch. Sie überprüfte erneut das Ladekabel und die Verbindung zum Router des Restaurants. Alles in Ordnung.

»Vielen Dank noch mal«, sagte sie zu der Frau hinter dem langen Tresen. »Ich bin bald zurück.«

»Laden Sie etwas für ein College-Projekt herunter?«

»So was Ähnliches.«

Sie folgte dem Streifenwagen über den Highway 200 nach Osten. Fünfzehn Minuten auf frischem Asphalt unter einem Himmel, der mit Rauchschwaden überzogen war. Dann bog Raycevic scharf nach rechts ab, holperte dabei über zwei Fahrspuren, als hätte er zu spät reagiert. Lena musste scharf bremsen und hinterließ eine Gummispur auf der Fahrbahn.

Er streckte die Hand aus dem Fenster und winkte: sorry.

Die Straße, auf der sie nun fuhren, war offenbar schon seit Jahrzehnten nicht mehr ausgebessert worden. Unkraut sprießte aus den Rissen im sonnengebleichten Beton, die Begrenzungslinien waren ebenfalls verblichen. Über einem verschlossenen Metalltor hing ein schmutziges Schild mit der Aufschrift: *ZUTRITT FÜR UNBEFUGTE VERBOTEN.* Corporal Raycevic kannte die Kombination auswendig. Nachdem er das Tor hinter ihnen wieder geschlossen hatte, beschleunigte er auf fünfundsiebzig Meilen pro Stunde, fünfzehn mehr als erlaubt. Sie fragte sich, ob er sie testen oder ihr einen Strafzettel anhängen wollte. Das wäre richtig fies.

Sie blieb dicht hinter ihm. Um ihn ebenfalls zu testen.

Im Auto war es still. Seit sie Seattle am Morgen verlassen hatte, hörte sie weder Musik noch Podcasts, weil sie kein passendes Kabel für die Lautsprecher hatte. Den CD-Player oder das Radio wollte sie lieber nicht benutzen, weil es nicht ihr eigenes Auto war.

Es gehörte Cambry.

Hatte Cambry gehört.

Den Wagen ihrer toten Zwillingsschwester zu fahren, war eine irritierende Erfahrung. Ihr Vater hatte Lena mit Tränen in den Augen dazu gedrängt, das Auto zu behalten, hatte darauf bestanden, weil der heruntergekommene Toyota Corolla Baujahr 2007 der einzige verbliebene Besitz ihrer Schwester war, weshalb es nicht richtig wäre, ihn zu verkaufen. Und die heutige Fahrt durch die vertrockneten Gebirgsausläufer des Howard County in Montana war die längste Fahrt, die Lena je mit diesem Wagen gemacht hatte.

Sie hatte nichts daran verändert. Alle Details waren wie eingefroren. Der leere Literflasche Limonade im Flaschenhalter hatte Cambry gehört. Das Etikett zeigte einen Superhelden, dessen Zeit im Kino schon wieder abgelaufen war. Die rote Kühlbox mit den verdorbenen Lebensmitteln. Die Ersatzbatterie, der Luftkompressor, die schmutzige Werkzeugtasche. Die minimalistische Ausrüstung auf dem Rücksitz – ein Matchbeutel mit zusammengefalteten Kleidern, die immer noch nach ihr rochen, zwei Waschtaschen mit Deodorant, Zahnpasta und Mundwasser. Im Kofferraum ein Zweipersonenzelt, ein elektrischer Grill und ein sorgsam zusammengerollter Schlafsack. Lena war es noch nie gelungen, einen Schlafsack so eng zusammenzurollen. Nie.

Ich fahre nicht nur in ihrem Auto, begriff sie irgendwann zwischen Spokane und Coeur d'Alene und spürte einen Stich im Herzen, ich fahre in ihrem Haus.

Als Stadtbewohnerin konnte Lena nicht anders, als den spartanischen Lebensstil ihrer Schwester zu bewundern. Das Klebeband am Lenkrad. Die Drähte, die aus dem Zigarettenanzünder heraushingen. Die überall verteilten Trocknertücher (um Gerüche zu vertreiben, wie Lena vermutete). Etwas an diesem intimen Arrangement zu verändern, in dem ihre Schwester über neun Monate lang gelebt hatte, wäre anmaßend gewesen.

Also blieb alles so, wie es war.

Sogar das vergammelte Essen in der Kühlbox. Sogar die Limoflasche neben ihr, die im Sonnenlicht süßlich roch. Cambrys Lippen hatten sie vor drei Monaten berührt. Vielleicht war ihre DNA noch daran.

Sie sehen genauso aus wie sie.

Es hatte sie überrascht, dass Corporal Raycevic Cambrys Auto nicht erkannte. Er hatte es zusammen mit ihrer Leiche gefunden. Hätte er sich nicht daran erinnern müssen?

Der Streifenwagen raste immer noch voran – inzwischen mit achtzig Meilen pro Stunde –, also drückte Lena aufs Gaspedal und folgte ihm die Straße entlang in die Gebirgsausläufer. Die Reifen donnerten über den rauen Beton. Die Landschaft zu ihrer Rechten verlor sich in einer beängstigenden Weite, und einen Moment lang dachte Lena, wie nahe man auf diesen Straßen doch dem Tod war. Die Stoßdämpfer waren kaum noch der Rede wert. Und hinter der nächsten Kurve könnte sich jederzeit eine Schlucht auftun. Sie schob den Gedanken beiseite.

Die Küstenkiefern wuchsen hier oben höher – über zwanzig Meter hoch. Zerfranste Äste verdorrten in der Sonne, unter ihnen dicke braune Nadelteppiche und vertrocknete Wacholderbüsche. Hunderttausende Hektar Zunderholz, das nur auf einen Funken wartete. Und dahinter, in weiter Ferne, erhob sich das Gebirge.

Sie spürte einen Kloß im Hals.

Dann erschien sie. Das Bauwerk über den Hügeln nahm Gestalt an, gezackt und wenig einladend, obwohl von Menschenhand gemacht. Ein altertümliches Fossil, das sich aus der Landschaft schälte.

O mein Gott, da ist sie.

Sie spürte, wie ihr Brustkorb sich anspannte, als die rostbraune Konstruktion deutlichere Formen annahm, je näher sie ihr auf der zerklüfteten Straße kamen. Ihre Stahlträger und Pfeiler ragten spitz in das grelle Sonnenlicht. Sie wusste, dass es jetzt kein Entrinnen mehr gab, dass ihr Schicksal und das von Corporal Raycevic miteinander verbunden waren. Sie konnte nicht mehr zurück.

Als sie näher kam, wurde die Brücke kurz von einem weiteren Gehölz vertrockneter Kiefern verdeckt, und sie versuchte, sich zu beruhigen. Kein Gefechtsplan überlebt den ersten Feindkontakt, richtig?

Trotzdem …

Sie sieht so viel größer aus als auf den Fotos.

Bevor ich mich auf den Weg mache

Gepostet am 20.09.19 von LNguyen

Es beginnt mit einer Brücke.

Ein wackliges Stahlmonster mit einer scharfen Kurve am südlichen Ende. Sie überspannt auf einer Länge von zweihundert Metern ein dunkles Tal in der Nähe eines heruntergekommenen Städtchens, das seine Existenz den längst ausgebeuteten Silberminen verdankt. Die Interstate liegt weit entfernt, bis Missoula sind es siebzig Meilen. Was die Brücke betrifft, so ist sie total im Arsch, und das weiß sie auch.

Dort ist meine Schwester ums Leben gekommen.

Angeblich.

Tut mir leid, dass ich so heftig werde, liebe Leserinnen und Leser. Ich weiß, dass dieser Blog anders als meine üblichen Texte für *Lights and Sounds* ist, und das könnte einige von euch verstören. Ich möchte mich für die freundliche Anteilnahme und die guten Wünsche auf FB und Insta bedanken, die während meiner Abwesenheit in den letzten Monaten gepostet wurden (ich hatte gute Gründe dafür). Ja, ich bin wieder zurück im Sattel, aber nicht so, wie ihr es vielleicht erwartet. Das hier wird ein Wahnsinnspost, also schnallt euch an.

Aber bevor ihr weiterlest:

<u>Dies ist nicht mein normaler Blog.</u> Dies ist keine Buch-, Film- oder Game-Besprechung. Dies ist kein politisches Statement (auch wenn es in diesem Jahr gute Gründe dafür gäbe). Es geht auch nicht um Gedichte, Humor, Fotografie oder den lang erwarteten elften Teil von JustRetailThings. Dies

hier – was immer DIES ist – ist etwas, das ich auf *Lights and Sounds* für meine bescheidene, aber enthusiastische Leserschaft (also euch) posten muss, und zwar aus Gründen, die ihr bald verstehen werdet. Wenn ihr alles zu Ende gelesen habt, werde ich – abhängig von der Zeitzone, in der ihr lebt – vielleicht schon in den landesweiten Nachrichten auftauchen. Ich möchte mich deshalb vorab dafür entschuldigen, falls ich euch den Tag ruiniere. Alles klar? Gut.

Jetzt geht's los.

Ich verbringe den Samstag an der Hairpin Bridge. Morgen, in aller Frühe, werde ich in Cambrys Auto sieben Stunden Richtung Osten nach Magma Springs in Montana fahren, um dort den Highway Patrolman Raymond R. Raycevic zu treffen. Ja, er heißt wirklich so (anscheinend war der Buchstabe R gerade im Angebot, als seine Eltern ihn tauften). Per E-Mail hat er freundlicherweise zugestimmt, mir, der trauernden Schwester, den Ort zu zeigen, wo er vor drei Monaten die Leiche von Cambry gefunden hat.

Was die Hairpin Bridge betrifft … nun, liebe Leserinnen und Leser, kommt euch der Name bekannt vor? Vielleicht habt ihr schon davon gehört. Wegen ihrer eigenartigen Form ist die Brücke eine Art architektonische Anomalie (die Ränder des Tals verlangen, dass die Straße am südlichen Brückenende eine eigenartige Haarnadelkurve beschreibt, bevor sie weiter oben über sich selbst hinwegführt, wie bei einem riesigen stählernen Korkenzieher). Sie hat auch noch einen anderen Namen, den ich hier nicht nennen möchte, weil ich, ehrlich gesagt, die Assoziation in Bezug auf Cambry nicht mag, und ich mag es auch nicht, dass ihr Name von den Suchmaschinen damit in Verbindung gebracht wird. Deshalb benutze ich ihn nicht.

Auf der Hairpin Bridge lastet ein Fluch.

Angeblich (an dieses Wort müsst ihr euch gewöhnen).

Sie ist ein Hotspot übernatürlicher Vorkommnisse. Es heißt, Raum und Zeit seien am geheiligten Gerippe der Hairpin Bridge dehnbar, und wenn man sie überquert, würden Vergangenheit und Gegenwart sich miteinander verschränken. So wie Licht, wenn es durch eine verschmutzte Linse fällt.

Ich weiß. Ich will hier nicht ernsthaft behaupten, meine Schwester sei von Geistern ermordet worden. Aber ich hatte eine Phase im vergangenen Juli, als ich genau das in Erwägung zog. Eine Zeit lang verschlang ich alle möglichen Infos über verlorene Zeit und unheimliche Erscheinungen, die mir zugetragen wurden. Ich hörte mir Tonbandaufnahmen an, die angeblich unerklärliche körperlose Stimmen beinhalteten: *Helft mir* oder *Verlasst diesen Ort*. Ich las sogar das Selfpublishing-Book von diesem Rupley, der eine ganze Nacht im Wald unter der Brücke gezeltet hat. (Spoiler: Er hat's überlebt.)

Das ist natürlich lächerlich, aber nach dem Tod meiner Schwester bin ich mental in ein tiefes Loch gefallen. Und wenn man sich im freien Fall befindet, dann ist man eine Weile lang nicht mehr man selbst. Man sucht nach Erklärungen, egal wie weit hergeholt sie sind. Seien es nun Mythen oder kriminelle Verschwörungen, einfach alles, was einem sinnlosen Geschehen Sinn verleiht. Jede Antwort ist besser als keine.

Und nun, glaube ich, habe ich eine gefunden.

(Nein, sie hat nichts mit Geistern zu tun.)

Das ist der Grund, warum das Großstadtmädchen aus

Seattle sich auf den Weg zum Arsch der Welt machen wird. Das ist der Grund, warum ich dies hier schreibe. Und das ist der Grund, warum ich nichts anderes als die Wahrheit von Corporal Raycevic akzeptieren werde.

Ich werde jeden Preis dafür bezahlen.

Ich muss es wissen.

Was ist mit dir passiert, Cambry?

Er wartete auf der Brücke auf sie. Er hatte seinen schwarzen Cruiser am rechten Straßenrand geparkt, vor einem niedrigen Geländer, von dem die Farbe abblätterte, aber Lena wusste, dass es egal war, wo man hier parkte. Die Hairpin Bridge führte zu einer gesperrten Straße. Hier gab es keinen Verkehr, den man behindern konnte.

An der südlichen Rampe, gleich hinter der namensgebenden Haarnadelkurve, erklärte ein von der Sonne gebleichtes Schild mit kaum noch lesbarer Schrift, dass die Brücke unsicher sei und nicht mehr gewartet würde. Das hatte eine Menge Hobbygeisterjäger nicht davon abgehalten, hier ihr Glück zu versuchen. Erst kürzlich hatte jemand in schwarzen Buchstaben darauf gesprayt: *ALLE DEINE WEGE FÜHREN HIERHER.*

Merkwürdig passend, fand Lena.

Sie parkte ein paar Meter vor dem Streifenwagen, um sich freie Bahn für eine Flucht zu sichern. Sie ließ den Motor des Corolla einen Moment lang im Leerlauf tuckern und holte tief Luft. Die Fahrt von Magma Springs bis hierher hatte nicht annähernd so lange gedauert wie gedacht. Jetzt war sie da. Und fühlte sich unvorbereitet.

Ich bin hier, Cambry.

Sie betrachtete die verbogene Brille ihrer Schwester auf dem Armaturenbrett. Die feinen Kratzer auf dem Glas.

O Gott, ich bin wirklich hier.

Im Seitenspiegel sah sie Corporal Raycevic neben seinem Wagen stehen. Er tat so, als würde er sich etwas Schorf vom Handgelenk kratzen und nicht etwa auf sie warten. Sehr einfühlsam. Mit seiner erstaunlichen Sensibilität hatte er sie überrascht. Natürlich gehörte das zu seinem Job - er hatte bestimmt schon jede Menge schlechter Nachrichten an Familien überbracht –, aber Lena vermutete, dass mehr dahintersteckte. Auch er hatte jemanden verloren. Man merkte es ihm an, er war ein Mitglied dieses schrecklichen Clubs. Seine Frau? Ein Kind?

Ihre Lunge schmerzte. Sie hatte die ganze Zeit die Luft angehalten.

Sie schaltete den Motor aus und bereute es sofort. Sie hätte es noch länger hinauszögern können und wünschte, sie hätte es getan. Raycevic hätte nichts dagegen gehabt. Nun schaute er sie durch seine nachtschwarzen Brillengläser an und erkannte, dass sie mit Cambrys Toyota Corolla gekommen war. Die Zwillingsschwester des Opfers fuhr das Auto des Opfers. Tauchte am Ort auf, wo das Opfer umgekommen war, wie eine gespenstische Doppelgängerin.

Falls ihn das verstörte, sah man es ihm jedenfalls nicht an. Er nickte ihr freundlich zu: Hier ist es passiert.

Offensichtlich.

Sie stieg aus. Die Sonne brannte heißer hier oben. Über

der Betonfahrbahn der Brücke flimmerte die Luft. Es war windstill.

»Von hier aus können Sie das Feuer sehen.« Raycevic deutete nach Norden. »Knapp zweitausend Hektar rund um den Black Lake, und es breitet sich weiter aus. Noch immer nicht unter Kontrolle …«

»Kommt es hierher?«

»Nur wenn der Wind sich dreht.«

Lena war es egal, fürs Erste. Sie hatte andere Dinge im Kopf. Aber die gigantische Rauchwolke war beeindruckend. Dort am Horizont schien die Welt unterzugehen, eine Apokalypse in Zeitlupe.

»Wissen Sie, ich habe nie verstanden, wieso man die Brücke Hairpin Bridge nennt«, sagte er nachdenklich. »Klar, ich sehe die scharfe Kurve da drüben, aber sie erinnert mich eher an diese Kugelbahnen, mit denen Kinder spielen. Wissen Sie, was ich meine?«

»Ja.«

»Das gerade Stück mit dem gebogenen Haken am Ende.« Er deutete darauf. »Nicht wahr? Danach sieht das für mich aus. Nicht nach einer Haarnadel.«

Kugelbahnbrücke. Das klang nicht annähernd so mysteriös.

»Spielen Sie oft mit Kugelbahnen?«

»Jeder hat doch ein Hobby.«

Einen Moment lang war er ein normaler Mensch. Das war nett. Es war auch absolut falsch.

Schließlich sagte er: »Sie sind … in *ihrem* Wagen gekommen.«

»Ja.«

Er schaute das Auto an. »Ich erkenne ihn wieder.«

»Stört es Sie, wenn ich Aufnahmen mache?«

»Wie bitte?«

Sie hatte mit der Frage bis jetzt gewartet, weil es am Ort des Geschehens schwieriger für ihn war, Nein zu sagen. Sie deutete auf ihr Auto. »Ich habe ein Tonbandgerät dabei. Ein altes klobiges Ding, Sie werden mich deswegen auslachen. Aber mein Therapeut hat mir empfohlen, alles … aufzuzeichnen, was von Bedeutung sein könnte.«

Er antwortete nicht. Dachte nach.

»Nicht nur das hier.« Sie lächelte schmerzlich. »Ich habe ihre Beerdigung gefilmt.«

»Haben Sie es sich angeschaut?«

»Mehrmals.«

Er verzog das Gesicht.

»Man stirbt nicht wirklich, wenn das Herz aufhört zu schlagen. Man stirbt, wenn man vergessen wird. Meine Schwester ist keine Person mehr, sie ist jetzt eine *Idee*. Ich trage sie bei mir. Deshalb muss jede Spur, jedes Wort und jeder Geruch und Ton, der etwas mit ihr zu tun hat, bewahrt werden.«

»Sogar die negativen Dinge?«

»Ja.«

»Sogar ihre Beerdigung?«

»Ich fühle mich ihr nahe. Als wäre sie gerade erst gegangen.« Es ist, als würde man an einer Wunde kratzen, wollte sie hinzufügen. Sonst spürt man irgendwann nichts mehr, und das ist schrecklich. Der Schmerz bringt sie zurück.

Er hält sie am Leben.

Raycevic seufzte. Dann nickte er knapp. »Meinetwegen.«

Sie ging zum Corolla zurück, beugte sich ins Auto ihrer Schwester und holte das Ding heraus – einen klobigen schwarzen Kassettenrekorder.

Sie schob eine Kassette hinein. Drückte den Aufnahmeknopf. »Test.«

»Werden die immer noch hergestellt?«

»Der gehörte Cambry. Als wir noch klein waren.«

Das brachte ihn zum Schweigen. Er schaute zu, wie sie das Teil auf die Motorhaube des Corolla stellte. »Danke«, sagte sie. Und dann lauter fürs Mikrofon: »Corporal Raycevic.«

»Sie können mich Ray nennen.«

»Vielen Dank, Ray.« Sie sah ihn an. »Erzählen Sie mir doch als Erstes, wie Sie ihre Leiche gefunden haben.«

»Ich hatte eine Meldung reinbekommen. Jemand hatte die Kette am Tor, durch das wir gefahren sind, mit einem Bolzenschneider zerschnitten.«

»Passiert das oft?«

»Ein paarmal im Jahr. Fernfahrer benutzen diese Route manchmal als Abkürzung. Es war abends, am 7. Juni. Gegen 23 Uhr. Als ich dort um die Kurve kam und auf die Brücke zufuhr, bemerkte ich einen blauen Toyota, der hier parkte.«

»Wo genau? Können Sie mir das sagen?«

»Tatsächlich …« Er hielt inne. »Genau da, wo Sie ihn jetzt geparkt haben.«

Sie spürte ein Ziehen in der Magengrube, schenkte dem aber nicht weiter Beachtung. Reiner Zufall.

»Ich wäre beinahe mit dem Wagen zusammengestoßen«, sagte der Cop. »Ich musste ordentlich auf die Bremse treten, hab meinen Kaffee auf dem Funkgerät verschüttet. Man kann die Bremsspur immer noch sehen.«

Er zeigte auf die verblichenen Streifen am Boden. Schmierig und dunkel wie Lakritz.

»Um 23:44 Uhr stieg ich aus und näherte mich Cambrys Toyota – Ihrem Toyota – zu Fuß. Niemand saß drin. Keine Anzeichen für eine Panne. Die Fahrertür stand weit offen. Die Batterie war leer. Der Tank auch.« Raycevic machte eine Geste, als käme er sich lächerlich vor. »Aber das wissen Sie alles längst …«

»Sämtliche Details, bitte.«

»Ich habe die Brücke überprüft und den Waldrand nach Lagerfeuern oder Lichtern von Taschenlampen abgesucht. Dann setzte ich mich wieder in den Wagen und gab das Kennzeichen durch. Da war es 23:51 Uhr.«

Er erinnert sich zu genau an die Zeiten, stellte Lena fest. Er hat sie auswendig gelernt.

»Ich weiß noch, dass ich dastand und wartete, während die Zentrale die Nummer prüfte. Ich dachte nach. Wischte mit einem Taschentuch den Kaffee von meiner Hose und schaute in den Sternenhimmel. Ich hatte das eigenartige Gefühl, dass etwas nicht stimmte. Ich weiß nicht, wie ich das beschreiben soll. Als würde man eine Hand in den Müllzerkleinerer schieben und mit der anderen nach dem Einschaltknopf tasten. Verstehen Sie, was ich meine?«

Nein – aber Lena nickte trotzdem.

Nicht nur Vergangenheit und Gegenwart überlagern sich

im Prisma der Hairpin Bridge, hatte sie irgendwo gelesen, sondern auch Leben und Tod.

»Letztlich war es wohl ...« Er nagte an seiner Lippe. »Berufliche Intuition, schätze ich. Irgendwas sagte mir, ich solle mich noch einmal durch die kalte Luft bewegen – es war zu kalt für Juni – und über das Geländer schauen. Weil die Frau, die den Corolla hier geparkt hatte ... da unten sein würde.«

»Die Selbstmörderbrücke«, flüsterte Lena.

»Was?«

»So wird die Hairpin Bridge auch genannt.«

»Verstehe ich nicht.«

»In den Geistergeschichten, meine ich.« Sie spielte wieder mit einer Haarlocke vor lauter Verlegenheit, weil sie das Wort *Geister* benutzt hatte. »Leute im Internet, Leute, die an Übernatürliches glauben ... behaupten, Autofahrer würden hier anhalten und in den Tod springen. Fünf oder sechs Selbstmorde hat es in den Achtzigern gegeben. Das genügt, um so eine Brücke berühmt zu machen. Als Ort, der einsame und verzweifelte Menschen anzieht, die ihrem Leben ein Ende setzen möchten.«

»So?« Der Cop zuckte mit den Schultern. »Nie davon gehört.«

»Wie dieser Wald in Japan.«

»Davon hab ich auch noch nie gehört.« Er ging zum Geländer, und Lena folgte ihm. Er legte beide Hände darauf. Breite Hände mit Schwielen. »Ich stand genau hier«, sagte er, »als ich Cambry entdeckte.«

Ein kalter Schauer lief Lena über den Rücken.

Er deutete direkt nach unten auf eine Ansammlung ausgebleichter Felsbrocken im Flussbett des Silver Creek. Der Fluss führte im März sehr viel Wasser und trocknete im Juli vollständig aus.

»Wo?«

»Genau da.«

Sie trat neben ihn ans Geländer und versuchte sich Cambrys Körper zwischen den Steinen vorzustellen. Zerquetscht, schlaff, puppenartig, nach einem Sturz aus über sechzig Metern Höhe. Seit Monaten schon hatte sie versucht, es sich auszumalen. Aber sie brauchte, sie wollte mehr Details. »Lag sie auf dem Rücken? Oder auf dem Bauch?«

»Auf der Seite.«

»Die rechte oder die linke?«

»Die linke.«

»War Blut zu sehen?«

Er drehte sich zu ihr. »Entschuldigung?«

»Haben Sie Blut bei ihr bemerkt?«

»Was soll das denn bringen?«

»Ich will alles wissen.« Lena versuchte, so neutral wie möglich zu klingen. »All die hässlichen, grauenhaften Details. Wenn ich keine Details bekomme, ist das, was ich mir in meinen schlaflosen Nächten ausmale, noch viel schlimmer. Die Sache ist für mich noch nicht beendet, und ich hasse so etwas. Das ist mein Problem. Mein Gehirn arbeitet ununterbrochen daran, die Leerstellen auszufüllen.«

Sie war sich nicht sicher, ob er ihr das abnahm.

»Es ist …« Sie versuchte es anders: »Es ist wie das Monster in einem Film. Solange man es nicht gesehen hat, ist es grauenerregend. Aber sobald man es schließlich bei Tageslicht und in voller Größe sieht, verliert es seine Macht. Weil man es nun kennt.«

»Hängt vom Monster ab«, sagte er.

»Ich habe eine ziemlich rege Fantasie, Ray.«

»Und Ihr …« Er kniff die Augen zusammen. »Und Ihr Therapeut findet das okay, was Sie hier machen?«

»Ich weiß, was ich wissen will.«

»Sind Sie sicher?«

»Absolut.«

»Hundertprozentig?«

»Eine Million.«

Er seufzte und schaute weg. »Das behagt mir nicht.«

»Sie fühlen sich unbehaglich?«

»Cambry wurde durch den Aufprall getötet«, sagte er brüsk. Seine Stimme klang scharf, und Lena machte instinktiv einen Schritt zurück. Männer, die plötzlich laut wurden, hatten ihr immer schon Angst eingejagt. »Ich kann Ihnen keine blutigen Details über den Zustand ihres Körpers nach dem Selbstmord schildern, weil ich der Meinung bin, dass es sich nicht gehört. Verstehen Sie?«

Sie hatte das Gefühl, ausgeschimpft zu werden. Tränen schossen ihr in die Augen, obwohl sie es verhindern wollte.

Reiß dich zusammen.

»Nachdem ich die Leiche Ihrer Schwester entdeckt hatte, rief ich den Rettungsdienst und kletterte nach unten, um Erste Hilfe zu leisten, falls es noch möglich sein sollte. Aber wie erwartet, hatte sie keinen Puls mehr. Atmete nicht. Ihr

Körper hatte schon seit mindestens einem Tag dort gelegen.«

Nicht weinen. Sie biss sich auf die Lippe.

»Auf diese Art zu sterben … geht schnell. Schneller als das Gehirn den Schmerz registrieren kann. Es ist, als würde man innerhalb einer Mikrosekunde den Ausschaltknopf betätigen. Was sie auch für Probleme gehabt haben mag an diesem 6. Juni …« Er seufzte und schaute sie wieder an. »Ihre Schwester musste nicht leiden, Lena.«

Sie versteifte sich, als hätte ein kalter Finger sie zwischen den Schulterblättern berührt. Das war das erste Mal, dass Corporal Raycevic ihren Vornamen ausgesprochen hatte. Sie wünschte, er hätte es nicht getan.

Sie musste nicht leiden. Das war mal was Neues. Denn wenn jemand sich entschließt, von einer Brücke zu springen, dann sollte niemand so dreist sein zu behaupten, die betreffende Person hätte nicht gelitten.

Sie versuchte, sich aufs Hier und Jetzt zu konzentrieren. Auf sich selbst und Raycevic. Aber genau an der Stelle zu stehen, wo es passiert war, fühlte sich an, als würde man in ein seltsames Energiefeld hineingezogen. Ihr unruhiger Verstand zwang sie dazu, die Einzelheiten noch einmal zu rekonstruieren.

Es ist der 6. Juni. Nach Einbruch der Dunkelheit. Die Luft ist aufgeladen mit Elektrizität. Cambry Lynne Nguyen fährt allein auf dieser gesperrten Straße. Nachdem sie eine unbekannte Distanz zurückgelegt hat, von einem unbekannten Ort kommend, erreicht sie diese Brücke. Und hält an.

Genau da, wo Lena heute unwissentlich geparkt hatte, was ein eigenartiger Zufall war.

Sie steigt aus in die kühle Nacht, es ist jetzt neun Uhr abends, sie lässt den Motor laufen, die Tür offen stehen. Sie geht bis zum Rand der Brücke, genau bis hierher.

Lena umklammerte das Geländer mit beiden Händen, vielleicht an derselben Stelle wie Cambry vor drei Monaten.

Und meine Schwester schwingt sich über das Geländer, zuerst mit dem einen, dann mit dem anderen Bein. Sie beugt sich nach vorn, hält sich vielleicht noch mit den Händen fest, bevor sie loslässt, vielleicht stürzt sie sich auch mit einem kühnen Sprung in die Tiefe, so direkt, wie sie die meisten Dinge anging.

Sie stürzt sechzig Meter in die Tiefe.

Unten schlägt sie auf den Felsen auf, mit einer Geschwindigkeit von …

»Scheiße«, flüsterte Lena.

Was sollte man auch sonst sagen? Raycevic hatte ein paar Schritte zurück gemacht, um ihr mehr Raum zu lassen.

Jetzt kamen die Fragen. Zahllose Fragen rasten durch Lenas Gehirn, kratzend, klammernd, darum bettelnd, freigelassen zu werden: Was hast du hier draußen gesucht? Wohin wolltest du fahren? Warum hast du angehalten? Warum bist du ausgerechnet hier bei dieser abgelegenen Brücke aus dem Auto gestiegen?

Und dann natürlich der alte Klassiker: Wieso hast du Selbstmord begangen?

Warum wolltest du dich umbringen?

»Es tut mir leid«, flüsterte Raycevic hinter ihr. Doch

seine Stimme klang merkwürdig blechern, als würde sie durch eine Telefonleitung kommen. Lena schaute in den Abgrund, der sich vor ihren Füßen auftat, die Leere, das breite, ausgetrocknete Flussbett des Silver Creek, in dem überall verstreut umgekippte weiße Bäume lagen.

Cambry …

Was ist dir in deinen letzten Stunden durch den Kopf gegangen?

KAPITEL 2

Cambrys Geschichte

Ich schwöre bei Gott, denkt Cambry, heute ist kein guter Tag zum Sterben.

Eine Eule bei Tageslicht zu sehen, ist ein böses Omen. Sie kann sich nicht erinnern, wann sie das zum ersten Mal gehört hat.

Das Tier hockt zwischen den Zweigen wie ein brauner Gartenzwerg. Ein großer Uhu mit fedrigen Ohren, dessen Umriss sich wie der eines Teufels vor dem blauen Himmel abzeichnet. Die Ohren sind sehr schwierig zu malen, man übertreibt es leicht. Sie benutzt Tusche, keinen Bleistift, und hat es schon verpfuscht – der arme Kerl sieht aus wie Batman. Am liebsten würde sie die Seite ausreißen und von vorn anfangen.

Wenn du noch nicht der Vorbote meines Todes warst, denkt sie, dann bist du es spätestens jetzt.

Unten auf dem Campingplatz ist es ruhig.

Oder es war ruhig – bis vor dreißig Sekunden, als dieses Pärchen im Ford Explorer ankam. Jetzt hört sie das Knittergeräusch von Nylon, das Ratschen von Reißverschlüssen, das Öffnen und Schließen von Autotüren, murmelnde Stimmen. Sie versucht, sich auf ihre Zeichnung zu konzentrieren. Der Uhu legt den Kopf zur Seite, ist wahrscheinlich genauso angewidert.

Das Paar streitet sich. Von Cambrys Standort aus, fünfzig Meter bergauf, sind die Worte nicht zu verstehen, aber sie hört, dass schnell gesprochen wird. Worte, die lauter und leiser werden, zischelndes Flüstern, Unterbrechungen, Widerspruch. Eine Konfliktsonate. Sie kennt jede Note davon.

Der Mann zieht eine Kühlbox aus dem Explorer und lässt sie absichtlich laut auf den Boden fallen.

Cambry schiebt die Zunge aus dem Mund, wenn sie zeichnet – eine Angewohnheit, seit sie fünf ist –, und schattiert nun die Umrisse des Uhus mit seinen Batman-Ohren. Manchmal kann man eine Zeichnung noch retten. Mit Kreuzschraffur schafft sie es, dass die übertrieben großen Ohren gewollt wirken. Ihr Modell hat das Interesse an dem streitenden Paar verloren und seine gelben Augen wieder auf sie gerichtet. Seine wachsame Art wirkt einschüchternd.

Die Heckklappe des Explorers wird zugeschlagen. Das Pärchen geht zu seinem Zeltplatz. Ihre Stimmen werden von den Bäumen gedämpft.

Jetzt erinnert sie sich wieder – an den Museumsbesuch in der achten Klasse, als ein Kurator den Schülern erklärte, dass die amerikanischen Ureinwohner Eulen als Überbringer von Todesbotschaften angesehen haben. Als Wächter über das Leben nach dem Tod, die bei Tageslicht losziehen, um die Seelen der bald Sterbenden zu finden. Und diese

Eule hier schaut sie die ganze Zeit auf eine merkwürdig wachsame Weise mit seinen Brillenaugen an.

Wieder Stille. Das Paar ist verschwunden.

Endlich.

Cambry klappt ihr Skizzenbuch zusammen und eilt hastig, aber leise nach unten zur Straße. Neben dem Explorer angekommen, nimmt sie ihren Rucksack ab, holt einen Benzinkanister heraus und schraubt den Tankdeckel des Autos ab, damit sie den Plastikschlauch hineinschieben kann.

Die Eule schaut ihr dabei zu.

Als wir noch klein waren, habe ich Cambry immer versprochen, ich würde mal ein Buch über ihre Abenteuer schreiben. Dies hier – was ihr jetzt lest – ist nicht das, was ich dabei im Sinn hatte.

Natürlich nicht.

Aber es hat etwas Kathartisches, die Geschichte meiner Schwester zu erzählen. Die genauen Umstände ihrer letzten Stunden zu rekonstruieren, fühlt sich an, als würde man eine Million zerbrochene Knochen wieder zusammensetzen. Jedes Wort tut weh, aber meine Eltern sollen erfahren, was an diesem 6. Juni wirklich mit ihrer Tochter geschehen ist. Ich will ehrlich sein: Ich habe mir die Freiheit genommen, bestimmte Details zu erfinden, denn niemand kann die Gedanken einer toten Frau kennen.

Aber wer wäre besser dazu geeignet, sich genau diese Gedanken vorzustellen, als ihre Zwillingsschwester?

Bevor wir fortfahren, noch ein spezieller Hinweis für

Cambry: Hier ist dein Buch, Schwester. Hat lange gedauert. Es tut mir sehr, sehr leid, dass es fünfzehn Jahre zu spät kommt.

Und dass du am Ende stirbst.

Cambrys Skizzenbücher enthalten die gezeichnete Geschichte ihrer letzten neun Monate.

September in Oregon. Durch die Betonschluchten von Portland zu den immergrünen Wäldern um den Crater Lake. Dann Medford, mit selbst gebrautem Bier und Couchsurfing bei einem Freund ihres Freunds Blake – ein lockerer Typ, der ihr ein paar von seinen starken Halluzinogenen spendierte, die er in einem Schuhkarton gezogen hatte. In den darauffolgenden drei Stunden fielen haarige Vogelspinnen auf sie herab wie Fallschirmspringer. Irgendwann hatte sie keine Angst mehr vor ihnen, sondern schob sie einfach nur beiseite.

Oktober in Kalifornien. Über den Highway 101 durch Eureka bis zum Glass Beach. Die Bewohner von Fort Bragg warfen jahrzehntelang ihren Müll ins Meer und erzeugten auf diese Weise das weltweit größte Vorkommen von Meerglas. Blaue und grüne Scherben glänzten feucht zwischen den dunklen Steinen. Mit Bleistift und Tusche konnte man das nicht gut festhalten. Sie nahm eine Handvoll davon mit und bewahrte sie im Handschuhfach auf.

Den November verbrachte sie an nebligen Küsten, mit feuchten Hafenanlagen und Brücken. Die größte davon: Golden Gate.

Dezember und Januar in New Mexico, Arizona, Texas.

Zwischen ihr und Blake war noch alles in Ordnung, das Geld reichte noch eine Weile. Sie spielten Frisbee in einer apokalyptisch wirkenden ausgebleichten Wüste namens White Sands. Blasse Dünen, zwanzig Meter hoch. Eines Nachts, unter den Sternen, fragte Blake sie, was sie tun wolle, wenn sie diese große Pilgerreise beendet hätten und wieder zurück in Seattle wären.

Ihre Antwort: Mich umbringen.

Er lachte nervös.

Februar und März in Louisiana, Georgia, Florida. Sie zeichnete weiße Herrenhäuser mit langen Zufahrten, Lichterketten in Bäumen und schuppige Alligatorenköpfe. Sie stritt sich jetzt häufiger mit Blake, ihre Konflikte brachen rasch und heftig aus wie Orkane. In der Nähe von Fort Myers knallten Hagelkörner auf die Windschutzscheibe des Corolla wie Maschinengewehrfeuer. Die Stimmung ging den Bach runter. In der Werkstatt erklärte Blake ihr genervt, er würde zur Tankstelle gehen und sich Zigaretten holen. Sie wartete eine halbe Stunde, dann ging sie ihm nach – und im Supermarkt erklärte ihr der Verkäufer, ein Mann, der wie Blake aussah, hätte einen Freund getroffen und sei mit ihm davongefahren. Er nahm viertausend Dollar und die kleine Pistole Kaliber .25 mit. Cambry hatte jetzt noch siebzehn Dollar in ihrer Umhängetasche und der Corolla eine frisch reparierte Windschutzscheibe.

Sie machte weiter.

Warum nicht?

Sie würde auch ohne ihn nach Seattle zurückfinden. Die einjährige Reise war ihre Idee gewesen, nicht die von Blake.

Sie würde zurückfahren – falls sie das überhaupt wollte –, wenn es Zeit dafür war.

April in Virginia, und dann durch die tiefgrünen Ozark Mountains, im modrigen Rauch verrosteter Papiermühlen und Fabriken, dann nach Norden bis Dakota. Sie machte immer mehr Zeichnungen, weil Blake nun nicht mehr wie ein ungeduldiges Kind neben ihr saß und ihr den Stift aus der Hand nahm. Ohne ihn brauchte sie den Wohnwagen nicht mehr, also verkaufte sie ihn. Die Meilenanzeige des Corolla stieg rasant an. Sie übernahm langweilige Jobs, um Geld zu verdienen. Sie mochte nicht stehlen, tat es aber gelegentlich. Zumeist Nahrungsmittel.

Im Juni dann Montana.

Ihr letztes Skizzenbuch ist fast voll. Von Magma Springs schafft man es mit ein oder zwei Tankfüllungen bis Seattle. Ihr altes Leben lockt sie an, außerdem vermisst sie die Bequemlichkeiten von früher. Fließendes Wasser. Strom aus der Steckdose. Ihre Zahnschmerzen werden seit einem Monat immer schlimmer. Es blutet beim Zähneputzen.

Aber sie wird es heute noch bis Coeur d'Alene schaffen, rechnet sie sich aus. Wenn sie sofort losfährt.

Auf dem Fußweg vom Dog's Head Campingplatz zurück zu ihrem Wagen geht sie zuerst den offiziellen Pfad entlang, biegt dann aber ab und schlägt sich durch den dichten Wald. Ihr Rucksack ist schwer wegen des Kanisters, in dem das Benzin schwappt. Sie möchte niemandem begegnen.

Die Temperatur ist jetzt am Abend erträglicher. Die Sonne geht orangefarben hinter den Kiefern unter, der Himmel ist tiefrot. Keine streitenden Stimmen mehr – nur das Zirpen der Grillen und das knisternde trockene Gras unter ihren Schuhsohlen. Sie liebt die Ruhe und den Duft nach Tannennadeln und Beeren. Sie hat die letzte Etappe ihres Marsches erreicht, ist nur noch fünf Minuten vom Highway entfernt, als sie die Rauchschwaden bemerkt.

Mein Auto brennt, denkt sie.

Ihr Verstand ist seit einiger Zeit in Unordnung geraten. Seit Florida ist sie ihren Ängsten ausgeliefert – ihren Furien, wie es die Psychologin nannte. Eine Eule bedeutet den nahen Tod. Zahnschmerzen kündigen Krebs an. Rauch bedeutet, dass ihr Corolla in Flammen steht.

Der Rauch, so stellt sich heraus, hat seinen Ursprung nicht weit von ihrem Pfad entfernt. Er steigt in mehreren dicken schmutzigen Säulen vor den weißen Gipfeln der Rocky Mountains auf. Sie ist neugierig, bleibt stehen und späht durch die Äste.

Brennendes Gras vielleicht?

Eine Viertelmeile bergab erkennt sie etwas: ein nacktes Betonfundament, so weiß wie verblichene Knochen. Ein Gebäude, das nie fertiggestellt und von Unkraut überwuchert wurde. Ein Trailer und ein verrosteter Truck. Ein ausgetrockneter Brunnen. Aufgestapelte Baumstämme und Schotterhaufen. Frisch aufgewühltes Erdreich.

Die Rauchsäulen stammen von vier Feuern. Sie sind auf dem kahlen Betonboden exakt nebeneinander arrangiert. Jedes Feuer brennt in der Mitte einer sorgfältig errichteten Steinpyramide. Sie sehen aus wie kleine Ofenfeuer. Die Flammen brennen kontrolliert und leuchten tieforange.

Ein Mann geht zwischen den Feuerstellen hin und her.

Der Anblick eines weiteren menschlichen Wesens versetzt Cambry einen Schlag. Feuer oder nicht, sie war sicher gewesen, ganz allein hier zu sein. Vorsichtig geht sie weiter, um keine Steine loszutreten. Auf diese Entfernung ist der Fremde nur ein kleiner beweglicher Fleck. Offenbar trägt er kein Hemd. Bei jedem Feuer hockt er sich hin, als würde er es mit einem Stock oder Eisen schüren. Als er das Ende der Reihe erreicht hat, macht er kehrt und beginnt von vorn.

Langsam, ruhig, methodisch.

Sie hätte besser ihr Fernglas mitgenommen. Sie traut sich nicht, näher zu gehen. Sogar eine Viertelmeile ist ihr noch zu nah.

Die einfachste Erklärung wäre, dass er Büsche verbrennt, was viele Landbesitzer tun, bevor das Feuerverbot im Sommer in Kraft tritt. Aber diese Feuer sind zu klein, und die Steinpyramiden zu absichtsvoll errichtet.

Vielleicht räuchert er etwas. Wild? Lachs?

Ihre Furien flüstern: Menschenfleisch?

Sie fragt sich, ob sie sich auf privatem Gelände befindet. Cambry hat immer darauf geachtet, nichts von Privatgrundstücken zu stehlen, weil da auf sie geschossen werden kann. Es ist sicherer, seinen Diebstählen im öffentlichen Raum nachzugehen, auch wenn es schwieriger ist. Sie kann sich nicht erinnern, einen Zaun oder ein Warnschild passiert zu haben, trotzdem schaut sie hinter sich, um sicherzugehen. Als sie wieder zu ihm hinsieht, stellt sie fest, dass der Mann aufgehört hat, herumzulaufen. Er steht jetzt ruhig da wie eine Vogelscheuche, genau zwischen zwei Feuerstellen.

Er blickt nach oben. Zu ihr.

Cambrys Blut wird zu Eiswasser. Ihr Magen krampft sich zusammen. Sie bewegt sich nicht, genau wie er. Sie sind zu weit voneinander entfernt, um sich etwas zuzurufen. Sie könnte winken. Aber das tut sie nicht.

Der Mann schaut immer noch zu ihr.

Der Wind dreht sich, eine Böe fegt durch die Bäume, und die vier Rauchsäulen bewegen sich nach links, wirbeln dem Mann ins Gesicht. Er scheint nicht darauf zu reagieren.

Eine surreale Pattsituation. Cambry kneift die Augen zusammen. Dies ist nicht das erste Mal in den neun Monaten, die sie jetzt wie eine Flüchtige lebt, dass jemand sie anstarrt. Sie wurde von mehr Park- und Campingplätzen vertrieben, als sie zählen kann. Sie versucht, mehr Details zu erkennen: die Umrisse eines ärmellosen Unterhemds, braune Khaki-Hosen. Seine Hände greifen nach etwas in Hüfthöhe (Eine Waffe, eine Waffe, flüstern ihre Furien, aber das Ding sieht nicht so aus.) Er hebt es mit beiden Händen vors Gesicht.

Zeit zu verschwinden.

Er starrt sie durch etwas in seinen Händen hindurch an. Ein Lichtblitz bestätigt es ihr – ja, er mustert sie durch sein Fernglas.

Lauf, Cambry. Jetzt.

Aber dieser surreale Moment scheint ewig anzuhalten, die Luft verdichtet sich, und sie hat das seltsame Gefühl, sie sollte winken. Sie tut es beinahe. Sie fühlt sich ertappt, beobachtet, spürt wie die Augen in der Ferne ihren Körper abtasten.

Ihr Herz rast. Pocht vehement gegen ihren Brustkorb.

Lauf-lauf-lauf-jetzt-sofort …

Sie dreht sich um und verlässt ganz ruhig den grasbewachsenen Hügel, langsam und gemessen, verfolgt von dem fernen Blick des Fremden.

Als sie aus seinem Blickfeld ist, rennt sie los.

Als ihr Auto in Sichtweite kommt, hält sie an und wirft einen Blick zurück.

Zu ihrem großen Schrecken steht er jetzt genau an der Stelle, wo sie eben noch stand. Noch sieht er sie nicht. Er geht auf dem grasbewachsenen Hügel hin und her, die Hände in die Hüften gestemmt, stößt mit den Füßen Steine um und sucht auf dem staubigen Boden nach Spuren von ihr.

Hinter dem nächstgelegenen Baum fällt sie auf die Knie und ringt nach Atem.

Jetzt, etwas näher, kann sie ihn besser erkennen. Er ist sehr groß. Kräftige Oberarmmuskeln. Stoppelfrisur. In seinen Dreißigern oder Vierzigern, und er sieht irgendwie militärisch aus. Auch er muss gerannt sein, um so schnell zu dieser Stelle zu gelangen. Er sucht den umliegenden Wald ab, schützt die Augen mit einer Hand vor der Sonne.

Erschrocken stellt sie fest, dass jemand hinter ihr her ist.

Sie nimmt den Rucksack herunter und legt sich ganz flach auf den Erdboden. Die Kiefer bietet nur schwachen Schutz. Aus seiner Perspektive ist von ihr nichts weiter als ein Auge und ein Wangenknochen hinter einem Baumstamm zu sehen. So gut können seine Augen doch nicht sein, oder?

Aber sein Fernglas vielleicht schon.

Immerhin ist er unbewaffnet, stellt Cambry erleichtert fest. Sie hatte sich ausgemalt, dass er ein Scharfschützengewehr über der Schulter trägt oder eine Axt in der Hand hält. Aber er hat nichts bei sich bis auf sein Fernglas. Seine muskulösen Arme sind knallrot. Er hat einen schlimmen Sonnenbrand. Er trägt eine förmlich aussehende Hose. War er dabei, seine Kleider zu wechseln? Was hatte er vor?

Er sucht immer noch zwischen den Bäumen nach ihr. Dann schaut er in ihre Richtung, lässt den Blick von links nach rechts schweifen – ihr Magen krampft sich zusammen. Kurz hält er bei ihrem Baum inne, dann sucht er weiter. Gott sei Dank.

Sie liegt stocksteif im gelblichen Gras und schiebt die Hand in ihre Gesäßtasche, wo sie nach dem KA-BAR tastet, ihrem Klappmesser mit der acht Zentimeter langen Klinge. Sie bedauert, dass Blake ihre Pistole mitgenommen hat. Eine Schusswaffe – selbst im Kleinformat – wäre jetzt sehr beruhigend. Der schwere Rucksack ist auch keine Hilfe. Das Ding macht sie nur langsamer.

Erst jetzt, als sie hinter dem Baum liegt und leise atmend nach Luft ringt, erkennt Cambry den Ernst der Lage. Dieser Fremde ist eine Viertelmeile zwischen den Bäumen hindurch den Berg hinaufgerannt, um zu ihr zu gelangen. Ganz plötzlich. Ohne zu zögern. Er hat sogar seine vier brennenden Feuerstellen hinter sich gelassen. Wie gern hätte sie gewusst, welchem Zweck sie dienen.

Sie spürt die elektrische Spannung in ihren Nerven. Ein Flüstern in ihrem Kopf drängt sie, den Rucksack zu nehmen und loszurennen. Die Seite herauszureißen und neu anzufangen. Cambry Nguyen zu sein, die dämonische Vagabundin, das Mädchen, das alle Brücken hinter sich abbrannte, das von Freund zu Freund zog, von Stadt zu Stadt, von Affäre zu Affäre und nie lange blieb wie ein Schwarm Heuschrecken, der über ein Getreidefeld herfällt und dann weiterzieht. Die Frau, die an allem Guten etwas auszusetzen hatte und ihre Probleme dadurch löste, dass sie sie im Rückspiegel verschwinden ließ, von der Westküste nach Osten und fast wieder zurück.

Ihr Mund ist trocken. Seit Januar hat sie keine Zigarette mehr geraucht. Jetzt könnte sie eine gebrauchen.

Wahrscheinlich ist es ein Missverständnis, sagt sie sich. Vielleicht sollte sie sich einem Problem mal stellen, als vor ihm davonzulaufen. Ist doch keine große Sache – die Grundstücksgrenzen sind nicht exakt gezogen in dieser Gegend. Könnte sein, dass sie auf dem Rückweg vom Campingplatz ein rostiges Warnschild übersehen hat und auf das Privatgelände von jemandem geraten ist, der keine andere Wahl hatte, als ihr zu folgen, um herauszufinden, wer sie ist …

Der Kopf des sonnenverbrannten Mannes macht eine ruckartige Bewegung. Er sieht sie.

Er winkt nicht. Er schaut nicht durchs Fernglas. Er sprintet los, still, mechanisch, nimmt die Verfolgung auf.

Cambry rennt so schnell sie kann.

Als sie die Stelle erreicht, wo ihr Corolla am Straßenrand steht, dröhnt der Puls in ihren Ohren, und sie schnappt hechelnd nach Luft. Sie ist gut in Form – letztes Jahr hat sie einen Halbmarathon gelaufen – aber ihr Rucksack liegt schwer auf ihrem Rücken, und die Riemen scheuern ihre Haut wund. Sie kann nicht sagen, ob der sonnenverbrannte Mann ihr noch folgt oder wie nahe er ist.

Sie reißt die Tür auf und schaut nicht mal zurück – damit würde sie nur kostbare Zeit verschwenden. Sie springt hinein, dreht den Zündschlüssel, gibt Gas. Der Motor heult auf, die Reifen drehen durch, sie rast los und hinterlässt eine Staubwolke.

Sie atmet tief durch, während sie fährt. Zahlreiche Fragen tauchen in ihrem Kopf auf, schneller als sie denken kann. Wer war das? Was hat er da gemacht? Was hätte er mit ihr gemacht, wenn er sie erwischt hätte? Und noch drängender: Solltest du nicht die Polizei alarmieren?

Hier draußen gibt es keinen Empfang, das weiß sie längst.

Aber wenn du die Stadt erreichst … solltest du dann nicht dort anrufen?

Ein lauter Knall. Sie zuckt zusammen.

Ein Schlagloch. Nur das Chassis, das auf die Fahrbahn geschlagen hat. Sie reibt sich die Arme, spürt die Gänsehaut. Selbst wenn sie die Polizei erreichen könnte, was genau würde sie sagen? Hallo, ich habe einen Mann beobachtet, der vier Lagerfeuer angezündet hat.

Das klingt schräg, ja. Aber ist es auch illegal?

Hängt ganz davon ab, was dort verbrannt wurde, erklärt ihr eine nicht sehr hilfreiche Stimme.

Es ist eine wilde Fahrt. Sie rast meilenweit durchs Hinterland, das womöglich sein Grundbesitz ist, von dem er sie gerade verjagt hat. Wieder setzt die Karosserie des Wagens auf. Sie nimmt das Gas weg. Das Allerletzte, was sie jetzt braucht, ist ein platter Reifen.

Die Sonne ist untergegangen. Die blaue Stunde, wie die Fotografen es nennen, wenn das Zwielicht alles wirken lässt wie ein bläulich getöntes Gemälde. Und da ist noch was anderes – Cambry hat immer behauptet, sie könne es spüren, obwohl Lena stets skeptisch war. Sie kann spüren, wenn Elektrizität sich in der Luft sammelt. Wenn die Spannung zwischen dem Positiven und dem Negativen wächst. Bevor es blitzt.

Sie passiert die bekannte Hinweistafel für das Magma Springs Diner, dann den Hasch-Laden – mit dem Slogan »It's Surprisingly Easy Being Green« – und fühlt sich besser. Sie ist noch mal davongekommen. Die Straße schlängelt sich zwischen Bäumen hindurch, und am Horizont bemerkt sie rotes Blinklicht. Funktürme. Die Zivilisation ist nicht mehr weit entfernt. Menschen. Autos. Geschwindigkeitsbegrenzung. Versicherungen. Miete. Zahnärzte.

Sie atmet aus – sie hat gar nicht bemerkt, dass sie die Luft angehalten hatte. Sie nähert sich dem Highway 200. An der Kreuzung bremst sie ab, und da hört sie den schneidenden Ton einer Sirene.

Sie schaut in den Rückspiegel.

Oh, Gott sei Dank.

Ein staubbedeckter Polizeiwagen folgt ihr mit eingeschaltetem Blinklicht. Sie hält am Straßenrand wie eine gehorsame Bürgerin, und der Polizist stoppt direkt hinter ihr. Das Schwarz-Gold der Montana Highway Patrol. Die Sirene bricht ab, aber das rote und blaue Blinklicht flackert weiter und wird von ihren Spiegeln reflektiert.

Cambry hasst Cops. Mehr noch hasst sie es, dass sie erleichtert ist, einen zu sehen.

Trotz der überraschenden Situation legt sie sich rasch eine Geschichte zurecht. Sie schaut nach, ob der Kanister in ihrem Rucksack gut versteckt ist. Sie hat eine Wanderung durch die Natur gemacht, wird sie sagen. Sie ist nur eine Wildcamperin mit jeder Menge psychologischem Ballast in ihrem Wagen, die einen Nervenzusammenbruch auskuriert. Sonst nichts.

Der State Trooper steigt aus seinem Auto und lässt die Tür offen stehen. Als er sich ihrem Corolla nähert, seine Gestalt sich in der bläulichen Dämmerung abzeichnet, werden Details deutlicher. Seine hellbraune Uniform ist nur halb zugeknöpft, das Hemd hängt aus der Hose. Darunter hat er einen Sonnenbrand. An einem Band um seinen Hals hängt ein Fernglas. Er ist immer noch rot im Gesicht, weil er, nachdem er sie bemerkt hat, zu seinem Streifenwagen gerannt ist.

Auf der Hemdbrust ist sein Name zu lesen. Als er vor ihrem Fenster ankommt, liest sie:

CPL. RAYMOND R. RAYCEVIC

KAPITEL 3

Lena

Sie haben sie angehalten.«

Er schaute sie überrascht an. Wie bitte?

»Sie haben sie angehalten«, wiederholte sie. »Am Tag, als sie starb. Am Tag bevor Sie ihre Leiche fanden. So steht's im Bericht.«

Kurzes Zögern – dann nickt er. »Habe ich das nicht erwähnt?«

»Nein.«

»Ich könnte schwören, ich hätte es getan …«

»Haben Sie nicht.«

»Oh.« Er verzog das Gesicht und schaute auf den Kassettenrekorder, der alles aufnahm. »Sie sagten, ich solle mit dem Abend anfangen, als ich ihre Leiche fand. Am 7. Juni.«

»Warum haben Sie sie am Tag vorher angehalten?«

»Steht das nicht im Bericht?«

»Ich frage Sie.«

»Geschwindigkeitsübertretung.« Er schaute zu den Rauchschwaden in der Ferne. »Es war schon dämmrig, so gegen 20 Uhr …«

Genau 20:09 Uhr, wusste Lena.

»Und da sah ich den blauen Toyota, der im Affentempo direkt an mir vorbeiraste. Mit achtzig, neunzig Sachen.«

Sie nickte und frage sich, ob »Affentempo« ein offizieller Fachbegriff der Justizbehörde von Montana war. Aber es passte. Cambry hatte einen Bleifuß. Fuhr ständig zu schnell, als wäre ein Tsunami hinter ihr her.

»Also hielt ich sie an«, sagte er langsam, bedauernd. »Und … sprach mit ihr.«

Obwohl sie es nicht wollte, beugte Lena sich vor, um kein Wort zu verpassen. Ein Stechen im Magen. Sie war sicher, dass sie längst alles wusste, was er sagen würde, aber es kam ihr trotzdem bedeutungsvoll vor, als würde sie mit jemandem sprechen, der Cambrys Geist getroffen hatte. Jeder, der im Leben ihrer Schwester eine Rolle gespielt hatte, wurde auf dieses Podest gestellt. Sie beneidete sogar Cambrys diverse Ex-Freunde – all diese grässlichen Typen, die sie wie Käfer sammelte. Ein Kokaindealer (Grässlicher Kerl Nr. 11), ein leider völlig unbegabter Kreditkartendieb (Grässlicher Kerl Nr. 6) und mindestens ein Narzisst (Grässlicher Kerl Nr. 14, der ein japanisches Katana-Schwert bei sich trug und ständig von dem Roman faselte, den er angeblich schrieb). Cambry fühlte sich offenbar angezogen von solchen schauderhaften Menschen und benutzte sie, solange es ihr gefiel.

Und Lena fand es nicht fair, weil jeder von ihnen – so wie auch Corporal Raycevic, der jetzt vor ihr stand – Dinge von ihrer Schwester wusste, die sie nicht kannte. All diese grässlichen Leute. Lena griff sich ins Haar und zog an einer Strähne, bis es wehtat.

Raycevic fuhr fort: »Ich sah sofort, dass sie schon seit einiger Zeit in dem Wagen wohnte. Batterien, Klamotten, Schlafsack, Rucksack. Schmutz unter den Fingernägeln. Sie sah müde aus. Aber das ist normal bei Menschen, die so leben. Es laugt sie aus, wenn sie nicht wissen, wo sie ihr nächstes Essen herbekommen sollen.«

Meine Schwester konnte gut für sich selbst sorgen, dachte Lena, sagte es aber nicht.

Sie lebte von einem Tag zum anderen, aber sie war nicht hilflos.

»Ihre Augen waren gerötet. Sie hatte geweint. Ich fragte sie, ob sie wüsste, wie schnell sie gefahren ist. Sie sagte, es sei ein Versehen. Sie entschuldigte sich, wirkte leicht abwesend, als würde etwas sie belasten …«

»Sie entschuldigte sich?«

»Ja. Warum?«

Cambry war ein soziales Chamäleon gewesen. Sie benahm sich so, wie es zu ihrem Gegenüber passte. Aber wenn sie mit Autorität konfrontiert wurde, war das was anderes. Damals in der siebten Klasse hatte sie einen Spülschwamm mit einem Faden ganz fest zusammengebunden, damit er zu einem harten Klumpen trocknete. Dann hatte sie den Faden entfernt und das Ding in der Schultoilette runtergespült. Anschließend mussten die Abwasserrohre des Gebäudes erneuert werden. Weshalb die Sommerferien zehn Tage früher begannen.

Lena biss sich auf die Zunge. »Was genau hat sie gesagt?«

»Sie … sagte mir, ihr Freund, ein echter Mistkerl, hätte sie während einer Reise quer durchs Land hängen lassen.

Sie sei pleite und einsam, hätte nur noch ein paar Dollar und sei auf dem Weg nach Hause …«

»Das war Monate vorher in Florida passiert.«

»Sie log mich an. Aber ich glaubte ihr. Ich wünschte, ich hätte es besser gewusst, Lena.«

Sie schaute ihn an, versuchte, durch die nachtblaue Sonnenbrille so etwas wie Schuldbewusstsein zu erkennen. Es war nicht professionell, aber authentisch. Er war verletzt und fühlte sich angegriffen, so wie jeder andere Mensch in dieser Situation. Er hatte mit einer verzweifelten einsamen Frau gesprochen, die kurz darauf Selbstmord beging. Er hätte sie vielleicht retten können, und was hatte er getan?

»Ich habe sie verwarnt.«

»Kein Strafzettel?«

»Sie wollte doch bloß nach Hause.«

»Mehr haben Sie nicht dazu zu sagen? Ich wünschte, ich hätte das mal versucht.«

»Nein, tun Sie nicht«, sagte Raycevic. »Sie sind noch nie angehalten worden.«

Sie schaute ihn spöttisch an. Aber er hatte recht. Lena war sich nicht sicher, ob sie jemals gegen ein Gesetz verstoßen hatte, abgesehen davon, dass sie als Minderjährige mal Bier getrunken und die Bücher nicht zur Bibliothek zurückgebracht hatte. Aber woher wollte Raycevic das wissen?

Es sei denn, er hat Erkundigungen über mich eingezogen, so wie ich über ihn …

»Und dann«, sagte er leise, »hab ich sie weiterfahren lassen.«

»Am Tag bevor Sie ihre Leiche unter dieser Brücke fanden.«

»Ja.«

»Am Tag bevor sie sich umgebracht hat.«

»Ja.«

»Minuten bevor sie dem geschätzten Zeitpunkt des …«

»Steht alles im Bericht.«

»Mehr ist nicht passiert?« Aus irgendeinem Grund genoss es Lena, diese Frage zu stellen. Ihre Mutter hatte beiden Schwestern manchmal dieselbe Frage gestellt, Cambry allerdings öfter: Mehr ist nicht passiert, hm? Jemand hat dich bloß gefragt, ob du es in deinem Rucksack aufbewahren kannst?

Corporal Raycevic wandte sich abrupt ab, beugte sich über das Geländer und starrte in den Abgrund, als wäre es wieder drei Monate zuvor und er würde gerade Cambrys zerschmetterte Leiche dort unten zwischen den Granitbrocken entdecken. Er nagte an seiner Unterlippe, als würde er darüber nachdenken, etwas preiszugeben, aber dann sah er hastig davon ab.

»Ja«, sagte er. »Mehr ist nicht passiert.«

Was ist das Großartige an Cops?

Alles hat Nachwirkungen auf Papier.

Nachdem der Gerichtsmediziner den Todesfall als Selbstmord eingestuft hatte, schickte mir das Bezirksamt im Howard County freundlicherweise eine Kopie des Berichts von Corporal Raymond Raycevic, ein Formular, handschriftlich ausgefüllt, wahrscheinlich kurz nachdem er Cambry wegen Geschwindigkeitsüberschreitung auf dem Highway 200 angehalten hatte. Das PDF könnt ihr, liebe Leserinnen und Leser, hier herunterladen: HCEAS6919.pdf

Zufall, oder?

Derselbe Polizist, der meine Zwillingsschwester wegen Geschwindigkeitsüberschreitung anhielt, fand nur vierundzwanzig Stunden später ihre Leiche unter einer abgelegenen Brücke, über die eine gesperrte Straße führt. Das Leben geht seltsame Wege.

Ich versuche, das alles zu begreifen.

Kennt ihr die Geschichte von dem japanischen Geschäftsmann? Das ist eine Art Partywitz für ätzende Leute. Im August 1945 war dieser Mann auf Geschäftsreise und besuchte eine Fabrik in Hiroshima. Als die Bombe fiel, trug er Brandverletzungen davon und wurde zeitweise blind. Er war einer der vielen Tausend, deren schreckliche Verletzungen in dem furchtbaren Durcheinander nach der Katastrophe behandelt wurden. Aber er war auch einer der Glücklichen, die überlebt hatten. Einige Tage später kehrte er zurück zu seiner Familie, die einige Hundert Meilen weiter südlich lebte.

In Nagasaki.

Genau rechtzeitig für den zweiten Abwurf.

Aus irgendeinem Grund ist dieser arme Kerl mir in letzter Zeit öfter in den Sinn gekommen. Als Mahnung, wie schnell das Leben enden kann. Wir leben in einem Meer aus Ursachen und Wirkungen. Jede Sekunde passieren merkwürdige Zufälle. Das hat nicht unbedingt etwas zu bedeuten.

So wie das geisterhafte Flüstern der Hairpin Bridge, das

im Grundrauschen einer Amateuraufnahme hörbar wird – manchmal ist weißes Rauschen eben nur weißes Rauschen.

Ironischerweise war es ausgerechnet Cambry, die mir die Atombomben-Geschichte erzählte. Damals waren wir elf oder zwölf und saßen, glaube ich, auf ihrem Bett. Ich weiß noch, dass sie immer wieder »(Don't Fear) The Reaper« von Blue Öyster Cult auflegte, weil sie es toll fand, wie der Tod zu der Frau sagt: »We'll be able to fly«. Als wäre Sterben eine Art Superkraft oder so. Ihr Zimmer roch nach Kürbis, weil wir gerade einen ausgehöhlt und ihm ein Gesicht verpasst hatten. Merkwürdig, wie Klänge und Gerüche uns in Erinnerung bleiben.

Ich vermisse sogar die schlechten Seiten an ihr. Ich vermisse, dass sie mich Rattengesicht nannte (keine Ahnung warum, unsere Gesichter waren ja genau gleich, jedenfalls wissenschaftlich betrachtet). Ich vermisse ihren Nikotinatem. Ich vermisse, wie sie auf Familienfesten immer unruhig dasaß, wie auf Kohlen, gepeinigt von Zweifeln und Sorgen, die ihre Therapeutin den *Gesang ihrer Furien* nannte. Sogar Cambrys dunkle Seiten hatten etwas Tragisches, als stammten sie aus einem griechischen Mythos.

Wir waren eineiige Zwillinge. Aber keine exakten Kopien, wie die Leute immer dachten.

Ich würde uns eher als Spiegelbilder beschreiben – wo bei ihr rechts ist, da ist bei mir links und umgekehrt. Ich ging aufs College. Sie ging ab. Ich kann einen Roman schreiben. Sie kann ein Kaninchen ausnehmen. Ich lebe in meinem Kopf. Sie lebt im Augenblick.

Ich bin nur ich. Sie ist das knallharte Mädchen, das ich gerne wäre.

Und jetzt ist sie weg.

Das Wort *tot* klingt so plump. *Weg* ist besser. Manchmal sage ich mir auch, dass sie jetzt *frei* ist.

Wisst ihr, meine Schwester sehnte sich immer nach Freiheit von Zwängen. Und immerhin muss sie jetzt nicht mehr atmen. Sie muss sich nicht mehr um ihren lästigen Körper kümmern. Sie muss nicht mehr zum Zahnarzt gehen. Sie muss sich keine Gedanken um Temperatur und Luftdruck machen. Sie kann gehen, wohin sie möchte.

Vergesst den Glass Beach oder die Everglades. Ich stelle sie mir auf einem anderen Planeten vor, vielleicht auch auf einem eisigen Mond, wo sie zuschaut, wie riesige Ringe aus Helium sich über bleiche Gletscher wölben. Oder wie sie über die gelben Lavafelder auf der Venus läuft, ohne Fußabdrücke im schwefeligen Schlamm zu hinterlassen. Oder wie sie die leuchtenden Kristalle im Halleyschen Kometen studiert, während er mit Tausenden Meilen pro Sekunde über unseren Himmel flitzt. Meine Schwester kann überallhin gehen. Ich hoffe, sie findet, was sie sucht. Wo sie auch sein mag, ich hoffe, sie denkt manchmal an uns. An mich und Mom und Dad und die Lücke, die sie hinterlassen hat.

Ich wünschte, ich könnte aufhören, über das Rätsel ihres Todes nachzudenken, könnte die Denkmaschine in meinem Kopf abstellen und einfach nur trauern. Aber so viele Dinge nagen an mir, klammern sich an meinen Gedanken fest. Vielleicht ist es ein Fluch, und ihre Furien haben nun nach ihrem Tod Besitz von mir ergriffen. Aber ich glaube nicht, dass ich unter Verfolgungswahn leide. Es gibt offene Fragen, die beantwortet werden müssen. So wie die Tatsache, dass Corporal Raycevic sie eine Stunde vor ihrem angeblichen Selbstmord auf dem Highway angehalten hat. Und dass er sie als eine Person beschrieben hat, die sich für eine Geschwindigkeitsüberschreitung entschuldigt – ausgerechnet sie. Oder das verdammt noch mal Beunruhigendste überhaupt: die Anrufe von ihrem Klapphandy.

Meiner Meinung nach ist das unglaublich wichtig.

Dank der Aufzeichnungen des Netzbetreibers wissen wir, dass sie vor ihrem Tod sechzehnmal versucht hat, den Notruf 911 zu wählen. Jeder Versuch ging schief, weil es zwischen Magma Springs und Polk City keinen Empfang gibt. Das erste Mal versuchte sie es bezeichnenderweise um 20:22 Uhr. Genau dreizehn Minuten, nachdem Raycevic sie angehalten hatte.

Das bedarf einer Erklärung.

Ich kann das nicht so stehen lassen.

Ich kann nicht akzeptieren, dass sie sechzehnmal um Hilfe rief, bevor sie starb, und niemand das für bedeutsam hält.

Es gibt nur eine plausible Erklärung dafür. Seid gewarnt, liebe Leserinnen und Leser, denn es wird ziemlich weit hergeholt klingen, wenn ich es erkläre. Vielleicht ist es nicht so absurd wie die Geschichte von dem Mann, der jedes Mal ganz vorn dabei ist, wenn die beiden Atombomben über Japan abgeworfen werden, aber ziemlich dicht dran. Also bleibt weiter bei mir, dann werde ich euch ganz behutsam dorthin führen.

Aber zuerst noch was Lustiges.

Dieser Japaner, den ich erwähnte – ihr seid davon ausgegangen, dass er in Nagasaki ums Leben gekommen ist, stimmt's? Er hat aber auch die zweite Explosion überlebt. Er führte ein langes, glückliches Leben und starb 2010. Gott segne ihn. Ich muss an Cambry denken, die gerade mal vierundzwanzig Jahre alt, witzig und rätselhaft war. Und daran, wie meine Eltern bei der Trauerfeier weinten, als ihre Zeichnungen auf der Leinwand erschienen. Sie konnte Dinge besser in Zeichnungen festhalten als andere in Fotos.

Ja, das Leben geht seltsame Wege.

»Was ist mit den Notrufen von Cambry?«

Raycevic antwortete, als würde er von einem Teleprompter ablesen. »Sie litt unter einer unbehandelten schizoiden Persönlichkeitsstörung und befand sich in einer emotionalen Krisensituation. Wir fordern alle Menschen auf, die Selbstmordgedanken hegen, unverzüglich 911 zu wählen, und genau das hat Ihre Schwester versucht.«

»Sie glauben, sie wählte die Notrufnummer, weil sie selbstmordgefährdet war?«

Er nickte.

»Sechzehnmal?«

»Hier draußen gibt es keinen Empfang zwischen dem Campingplatz, Magma Springs und Polk City. Ich habe die Bezirksverwaltung darum gebeten, zu genehmigen, dass T-Mobile einen dritten Sendemast baut ...«

»Aber sechzehnmal?«

»Glauben Sie, ich habe ein ruhiges Gewissen deswegen?« Sein Tonfall verdüsterte sich. »Am 6. Juni halte ich eine junge Frau an, die in emotionalen Schwierigkeiten steckt, gerade mal eine Stunde, bevor sie sich umbringt. Egal welche Zeichen da zu sehen waren, ich habe sie nicht bemerkt. Das war mein Fehler. Okay? Ich habe versagt. Sind Sie deswegen gekommen, um das aus meinem Mund zu hören?« Er schaute auf das Tonband. »Um es aufzunehmen?«

»Sechzehnmal«, wiederholte Lena.

»Der Bezirksstaatsanwalt hat alles geprüft. Es gibt keine Hinweise darauf, dass jemand ihr gefolgt ist. Niemand außer mir hat mit ihr gesprochen. Was immer in ihrem Kopf vorgegangen ist … von dem Ort, wo ich sie angehalten habe, bis zur Hairpin Bridge ist sie direkt durchgefahren. Etwas anderes ist, geografisch betrachtet, nicht möglich. Ihre Schwester ist nicht zur Notrufzentrale durchgekommen, und sie fuhr weiter, bis ihr das Benzin ausging, und das war hier an der Brücke. Daraufhin hat sie sich umgebracht. Es tut mir sehr leid, Lena.«

Es tut mir sehr leid, Lena. Wieder so ein Echo, ein oft gehörtes Versatzstück. Hatte ihr Chef diesen Spruch zum ersten Mal verwendet? Ihr Onkel? Ihre Cousine? Spielte das überhaupt eine Rolle?

Sie schaute ihn nicht an. Sie wollte nicht, dass er sah, wie ihr die Tränen in die Augen schossen. Sie schaute zu den Rauchwolken im Norden, diese Schwaden, die wie aus einem Vulkan aufstiegen und sich ausbreiteten. Die Rauchwand sah jetzt deutlich größer aus. Vielleicht kam sie sogar näher.

Raycevic schaute ebenfalls dorthin und seufzte.

»Wenn Sie jemanden verantwortlich machen wollen«, sagte er, »dann nehmen Sie mich. Ich bin derjenige, der sie aus den Augen verloren hat.«

Er atmete tief ein, und Lena versteifte sich. Sie wusste, was jetzt kam.

Es ist nicht Ihre Schuld …

»Es ist nicht Ihre Schuld, Lena.«

Da war es.

Der Klassiker. Das Original. Es war nur eine Frage der Zeit gewesen, bis er mit dem größten Klischee herausrückte, das Leute benutzen, wenn deine Schwester Selbstmord begangen hat. Und da war es. Lena hasste es wegen der implizierten Botschaft: Wenn es nicht deine Schuld war und auch nicht meine, dann muss es wohl Cambrys gewesen sein, richtig? Die Lebenden sollen ohne Schuld bleiben. Mach einfach diejenige verantwortlich, die nicht mehr da ist, die sich nicht verteidigen kann.

Das machte Lena krank. Sie ballte die Fäuste.

Raycevic fuhr fort: »Schizoide Persönlichkeitsstörungen sind sehr kompliziert. Jemand hat es mir mal beschrieben. Es ist kein Leiden im Sinne einer Krankheit, denn es gibt keine Symptome, die man behandeln kann. Man ist einfach so gestrickt. Man *will* es so. Man will auf Distanz gehen, lässt alle anderen eine Million Meilen hinter sich, schneidet alle Kontakte zu den Mitmenschen ab und existiert nur noch nach eigenen Regeln auf einer Umlaufbahn um den Saturn. Und diese Einsamkeit macht einen eine Zeit lang glücklich. Bis man eines Tages feststellt, dass man Hilfe braucht, aber es ist niemand mehr da, der …«

»Ich bin es so *leid*, diese Sprüche über ihre psychische Krankheit zu hören«, sagte Lena.

Er hielt inne.

»Die Leute tun so, als wäre damit alles erklärt: Sie sprang von der Brücke, weil sie verrückt war. Wegen einer zehn Jahre alten Diagnose aus ihrer Kindheit. Ja, meine Schwester hatte Probleme. Ja, sie war eine Einzelgängerin. Aber ich kenne sie, und ich weiß, dass sie nicht selbstmordgefährdet war ...«

»Vielleicht kannten Sie sie gar nicht.« Er spuckte es aus wie eine Beleidigung.

Darauf war sie nicht vorbereitet. Es tat weh.

Er schien zu spüren, dass er zu weit gegangen war, denn er ruderte sofort wieder zurück und versicherte sich, dass der Rekorder es auch aufnahm: »Entschuldigen Sie, ich ... Das kam jetzt ganz falsch rüber.«

Sie sagte nichts. Überhaupt nichts.

Vielleicht kannten Sie sie gar nicht.

»Ich möchte Ihnen mal eine Frage stellen, Lena. Was machen Sie hier?«

»Trauerarbeit.«

»Und was tun Sie *wirklich*?«

Schweigen.

Er trat näher. »Warum sind Sie die ganze Strecke von Seattle bis hierher gefahren? Hätte eine Anruf nicht genügt?«

Sie hatte sich eine Antwort auf diese unvermeidliche Frage zurechtgelegt, aber es traf sie dennoch unvorbereitet. Brachte sie aus dem Gleichgewicht.

»Ich ... ich schreibe ein Buch.« Sie merkte, wie sie rot wurde, weil es ihr peinlich war. »Über meine Schwester. Über ihre letzten Stunden am 6. Juni. Es gibt so viel, was ich nicht von ihr weiß, und ich möchte ihre Geschichte erzählen. Mit Ihrer Hilfe.«

Er dachte darüber nach.

»Als wir klein waren, war sie die Künstlerin und ich die Schriftstellerin. Cambry wollte immer, dass ich eine Geschichte über sie schreibe. Das habe ich nie getan. Und jetzt muss ich es tun, als eine Art Sühne, denke ich.«

»Es tut mir leid, dass ich so kaltschnäuzig reagiert habe, Lena.«

Sie rang sich ein Lächeln ab. »Es tut mir leid, dass ich Sie unterbrochen habe, Ray.«

Zwei verlogene Entschuldigungen, nur für den Kassettenrekorder ausgesprochen. Sie standen zehn Schritte voneinander entfernt. Wie zwei Revolverhelden in einem Western.

Aus der Entfernung wirkte Corporal Raymond Raycevic völlig anders als aus der Nähe; fast so, als wären es zwei verschiedene Personen. Er erinnerte Lena an einen Sportwagen, den einer von Cambrys Ex-Freunden gefahren hatte – außen sah er super aus, aber innen war alles vermüllt und versifft. Seine Augen waren leer und müde. In seinem Bauch gurgelte es ungut. Aber mit seinen muskulösen Armen konnte er wahrscheinlich einen Ackergaul umhauen.

»Sie sehen müde aus.«

»Ich habe seit Donnerstag nicht geschlafen.«

Sie wartete auf eine Erklärung – Insomnia? Nachtschicht? Meine Frau schnarcht? –, aber er sagte nichts weiter dazu. Auch gut.

Von ihrem Standort aus konnte sie in seinen Streifenwagen sehen. Der Rücksitz war zerschlitzt und von der Sonne ausgeblichen. Auf den Kunststoffbezug waren Muster oder Zeichen gekritzelt. Eins direkt hinter dem Fahrersitz fiel ihr ins Auge. Sie ging näher heran, schaute durchs Fenster und sah, dass es sich um einen gezeichneten Dinosaurier handelte.

»Sie haben ja sogar Graffiti im Wagen.«

»Was?«

Sie deutete darauf. »Jemand hat etwas auf Ihre …«

»Teenager.«

Er ging zurück zu ihrem Corolla, seine Stiefel knarzten. Sie blieb noch einen Moment lang vor der Heckscheibe des Streifenwagens stehen und starrte den zittrig mit blauer Tinte gezeichneten Dinosaurier an. Sie konnte den Blick nicht abwenden. Sie hatte ihn schon einmal gesehen.

Nein – sie hatte ihn schon viele Male gesehen.

Corporal Raymond Raycevic gefiel es nicht, wie lange die junge Frau neben seinem Wagen herumlungerte und durch das getönte Glas spähte. Auf dem Rücksitz saß niemand – was gab es da also zu starren?

Er ertappte sich dabei, wie er *sie* anstarrte.

Sie sieht genau wie ihre Schwester aus.

Es gab einige oberflächliche Unterschiede – Lena hatte lange Haare und einen gut frisierten Pony, während Cambry sich die Haare selbst geschnitten und zu einem Pferdeschwanz gebunden hatte. Lena war blass, Cambry gebräunt; Cambrys Jeans waren zerschlissen, verblichen und fleckig gewesen, Lenas sahen aus, als kämen sie frisch aus dem Laden. Aber unter alldem schien sich die gleiche Person zu befinden. Dass sie offenbar sehr angestrengt versucht hatten, sich voneinander zu unterschieden, machte es nur noch tragischer, dass sie nicht voneinander loskamen.

Meine Güte. Er war ziemlich verblüfft.

Es ist, als hätte man Cambrys Gespenst vor sich.

Lena bemerkte seinen Blick nicht. Sie starrte in seinen Wagen. Etwas in Raycevic verkrampfte sich. Er überlegte fieberhaft, ob er irgendwas Verräterisches auf seinem Rücksitz vergessen hatte. Wonach suchte sie da auf diesem dreizehn Jahre alten fleckigen und zerkratzten Polster?

Nein, das gefiel ihm überhaupt nicht.

Er musste dringend das Thema wechseln. »Also gut«, sagte er zögerlich. »Ich werde Ihnen jetzt die Wahrheit sagen.«

»Was?«

»Ich hab Sie angelogen, Lena.«

Sie schaute ihn verwirrt an, glaubte, sich verhört zu haben.

»Und es tut mir leid.« Er wandte sich erneut ab.

Eine Schockwelle durchfuhr Lena, als sie das hörte. Ich hab Sie angelogen …

»Als wir uns in Magma Springs trafen, sagte ich, ich könne mir nicht vorstellen, wie es ist, eine Zwillingsschwester zu verlieren. Aber in Wahrheit kann ich das doch.« Er blieb vor dem Geländer stehen und schaute zu den rauchumwölkten Bergen. »Ich hatte einen Zwillingsbruder.«

Sie hörte ihm zu, blieb aber auf Distanz.

»Mein Bruder hieß Rick, und er wollte immer schon Polizist werden. Seit er fünf Jahre alt war, als er mich immer verhaftete und mit Plastikhandschellen fesselte. Mit achtzehn entschieden wir, dass wir beide zur Polizei gehen würden. Wir machten sämtliche Tests, füllten Fragebögen aus, ließen uns psychologisch begutachten und unsere Fitness prüfen – aber nur ich wurde zugelassen. Rick fiel durchs Raster. Was mich immer noch überrascht, ehrlich gesagt, weil ich glaube, dass er viel motivierter war als ich. Vielleicht war er ja übermotiviert. Und dann fragte ich mich, ob ich es nur gewollt hatte, weil *er* es so sehr wollte. Verstehen Sie? Rick war der Ältere von uns beiden, um zwei Minuten.«

Lena erinnerte sich, dass ihre Mutter ihr einmal erzählt hatte, sie sei ebenfalls ein paar Minuten älter als Cambry. Was aber eigentlich keine Rolle spielte. Cambry und ihre Furien waren ihr immer wie etwas »Älteres« vorgekommen, etwas Härteres, was auch mit Lebenserfahrung zu tun hatte.

Er atmete aus. »Am Abend, bevor ich mit dem Bus nach Missoula fuhr, schob Rick sich den Lauf einer Kaliber-12-Schrotflinte unters Kinn.«

Sie hatte das Gefühl, etwas sagen zu müssen. Tat sie aber nicht.

»Sie denken, ich könnte nicht ermessen, was Sie wegen Cambrys Selbstmord durchmachen, und das stimmt auch – ich kann es nicht –, denn jeder hat seine eigene Art, mit Verlust und Trauer und Schuldgefühlen umzugehen. Aber ich habe zumindest eine Ahnung, was in Ihnen vorgeht.« Er schaute sie an. »Ich habe wirklich Mitleid mit Ihnen, Lena. Und ich bitte Sie inständig: Hören Sie auf, einem Geist hinterherzujagen. Schauen Sie nach vorn, nicht zurück.«

Sie schaute nach vorn, schaute ihn an.

»Und es waren fünfzehn Versuche«, sagte er. »Sie hat fünfzehnmal versucht, die Notrufzentrale zu erreichen, so ist es auf der SIM-Karte verzeichnet.«

Sie erwiderte nichts. Sie war sicher, dass es sechzehnmal gewesen war.

Richtig?

»Gut möglich, dass ein Beamter einen Fehler gemacht hat, als er es durchgezählt und Ihnen übers Telefon mitgeteilt hat«, sagte Raycevic. »Sie bekamen die Info doch am Telefon, oder?«

Sie sagte noch immer nichts.

Die Sonne stand jetzt hoch am Himmel. Die Schatten waren sehr kurz. Der Himmel war mit hässlichen, braunen Rauchschwaden überzogen. Der Wind hatte nachgelassen. Die Stille verstärkte die Spannung. Sie hatte Durst, ihre Lippen waren aufgesprungen, und sie bekam Kopfschmerzen. Sie fragte sich, ob Raycevic bezüglich der Notrufe recht hatte. Und wenn das stimmte – was könnte sie darüber hinaus noch falsch sehen?

Ein metallisches Zirpen unterbrach ihren Gedankengang.

Raycevic sagte: »Entschuldigen Sie. Nur ganz kurz.«

Sie drehte sich um. Das Geräusch kam aus dem Streifenwagen. Sein Funkgerät wahrscheinlich. Die Fenster der Vordertüren standen zwei Zentimeter offen, so konnte das

Geräusch nach draußen dringen. Jedes Geräusch schien eine Bedeutung zu haben. Jeder Grashalm, der sich bog, jeder Schritt, jeder angehaltene Atem.

Nein. Sie hat sechzehnmal versucht, einen Notruf durchzugeben.

Ich habe die Liste mit eigenen Augen gesehen. Ich habe sie durchgezählt.

Der Cop entschuldigte sich und eilte zu seinem Dienstwagen in einem harmlos wirkenden Trott. Sie sah zu, wie er sich hineinzwängte und die Tür hinter sich schloss. Sie wollte ihn keine Sekunde aus den Augen lassen.

Ich bin nicht verrückt.

Sie konnte sich nicht leisten, ihre eigenen Gedanken in Zweifel zu ziehen. In ihrem Kopf wirbelten die Informationen durcheinander – die SIM-Karte, der gezeichnete Dinosaurier auf dem Rücksitz des Streifenwagens, die Kälte in Raycevics Stimme, als er behauptete, sie würde ihre eigene Zwillingsschwester nicht kennen. Nichts passte zusammen. Nichts war solide. Wie ein Mund voller loser Zähne.

Sie versuchte, wieder klar zu denken, sich auf die bekannten Tatsachen zu konzentrieren. Die harten, unzweifelhaften Fakten. Der Zeitpunkt von Cambrys Tod war auf 21 Uhr geschätzt worden.

Das bedeutete, dass sie von dem Moment an, als Raycevic sie anhielt, nur noch eine knappe Stunde zu leben hatte.

KAPITEL 4

Cambrys Geschichte

Der Cop fragt nach ihrem Namen.

»Cambry Nguyen.«

Der Cop fragt, wie es ihr so geht.

»Gut.«

Der Cop fragt, wo sie herkommt.

»Aus Seattle, ursprünglich.«

Der Cop fragt nach ihrem Führerschein.

Sie sucht im Rucksack auf dem Beifahrersitz ihr Portemonnaie. Ihre Hände zittern, die Finger sind taub und nutzlos.

»Sie müssen nicht nervös werden«, sagt der sonnenverbrannte Mann, als er ihren Führerschein entgegennimmt. »Sie sind nicht in Schwierigkeiten.« Dann dreht er sich um und geht zurück zu seinem schwarzen Cruiser. Er setzt sich hinters Steuer und lässt die Tür leicht geöffnet. Einen Fuß lässt er auf dem Seitenstreifen stehen.

Er überprüft, ob etwas gegen dich vorliegt.

Cambry weiß, dass es da nicht viel gibt – ein paar Kleinigkeiten, aber nichts Weltbewegendes. Vielleicht hätte sie

Blake in Florida anzeigen sollen, aber es war ja größtenteils sein eigenes Geld. Und die kleine Pistole gehörte auch ihm, falls er sie überhaupt legal erworben hatte. Trotzdem denkt sie jetzt, sie hätte es besser tun sollen.

Die Situation kommt ihr unwirklich vor. Irgendwie.

Die Dämmerung bringt kühle Luft mit sich. Wie ein Traum, der sich langsam in einen Albtraum verwandelt. Sie hat den Namen des Cops schon wieder vergessen, weiß nur noch, dass zwei R darin vorkamen.

Sie schaut ihn sich im Rückspiegel an. Er ist nicht mit seinem Funkgerät beschäftigt. Das ist eigenartig. Er sitzt einfach nur da und starrt sie an, um sie herum dunkelblaues Zwielicht. Sein Gesicht hinter der Windschutzscheibe liegt im Schatten. Aber er hat immer noch einen Fuß außerhalb auf dem Boden, als wollte er bereit sein zum Loslaufen. Bereit zum Sprinten. Bereit für irgendwas.

Cambry legt die rechte Hand auf den Ganghebel. Der Cop kann das nicht sehen. Ganz langsam schließt sie ihre Finger um den Knauf.

Es wäre leicht, den Vorwärtsgang einzulegen. Der Motor läuft im Leerlauf. Nur ein einziges metallisches Klicken. Es wäre nicht das erste Mal, dass sie vor den Bullen Reißaus nimmt. Er wird es natürlich sofort mitkriegen, noch bevor sie Gas gibt, denn die Rücklichter werden aufflammen.

Trotzdem – du kannst wegfahren. Jetzt.

Und er wird sie verfolgen, richtig? Natürlich wird er das, denn sie entzieht sich einer Verkehrskontrolle. Das ist ein Vergehen. Er wird seine Sirene wieder anstellen, und sie wird die flüchtende Kriminelle sein.

Aber …

Wenn sie lange genug und schnell genug fährt, wird sie irgendwann auf Zeugen treffen. Sogar andere Cops wären gut. Sie kann sich beinahe schon mit dem Gedanken anfreunden, aus dem Auto gezerrt und gefesselt zu werden, auf dem Boden zu liegen, mit einem Knie im Rücken, solange es im nächsten County ist. Solange es nicht sein Knie auf ihrem Rücken ist, hier und jetzt, ohne Zeugen.

Sie drückt den Hebel nach unten. Ganz langsam. Die Mechanik der Gangschaltung beginnt zu surren, es knirscht. Die rote Linie schwebt unschlüssig zwischen P und D. Park und Drive.

Leben oder sterben. Tu es.

Sie hält die Luft an.

Tu es. Fahr weg.

Sie schaut in den Rückspiegel. Der Cop hat sich nicht bewegt. Er sitzt ganz ruhig da und sieht sie an, sein Gesicht hinter einem dunklen Schatten versteckt, wie unter einer Kappe.

Aus irgendeinem Grund ahnt sie, dass das kein echter Cop ist, sondern ein Betrüger. Vielleicht hat er vor Kurzem einen armen State Trooper umgebracht.

Vielleicht hat er das Blut von einer Uniform abgewaschen, die nicht ihm gehört, und ich bin nur die letzte Station auf seinem blutigen Streifzug.

Sie schieb den Hebel etwas weiter.

Noch weiter. Noch ein bisschen. Die Mechanik spannt sich an, der Hebel befindet sich genau an der Grenze vor der unsichtbaren Wand, wo der Leerlauf in den Drive-Modus umschlägt. Sie spürt es, es ist auf des Messers Schneide. Sie steht ganz dicht davor. Ein letzter kleiner Schub, nur eine winzige Anspannung eines Muskels an ihrem Handgelenk, und der Corolla ist fahrbereit.

Wenn du jetzt nicht sofort losfährst, wirst du sterben.

Dieser Gedanke formt sich in ihrem Kopf mit einer merkwürdigen, distanzierten Gewissheit. Das gleiche widerstrebende Gefühl, das sie überkam, als sie das Ouija-Brett befragte, ob sie jung sterben würde. Es war eine eigenartige Phobie – nicht unbedingt die Angst vor dem Tod, sondern davor, verdammt zu sein. Deshalb hatte die Eule sie heute so sehr beunruhigt. Wie tragisch, den ganzen Weg von Seattle bis Fort Myers hinter sich zu bringen und allein wieder zurückzufahren, um dann hier, auf der Zielgeraden, zwei Staaten vor der Heimat zu sterben.

Ein ganzer Chor ertönt und drängt sie: Cambry, tu es. Tu es.

Er wird dich umbringen, wenn du nicht endlich schaltest und …

Der Cop kommt zurück.

Sie hört den Schotter unter seinen Stiefelsohlen, es klingt, als würden Eierschalen zertreten. Schuldbewusst nimmt sie die Hand vom Schalthebel und spürt, wie der Mechanismus wieder im Park-Modus einrastet. Ihre Wangen brennen vor Scham, während seine Silhouette im Rückspiegel immer größer wird.

Das war's, Cambry. Das war deine Chance, sie ist vertan. Dein Schicksal ist besiegelt.

Er legt einen Ellenbogen auf das Dach ihres Autos, als

wäre es seins. Er ist jetzt lockerer, fühlt sich besser. Er beugt sich nach unten und reicht ihr den Führerschein. Sie nimmt ihn und bemerkt, dass er schwarze Handschuhe trägt. Hatte er die vorhin auch schon an? Oder hat er sie eben erst angezogen?

Er sagt: »Ich muss Sie auffordern, aus dem Fahrzeug zu steigen.«

»Wie bitte?«

Er beugt sich herein, der Arm liegt immer noch auf dem Wagendach. Sie riecht seinen Atem. Tabletten gegen Magensäure mit Erdbeergeschmack. »Ich möchte, dass Sie den Motor abstellen. Bitte steigen Sie aus dem Fahrzeug und kommen Sie mit mir.«

»Warum?«

»Das erkläre ich gleich. Kommen Sie bitte mit.«

Ihre Hand umfasst den Schlüssel in der Zündung. Die Finger verkrampfen sich.

Er lächelt. »Sie sind nicht in Schwierigkeiten.«

»Weiß ich.«

»Es geht nur um ein paar Formalitäten.«

Raymond Raycevic steht auf dem schwarzen gestickten Namensschild an seiner Uniform. Sie versucht, ihn sich zu merken für den Fall, dass ein Mann mit diesem Namen irgendwo mit dem Gesicht nach unten in einer Grube liegt. Es ist ein seltsamer Name, er klingt fast schon poetisch. Und auf eine vage Art dämonisch.

»Hören Sie.« Sein Lächeln verschwindet. »Ich sagte doch bereits, dass Sie nicht in Schwierigkeiten sind, Cambry.«

Cambry.

Aus seinem Mund klingt ihr Name fremd. Es fühlt sich wie ein Eiswürfel zwischen ihren Schulterblättern an. Dadurch wird es irgendwie real. Er ist keine körperlose Bedrohung in ihrem Kopf, von der ihr gesagt wurde, sie solle sich niemals davor fürchten. Er ist ein menschliches Wesen, eins neunzig groß, hundertzwanzig Kilo schwer, reales Fleisch und Blut und Knochen, direkt vor ihr, und er ist womöglich gekommen, um sie zu töten.

Er bewegt sich wieder, geht langsam um die Kühlerhaube des Corolla herum, inspiziert die Reifen und nimmt den ganzen Wagen in Augenschein wie ein Gebrauchtwagenhändler, tritt nun an das Beifahrerfenster …

»Was tun Sie denn da?«

Er antwortet nicht. Er greift durchs Fenster – »Hey!« –, packt ihren Rucksack und hebt ihn hoch. Sie will ihn festhalten, aber es ist zu spät.

»Hey, Arschloch, was soll das …«

Er zieht den Reißverschluss des Rucksacks auf und nimmt ihre Jacke und die Angelausrüstung heraus. Dann hebt er den Benzinkanister hoch und schüttelt ihn. Verzieht missbilligend das Gesicht. Sie kennt diesen Ausdruck. Lehrer und Anwälte gucken so. Es hat sie noch nie so beunruhigt wie jetzt, denn es ist eindeutig falsch.

»Jemand in der Gegend um Magma Springs zapft Benzin aus Autotanks«, sagt er, als er wieder zu ihrem Fenster zurückkommt. Er umklammert den Gummischlauch und hält ihn anklagend in die Höhe. »Eine junge Frau auf der Durchreise in einem blauen viertürigen Corolla. Die ganze Stadt redet davon.«

»Dann müssen die sonstigen Klatschgeschichten in der Stadt ja ganz schön langweilig sein.«

»Das ist eine ernste Sache, Cambry.«

»Benzin abzapfen?«

Raycevic schaut sie tadelnd an und lässt den Kanister auf den Asphalt fallen, wo er dumpf aufprallt. Auch den Gummischlauch lässt er fallen. Dann macht er eine heftige Geste. »Aussteigen.«

»Nein.«

»Aussteigen, Cambry.«

In die Enge getrieben, bleibt ihr nur der Gegenangriff. Sie kann nicht anders. »Was haben Sie da hinten eigentlich gemacht?«

Er antwortet wie aus der Pistole geschossen, alarmiert, scharf wie eine Schlange, die nach der Hand schnappt, die sie am Schwanz gepackt hält: »Wie bitte?«

»Da hinten im Wald«, sagt sie. »Sie haben irgendwas mit diesen Feuern gemacht. Und dann sahen Sie mich und sind hinter mir hergerannt. Haben mich verfolgt bis hierher.« Sie schaut ihm ins Gesicht. »Warum?«

Er gibt keine Antwort.

»Was sollte das alles, hm?«

Er seufzt. Zupft an seinen Handschuhen.

Erst jetzt, nachdem sie es ausgesprochen hat, fällt ihr ein: Jetzt muss er mich umbringen. Weil er nun genau weiß, was sie gesehen hat. Er weiß, dass sie weiß, dass es etwas Verbotenes war. Sie hat ihr eigenes Todesurteil gesprochen, ohne nachzudenken, total dämlich.

Ich habe ihm keine Wahl gelassen.

Die Kiefern rauschen leise. Der Wind weht durch die offenen Fenster. Es wird eine kühle Nacht. Zu kalt für Juni.

»Ich werde Ihnen alles erklären«, sagt Raycevic. »Okay? Ist es das, was Sie hören wollten? Wir können darüber reden – aber nicht hier. Kommen Sie in meinen Wagen, dann werde ich Ihnen genau erklären, was da losgewesen ist, was Sie gesehen haben.«

»Wie wär's, wenn Sie mir einfach in die Stadt folgen?«, schlägt sie stattdessen vor. »Sie können mir gern den Weg zum Sheriffbüro beschreiben, dann fahre ich dorthin. Sie können hinterherfahren, und dann besprechen wir die Sache dort ...«

Er schüttelt den Kopf.

»Na schön, aber ich steige nicht aus.«

Er schüttelt noch heftiger den Kopf. Sie bemerkt, dass eine Hand nun auf dem Knauf seiner Pistole liegt. »Ich möchte, dass Sie den Motor ausschalten und aus dem Auto steigen, Ma'am.«

»Und ich möchte, dass Sie sich verpissen ...«

»Cambry.« Er schüttelt noch immer unentwegt den Kopf. »Sie müssen kooperieren. Das hier ist ernster, als Sie denken. Ich werde jetzt bis drei zählen.«

»Und dann?«

»Das werden wir herausfinden, wenn Sie das Fahrzeug nicht verlassen.«

»Sie sind überhaupt kein Cop.«

Er zählt: »Eins.«

Ihr Blick fällt wieder auf seine Hand, die auf dem Holster mit der schwarzen Glock liegt. Sie lenkt ein. »Hören Sie, ich bin doch bloß auf der Durchreise. Ich will nach Hause und werde bestimmt niemandem erzählen, was ich gesehen habe …«

»Zwei.«

»Ich weiß doch nicht mal, was ich gesehen habe.« Sie merkt, wie ihre Stimme versagt. »Okay? Bitte …«

»Drei.« Er knöpft das Holster auf und legt die Hand um den Pistolengriff.

»Warten Sie.« Sie hebt die Hände, dreht die Handflächen zum Fenster. »Ich steige aus. Okay? Ich steige aus dem Wagen und komme mit Ihnen. Können Sie bitte … einen Schritt zurücktreten? Damit ich die Tür öffnen kann?«

Schweigen. Die Situation entspannt sich.

Raycevic überlegt und nickt. Er tritt zwei Schritte zurück.

»Danke.«

Cambry schiebt den Schalthebel auf Drive.

KAPITEL 5

Lena

Lena gefiel es nicht, wie lange Raycevic in seinem Auto saß.

Er war immer noch mit dem Funkgerät beschäftigt. Hielt das kleine schwarze Mikrofon vor den Mund und schaute immer wieder durch die getönte Windschutzscheibe zu ihr. Sie sah, wie seine Lippen sich bewegten, konnte aber nichts hören. Er ließ das Fenster geschlossen, damit nichts nach außen drang.

Sie winkte. Er winkte zurück und lächelte entschuldigend. Bin gleich fertig.

Lena blickte wieder zum verrauchten Horizont und versuchte, sich zu konzentrieren. Sie hatte ihn in Bedrängnis gebracht, aber diese Unterbrechung nahm ihr den Wind aus den Segeln.

Mit wem spricht er da?

Das gefiel ihr nicht. Überhaupt nicht.

Sie hielt das iPhone in der Hand. Kein Empfang hier draußen, aber während sie wartete, öffnete sie unwillkürlich den SMS-Ordner und schaute sich die letzte Nachricht ihrer Schwester an. Der einzige von Cambry Nguyen verfasste Text, den man als so etwas wie einen Abschiedsbrief betrachten könnte.

Normalerweise wachte Lena nicht auf, wenn ihr Handy Geräusche machte, aber aus irgendeinem Grund hatte diese Nachricht sie am 8. Juni kurz nach Mitternacht aus dem Schlaf gerissen, als wäre sie mit negativer Energie geladen gewesen. Sie erinnerte sich noch, wie sie schlagartig die Augen geöffnet hatte, als das Signal ertönte, und den blauen Widerschein an der Decke sah. Sie hatte sich umgedreht und die letzten Worte ihrer Schwester gelesen:

Bitte vergib mir. Ich konnte nicht damit leben. Hoffentlich können Sie es, Officer Raycevic.

Lena hatte die Botschaft einmal gelesen.

Dann hatte sie sich umgedreht und war wieder eingeschlafen.

An Selbstmord hatte sie nicht gedacht. Das passierte anderen Menschen, kam in anderen Familien vor. Schläfrig dachte sie, dass diese Nachricht an eine andere Person gerichtet war. Vielleicht war Officer Raycevic der Spitzname eines ihrer schrägen Freunde irgendwo in Kansas oder Florida oder Sri Lanka oder wo sie sich gerade herumtrieb. Irgendeine Zufallsbekanntschaft an irgendeinem Ort in der Welt, den ihre nomadische Schwester gerade besucht hatte. War es eine Entschuldigung? Ein Insiderwitz? Eine subtile Drohung? Bei Cambry konnte es auch all das zusammen sein.

Lena schlief an diesem Morgen bis zehn Uhr. Der nächste Anruf kam von ihrer Mutter, die ihr mit tränenerstickter Stimme mitteilte, dass sie eine Nachricht von der Montana Highway Patrol bekommen hatte.

Lena erzählte niemandem, dass sie die nächtliche SMS von Cambry einfach ignoriert hatte. Sie behauptete, sie hätte sie erst später bemerkt.

Nicht dass es eine Rolle gespielt hätte – in dem Moment, als Lena sie bekam, war Cambry schon seit mehr als vierundzwanzig Stunden tot. Sie hatte die Nachricht kurz vor ihrem Tod geschrieben und versucht, sie aus dem Funkloch in der Nähe der Hairpin Bridge zu senden. Die Nachricht blieb im Ordner für ausgehende Nachrichten hängen, bis die Sanitäter ihre Leiche abtransportierten. In ihrer blutverschmierten Hosentasche, an ihren kalten Oberschenkel gedrückt, mit fast leerer Batterie schaffte es ihr beschissenes kleines Nokia-Gerät tatsächlich noch um 1:48 Uhr nachts, die letzte Nachricht an ihre Schwester aus dem Totenreich zu senden.

Die dann ignoriert wurde.

So peinlich das auch war, sie freute sich trotzdem darüber, dass ihre Schwester, die ihr sehr fremd geworden war, daran gedacht hatte, ihr eine Nachricht zu schicken. Lena war geradezu erleichtert, dass sie Cambry noch so viel bedeutet hatte, um eine letzte Nachricht zu erhalten. Auch wenn sie einen bizarren und eigenartigen Inhalt hatte.

Vor allem der letzte Satz: *Hoffentlich können Sie es, Officer Raycevic.*

Was sollte das?

Was zum Teufel sollte das bedeuten?

Niemand wusste, was davon zu halten war. Warum sollte man seine letzte Mitteilung mit der Nachricht an eine unbeteiligte Randfigur kontaminieren, die einen eine Stunde zuvor angehalten hatte? Wieso keine weiteren Erklärungen an ihre schockierte Familie, die sie so abrupt im Stich ließ? Wieso war da nicht mehr? Während der Trauerfeier hatten ihre Eltern stoisch gelächelt und Haltung bewahrt, aber Lena fühlte sich, als hätte Cambry ihr eine vergiftete Botschaft zukommen lassen. Ihr hinter dem Schleier den Mittelfinger gezeigt.

Vergiss die Rätsel. Das Einzige, was Lena sich wirklich gewünscht hätte, wäre: Ich liebe d…

Ein metallisches Geräusch unterbrach ihre Gedanken.

Eine Autotür.

Raycevic kam zurück. Endlich. Er sah jetzt anders aus, trug ein aufgesetztes breites Lächeln zur Schau. »Tut mir leid, dass wir unterbrochen wurden.«

»Kein Problem.« Sie rieb sich die Augen.

»Das Funkgerät ist wie meine Frau«, sagte er und rang sich ein abfälliges Lachen ab. »Quatscht ununterbrochen. Es würde mich sogar bis in den Schlaf verfolgen, wenn ich noch schlafen könnte.«

Er grinste schief. Als wäre die Spannung der letzten Minuten ihres Gesprächs vollständig verschwunden. Er kehrte wieder den jovialen, sympathischen (wenn auch innerlich gepeinigten) Mann heraus, den sie im Magma Springs Diner kennengelernt hatte.

»Mit wem haben Sie gesprochen?«

Neunzehn Meilen entfernt hockte ein Mann im Schatten und hielt nachdenklich den Hörer seines Funkgeräts in der Hand, bevor er ihn wieder einhängte. Neben ihm lag eine handgeschriebene Notiz.

LENA NGUYEN. HAIRPIN BRDG

Er hielt inne, dann fügte er hinzu:

UNBEWAFFNET

»Zentrale«, antwortete Raycevic lässig. »Feuerposten Eins sagt, die Windrichtung hat sich verändert. Das Briggs-Daniels-Feuer breitet sich jetzt in diese Richtung aus, und alle südlich der Interstate 90 müssen evakuiert werden. Wir sollten besser aufhören. Habe ich alle Ihre Fragen beantwortet?«

»Kommen Sie nicht näher.«

Er blieb zwei Meter vor ihr stehen und hob beide Hände in einer übertriebenen Geste. Die Muskeln unter seinem braunen Hemd spannten sich an. »Haben Sie was gegen Cops, Lena?«

»Wie bitte?«

»Gegen Cops. Mich. Die Staatsgewalt.« Er klopfte gegen seinen breiten Brustkorb, und es knackte, als wäre er aus Kalk gemacht. Sein Grinsen erzeugte ein heftiges Kribbeln auf ihrer Haut. »Ich bin einer von den Guten.«

»Davon gehe ich aus.«

»Hat das was mit der Generation Z zu tun?«

»Ich respektiere die Polizei, Ray.«

»Wirklich?«

»Mein Onkel war State Trooper in Oregon.« Sie schaute ihn direkt an. »Er war der netteste und anständigste Mensch, den ich je getroffen habe. Und ich erinnere mich noch gut daran, wie er mir erzählte, dass viele Autofahrer ihm nach der Verkehrskontrolle den Stinkefinger zeigten. Sie sahen nur den Bullen in ihm, nicht den Menschen. Viele Leute denken so. Sind nur genervt. Misstrauisch. Ich glaube, Polizist zu sein, ist einer der härtesten Jobs auf der Welt.«

Er lächelte verschämt. »Vielen Dank …«

»Aber mit *Ihnen* habe ich ein Problem, Ray.«

Sein Lächeln verschwand.

Etwas an dieser Situation – die Art, wie er seine Mimik ein- und ausschaltete – erinnerte Lena an Cambrys Barbie-Puppensammlung in ihrer Kindheit. Anstatt mit ihnen zu spielen, hatte sie ihnen Wasserstoffperoxid in die Gesichter geschmiert, sie in ausdrucksloses, schmieriges graues Plastik verwandelt, und sie dann auf ihrem Regal nebeneinandergesetzt wie kleine gesichtslose Schaufensterpuppen. Ziemlich schaurig. Lena hatte nie verstanden, warum ihre Schwester das getan hatte.

Raycevics Lächeln erschien wieder. Er verfiel erneut in den Teleprompter-Tonfall: »Wenn Sie lieber mit einer anderen Person von meiner Dienststelle sprechen möchten oder wenn Sie mir misstrauen, Lena, dann ist das okay. Sie haben das Recht dazu. Sie haben einen schlimmen Verlust erlitten. Ihre Schwester war psychisch krank.« Die Worte *psychisch krank* betonte er besonders und schaute ihr dabei in die Augen, um ihre Reaktion zu testen. »Sie hat sehr stark gelitten. Und konnte ihren Schmerz mit niemandem teilen. Und deshalb hat sie eine unglückliche Entscheidung getroffen.«

Sie weigerte sich, den Köder anzunehmen, den er ihr hinwarf.

Er spielt mit mir. Versucht, Salz in die Wunde zu reiben.

Sie fing Raycevics Blick auf und starrte in die roboterhaften schwarzen Brillengläser, suchte nach seinen Augen dahinter. »Wir waren noch nicht mit dem fertig, über das wir vorhin gesprochen haben. Sie sagten, Sie hätten sie um 20 Uhr angehalten?«

»Ja.«

»Aber Sie haben sie nicht aufgefordert, in Ihren Wagen zu steigen?«

»Nein.«

»Sie hat also niemals in Ihrem Auto gesessen?«

Seine Antwort bestand aus einem breiten Grinsen. »Das ist korrekt.«

Lena warf einen Blick nach links, um sicherzugehen, dass ihr Kassettenrekorder noch aufnahm. Sie durfte Raycevic nicht aus den Augen lassen. Er war bewaffnet, und sie musste darauf achten, dass er direkt vor ihr stand, ihr Körper im Neunzig-Grad-Winkel zu seinem, um ihr größtmögliche Mobilität zu sichern.

Er wartete ab.

Sie entschied, dass es Zeit war, zum Angriff überzugehen. Die Phase der Nettigkeiten war vorbei. Es war sowieso alles nur Show gewesen, von dem Moment an, als sie ihn vor dem Magma Springs Diner getroffen hatte.

»Meine Schwester war Künstlerin«, sagte Lena. »Sie ist großartig. War großartig. Sie konnte besser zeichnen als andere Leute fotografieren. Jedes beschissene Telefon kann ein Foto machen, aber Cambry konnte die darin verborgene Wahrheit zeigen.«

Raycevics Lächeln verging erneut.

»Ein Motiv hat sie besonders gern gezeichnet. Es war fast schon so etwas wie eine Visitenkarte, ein Markenzeichen. Und zwar einen Dinosaurier, einen von der kleineren Sorte, wie ein Velociraptor, aber nett und freundlich, verstehen Sie? So eine Figur wie Garfield.«

Sie hielt inne, damit er zustimmend nicken konnte. Das tat er nicht.

»Den Dinosaurier hat sie schon in der Grundschule gezeichnet, damals, als sie noch Comiczeichnerin werden wollte. Sie hat ihn Dino Bob genannt. Und später, als Teenager, hat sie ihn überallhin gemalt und eingeritzt. Auf ihrem Weg quer durchs Land hat sie bestimmt eine Menge Barhocker, Baumstämme und Kneipentische mit Dino Bob verziert.«

Sie ließ das kurz so stehen.

»Wie also kommt er auf den Rücksitz Ihres Streifenwagens, Ray?«

KAPITEL 6

Cambrys Geschichte

Irgendwas an der Art, wie der State Trooper ihr hinterhersieht, als sie beschleunigt, ist unheimlich. Er ist überrascht, weil sie ihn ausgetrickst hat, gerät aber nicht in Panik. Weder ruft er ihr etwas nach, noch zieht er seine Waffe, um ihre Heckscheibe zu zerschießen. Er schaut ihr nur hinterher, während sie in einer Staubwolke verschwindet, und wird in ihrem Rückspiegel immer kleiner. Dann dreht er sich um und geht ganz ruhig zu seinem Streifenwagen.

Er wird dich verfolgen, Cambry.

Das ist sicher. Er wird es tun. Die Jagd hat gerade erst begonnen. Aber in diesem Moment, um 20:23 Uhr, ist Cambry lebendig, und ihr Fuß steht auf dem Gaspedal, der Motor läuft wie geschmiert, und sie weiß, dass sie eine Chance hat, zu gewinnen. Wenn der Corolla steht, ist sie verletzlich, aber wenn Cambry Nguyen sich bewegt? Vom Glass Beach bis zu den Everglades, vom weißen Sand bis zum weißen Schnee steckt die Welt voller Möglichkeiten, denn Bewegung ist Leben.

Und im Moment ist Bewegung tatsächlich gleichbedeutend mit Leben.

Verdammte Scheiße.

Sie würde am liebsten auf das Lenkrad einschlagen. Sie zittert, ihre Nerven sind zum Zerreißen gespannt. Sie hat Gänsehaut. Ja, ja, ja, das alles passiert gerade wirklich.

Was hat es mit diesen Feuerstellen auf sich? Mit diesen vier rituellen Feuern, die Raycevic sorgfältig gehegt hat? Sie hat darüber nachgedacht, regelrecht gegrübelt, und nun hat sie eine Vermutung. Als hätte sie ein Puzzle zusammengefügt, ergibt sich nun ein größeres Bild. Das Fernglas des Cops, sein Sonnenbrand, der verzweifelte Versuch, sie zu erreichen, bevor sie wieder zivilisiertere Gefilde erreicht …

Er verfolgt dich.

Ja, natürlich, da ist er. Wenig überraschend. Coporal Raycevics schwarzer Dodge Charger erscheint in ihrem Rückspiegel. Er holt schnell auf und kommt immer näher. Sein Cruiser scheint ihr Heck rammen zu wollen, der Kühlergrill sieht aus, als würde er die Zähne fletschen. Zehn Meter, fünf Meter. Wenn sie jetzt eine Vollbremsung macht, werden sie garantiert alle beide draufgehen. Sie zieht es in Betracht.

Vor ihr das schwarze Band aus Asphalt, das sich durch Kiefernwälder und Prärieflächen zieht, im Auf und Ab sanfter Hügel. Warnschilder leuchten im Licht ihrer Scheinwerfer orange auf und kündigen eine sehr scharfe Kurve an. Sie bremst ein wenig ab, und Raycevics Scheinwerfer kommen noch näher.

Es bringt gar nichts, wenn ich einen Unfall baue, denkt sie. Raycevic wird wahrscheinlich entzückt sein, wenn er zuschaut, wie ihr Corolla ausbricht und sich um einen Baum wickelt. Dann wäre seine Arbeit getan, und er könnte nach Hause gehen.

Noch so ein unangenehmes Gefühl.

Er kennt meinen Namen. Wie viele Informationen sind in der Datenbank der Polizei vorhanden? Ist es so wie in den Filmen? Cambrys Adresse war nie auf dem neuesten Stand, dazu ist sie zu rasch weitergezogen – aber wegen ihrer diversen Verwarnungen und Ordnungswidrigkeiten und dem Fahren unter Alkohol- oder Drogeneinfluss sind bestimmte Dinge wahrscheinlich festgehalten. Corporal Raycevic könnte also wissen, dass ihre Eltern in Olympia, im Bundesstaat Washington, wohnen. Falls er sie heute Abend nicht zu fassen bekommt, könnte er ihnen einen Besuch abstatten und sie stattdessen umbringen. Oder sie als Geiseln nehmen.

Sie hat die ganze Zeit über kein anderes Fahrzeug gesehen.

Sie schaut auf ihr Klapphandy. Noch immer kein Empfang. Der Highway ist leer, aber vielleicht erwischt sie eine Zufahrtsstraße zur Interstate, die parallel dazu verläuft. Auf der I-90 sind garantiert noch andere Leute unterwegs. Es wäre beruhigend, Menschen in der Nähe zu haben. Ein psychopathischer Cop würde nicht vor Zeugen seiner Mordlust nachgehen, oder?

Es sei denn, er bringt sie ebenfalls um.

Vielleicht würde er das tun.

Hinter ihr flammen rote und blaue Blinklichter auf und irritieren sie. Jetzt kommt noch das nervtötende Jaulen der Sirene dazu. Es klingt nicht wie die Polizeisirenen, die sie kennt – es ist zu tief, zu dröhnend, wie das Unterwasserecho in einem Albtraum. Vielleicht ist ihre Wahrnehmung auch vom Adrenalin gestört.

Außerdem ist sie ein wenig beleidigt. Glaubst du wirklich, ich bin so dumm?

Sie streckt die Hand aus dem Fenster und zeigt ihm den Mittelfinger. Als Antwort wird die Sirene sofort abgestellt.

Zuerst triumphiert sie noch, fühlt sich, als hätte sie einen Punkt gemacht. Aber das vergeht schnell. Er hat nur eine List angewandt. Corporal Raycevic – falls er wirklich so heißt – hat die Rolle des Highway Troopers ein letztes Mal gespielt, um an ihr Verantwortungsbewusstsein als gesetzestreue Bürgerin zu appellieren. Vielleicht funktioniert das bei anderen Leuten. Aber nicht bei Cambry. Also hat er es verworfen.

Sein Blinklicht jedoch leuchtet weiter. Die Lichtblitze stechen wie Nadeln mitten hinein in ihre Gedanken, sie bekommt Kopfschmerzen davon. Sie klappt den Rückspiegel herunter, um den grellen Schein zu reduzieren.

Auf den nächsten zwei Meilen sind nur Motorengeräusche zu hören.

Sie beschleunigt auf sechzig Sachen – achtzig auf gerader Strecke, wenn es möglich ist. Sie möchte noch schneller fahren, aber die Straße ist zu dunkel und uneben, hebt und senkt sich ständig. Die Kurven kommen überraschend in der schwindenden Dämmerung. Und Raycevics Wagen bleibt konstant wenige Meter hinter ihrer Stoßstange. Das pulsierende Licht blitz grell wie ein Fanal durch ihre Heckscheibe.

Cambry wird nicht anhalten. Auf keinen Fall. Sie ist nicht blöd, sie weiß, in welcher Gefahr sie schwebt. Sie versucht vorauszudenken. Was wird dieser angebliche Cop als Nächstes tun? Er muss sie zum Halten zwingen. Er könnte auffahren, sie abdrängen, ins Schlingern bringen. Oder er überholt sie, bis er parallel fährt, und schießt dann durchs Fenster auf sie. Was er auch tun will, er muss es schnell tun, denn sie wird bald das Funkloch hinter sich lassen, und dann kann sie die Polizei alarmieren. Die *richtige* Polizei.

Die Zeit ist auf deiner Seite, Cambry. Du musst nur weiterfahren.

Die nächste Kurve kommt rasch auf sie zu – eine hässliche gebogene Leitplanke –, und sie muss in die Bremsen steigen und die Geschwindigkeit auf fünfundvierzig Meilen drosseln. Sie tut es widerstrebend. Ihr Wagen bricht leicht aus, die Reifen rutschen über den Grünstreifen, es knirscht laut.

Fahr weiter, bleib am Leben.

Sie umklammert das Lenkrad noch fester. Sie gibt Gas und beschleunigt, während sie die Kurve verlässt. Der Streifenwagen hinter ihr tut das Gleiche.

Es ist irre, aber sie fühlt sich auf einmal richtig gut. Ja, die Zeit ist absolut auf Cambrys Seite, nicht auf seiner. Sie muss einfach nur in diesem Höllentempo weiterfahren. Es ist eine Verfolgungsjagd, aber sie kann sie gewinnen. Weil sie irgendwann schließlich auf ein anderes Fahrzeug treffen wird oder die Lichter des nächsten Städtchens vor ihr auftauchen oder sie die magische Grenze überquert, hinter der ihr Handy endlich wieder Empfang hat.

In diesem Moment geht ein rotes Licht an. Der Tank ist fast leer.

TEIL 2

Der Plastikmann

KAPITEL 7

Cambry Nguyen weiß aus Erfahrung, dass ihr Corolla ohne Blakes Wohnwagen ungefähr noch dreißig Meilen fahren kann, wenn die Tankwarnleuchte angegangen ist. Mehr hat sie noch nie riskiert. Zwischen Fort Myers und Fargo hat sie immer eine Landkarte griffbereit gehabt, sich stets vergegenwärtigt, wo sie sich gerade befand, und sich nie sehr weit von bewohnten Gegenden entfernt. Egal ob sie ein paar Dollar an einer Tankstelle gelassen oder sich auf einem Parkplatz etwas abgezapft hatte, sie war nie so unvorsichtig gewesen, sich mit einem fast leeren Tank zu weit von der Zivilisation weg zu bewegen. Nur hat sie nicht damit gerechnet, dass so ein Arschloch durchs Seitenfenster greift und ihr den Rucksack wegnimmt.

Dreißig Meilen. Das ist das bekannte Limit.

Polk City liegt zweiundvierzig Meilen vor ihr, stand auf dem Hinweisschild, das sie gerade passiert hat. Sie fragt sich, wie groß die Tankreserve eines 2007er Toyota Corolla tatsächlich ist.

Dreißig Meilen. Plus zwölf.

Sie starrt auf das orangefarbene Tanksäulen-Icon unter dem Buchstaben E. Polk City anzusteuern, ist ein ziemliches Risiko, das weiß sie. Falls sie sich vertan hat – sogar wenn sie nur eine Meile weniger schafft – wird ihr Wagen stehen bleiben, und ihr Verfolger wird sie schutzlos vorfinden. Ein Messer wird als Waffe zur Verteidigung kaum genügen. Er wird sie erschießen oder erwürgen oder vergewaltigen. Das tun, was er sich vorgenommen hat, als er sie vor etwa zwanzig Minuten zum ersten Mal zum Aussteigen aufforderte.

Aber vielleicht … funktioniert das Handy ja wieder, bevor sie die zweiundvierzig Meilen hinter sich gebracht hat? Das ist sehr wahrscheinlich, denn Polk City ist eine größere Stadt. Was aber ihr Benzinproblem nicht löst. Einen Notruf abgesendet zu haben, hilft ihr auch nicht mehr, wenn er sie auf der Stelle umbringt.

»Scheiße.« Sie schlägt aufs Lenkrad.

Der Streifenwagen ist immer noch hinter ihr. Mit jeder Menge Benzin im Tank.

Die Zeit ist nicht auf deiner Seite.

Überhaupt nicht.

Der Cop hinter ihr schaltet sein Blinklicht aus. Das wäre also erledigt. Vielleicht hat es ihn selbst genervt? Immerhin geht es Cambry jetzt nicht mehr auf die Nerven. Die Welt besteht nur noch aus Dunkelheit, Scheinwerfern und einem endlosen Asphaltband.

Sie versucht, einen klaren Gedanken zu fassen. Es ist eine Minute her, seit sie das grüne Hinweisschild passiert hat, also sind es jetzt noch einundvierzig Meilen bis Polk City.

Eine Meile weniger in ihrem Tank. Der Motor ist eine fahrende Zeitbombe. Er verbrennt ihren begrenzten Benzinvorrat von Minute zu Minute, von Sekunde zu Sekunde …

Denk nach, ruft sie sich zur Ordnung, denk endlich nach.

Das Risiko ist zu groß.

Sie kann weiter versuchen, die Strecke bis Polk City zurückzulegen. Mit viel Glück schafft sie es vielleicht. Sie hat keine Ahnung, wie groß die Tankreserve ist. Ihre Berechnung ist nur über den Daumen gepeilt. Möglicherweise sogar falsch.

Magma Springs, durchzuckt es sie. Das liegt nur etwa zwanzig Meilen entfernt. Vielleicht etwas mehr, da sie ja in die andere Richtung fährt. Der Ort liegt direkt hinter ihr. Dort gibt es zwar auch keinen Empfang – nur genau in der Mitte der Hauptstraße –, aber sie hat genug Benzin, um es bis dorthin zu schaffen. Die Stadt selbst ist ungefähr so groß wie Polk City. Vielleicht größer. Es müsste da einen Sheriff geben oder einen Lebensmittelladen oder eine Tankstelle oder irgendwas anderes, wo sich Menschen aufhalten. Menschen, die als Zeugen dienen können.

»Okay«, flüstert sie.

Wenn du jetzt wendest …

»Okay, okay, okay …«

Eine weitere scharfe Kurve kommt näher – dieses Mal reduziert sie das Tempo nicht. Die Welt rast vorbei wie auf einer Rennbahn. Das Kleingeld in der Ablage klimpert. Sie dreht das Lenkrad scharf ein, um nicht auf den Seitenstreifen zu geraten, übertreibt es und gerät beinahe auf die Gegenfahrbahn.

Als sie die Kurve verlässt, ist der Streifenwagen ihr immer noch dicht auf den Fersen. Seine Scheinwerfer strahlen weiterhin grell durch ihr Heckfenster. Genau wie bei der letzten Kurve. Raycevic ist gut im Training. Er weiß, wie eine Verfolgungsjagd funktioniert.

Sie bereitet sich darauf vor, auch wenn sie es noch nicht zu Ende gedacht hat. Doch sie weiß, was zu tun ist. Weiterhin Richtung Polk City zu fahren, wäre ein Fehler. Sie muss umkehren und zurück nach Magma Springs. Dorthin kann sie es schaffen, es ist nur halb so weit. Sie muss eine Vollbremsung machen und dann eine Kehre. Irgendwie, ohne dass er sie zu fassen bekommt. Oder erschießt. Oder sie rammt und von der Straße drängt.

Sie entscheidet: Bei drei geht's los. Genau wie Raycevic, als er neben ihrem Auto stand, mit diesem breiten Grinsen und den roten Schlieren von seinen Magentabletten an den Zähnen und der Hand an der Pistole.

»Eins.« Ihr Fuß schwebt über dem Bremspedal.

Die Tachonadel schwebt auch, zeigt einundsiebzig Meilen an. Sie darf jetzt nicht langsamer werden, denn das würde sie verraten. Der Cop wird sich an ihre Geschwindigkeit anpassen. Und wenn sie die Kehre zu langsam macht, wird er die Chance nutzen und sie von der Fahrbahn rammen. Mit der Kehre geht sie ein Risiko ein, denn kurz wird sie auf gleicher Höhe mit ihm sein.

Sie stellt sich vor, wie ihr Wagen gegen die Bäume geschleudert wird, sich überschlägt und in Flammen aufgeht. »Zwei.« Sie beißt die Zähne zusammen. Ihre Zahnschmerzen sind wieder da.

Du fährst zu schnell.

Nein, sie fährt gerade schnell genug.

Und was ist, wenn er versehentlich dein Heck rammt? Und dich von der Straße drängt?

Ein Risiko, aber ein akzeptables. Auf jeden Fall besser, als zehn Meilen vor dem Stadtrand von Polk City ohne Benzin stehen zu bleiben, mit einem Psychopathen im Schlepptau.

Drei?

Sie hat Angst, es auszusprechen. Das Wort liegt ihr quer im Hals. Aber sie quält es heraus, zwingt ihre Lippen, dieses eine Wort zu formen:

»Drei.«

Sie steigt auf die Bremse.

Die ganze Welt scheint einen Anker zu werfen. Aufjaulende Reifen. Aufprall ohne Aufprall. Die Erschütterung jagt Druckwellen durch ihr Gehirn. Das metallische Kreischen der blockierten Bremsen durchbohrt ihre Trommelfelle. Der Sicherheitsgurt strafft sich um ihren Brustkorb und drückt die Luft aus ihren Lungen.

Ein plötzliches Lichtgestöber – der Cruiser schwenkt ruckartig nach links. Seine Scheinwerfer brennen so hell wie das Sonnenlicht, und Cambry spürt es tief in ihrer Magengrube, dass er nicht schnell genug ausweicht, dass er ihr Heck rammen und beide Wagen zerstören wird. Aber der Moment vergeht. Nichts passiert. Gar nichts. Ihr Corolla schwenkt herum, rutscht über den Seitenstreifen, verspritzt Dreck und Split – sie muss jetzt heftig gegenlenken – und schlittert mit blockierten Reifen weiter. Dann wieder ein Aufprall ohne Aufprall. Sie wird gegen den Sitz geschleudert, die Kühlbox fliegt krachend von der Rückbank, dann Ruhe. Ihre Scheinwerfer strahlen dunkle Kiefern an.

Kompletter Stillstand.

Keine Zeit zu atmen. Sie riecht verbranntes Gummi, dreht das Lenkrad nach rechts und drückt das Gaspedal durch (irgendwo hinter ihr das Kreischen der Bremsen des Streifenwagens und wütendes frustriertes Motorgeheul), und dann schlittert sie auf die Fahrbahn Richtung Osten, womit sie ihr Wendemanöver vollendet hat.

Eine Hundertachtzig-Grad-Drehung mit siebzig Meilen pro Stunde.

»Verdammte Scheiße.«

Sogar ihre Furien sind beeindruckt: *Nicht schlecht, Mädchen.*

Sie wischt sich die Haare aus dem Gesicht und beschleunigt. Vor ihr erstreckt sich das Band aus Asphalt. Ihr Weg nach Magma Springs, in die Zivilisation, in Sicherheit.

Sie klappt den Rückspiegel wieder hoch – Raycevic ist immer noch damit beschäftigt, seine Karre zu wenden, um die Verfolgung erneut aufzunehmen. Er verschwindet in der Dunkelheit. Fünfzig Meter. Hundert Meter. Seine Reaktion ist noch langsamer ausgefallen, als sie zu hoffen gewagt hatte. War er gerade mit seinem Funkgerät beschäftigt gewesen? Jedenfalls hat sie ihn kalt erwischt. Sie hat genau das getan, was er überhaupt nicht in Erwägung gezogen hatte, hat alles auf eine Karte gesetzt: Vollbremsung.

Sie hat das Gefühl, eine gute Viertelmeile Vorsprung gewonnen zu haben, als sie schließlich seine Scheinwerfer hinter sich bemerkt. Kleine, weit entfernte Lichtflecken.

»Fick dich«, flüstert sie.

Das fühlt sich gut an. Es ist nur ein Etappensieg, aber es fühlt sich großartig an. Sie hat die Richtung geändert, fährt auf eine näher gelegene Stadt zu. Das ist doch was. Sie nimmt die nächste Kurve - scharf nach links -, und die Scheinwerfer des Streifenwagens verschwinden kurz hinter einem Hügel. Sie hat einen deutlichen Vorsprung gewonnen, und er muss sich mächtig anstrengen, um näher zu kommen. Ja, verdammt.

Ein Hinweisschild wird grell erleuchtet: MAGMA SPRINGS 22.

Das ist besser als erwartet. Zweiundzwanzig Meilen sind machbar, dann hat sie noch acht übrig. Der Corolla hat garantiert genug Benzin im Tank. Die Chancen stehen viel besser, als wenn sie weiter auf Polk City gesetzt hätte. Eindeutig besser. Aber sie muss sich bis dahin immer noch mit einem bewaffneten Verfolger auseinandersetzen, und wenn er merkt, dass er sie nicht aufhalten kann, wird er vielleicht schießen. Für diesen Fall hat sie keinen Plan.

Seit mehreren Sekunden sind die Scheinwerfer des Streifenwagens nicht mehr sichtbar. Und da kommt ihr ein Gedanke, nur ein leises Flüstern.

Du kannst dich verstecken.

Der Cop folgt deinen Rücklichtern, kleine rote Punkte aus seiner Perspektive. Die übrige Landschaft liegt im Dunkeln. Wenn der Sichtkontakt aufgrund von Bodenerhebungen abbricht, könnte sie die Straße verlassen, die Lichter ausschalten und abwarten, bis Raycevic an ihr vorbeigefahren und um die nächste Biegung verschwunden ist.

Tu es, Cambry.

Seine Scheinwerfer tauchen wieder auf. Immer noch weit entfernt. Aber sie kommen näher.

Okay, nach der nächsten Kurve.

Sie muss eine Zufahrtsstraße finden oder zumindest eine ebene Fläche, damit sie nicht in einer Kuhle landet und festsitzt. Das wäre schlecht. Und sie muss darauf achten, dass sie sich nicht durch eine Staubwolke verrät. Nichts darf im Licht seiner Scheinwerfer auf ihren Verbleib hinweisen.

Auf der linken Seite rauscht eine Lichtung vorbei, hohes Gras und Gestrüpp. Aber sie fährt viel zu schnell, um einen Entschluss fassen zu können.

»Verdammt.« Das hätte funktionieren können. Aber der Cop ist immer noch in Sichtweite, und er wäre ihr einfach über das Gelände gefolgt.

Sie nimmt sich vor: Das nächste Mal. Ganz bestimmt.

Die nächste Kurve nähert sich. Es ist die mit der üblen Krümmung, sie erinnert sich noch. Vorhin wäre sie beinahe davon abgekommen und im Wald gelandet. Ein verschlungenes Asphaltband in der Nacht, und es rast auf sie zu.

Die Haare kleben ihr wieder im Gesicht. Sie wischt sie weg. Die Tachonadel klettert höher und höher. Das ist Benzinverschwendung, aber es muss sein. Der Motor dröhnt. Atemlos verbraucht er die letzten Tropfen Sprit.

Sie kennt die Kurve und weiß, dass sie sie mit fünfzig schaffen kann, ohne von der Fahrbahn abzukommen. Dieses Mal wird sie es mit sechzig versuchen. Sie braucht jede Sekunde, die sie kriegen kann, um ihren Wagen unbemerkt von der Straße in die Dunkelheit zu lenken. Ohne allzu offensichtliche Spuren zu hinterlassen. Und damit die Staubwolke genug Zeit hat, sich wieder zu senken.

Hier ist es.

Mit sechzig Sachen, so hat sie entschieden, wird sie so weit wie möglich auf die Gegenfahrbahn lenken. Ein Zusammenprall mit einem entgegenkommenden Auto ist so gut wie ausgeschlossen. Die Straße macht einen Schlenker scharf nach rechts, und sie kann das Lenkrad nur mit großer Anstrengung halten. Die Reifen quietschen erneut, der Seitenstreifen jault unter der Berührung auf wie eine Kreissäge. Ihre Zähne vibrieren, obwohl sie sie zusammenbeißt. Wieder flitzen die knorrigen Kiefernstämme im Licht der Scheinwerfer vorbei. Jeder von ihnen könnte ihr Auto in einen Feuerball verwandeln. Es fühlt sich an, als wären sie keinen Meter, sondern nur wenige Zentimeter entfernt. Sie dreht das Lenkrad nach rechts, hart nach rechts, während der zwei Tonnen schwere Corolla sich ihrer Kontrolle entzieht und die scharfe Rechtskurve einfach nicht enden will, immer weiter geht, und immer mehr Bäume vorbeiziehen, immer mehr …

Dann ist die Straße wieder gerade.

Sie lenkt zu scharf gegen, rutscht erneut über den Seitenstreifen. Wieder kreischende Reifen und spritzender Kies. Aber sie fährt weiter, rast weiter, hat diese höllische Kurve überlebt. Es spielt keine Rolle, dass sie die Gegenfahrbahn dazu brauchte – wenn ihr ein Fahrzeug entgegengekommen wäre, hätte es ausgesehen wie Selbstmord –, das alles spielt keine Rolle, denn sie ist noch am Leben.

Die Scheinwerfer des Streifenwagens sind wieder aus

ihrem Rückspiegel verschwunden. Der Cop bremst jetzt wahrscheinlich ab, um dieselbe Kurve zu nehmen. Sie versucht abzuschätzen, wie viel Zeit sie hat.

Du hast höchstens zwanzig Sekunden.

Sie schaut sich nach allen Seiten um, ob da eine Wiese zu sehen ist, ein flaches Stück Land, irgendwas, das abseits des Highways liegt und ihr einen dunklen Ort zum Verstecken bietet. Beinahe übersieht sie die viel bessere Alternative.

Eine abgesperrte Straße, die vom Highway abzweigt.

Sie führt über einen Hügel, die Fahrbahn ist löchrig. Über dem Metalltor ein verblichenes Schild: *ZUTRITT FÜR UNBEFUGTE VERBOTEN.*

Sie dreht das Lenkrad. Immer noch fünfzig Meilen pro Stunde.

Noch fünfzehn Sekunden …

Die Reifen rutschen weg und kreischen auf. Das Jaulen von Gummi auf Asphalt. Sie kann nur hoffen, dass der Cop seine Fenster nicht geöffnet hat – andernfalls hört er das hier bestimmt, sogar eine Viertelmeile entfernt hinter einer Kurve muss das noch zu hören sein. Dann weiß er, dass sie abbremst.

Das Tor zu rammen, wäre Selbstmord, also fährt sie um die Sperre herum und nimmt ein zwei Meter hohes Bäumchen mit, dessen Stamm laut knackend zerbricht. Äste, Zweige und Blätter fliegen nach allen Seiten. Der Wagen rumpelt über den unebenen Boden, die Münzen in der Ablage klimpern. Der Sicherheitsgurt schneidet in ihre Haut ein, zerrt an ihrem Schlüsselbein. Die Spiegel sind verschoben. Jetzt ist sie wieder auf Asphalt, beendet das Ausweichmanöver, lässt das verschlossenen Tor hinter sich und rast weiter …

Zehn Sekunden …

Steine und Schotter spritzen laut klackernd gegen den Unterboden. Karge Stämme und niedrige Büsche fliegen rechts und links vorbei. Hinter ihr wirbelt eine Staubwolke auf, schimmert rot im Schein der Rücklichter. Ein tiefes Schlagloch, ein weiterer lauter Knall.

Sie rast weiter, versucht, so viel Abstand wie möglich zwischen sich und den Highway zu bringen. Damit ihr Plan funktioniert, muss sie so weit entfernt sein, dass ihr Verfolger sie nicht mehr mit seinen Scheinwerfern erreichen kann. Sie muss die Lichter des Corolla ausschalten, ganz klar, sonst wird er sie in der Dunkelheit sofort ausmachen. Aber wann?

Fünf Sekunden.

Es ist in jedem Fall ein Risiko, das weiß sie. Wenn sie zu nah am Highway stehen bleibt, kann er sie sehen und wird ihr folgen. Wenn sie weiterfährt und zu lange wartet, bevor sie die Lichter ausschaltet, wird er sie ebenfalls sehen. Sie schaut nach hinten durch den aufgewirbelten Staub. Jeden Moment können die Scheinwerfer des Streifenwagens um die Kurve kommen. Aber sie mahnt sich: Wenn du ihn siehst, dann ist es schon zu spät.

Null. Die Zeit ist abgelaufen.

Nein, sie ist noch nicht weit genug vom Highway entfernt.

Halt an.

Sie rumpelt durch ein weiteres Schlagloch, der Unterboden schrammt mit metallischem Knirschen über die

Fahrbahn. Sie darf jetzt nicht anhalten. Sie ist zu nah dran. Die Büsche sind zu niedrig und zu spärlich, die Bäume zu schmal. Die Scheinwerfer des Streifenwagens werden den Corolla erwischen, und seine Umrisse werden sich in der flachen Prärielandschaft überdeutlich abzeichnen.

Halt an, Cambry. Mach die Lichter aus.

Sie wartet noch eine Sekunde. Noch eine …

Stopp, stopp, stopp.

Schließlich tritt sie auf die Bremse, dreht den Schlüssel um, und der Motor verstummt. Sie schaltet die Lichter aus, und die Welt um sie herum wird dunkel. Eine Mikrosekunde später tauchen auf dem Highway die Scheinwerferlichtkegel des Streifenwagens auf wie zwei nebeneinander fliegende Sternschnuppen.

Sie hält den Atem an.

Sie wartet, umgeben von vollkommener Dunkelheit. Die von ihr erzeugte Staubwolke erreicht sie, schwebt vorbei und lässt Staubkörnchen auf die Karosserie rieseln. Sie schaut zu, wie die Scheinwerfer des Streifenwagens das Ende der Kurve erreichen. Die Lichtkegel streifen über das Gelände, werfen Schatten von Büschen und Bäumen in die Landschaft, die Spitzen berühren das blaue Metall ihres Wagens und heben alle Details auf grausame Art hervor.

Cambrys Magen dreht sich um, als das Wageninnere hell erleuchtet wird. Einen Moment lang werden das Armaturenbrett, das Lenkrad, ihre verkrampften Hände grell angestrahlt, als wäre es plötzlich helllichter Tag.

Dann ist alles wieder dunkel.

Der Streifenwagen fährt geradeaus, folgt dem Verlauf des

Highways. Sie hört das ferne Brummen seines Motors. Er fährt sehr schnell, will die verlorene Zeit aufholen.

Ihre Lunge brennt. Sie wagt nicht, sich zu bewegen.

Eine neue Farbe: Blutrot. Die Bremslichter des Streifenwagens flammen auf. Er bremst ab, als er die Abzweigung erreicht. Er bemerkt das Schild und das Tor. Er muss sich hier in der Gegend gut auskennen. Sie schluckt, Panik steigt in ihr auf, sie greift nach dem Zündschlüssel. Er hat sie schon gesehen.

Jede Sekunde, die sie wartet, ist verschwendete Zeit. Wenn sie den Motor startet und weiterfährt, kann sie sich einiges von ihrem Vorsprung sichern. Wenn ihr Täuschungsversuch aufgeflogen ist, warum dann noch warten? Warum jetzt noch Zeit verschwenden? Sie sieht zu, wie der Cruiser sich langsam der Abzweigung nähert, und eine Stimme in ihrem Kopf sagt: Er hat dich bemerkt. Er wird links abbiegen. Er wird abbiegen und dir folgen.

Der Streifenwagen hält an.

Stille.

Nun, das ist eine Überraschung.

Sie hat noch immer den Zündschlüssel in der Hand, kann mit einer kleinen Drehung den Motor zum Leben erwecken. Sie umklammert ihn so fest, dass das Metall in ihre Handfläche schneidet. Es schmerzt, und sie lockert den Griff, nur ein bisschen.

Er steht jetzt genau in der Mitte des Highways, ungefähr hundert Meter von ihr entfernt. Nur wenige Meter entfernt von dem Tor. Sein Motor tuckert im Leerlauf. Die Scheinwerfer leuchten.

Sie schaut durchs Heckfenster. Hat noch immer Angst, sich zu bewegen. Ihre Lunge schmerzt und dehnt sich wie ein Heißluftballon. Ihr wird schwindelig, ihre Gedanken geraten ins Schwimmen, aber sie weigert sich zu atmen. Sie kann nicht. Es ist die Logik eines Albtraums: Wenn sie atmet, wird er sie sehen.

Einen weiteren quälenden Moment lang geschieht nichts.

Dann schwingt die Tür des Streifenwagens auf, leise aber mit einer erschreckenden Lässigkeit. Cambry atmet aus. Sie schnappt nach Luft, als würde sie aus dem Wasser auftauchen.

Der Cop steigt aus. Seine Silhouette zeichnet sich schwarz vor dem Licht der Scheinwerfer ab. Sogar aus dieser Entfernung kann sie einige Details erkennen: die Krümmung seiner Hutkrempe. Seine muskulösen Schultern. Seinen voluminösen Torso. Er ist sehr breit und kräftig gebaut, wie ein Bodybuilder. Im Profil sieht er noch größer aus. Innerlich wird ihr eiskalt. Sie wird gejagt von einem Mann mit den Ausmaßen des Unglaublichen Hulk.

Er kann sie nicht sehen, versichert sie sich. Ohne Nachtsichtgerät kann er sie in der Dunkelheit nicht erkennen.

Hat er vielleicht ein solches Gerät? Eine Infrarotkamera?

Der Cop lässt die Fahrertür offen stehen und geht zum Heck seines Fahrzeugs. Er hat es eilig. Er öffnet den Kofferraum und beugt sich hinein. Seine dunklen Umrisse werden von dem roten Zwielicht der Heckleuchten angestrahlt. Er sieht aus wie ein roter Dämon, dann verschwindet er aus dem Blickfeld.

Er sieht sie nicht. Kann sie nicht sehen.

Richtig. Die Umgebung liegt in tiefer Finsternis. Nur hier und da sprießen Büsche, reckt ein Baum sich in die Höhe. Sie würde gern mit einem von ihnen verschmelzen. Oder in der Erde versinken, sich eingraben.

Der Cop taucht wieder auf. Erneut wird er vom roten Licht der Rückstrahler erfasst und sieht aus wie ein muskelbepackter Teufel. Jetzt hat er eine Waffe in der Hand. Cambry ist keine Waffenexpertin. Sie hat mal ein paar Schüsse aus Blakes kleiner Pistole abgefeuert, zur Übung für den Fall, dass jemand versuchen sollte, sie auszurauben. Aber sogar auf diese Entfernung ist sie ziemlich sicher, dass es sich bei dem Ding, das Raycevic in der Hand hält, um ein Sturmgewehr handelt.

Er trägt es lässig, als wäre es ein Besen. Er bleibt neben der offenen Fahrertür stehen. Er schaut nach links, dann nach vorn. Nach links, wieder nach vorn. Er starrt das geschlossene Tor an – vielleicht bemerkt er ja das Bäumchen, dass sie umgefahren hat – und überlegt, in welche Richtung sie gefahren sein könnte. Seine Bewegungen sind ruckartig, zuckend. Nervös.

Er ist sich nicht sicher.

Cambry hockt starr in ihrem Wagen. Den Zündschlüssel immer noch in der Hand. Sie muss ihn nur ein Stückchen drehen, dann werden ihre Lichter angehen, und sie wird so hell aufleuchten wie ein Reklameschild in Las Vegas. Sie kann die Tür nicht öffnen und zu Fuß flüchten, denn dann wird die Innenbeleuchtung sich einschalten. Sie ist in ihrem Auto gefangen.

Das Adrenalin durchströmt ihren Körper. Es ist kein vollkommen schlechtes Gefühl. Sie erinnert sich daran, dass sie als kleines Mädchen besonders gut war beim Versteckspiel. Sogar im Haus. Sie zog die Schuhe aus und lief leise auf Strümpfen. Sie konnte Lena und die anderen Kinder ewig an der Nase herumführen, weil sie immer wieder ihre Position veränderte, ihr Versteck im Schrank verließ, über den Boden von einem Zimmer ins andere kroch wie ein Gespenst. Es ist aufregend, wenn man nicht gefunden werden kann.

Der Cop sucht die gesamte Umgebung nach ihr ab. Es ist zu dunkel für ein Fernglas. Das verfluchte Gewehr liegt lässig auf seiner Schulter. Er kann jeden Moment anlegen und feuern. Gott sei Dank hat er kein Nachtsichtgerät.

Er muss sich entscheiden, stellt sie fest.

Entweder er bleibt auf dem Highway oder er biegt auf die gesperrte Straße ab. Seine Chancen stehen fünfzig zu fünfzig, dass er die richtige Entscheidung trifft. Cambrys Chancen stehen fünfzig zu fünfzig, dass sie übersehen wird und fliehen kann. Die Luft lädt sich mit elektrischer Spannung auf. Sie spürt es in ihren Zähnen.

Die Schlüssel klimpern. Ihre Hand zittert. Ihre Nerven liegen blank. Raycevic scheint es ebenso zu gehen. Er verliert Zeit. Und das weiß er. Sie weiß es. Alles hängt davon ab, wie er sich entscheidet.

Bitte triff die falsche Entscheidung, bettelt sie.

Bitte bleib auf dem Highway.

Und jetzt wird ihr alles klar. Ausgerechnet jetzt. Die Erkenntnis kriecht mit winzigen Beinchen auf sie zu wie ein Insekt. Jetzt hat sie es kapiert. Dieser Cop namens Raymond Raycevic hat dort draußen auf dem abgelegenen

Grundstück eine Leiche verbrannt. Die vier pyramidenförmig gebauten Feuerstellen aus Steinen waren dazu da, die Hitze möglichst lange zu halten. Es waren kleine Öfen. Um menschliche Knochen in Asche zu verwandeln. Die vier Feuer waren sein Krematorium, in dem er Stück für Stück eine Leiche verbrannte.

Cambrys Magen dreht sich um. Ätzende Säure steigt in ihrer Kehle hoch.

Dieser Cop namens Raymond Raycevic ist ein Killer. Und sie hat ihn zufällig in seinem Krematorium erwischt. Sie hat ihn auf frischer Tat ertappt. Also will er sie nun unbedingt ausschalten, bevor sie irgendwem davon erzählen kann. Darum geht es. Das ist die einzige vernünftige Erklärung für das, was hier geschieht.

Er stellt sein Gewehr vor den Beifahrersitz und steigt wieder ins Auto. Wütend schlägt er die Tür zu. Der Knall erreicht sie den Bruchteil einer Sekunde später, ein trockenes Schnappen, verzögert durch die Distanz. Die Lichter verändern sich, als er den Gang einlegt. Jetzt. Das ist der entscheidende Moment.

Bitte bleib auf dem Highway.

Der Streifenwagen macht einen Satz nach vorn, Richtung Abzweigung, und Cambry würde sich am liebsten die Hände vor die Augen halten.

Bitte, bitte, bitte …

Und Raycevic fährt auf dem Highway weiter. Vorbei an dem weißen Schild, vorbei an der Abzweigung, vorbei an dem verschlossenen Tor. Vorbei an Cambrys Versteck. Sie kann es kaum glauben. Glaubt es einfach nicht.

Doch, er fährt weg.

Sie schaut zu und muss schreien. Es kommt wie ein Japsen aus ihrem Mund. Die Spannung muss sich entladen, quetscht sich aus ihrer Kehle wie die Luft aus einem angestochenen Luftballon. Ja, es stand auf Messers Schneide, das stimmt, sie hat alles auf eine Karte gesetzt und Gott sei Dank gewonnen …

Ein Blitz schießt über den Himmel.

Ein gezackter gleißender Strahl spaltet die Dunkelheit, als hätte jemand einen lautlosen Schuss abgegeben. Eine Mikrosekunde lang wird die gesamte Umgebung grell erleuchtet, die ganze Prärie, jeder Stein, jeder Baum zeichnet sich überdeutlich ab wie auf einem Röntgenbild. Sogar das Wageninnere von Cambrys Corolla wird einen grausigen Moment lang so hell ausgeleuchtet wie am Tag.

Auf dem Highway steigt der Cop in die Bremsen. Seine Reifen quietschen.

Als er umdreht, um zurück zum Tor zu fahren und die Verfolgungsjagd wieder aufzunehmen, braucht Cambry Nguyen eine ganze Sekunde, um ungläubig zu verstehen, was da gerade passiert ist. Etwas absolut Unmögliches. Sie dreht den Zündschlüssel um, und der Motor springt wieder an.

»Das soll wohl ein beschissener Scherz sein.«

KAPITEL 8

Lena

Sie verschweigen etwas«, sagte sie zu dem Cop.

»Wie bitte?«

»Sie haben schon verstanden.«

Er starrte sie an. Auf dem falschen Fuß erwischt.

»Und wissen Sie was? Das macht nichts. Weil ich Ihnen gegenüber auch nicht ehrlich gewesen bin.« Lena warf einen Blick auf das Auto ihrer Schwester. Der Kassettenrekorder auf der Motorhaube, die weißen Spulen in Bewegung. Sie spürte, wie die Temperatur sich änderte, während die Sonne hinter einer Wand aus schmutzigem Rauch verschwand. Sie wählte ihre Worte sehr genau, denn sie konnten nicht mehr zurückgenommen werden: »Etwas kam mir komisch vor in den letzten drei Monaten. Das ... ist ein Grund, warum ich Sie ausfindig gemacht habe, Ray. Warum ich dieses Treffen arrangiert habe.«

»Die Ermittlungen ...«

»Lassen einiges offen«, sagte sie leise.

Einen Atemzug lang schwieg Corporal Raycevic. Er musterte sie unverhohlen, aber distanziert, als würde er im Kopf eine Checkliste durchgehen. Schließlich kniff er die Augen zusammen und sagte: »Erklären Sie's mir, Lena. Ich bin zwar kein Detective, aber ich höre mir gern alles an, was Sie beunruhigt.«

»Sie zuerst. Sie haben mir noch nicht erklärt, was es mit Dino Bob auf sich hat.«

»Hab ich bereits getan. Nicht jede Person, die ich in Gewahrsam nehme, trägt Handschellen. Kids malen gern Sachen aufs Polster ...«

»Wie kam *Cambrys* Dinosaurier dorthin?«

»Wollen Sie das wirklich wissen?« Er nahm die dunkle Sonnenbrille ab. »Ich möchte das lieber nicht sagen, ich würde auf dem Band wie ein Arschloch klingen ...«

»Dafür ist es jetzt zu spät, Ray.«

»Ich will es mal ganz vorsichtig formulieren. Kennen Sie diese alte Nickelodeon-Serie *Rockos modernes Leben*? Da gibt es so eine grüne Chamäleonfigur. Den Namen hab ich vergessen. Aber sie sieht genauso aus. Ein vierzehnjähriger Ladendieb aus Polk City hat also vor fünf Jahren eine Figur aus einer Zeichentrickserie auf meinen Sitz gemalt, und wenn diese Zeichnung für Sie aussieht wie Dino Bob, dann war die Erfindung ihrer Schwester einfach nicht besonders originell. Tut mir leid.«

»Sie haben ein sehr gutes Gedächtnis.«

»Ich wollte das nur klarstellen.«

Gönn ihm keine Atempause.

Sie deutete auf den Corolla ihrer Schwester. »Sehen Sie die große Delle in der Stoßstange da? Sieht aus, als hätte sie einen kleinen Baum überfahren oder so was.«

»Ja, und?«

»Die Delle war nicht da, als ich sie das letzte Mal sah.«

»Tatsächlich?«, sagte er. »Und wann ist das gewesen, Lena?«

Das traf sie wie ein Messer zwischen den Rippen. Sie beantwortete die Frage nicht, denn die Antwort hätte gelautet: Vor über einem Jahr. Dreizehn Monate. Bei einem Grillfest der Familie. Sie hatten kaum miteinander gesprochen. Cambry war schlecht drauf gewesen und hatte sich betrunken, und Blake (Grässlicher Kerl Nr. 17 oder vielleicht Nr. 18) hatte ständig an ihr rumgefummelt.

Abgesehen davon bekommen Autos ständig irgendwelche Dellen. Diese hier bewies gar nichts.

Raycevic musterte sie. Er wusste, dass er einen wunden Punkt getroffen hatte.

Es heißt immer, Zwillinge stünden sich sehr nahe, richtig? Sind unzertrennlich, haben die gleiche DNA, sehen sich zum Verwechseln ähnlich. Aber Lena und Cambry hatten sich in ihrem Elternhaus miteinander eingesperrt gefühlt, und als sie achtzehn wurden, brachen sie fluchtartig in die Welt auf, in völlig verschiedene Richtungen.

»Es gibt keine Verschwörung«, erklärte Raycevic bestimmt. »Die Ermittlungen wurden korrekt durchgeführt. Es geschah an einem Wochenende, also hat es eine Weile gedauert, bis der Gerichtsmediziner es als Selbstmord einstufte. Da waren die Kollegen von der Mordkommission schon dabei, meine Wäsche zu durchsuchen, und durchkämmten jeden Winkel ihres Fahrzeugs – und auch meines Fahrzeugs – nach verräterischen Fingerabdrücken, Anzeichen für eine tätliche Auseinandersetzung, Haare, Fussel, einfach alles …«

»Die Bremsbeläge waren abgenutzt.«

»Sie ist den ganzen Weg nach Florida und zurück gefahren …«

»Die Bremsen wurden im Bericht erwähnt. Erinnern Sie sich?«

»Hören Sie, Lena.« Er sah sie gequält an. »Das geht über meine Kompetenz hinaus. Ich habe den Bericht nicht vorliegen. Und auch wenn ich es gerne geworden wäre, bin ich nun mal kein Detective …«

»›Kürzlich verursachte Abnutzungsspuren auf den Bremsbelägen‹«, sagte Lena. »Zitatende. Als hätte sie eine Vollbremsung gemacht, weil sie verfolgt wurde und jemandem ausweichen musste …«

»Oder weil ein Kojote über die Straße rannte.«

»Ich glaube, ich weiß, warum Sie kein Detective sind«, entgegnete sie.

Kein Windhauch oder sonstiges Geräusch durchbrach die unangenehme Stille. Also zwang Lena sich dazu, endlich das zu sagen, was sie den ganzen Tag schon loswerden wollte: »Ich glaube nicht, dass meine Schwester Selbstmord begangen hat.«

»Sie müssen akzeptieren, dass sie es getan hat.«

»Das hätte sie niemals getan.« Sie unterdrückte ein Zittern in ihrer Stimme. Sie hasste das. Dadurch klang sie wie ein Kind, kurz bevor es in Tränen ausbricht. »Ich kenne Cambry. Ich kenne meine Schwester. Bis in jede einzelne Körperzelle.«

Er war jetzt nahe genug, um ihren Arm zu berühren. »Lena, Sie …«

»Hören Sie auf, mich Lena zu nennen. Sie kennen mich doch gar nicht.«

Er erstarrte. Als hätte ihm das einen Stich gegeben.

Sie rang nach Atem. Sie hatte nicht ausfallend werden wollen. Laut werden war immer ein Eingeständnis von Schwäche. Stärke ist ruhig, Unsicherheit ist laut, und ihre Stimme war schrill durch das Tal gehallt. Aber sie durfte jetzt nicht aufhören. Sie hatte doch gerade erst angefangen.

»Eine andere Sache. Nur eins der Skizzenbücher von Cambry wurde in ihrem Wagen gefunden. Sie war neun Monate unterwegs, von Seattle bis Fort Myers und fast wieder zurück. Sie hat garantiert Hunderte von Zeichnungen gemacht – mit Tinte, Bleistift und so weiter.«

»Vielleicht hat ihr Freund sie mitgenommen.«

»Sie haben sich in Fort Myers getrennt. Die fehlenden Zeichnungen nach Florida …«

»Haben Sie jede einzelne Seite studiert?«

»Da können Sie Gift drauf nehmen.« Sie schaute Raycevic ins Gesicht. »Sie waren in Kalifornien, Texas, Louisiana. Der Santa Monica Pier, die Mitten Buttes, Bohrtürme, Alligator-Köpfe …«

»Nach Florida hat sie aufgehört zu zeichnen. Oder sie hat die Skizzenbücher weggeworfen …«

»Das würde sie niemals tun.«

»Sind Sie sicher?«

»Ja.«

»Ganz bestimmt?«

»Sie würde ihre Zeichnungen niemals wegwerfen, Ray.«

»Okay.« Er kaute auf seiner Unterlippe. »Aber sich selbst hat sie weggeworfen.«

Stille.

Sie schaute ihn eingehend an, vor allem seine Augen – wartete auf einen weiteren Gefühlsausbruch, Angst, Bedauern, Entschuldigung. Scherze können danebengehen, aber dies war kein Scherz gewesen. Er *lächelte*. Hatte die Absicht gehabt, sie zu verletzen. Was ihm gelungen war.

Wenn es so ablaufen soll, dachte sie, ist es mir auch recht.

Sie rang sich ebenfalls ein Lächeln ab, hart wie Granit. »Wissen Sie, was das Entscheidende ist, Ray? Weshalb ich davon überzeugt bin, dass Sie mehr wissen, als Sie mir sagen?«

Er wartete ab.

»Diese Brücke ist verflucht. So heißt es im Internet. Man nennt sie die Selbstmörderbrücke. Sie ist berühmt, weil hier in den Achtzigern vier oder fünf Personen in den Tod gesprungen sind …«

»Das sagten Sie bereits.«

»Stimmt, vor dreißig Minuten. Und Sie sagten mir, Sie hätten noch nie davon gehört. Aber in Ihrem schriftlichen Bericht benutzen Sie selbst den Begriff Selbstmörderbrücke. Das ist Ihre Formulierung. Sie haben es noch mit irgendwelchem Blödsinn über die tragische Vergangenheit der Brücke garniert, und wie sehr Sie hoffen, dass es das letzte Leben ist, das hier beendet wurde.«

Sein Gesichtsausdruck veränderte sich nicht.

»Gut gemacht«, sagte sie. »Aber Sie haben es übertrieben.«

Er zuckte nicht mit der Wimper.

»Sie haben mich belogen. Schon wieder ...«

»Ich habe Sie heute kein einziges Mal angelogen«, stieß er hervor. Mit einem Knurren in der Stimme, als wäre er ein verletztes Tier. Lena trat erschrocken einen halben Schritt zurück. »Soll ich etwa ... soll ich mich an jede einzelne Legende erinnern, die in dieser Gegend erzählt wird? Auf dem Friedhof von Magma Springs gibt es ein Portal in die Hölle. Johnny Cash hat angeblich mal die Toilette in unserem Supermarkt benutzt. Ich hab die Brücke, die ich nur beiläufig kenne, einfach vergessen, das ist über ein Vierteljahr her ...«

»Sie haben sie angehalten«, flüsterte Lena. »Eine Stunde vor ihrem Tod.«

»Was wollen Sie damit sagen?«

»Und am nächsten Tag waren Sie es, der *ihre Leiche* fand ...«

»Was wollen Sie damit sagen, Lena?« Er reckte sich und verdeckte die Sonne. »Wenn Sie etwas sagen wollen, dann bitte frei heraus. Ich habe keine Lust auf Spielchen.«

Sie erwiderte seinen Blick. Die Worte lagen ihr auf der Zunge. Aber wenn sie es aussprach, würde sich alles ändern. Dann gäbe es kein Zurück mehr. Sie hatte sich wochenlang auf diesen Moment vorbereitet. Monate. Sie hatte vor dem Spiegel geübt, unter der Dusche, unterwegs im Auto, und nun stand sie hier und bekam kein Wort heraus.

Er kam näher. »Sagen Sie es.«

Sie roch seinen Atem. Magentabletten mit Erdbeergeschmack. Ein süßlicher, stinkender Geruch, als wäre sein Mund mit Bakterien infiziert, seine Zähne verdorben.

»Sagen Sie es, Lena.« Noch näher. Sein Ton hatte sich verändert. Er klang jetzt ruppig.

Trotzdem blieben ihr die Worte im Hals stecken.

»Sagen Sie es …«

Er hat sie getötet.

Da bin ich mir sicher. Mehr als sicher. In meinem ganzen Leben war ich noch nie so sehr von etwas überzeugt, liebe Leserinnen und Leser.

Corporal Raymond Raycevic, ein hochdekorierter Veteran der Montana Highway Patrol, seit siebzehn Jahren im Dienst, hat meine Schwester Cambry Nguyen am 6. Juni dieses Jahres ermordet. Er warf ihre Leiche von der Hairpin Bridge, damit es so aussah, als sei es ein weiterer Selbstmord, ähnlich denen, die vor Jahrzehnten dort geschehen sind. Er konnte bestimmte Fakten nicht verschleiern – zum Beispiel, dass er sie kurz vor ihrem Tod angehalten hatte –, aber alles andere ist ihm gelungen. Ihr Körper wurde nach freiem Fall mit großer Geschwindigkeit beim Aufprall auf die Granitfelsen zerschlagen. In ihrem Wagen wurden keine Spuren entdeckt, die als Beweis dienen könnten, nichts Belastendes wurde auf ihrem selten benutzten Klapphandy gefunden, es gab keine Anzeichen von Fremdeinwirkung. Sie war eben nur eine Herumtreiberin im Niemandsland, der das Benzin ausgegangen war und die aus einem tragischen Impuls heraus ihrem Leben ein Ende setzte. Alle finden diese Geschichte plausibel – nur ich nicht.

Er hat sie getötet.

Ja, liebe Leserinnen und Leser. Darum geht es in diesem Post. Nicht um *Lights and Sounds* oder um mich und meine

Trauer oder die flüsternden Geister der Selbstmörderbrücke.

Es geht um den Mord an Cambry.

Meine Schwester hat sich auf den letzten Meilen ihrer Rundreise durch die Staaten nicht selbst das Leben genommen. Sie hat sich nicht von dieser halb prominenten Brücke gestürzt. Ihre angeblichen psychischen Probleme taugen weder als Motivation noch als Entschuldigung, wie so oft, wenn Menschen in Not Opfer eines Verbrechens werden.

Und ihre letzte SMS? Die wurde gefälscht, denke ich.

Ja, gefälscht.

Hier ist ein Screenshot: I 384 755.jpg. Eingegangen um 0:48 Uhr in der Nacht zum 8. Juni. Meine Eltern haben sich bemüht, einen Sinn darin zu finden, aber niemand hat die Authentizität ihrer angeblich letzten Worte angezweifelt. Doch als der Nebel der Trauer sich lichtete, begann ich, kritisch darüber nachzudenken.

Bitte vergib mir, hat sie mir geschrieben. Ich konnte nicht damit leben. Hoffentlich können Sie es, Officer Raycevic.

Entschuldigung, aber was soll der Scheiß?

Hier sind einige Merkwürdigkeiten zu vermerken. Ich weiß gar nicht, wo ich anfangen soll.

1. Das klingt überhaupt nicht nach Cambry. Es ist nicht mal eine halbwegs passable Imitation ihrer Ausdrucksweise. Ich kenne meine Schwester. Dies wurde von einer anderen Person geschrieben. Jemand, der so tut, als sei er eine vierundzwanzigjährige Frau – und voll danebengreift.

2. Es ist ein Klischee. Das könnt ihr einer unersättlichen

Leserin und (eines Tages) möglichen Schriftstellerin glauben. Die ersten beiden Sätze sind die einfallslosesten, die jemals in dem Abschiedsbrief einer Selbstmörderin benutzt wurden. Fehlt nur noch: *Leb wohl, grausame Welt.*

3. Es ist vor allem geschrieben worden, um »Officer Raycevic« freizusprechen.

Ja.

Lasst mich die letzte Aussage genauer erläutern.

Wenn jemand die Leiche einer Frau unter einer Brücke findet, aber derjenige gleichzeitig der Letzte war, der sie lebend gesehen hat, als er sie bei einer Verkehrskontrolle anhielt, dann ist diese Person Verdächtiger Nr. 1. Wenn nun das Opfer diesem Verdächtigen bescheinigt, alles unternommen zu haben (und gescheitert zu sein), dann zerstreut man den Verdacht. *Tut mir leid, Officer Raycevic, Sie wussten nicht, dass ich mich umbringen würde, aber Sie haben alles versucht!*

Damit ist man über allen Verdacht erhaben – weil man jetzt als gequälter Held dasteht, der mit seiner Schuld klarkommen muss. Du hast deine Chance verpasst, Ray. Du hättest das Leben einer selbstmordgefährdeten Frau retten können, als du sie auf dem Highway angehalten hast, wenn du … WENN DU … die Zeichen besser gedeutet hättest. Na?

Ich kann mich nicht entscheiden, ob ich diese Vertuschung brillant oder schwachsinnig finden soll. Vielleicht von beidem etwas. Immerhin hat sie funktioniert. Bei allen anderen.

Ja, liebe Leserinnen und Leser: Es bedeutet, dass Corporal Raymond Raycevic persönlich diese letzte Botschaft auf Cambrys Klapphandy eingetippt hat. Er hat dieses kleine Meisterwerk der Poesie selbst verfasst, meine Nummer in ihrem Adressbuch gefunden und die Nachricht abgeschickt, was bewirkte, dass sie in ihrem Ausgangsordner für später aufbewahrt wurde.

Die Quintessenz des Ganzen?

Sie.

Hat.

Nicht.

Selbstmord.

Begangen.

Selbstmörder kommen in die Hölle. Ich erinnere mich noch, wie unsere Mutter das nach einem besonders anstrengenden Tag in der Sonntagsschule zu uns sagte. Ich weiß nicht, ob sie das immer noch glaubt – dass ihre Tochter jetzt im Höllenfeuer schmort. Aber dieser Satz gibt meiner Mission eine machtvolle, glasklare Dringlichkeit: Ich werde Cambry vor der Hölle retten.

Morgen werde ich ihren Mörder stellen.

Ich weiß, was ich mir vorgenommen habe und welche Last ich mir damit aufbürde. Denn nach allem, was man hört, genießt Corporal Raymond R. Raycevic hohes Ansehen. Letztes Jahr hat er zwei Kinder aus einem brennenden Wohnwagen gerettet. Er rettete einem Deputy das Leben, indem er in einem Feuergefecht auf der Interstate 90 einen flüchtenden Kriminellen ausschaltete. 2007 sprang er in den Sun River und zog eine ältere Dame aus einem verunglückten Van. Auf dem Papier ist er praktisch Officer Jesus (falls Jesus mal jemanden erschossen haben sollte). Und ich muss zugeben, dass ich ihn am Telefon zunächst für einen anständigen Kerl gehalten habe. Falls er ein Monster ist, kann er sich jedenfalls sehr gut als Mensch tarnen. Er kann wahrscheinlich unglaublich nett sein, bis seine wahre Natur zum Vorschein kommt.

Warum sollte er sich also Sorgen machen? Der Fall ist abgeschlossen, Gras ist darüber gewachsen, Cambrys Leiche wurde eingeäschert, und er geht immer noch auf die Pirsch (oder auf Streife oder was ein Highway Trooper sonst so tut). Morgen werde ich ihn in Fleisch und Blut vor mir sehen und ihm die Fragen stellen, die mich seit Monaten umtreiben. Er weiß nicht, dass ich etwas weiß. Er hat keine Ahnung, dass er mir morgen in die Falle tappen wird. Er wird sich wundern, liebe Leserinnen und Leser.

Ich werde ihn dazu bringen, mir zu gestehen, dass er Cambry dort auf der Brücke ermordet hat.

Ich habe einen Plan.

Jetzt fiel ihm etwas ein. »Sie nehmen mich auf.«

»Was Sie nicht sagen, Ray.«

Er stutzte. Geriet ins Grübeln, als müsste er eine neue Information verarbeiten. Offenbar hatte er zwischenzeitlich den antiken Kassettenrekorder, der stoisch jedes Wort, jeden Atemzug, jede Pause aufzeichnete, ganz vergessen. Hatte er sich belastet? Schwer zu sagen. Aber war jedenfalls als Arschloch rübergekommen, das gern andere Leute schikanierte.

Aber sich selbst hat sie weggeworfen.

Allein dieser Satz könnte eine Karriere beenden. Das allein hätte genügt, aber Lena wollte mehr Enthüllungen.

Und stellte mit Genugtuung fest, dass dieser große Kerl aus dem Gleichgewicht geraten war. Er hatte sie unterschätzt, und jetzt musste er dafür bezahlen. Sie trat zurück, um sich mehr Platz zu verschaffen. Sie wollte ihn nicht zu nah an sich heranlassen, wollte diesen ekelhaften Erdbeergeruch nicht in der Nase haben. Er sollte nicht so dicht vor ihr stehen, dass er sie an der Kehle packen konnte.

Ihr Unterschenkel stieß gegen etwas – die Stoßstange ihres Corolla.

Nein. *Cambrys* Corolla, für immer und ewig.

Sie manövrierte um den Kühler herum und nahm den Rekorder in die Hände. Drückte ihn schützend gegen ihre Brust.

»Sie nehmen mich auf«, sagte Raycevic, »weil Sie glauben, ich hätte etwas mit dem Tod Ihrer Schwester zu tun. Stimmt das?«

Sie nickte. »Das ist richtig.«

Aus irgendeinem Grund fühlte sie sich ernüchtert. Seit Monaten hatte sie davon geträumt, ihn zu konfrontieren, mit wohlgesetzten Worten, wie eine Anklägerin im Gerichtssaal, die vor gebanntem Publikum eine harsche Anklage formuliert. Sie wollte, dass das Mikrofon ihren Schuldspruch aufnahm und den Zorn in ihrer Stimme festhielt. Aber genau in diesem Moment verlor sie die Nerven, und er konnte die Kontrolle über ihre Unterhaltung zurückgewinnen. Er war ihr zu nahe gekommen, hatte seine Körpergröße ausgespielt.

Tat er immer noch. Er ließ die Zunge über seine Vorderzähne gleiten, als ob er Tabak kauen würde. Schaute sie an –

sie bemühte sich, stoisch zu erscheinen wie eine Heldin in einem Actionfilm –, dann den Rekorder. »Schalten Sie ihn aus«, sagte er schließlich. »Dann können wir reden.«

»Nein.«

»Schalten Sie ihn aus.«

»Tu ich nicht.«

»Schalten Sie ihn *bitte* aus.«

»Denken Sie wirklich, es bringt was, wenn Sie *bitte* sagen?«

»Ich mache Ihnen einen Vorschlag«, sagte er. »Ich erzähle Ihnen, was Sie wissen wollen, wenn Sie dieses Ding ausschalten. Was ich Ihnen sagen will, darf nicht aufgenommen werden.«

»Nicht verhandelbar«, sagte Lena. »Das Mikro bleibt an.«

Der Cop streckte seine schwielige Hand aus. »Kann ich wenigstens mal … sehen, mit was Sie mich da aufnehmen?«

»Sie halten mich wohl für blöd?«

»Wenn Sie die Wahrheit hören wollen …«

»*Hey*, das ist nah genug.« Er war wieder näher gekommen und hielt jetzt mitten im Schritt inne. Starrte sie finster an.

Sie standen knapp zwei Meter voneinander entfernt. Für einen unbeteiligten Zuschauer musste es aussehen wie ein Streitgespräch zwischen einem State Trooper und einer Fahrerin, die er wegen eines Verkehrsdelikts angehalten hatte. Lena ging ein Stück weiter um das Auto herum. Um mehr Raum zwischen sich und ihn zu bringen. Und um sich einen Fluchtweg freizuhalten, für den Fall, dass er angriff.

Er ließ sie nicht aus den Augen.

Alles lag jetzt offen. Ihre Absichten und seine. Sie hielt die Luft an. Der Rekorder lief weiter, die Spulen drehten sich. Sie hätte sich gern besser ausgedrückt, es mehr wie eine Anschuldigung klingen lassen. Spektakulärer. Nicht wie eine einfache Replik auf seine Frage: *Das ist richtig*. Es war ihr großer Moment gewesen, Cambrys großer Moment, aufgezeichnet für das Gericht, für die Ewigkeit, und sie hatte sich von ihrem Lampenfieber ins Bockshorn jagen lassen und ihm die Kontrolle übergeben. Wie ein verängstigtes kleines Mädchen.

Spielchen hatte er ihre Fragen genannt. Das war jetzt auf Band festgehalten.

Nichts läuft so ab, wie man es geplant hat.

Gestern Abend hatte sie in ihrer Wohnung in Seattle von Cambry geträumt. Ein echter Traum, kein Albtraum. Ohne brutale Verletzungen, ohne Blut und Horror – es war einfach eine Begegnung. Für Lena fühlte sie sich unglaublich wichtig an, denn sie hatte so viele Fragen. Dies war die Gelegenheit, ihrer Schwester zu sagen, dass sie sie liebte, dass sie sie immer geliebt hatte trotz der Kluft zwischen ihnen, und dass ihr alles, was sie getan hatte, leidtat …

Aber in ihrem Traum hatte Cambry nur stocksteif vor ihr gesessen und jede Antwort verweigert. Sie hatte sich abgewandt und Tränen unterdrückt. Trotzig, traurig, kühl. Als würde sie sich schämen.

Lena, geh.

Als Lena versuchte, ihren Arm zu berühren, zuckte sie zurück. Schaute sie nicht an.

Geh, zischte sie. *Geh, bitte.*

Lena verstand nicht.

Los, geh.

Es machte keinen Sinn. Wieso gehen? Wieso jetzt? Wo sie für einen kurzen Moment wiedervereint waren? Aber aus irgendeinem Grund wollten Cambry und ihre Furien nicht dort sein. Ihre Schwester war immer ruhelos gewesen. Sogar im Tod wollte sie lieber woanders sein.

Du musst jetzt gehen. Ihre Stimme wurde strenger. *Geh.*

Keine Liebe. Keine Wärme. Nur dieses kühle Drängen.

Dir läuft die Zeit davon …

Dann war der Traum zu Ende.

Verging.

Lena erwachte allein im Dunkeln, kurz vor Sonnenaufgang, bestürzt und traurig. Sie fühlte sich zurückgestoßen. Cambry wollte nicht mit ihr reden. Nicht mal jetzt. Nicht mal als Geist.

Nicht einmal in Lenas Einbildung.

Bevor sie losgefahren war, hatte sie ihren Traum in den Blog geschrieben und ihn dann wie eine bittere Pille runtergeschluckt. Auf dem Weg nach Montana hatte sie aus dem geträumten Unsinn eine Geschichte geformt. Cambry war nicht abweisend, sie schämte sich wegen etwas. Fühlte sie sich schuldig, weil sie ihre Familie ohne Abschied verlassen hatte? Letztlich spielte das keine Rolle. Lena redete sich ein, dass der Traum von dem aufgewühlten Geist ihrer Schwester geschickt worden war, um sie anzutreiben (*Lena, geh*), zur Hairpin Bridge aufzubrechen (*Dir läuft die Zeit davon*), um dort ihren Mörder zu stellen und sie zu rächen.

Und jetzt war sie hier.

So wie er. Er schaute sie unverwandt an. Etwas wehte zwischen ihnen hindurch, ein kleines schmutzig-graues Etwas. Wie eine wirbelnde Schneeflocke.

Es war Asche.

Er schaute auf den Rekorder in ihren Händen und seufzte. »Es stimmt.«

»Was stimmt?«

»Ich bin Ihrer Schwester gefolgt. Am 6. Juni.«

Ihr Magen verkrampfte sich.

Corporal Raymond Raycevic fuhr sich mit der Zunge über die trockenen Lippen und sprach ganz langsam, betonte jede Silbe für die Aufnahme. »Ich hielt sie an, Lena. Aber nicht wegen einer Geschwindigkeitsübertretung.«

Er hielt inne, um es wirken zu lassen.

Sie verabscheute ihn. Weil er diese Macht über sie hatte. Weil sie sich ihm unterordnete.

»Cambry hat etwas gesehen, das sie nicht hätte sehen dürfen«, sagte er. »Als ich ihren Wagen anhielt, forderte ich sie auf, mir zu folgen, damit ich sie beschützen konnte. Aber sie traute mir nicht. Ich versuchte, sie zu beruhigen. Ich wollte sie nicht gewaltsam zwingen, aber ich war dazu bereit. Ich sagte ihr, ich würde bis drei zählen, und da lenkte sie ein und war bereit, mit mir zu gehen und in mein Fahrzeug zu steigen.«

Das hatte sie nicht getan, da war Lena ganz sicher. Sie hätte es niemals getan.

»Sie schaute mich an und sagte, ja, sie würde jetzt aussteigen, wenn ich einen Schritt zurücktreten würde, damit sie die Tür öffnen könnte. Das tat ich auch.« Seine Lippen kräuselten sich verärgert. »Sie gab Gas und raste davon.«

Das ist die Cambry, die ich kenne.

Einen Moment lang war es so, als wäre ihre Zwillingsschwester wieder lebendig, um für weitere Überraschungen zu sorgen. Lenas Herz schlug heftig.

»Ich habe Ihre Schwester verfolgt, aber ich bin nicht der Böse, Lena.« Raycevic entspannte sich und sah jetzt beinahe verletzt aus. »Das haben Sie nie in Betracht gezogen, oder?«

Weitere Ascheflocken wehten zwischen ihnen hindurch wie abgestorbener Blütenstaub.

»Sie geben also zu, dass Sie sie verfolgt haben?«, fragte sie.

»Ja. Weil ich sie *retten* wollte.«

KAPITEL 9

Cambrys Geschichte

Cambry schätzt, dass ihre Tankwarnleuchte seit fünf Minuten blinkt. Man verliert schnell das Zeitgefühl, wenn man von Adrenalin aufgeputscht über eine tückische Straße durch hügeliges Land jagt, weil man verfolgt wird; aber die Digitaluhr des Corolla zeigt jetzt 20:35 an, und wenn sie eine Meile Benzinverbrauch pro Minute rechnet, dann kann sie davon ausgehen, dass sie noch für fünfundzwanzig Minuten Treibstoff hat. Mit etwas Glück vielleicht auch mehr. Wenn man bedenkt, zu welchem Zeitpunkt das Lämpchen angegangen ist, kann man von Glück allerdings nicht sprechen.

21 Uhr.

Dann werde ich sterben.

Ein weiterer Blitz zuckt über den Himmel und taucht die Umgebung in grelles Licht.

Sie erwartet einen Donnerschlag, aber der kommt nicht. Das Warten darauf spannt ihre Nerven zusätzlich an. Ihr Mund ist trocken. Ihre Augenlider fühlen sich an wie Papier. Die Nachtluft weht kühl durch das geöffnete Fenster.

Die Uhr zeigt jetzt 20:36. Noch vierundzwanzig Minuten.

Hoffentlich führt diese Straße auf die Interstate.

Sie hat gerade ihr Leben darauf gewettet.

Sie muss weiter in diese Richtung fahren. Wenn sie umdreht, ist sie tot. Dann wird er dieses schwarze Gewehr von seinem Beifahrersitz nehmen und sie mit Kugeln durchlöchern. Selbst wenn ihr eine weitere Kehre gelänge, käme sie nicht an ihm vorbei. Sie würde mit Kugeln im Kopf sterben.

Diese Straße muss auf die Interstate führen, oder? Sie hat die Umgebungskarten am Dog's Head studiert und weiß, dass die Interstate 90 parallel zum Highway 200 verläuft, getrennt durch zehn Meilen Gebirgsausläufer und Prärie.

Sie umklammert das Lenkrad und bleibt auf Kurs. Das hier ist weder Plan A noch B noch C, aber mit etwas Glück führt diese Straße zur Interstate, und dort wird Verkehr sein. Sogar hier draußen in Howard County. Verkehr, das heißt, es gibt Zeugen. Und Zeugen, das bedeutet, dass ihr Verfolger sie nicht mit einem Sturmgewehr abknallen kann, ohne eine Menge Aufsehen zu erregen.

Andererseits …

Könnte ihm eine passende Story einfallen, um das zu begründen.

Wahrscheinlich hat er noch eine weitere Waffe dabei. So läuft das doch bei korrupten Bullen, oder? Wenn er dazu fähig ist, Beweise zu verbrennen, dann wird er auch eine nicht registrierte Waffe im Kofferraum haben, die er neben ihrer von Kugeln zerfetzten Leiche platzieren kann. Eine

Luftpistole würde sogar schon genügen, solange sie authentisch genug aussieht, um eine angemessene Reaktion zu provozieren. Wer er auch sein mag – und was er ihr antun möchte –, sie darf ihn auf keinen Fall unterschätzen. Sein breites falsches Grinsen taucht in ihrer Erinnerung auf. Eine gefährliche Schlange mit erdbeerroten Bonbonschlieren auf den Zähnen.

Er kommt immer näher. Das bohrende Licht seiner Scheinwerfer im Rückspiegel wird intensiver.

Sie hofft inständig, dass sie die richtige Entscheidung getroffen hat. Soweit sie die Geografie kennt, sind die Chancen, dass diese Straße eine Sackgasse ist, ziemlich gering. Aber vielleicht stößt sie auf ein anderes Hindernis? Schon eher möglich. Ein Erdrutsch oder ein Felsbrocken könnte die Straße blockieren. Oder sie führt zu einer eingestürzten Brücke. Jedes dieser Szenarien wird sie zum Anhalten zwingen, und dann muss sie sterben.

Es gibt einen Grund, warum die Straße gesperrt ist, Cambry.

Sie geht die Möglichkeiten im Kopf durch. Wenn die Straße frei ist (eine Wette), dann können es nicht mehr als zehn Meilen bis zur Interstate sein. Bis Magma Springs sind es dann noch weitere zehn Meilen, dort wollte sie ursprünglich hin. Selbst wenn sie auf der Interstate auf keine weiteren Fahrzeuge trifft (unwahrscheinlich) und sie dort immer noch keinen Empfang hat, bis sie die Stadt erreicht (auch unwahrscheinlich), wird sie es schaffen. Und hat sogar noch genug Benzin für weitere fünf Meilen im Tank.

Alles wird gut. Solange du immer weiterfährst und nicht noch einmal vom eingeschlagenen Weg abweichst.

Und solange diese Straße nicht irgendwo blockiert ist.

Das auch.

Der Versuch, sich nach der Abzweigung zu verstecken, hat sie einige Minuten und Meilen gekostet – und sie außerdem gezwungen, einen neuen Kurs einzuschlagen. Außerdem hat es Raycevic die Gelegenheit verschafft, sein Gewehr aus dem Kofferraum zu holen. Alles in allem eine eher schlechte Bilanz. Aber beinahe hätte es funktioniert. Wer kann schon einen Blitz vorhersagen?

Vielleicht kann er das ja. Wer immer er ist.

Sie erinnert sich an eine Halloween-Geschichte, von der sie als Teenager fasziniert war. So sehr, dass sie sie Lena mehrmals erzählt hat, jedes Mal mit anderen Details garniert. Der Kern der Geschichte geht so: Ein junger Typ nimmt mit Freunden an den Mardi-Gras-Feiern in New Orleans teil. Er trennt sich kurz von seinen Kumpels und verschwindet in einer Seitengasse, um zu pinkeln. Dort prallt er zu seinem großen Schrecken mit der ausgemergelten Gestalt des Sensenmanns zusammen. Dumm gelaufen, oder? Der Mann rennt in wilder Panik aus der Gasse, fährt zum Flughafen, fliegt auf einen weit entfernten Kontinent, mietet sich ein Auto und rast Hunderte Meilen weiter und immer weiter, bis das Auto stehen bleibt. Dann trampt er sieben Tage lang durch die schneebedeckte Tundra und sucht Schutz in einer tiefen dunklen Höhle weitab von allem.

Und dort wartet bereits der Sensenmann auf ihn, um ihm seine Seele zu nehmen.

Der Mann fragt den Tod: »Wie hast du mich gefunden?«

Und der Tod entgegnet genauso verwundert: »Mir wurde gesagt, du seist hier. Was hast du denn in New Orleans gemacht?«

Niemand entgeht dem Schicksal.

Nicht einmal du, Cambry.

Die Scheinwerfer des Streifenwagens kommen immer näher. Das muskulöse Dröhnen seines Motors wird lauter und verwandelt sich in etwas Rohes, Animalisches, als wäre ein Raubtier hinter ihr her. Ein eisiger Schauer läuft über ihren Rücken. Sie stilisiert ihn zu etwas Übermenschlichem, und das ist ein großer Fehler. Er hat keine übernatürlichen Kräfte. Er sucht diese Straßen nicht heim wie ein Dämon. Er ist bloß ein Mensch, ein Mann, der sie beim Diebstahl von Benzin ertappt hat, und jetzt verfolgt er sie, weil er sein Geheimnis bewahren will. Ein Mensch kann überlistet werden. Einem Mann kann man entkommen. Man könnte sogar mit ihm verhandeln. Aber das will sie lieber gar nicht erst versuchen.

Sie denkt an ihre Eltern. An Lena. Sie versucht, sich ihre Gesichter vorzustellen. Sie hat sie fast ein Jahr lang nicht gesehen.

Ihr Wagen rumpelt durch ein Schlagloch – mit lautem metallischem Knirschen. Sie ist immer noch fünfhundert Meilen von zu Hause entfernt, falls es in Washington überhaupt einen Ort gibt, den sie ein Zuhause nennen kann –, aber sie ist ihm nähergekommen als zu jedem anderen Zeitpunkt seit letztem November. Vielleich näher als je zuvor.

Der Streifenwagen kommt noch dichter heran. Die Scheinwerfer schleudern ihr Licht über sie hinweg, und der Schatten ihres Corolla zeichnet sich scharf auf dem Asphalt ab, über den sie rast. Einen Moment lang erkennt sie sogar die Umrisse ihres eigenen angeleuchteten Kopfes, dann schwenkt der Schatten nach rechts, als Raycevic versucht, sie links zu überholen.

Sie dreht den Kopf, um ihn anzuschauen. Sie kneift die tränenden Augen zusammen, um durch den grellen Lichtschein zu spähen, und kann seine Umrisse erkennen, schwarz und scharf, wie aus Tonpapier geschnitten. Sein Fenster ist geöffnet. Sein linker Unterarm liegt auf dem Türrahmen. In der Hand, die lässig aus dem Fenster hängt, bemerkt sie einen kleinen Schatten, den sie bei diesem Tempo nicht genauer erkennen kann, aber das ist kein Problem, sie weiß sowieso schon, um was es sich handelt.

Er will mit dir auf gleiche Höhe kommen. Und dich erschießen.

Sie ist nur noch wenige Minuten von der Interstate entfernt, also muss er sich beeilen. Auch wenn es eine schlampige, brutale Aktion wird, sie im Vorbeifahren abzuknallen. Er will auf alle Fälle verhindern, dass sie zivilisierte Gefilde erreicht.

Sie gibt mehr Gas. Der Motor röhrt noch lauter.

Der schwarze Schatten im Streifenwagen beschleunigt ebenfalls. Direkt hinter ihr heult sein Achtzylindermotor wütend auf, es stinkt nach verbranntem Öl und Kohlenmonoxid. Hin und her schlenkernd schiebt sich der Verfolger neben sie, als wollte er sie überholen.

Sie duckt sich hinters Lenkrad. Aber das spielt keine Rolle, denn wenn sie sich tief genug bückt, um außer Reichweite seiner Pistole zu sein, ist sie auch zu tief, um noch die Straße sehen zu können. Und wer sagt denn, dass die Kugeln nicht einfach die Tür durchschlagen werden? Das hier ist kein Kinofilm. Es ist die Wirklichkeit, wo ein Leben ganz plötzlich und unfair beendet werden kann. So wie es denen passiert ist, deren Überreste Raycevic mit diesen vier Feuerstellen beseitigen wollte.

Es ist jetzt 20:41 Uhr. Sie hat noch neunzehn Minuten zu leben.

Sie fürchtet sich davor, noch einmal zurückzublicken, tut es aber trotzdem.

O Gott, er ist schon so nahe. Er ruft ihr etwas zu, das von dem Lärm zwischen ihnen verschluckt wird. Sie kann es nicht hören, und selbst wenn, es wäre ohnehin eine Lüge. Nur Worte. Sie darf ihm nichts glauben, denn er hat eine Pistole in der Hand.

Zielt damit auf sie.

»Lass mich in Ruhe!«, schreit sie in den Fahrtwind.

Vielleicht hat er es gehört. Vielleicht auch nicht. Er ruft ihr etwas zu, nimmt die andere Hand vom Lenkrad und legt sie an den Mund, damit sie ihn besser verstehen kann. Aber seine Stimme kann das Dröhnen der beiden Motoren nicht übertönen. Sie hört nur Wortfetzen. *Anhalten*, wahrscheinlich.

»Lass mich in Ruhe!«, schreit sie noch lauter zurück. »Bitte.«

Sie gibt noch mehr Gas, aber es hilft nichts. Sein Streifenwagen ist schneller. Er kommt näher, ist jetzt fast parallel neben ihr. Will er sie seitlich rammen? Sie kann die Pistole jetzt noch deutlicher erkennen, durch die Windschutzscheibe hindurch. Er zielt auf sie. Sie fragt sich, wieso er noch nicht geschossen hat. Er könnte auch auf einen ihrer Reifen zielen und sie auf diese Weise von der Straße fegen und damit ausmerzen, weil ihr Wagen sich überschlagen würde. Es gibt keine Zeugen hier draußen. Keine Fahrzeuge, keine Häuser. Nur einen stillen, teilnahmslosen Wald.

Wieder ruft er etwas, ein einziges Wort. Er ist jetzt so nah, dass sie es fast verstehen kann. Beinahe.

Es klingt wie: *Bitte.*

Einen kurzen verstörenden Moment lang fragt sie sich: Was ist, wenn er sie gar nicht töten will? Könnte das der Grund sein, warum er sie noch nicht erschossen hat? Vielleicht ist hier noch etwas anderes im Gange, vielleicht hat diese Angelegenheit noch eine zusätzliche Dimension, und er will sie bloß vor einer Situation bewahren, von der sie nichts ahnt.

Er ruft erneut. Dieses Mal kann sie es verstehen: *Will dir nichts tun.*

Jetzt schwebt Cambrys Fuß über den Pedalen – Gas geben oder abbremsen? Raycevic holt auf, ist nur noch einen Meter hinter ihr. Noch ein paar Sekunden, und ihre Fahrzeuge werden exakt auf gleicher Höhe nebeneinander fahren, und dann werden sie einander die Köpfe zudrehen und Augenkontakt aufnehmen können. Durch die geöffneten Fenster, ohne trennende Glasscheiben.

Er lügt.

Als ein weiterer Blitz aufflammt, versteht sie, worauf er hinauswill: Er muss sie aus einem bestimmten Winkel heraus erschießen. Er kann nicht einfach durch seine Windschutzscheibe feuern, denn schließlich ist er immer noch ein Cop. Er kann nicht einfach in einem Dienstwagen herumfahren und Leute abknallen. Wie sollte er das seinem Vorgesetzten erklären? Nein, er muss durch das geöffnete Seitenfenster auf der Beifahrerseite auf sie schießen. Deshalb steht es offen. Deshalb fährt er so dicht an sie heran – damit er einen sauberen Schuss auf sie abgeben kann.

Er fährt jetzt fast parallel neben ihr. Er hebt die Pistole an und zielt auf sie.

Sie schreit bettelnd durch den rauschenden Fahrtwind: »Bitte, bitte …«

Beide Fahrzeuge donnern über eine Wölbung in der Straße, werden hochgehoben.

Kurz spürt Cambry das flatternde Gefühl von Schwerelosigkeit im Magen, dann fällt der Wagen krachend zurück auf die Fahrbahn und schleudert sie gegen die Sitzlehne. Sie beißt sich auf die Zunge und verliert beinahe ihre Brille. Es ist jetzt 20:43. Aber sie hat etwas gesehen.

Verdammte Scheiße.

Direkt vor ihr – ja, sie ist sich ganz sicher – hat sie ein Paar Rücklichter gesehen, als ihr Corolla nach oben ruckte. Vielleicht eine halbe Meile entfernt. Sie ist sich nicht sicher, was die Entfernung betrifft, weil es so dunkel ist. Aber sie weiß, dass sie das Heck eines anderen Fahrzeugs gesehen hat, das auf genau dieser Straße unterwegs ist. Nicht weit vor ihnen.

O Gott, endlich.

Da ist dein Zeuge.

KAPITEL 10

Lena

Retten vor wem?«

»Schalten Sie den Rekorder ab.« Raycevic deutete mit dem Kopf auf das Gerät, als nähme er an, dass sie beobachtet würden. »Schalten Sie das Ding aus, denn erzähl ich es Ihnen.«

»Auf keinen Fall.«

Er wurde lauter: »*Schalten Sie's aus!*«

»Sie lügen …«

»Ich bin nicht der Böse, Lena.« Er legte die Hände zusammen, als wollte er beten. Der Riesenkerl gebärdete sich beinahe unterwürfig. »Ja, ich bin hinter Ihrer Schwester hergefahren. Ja, ich habe darüber in meinem Bericht die Unwahrheit geschrieben – aber aus gutem Grund. Sie fuhr in einem Wahnsinnstempo, raste mit neunzig Meilen pro Stunde diese kurvige Straße entlang. Total verängstigt. Ich folgte ihr, konnte sie aber nicht stoppen. Sie traute mir nicht mehr …«

Gelogen. Jedes einzelne Wort konnte gelogen sein.

»Ich hätte Ihnen auch nicht über den Weg getraut, Ray.«

»Ich konnte sie nicht zum Anhalten bewegen. Also …« Er räusperte sich. »Also zielte ich mit meiner Pistole auf sie. Nicht um sie zu erschießen. Einfach um sie endlich aufzuhalten.«

Na, kein Wunder, dass sie Ihnen nicht getraut hat, wollte Lena sagen. Aber sie brachte es nicht heraus. Es war niederschmetternd, sich in Gegenwart des Menschen zu befinden, der Cambrys letzte Minuten miterlebt hatte. Gelogen oder nicht. Sie ertappte sich dabei, wie sie nach seinen Worten lechzte – weil sie auf eine zermürbende Art glauben wollte, dass Raycevic ihr die Wahrheit sagte. »Sie haben sie verfolgt. Sie haben mit der Waffe auf sie gezielt. Und wie ist sie dann tatsächlich gestorben?«

»Sie hat sich umgebracht.«

»Blödsinn.« Wieder nur das.

»Sie sprang von der Brücke, direkt vor meinen Augen …«

»Ja? Hat sie auch diesen Abschiedsbrief per SMS geschrieben? *Hoffentlich können Sie damit leben, Officer Raycevic?*«

»Hat sie.«

»So hätte sie sich niemals ausgedrückt.«

»Sie war es. Sie haben sie eben nicht gekannt.«

»Sie lügen. Sie haben sich bereits selbst belastet.« Sie holte wieder Luft. Und feuerte ihre Fragen schneller auf ihn ab, als er sie beantworten konnte. Ihre Stirnhöhlen schmerzten – der Beginn einer Migräne. »Na schön. Vor wem wollten Sie sie denn beschützen?«

Raycevic wandte sich ab.

Er starrte über die Hairpin Bridge, wich ihrem Blick aus.

Sie hätte ihn beinahe bei den Schultern gepackt, um ihn zu sich zu drehen. Genau wie Cambry in ihrem Traum (*Geh, bitte*) hatte auch er Antworten, weigerte sich aber zu reden. Es machte sie völlig verrückt, der Wahrheit so nahe zu sein.

»Ich glaube, Sie verstehen es nicht«, sagte er. »Ich gebe Ihnen eine letzte Chance. Ich bedrohe Sie nicht. Sie können einfach davongehen, genau jetzt. Gehen Sie einfach.«

Geh einfach, flüsterte Cambrys Geist. *Lena, geh.*

Geh jetzt, bitte ...

»Lassen Sie diese Brücke hinter sich. Schauen Sie nach vorn, leben Sie Ihr Leben. Lassen Sie ihre Schwester hinter sich und ehren Sie ihr Andenken. Hier können Sie nichts Gutes finden. Die Wahrheit wird Sie zerbrechen.« Er fuhr sich mit der Zunge über die Lippen. »Wir können getrennte Wege gehen, Sie und ich. Wir können diese Situation hinter uns lassen. Denken Sie darüber nach.«

Sie musste nicht nachdenken. »Ich gehe hier nicht weg.«

»Sie müssen aber.«

»Ich kann nicht.«

»Gehen Sie«, wiederholte er. »Ich flehe Sie an.«

Er *flehte* sie an.

Seine Wortwahl alarmierte sie. Sie war bestürzt, dass sie so viel Macht über diesen uniformierten Mann hatte, und bereute ihre Antwort sofort. Sie klang wie ein Fluch:

»Nur über meine Leiche.«

Genau das ist der Plan, Lena.

Corporal Raymond R. Raycevic sog die Luft durch die Nase und ließ den Blick schweifen. An einem klaren Tag konnte man von hier aus über Magma Springs hinweg bis zum Watson County schauen und das leuchtende Band des Silver Creek sehen, das sich bis zum Lake Saint Byron erstreckte.

Heute war kein klarer Tag. Der Rauch hing in ätzenden, schmutzigen und giftigen Wolken über den Bergen. Man konnte nicht mehr als eine Meile weit sehen. Die Luft roch nach verbranntem Holz. Der Waldbrand kam tatsächlich näher – das war keine Finte von ihm gewesen –, aber im Augenblick glaubte Lena ihm überhaupt nichts mehr. Sei's drum. Er hatte es immerhin versucht. Er hatte sie gewarnt. Er hatte ihr die Möglichkeit gegeben, ihre Suche zu beenden, zurück nach Hause zu fahren.

Doch dafür war sie zu entschlossen.

Er wünschte, Cambry hätte diese gottverdammte letzte Nachricht nicht geschickt, bevor sie starb. Damit war eine ganze Kettenreaktion in Gang gekommen, Hunderte Dominosteine waren umgefallen, und jetzt, drei Monate später, war es immer noch nicht vorbei. Alles nur wegen einer einzigen SMS. Eines einzigen Fehlers.

Und die hatte bewirkt, dass diese neugierige Lena ihm nun auf die Pelle rückte. Weshalb er sich mit ihr befassen musste.

Nur über deine Leiche, ganz genau.

Er hätte schon bei der ersten E-Mail merken müssen, dass es eine Falle war. Kein Therapeut der Welt würde es gutheißen, wenn seine Patientin den Cop aufsuchte, der die Leiche ihrer Schwester gefunden hatte, oder wenn sie zum Ort des Selbstmords fuhr und sich alle grausigen Details anschaute. Von Anfang an war Lena viel zu wachsam, viel zu selbstsicher gewesen, um keinen Plan zu haben. Verdammt, sogar in der Betreffzeile der Mail war das bereits deutlich geworden: *Anfrage zum Tod meiner Schwester am 6.6.* – schon das hatte unheimlich formell und distanziert geklungen.

Er sah zum rauchverhangenen Horizont, konnte sie nicht anschauen. Ihr in die Augen zu sehen, war unmöglich. Wie schlau sie sich wohl jetzt vorkam. Bestimmt war sie sehr mit sich zufrieden. Was für eine arrogante Idee, ihn hierherzulocken und seine Bemerkungen direkt auf einen Kassettenrekorder aufzunehmen.

Du hast ja keine Ahnung, dachte er mit einem Hauch von Mitgefühl. Du armes trauerndes Mädchen.

Leider hatte er sich tatsächlich von ihr in die vorbereitete Falle an der Brücke locken lassen. Seit dem Vorfall am letzten Donnerstag war er die ganze Woche lang unkonzentriert gewesen. Er hatte kaum geschlafen und war ziemlich fertig mit den Nerven. Natürlich war das seine eigene Schuld. Aber Übermut kann tödlich sein – das wusste Ray nur zu gut –, und Lena war auf dem besten Weg dorthin.

Auch sie war bereits in die Falle getappt.

Diese hügeligen Gebirgsausläufer im Howard County waren schon an sich eine Falle – die nächsten Funktürme standen entweder in Polk City oder in Magma Springs, und sie waren ziemlich alt. Auf dieser Straße gab es nirgendwo Empfang. Und ganz bestimmt nicht auf der Hairpin Bridge. Wenn man einen Wolf jagen will, sucht man sich eine Gegend aus, die einem Vorteile bringt. Man kriecht nicht mit dem Kopf voran in eine dunkle nasse Höhle, um den Gegner herauszufordern. Das war Cambrys erster Fehler gewesen …

Lenas, korrigierte er sich. Lenas Fehler. Er musste damit aufhören.

Verdammt, wer von beiden hatte heute mehr Waffen dabei? Seine Dienstpistole war eine Glock 19 mit drei Ersatzmagazinen. Er hatte einen Taser. Pfefferspray. Außerdem einen .38 Special in einem Holster an der Wade. Und als schweres Geschütz seine AR-15 im Kofferraum. Selbst wenn man sich diese Ausrüstung wegdachte, war Ray ein ziemlich großer, kräftiger Kerl, dank Proteinshakes wie ein Schrank gebaut. Er könnte diese zierliche Asiatin mit einer Hand hochheben und ihren Schädel auf dem Betonboden zerschmettern. Das wäre keine große Sache.

Und was hatte Lena mitgebracht? Einen *Kassettenrekorder*. Wie Angst einflößend.

Weil es in der Nähe der Hairpin Bridge kein Netz gab, konnte Lena seine Aussagen unmöglich mit einem Gerät aufzeichnen, das die Aufnahme sofort im Internet speicherte. Er musste sich bloß Sorgen um dieses altertümliche analoge Tonbandgerät machen. Und das stand gerade mal zwei Meter von ihm entfernt.

So einen Kassettenrekorder konnte man ganz leicht zerstören.

Also konnte er alles sagen. Er musste nicht vorsichtig sein. Solange er später den Rekorder vernichtete – genau wie Lenas Körper –, wäre alles in Ordnung.

Das Problem war Lena.

Nicht die kleine Schlampe, sondern die Spur, die sie hinterließ. Trotz des Durcheinanders wegen des Waldbrandes würde es Zeugen in Magma Springs geben, die sie mit ihm in Verbindung bringen konnten. Lena war zwar eine Einzelkämpferin, genau wie Cambry, aber sie war nicht dumm. Bestimmt hatte sie Freunden, Bekannten und Familienangehörigen erzählt, was sie vorhatte. Wohin sie fahren wollte. Wen sie dort treffen wollte. Und womöglich sogar warum.

Ihr Verschwinden würde keinen guten Eindruck machen. Und er wäre der Hauptverdächtige. Schon wieder. Wie erniedrigend es wäre, eine Woche bezahlten Zwangsurlaub zu bekommen, damit ein Detective aus Missoula in deinem Leben herumschnüffeln könnte. Nicht dass sein Leben besonders toll war. Seine Frau Liza weigerte sich, mit ihm zu sprechen, was ihm ehrlich gesagt auch ganz lieb war. Er verabscheute ihren Anblick. Jedes Mal, wenn er sie sah, entdeckte er neue Speckfalten am Oberarm oder unterm Kinn. Besser er guckte gar nicht erst hin.

Er überlegte, ob er sich umdrehen sollte, um Lena ohne Vorwarnung an den Schultern zu packen und über das Brückengeländer zu schleudern. Dafür könnte er sich eine Erklärung zurechtlegen. Eine vom Verlust überwältigte Frau entscheidet sich, ihrer Zwillingsschwester in den Tod zu folgen, indem sie an genau der gleichen Stelle ebenfalls Selbstmord verübt, zum Schrecken des neben ihr stehenden Polizisten, der sie hierhergebracht hat. Die Generation Z und ihr Avocado-Toast, hm? Das klang plausibel, aber genau das war das Problem. Es war zu perfekt. Und es würde einer genaueren Überprüfung kaum standhalten …

»Ray?«, sagte sie hinter ihm. »Können wir weitermachen?«

Er drehte sich nicht um. Brachte es nicht fertig. Mann, wie er diese Frau hasste. Er hasste den überheblichen Ton in ihrer Stimme. Er hasste es, wie sie ihn bedrängte.

Er holte noch einmal tief Luft und traf eine Entscheidung: Es würde keine Leiche geben. Und um das Alibi würde er sich später kümmern. Lena Nguyen würde eine von vielen anderen Vermissten sein. Auch wenn es ihm gefallen hätte, diese arrogante Tussi am Arsch zu packen, über das Geländer zu werfen und dann auszusagen, dass sie zweifellos schon mit dem Selbstmordplan hergekommen war, wäre es zu viel gewesen. Er musste pragmatischer vorgehen. Leichen tauchen in den Nachrichten auf. Vermisste nicht.

Ja, er würde sie erschießen.

Hier und jetzt. Wie Rodney Atkins gesungen hat: Wenn du durch die Hölle gehst, dann geh immer weiter.

»Ray? Heute noch, ja?«

Er legte die Hand auf den Griff seiner Dienstwaffe. Holte wieder tief Luft. Schaute zum verrauchten Horizont. Jetzt fühlte er sich besser.

Er würde sich umdrehen und es schnell erledigen. Ohne große Erklärungen. So viel war er Lena schuldig. Zwar hatte sie ihm den Tag ruiniert, war die Fliege in seiner Suppe, die Nervensäge, die diese beschissene Woche noch beschissener machte, aber sie konnte nichts dafür. Sie reagierte nur, genau wie er. Sie war eine verlorene Seele, die von ihrem Schmerz angetrieben wurde, und sie mitten in etwas gelandet, das sie nicht im Entferntesten verstehen konnte.

Und eins musste er ihr lassen: Sie hatte es tatsächlich geschafft, den Wolf in der Höhle zu stellen.

»Sie sind echt eine Nummer«, sagte er. »Wissen Sie das?«

Lena stand immer noch hinter ihm und sagte nichts.

»Aber Sie haben einen Fehler gemacht«, fuhr er fort und öffnete in aller Ruhe das Holster. »Falls das alles stimmt und ich wirklich ein Mörder bin, wenn ich Cambry eiskalt umgebracht habe, dann sind Sie völlig verrückt, ganz allein mit mir hier rauszufahren. Und mir ohne eine Waffe gegenüberzutreten …«

Er wurde von einem metallischen Klicken unterbrochen und drehte sich um.

Lena Nguyen hielt ihre 9 mm Beretta PX4 Storm in beiden Händen und zielte direkt auf die Stirn von Corporal Raycevic. »Genau darum habe ich eine mitgebracht«, sagte sie.

Er starrte sie an.

Seine Augen traten hervor. Sein Mund stand offen. Dumm, verblüfft, ratlos. Als hätte er gerade herausgefunden, dass man seinen Wagen abgeschleppt hatte. Die Schusswaffe musste sich wie aus dem Nichts vor seinen Augen materialisiert haben, auch wenn sie in Wahrheit aus dem Holster an Lenas Hüfte gekommen war.

Deshalb trug sie weit geschnittene Klamotten. Um zu gewinnen.

Während der vergangenen zwei Stunden hatte die Pistole an ihrem Rücken geklebt wie ein lästiger Tumor, feucht vom Schweiß, aber jetzt hielt sie das Ding endlich in ihren Händen und zielte auf Raycevic.

Die Hand des Cops lag wie erstarrt auf dem Griff seiner Dienstwaffe. Wie abgestorben. Die Situation war gefährlich.

»Hände hoch«, zischte sie.

Er starrte sie immer noch an. Nicht trotzig, sondern trottelig. Konnte es einfach nicht glauben. Vielleicht hatte er sogar vergessen, dass seine Hand auf einer voll funktionstüchtigen Feuerwaffe lag. Oder er wartete nur auf eine Gelegenheit.

»*Jetzt*, Ray.«

Schließlich hob er die Hände hoch.

Seiner Dienstwaffe galt Lenas größte Sorge. Wenn das Holster aufgeknöpft war, konnte er sie in weniger als einer Sekunde ziehen und abfeuern. Sie hatte erwogen, auf ihn zuzutreten und die Pistole selbst herauszuziehen, aber dann wäre sie ihm zu nahe gekommen. Er hätte zum Gegenangriff übergehen können. Raycevic war gut hundert Pfund schwerer als sie, und er war es gewohnt zu kämpfen. Cops werden dafür trainiert.

Sie beschloss, dass sie ihn dazu auffordern würde. »Legen Sie die Hände hinter den Kopf.«

Er tat es widerwillig.

»Und jetzt drehen Sie sich um.«

Er tat es, mit hinter dem Kurzhaarschädel verschränkten Armen. Sein dämlicher Gesichtsausdruck war verschwunden und durch Scham ersetzt worden. Wahrscheinlich bereute er jetzt, dass er sie nicht abgetastet hatte. Wie erniedrigend musste es für ihn sein, von einer vierundzwanzigjährigen Zivilistin in Schach gehalten zu werden.

Sie überlegte erneut, ob sie selbst nach seiner Glock greifen sollte, jetzt, da er sie nicht mehr ansah. Aber es war immer noch zu riskant. Seine Oberarme sahen aus wie fette Pythonschlangen. Auch wenn er ein Schwergewicht war, konnte er sich dennoch rasch bewegen.

Raycevic war zu gefährlich.

»Knien Sie sich hin«, sagte sie.

»Wollen Sie mich erschießen?«

»Nicht, wenn Sie sich hinknien.«

Er zögerte einen Moment und warf einen Blick auf den verrauchten Horizont, als würde er dort nach Kraft suchen, aber dann kniete er sich hin. Die Hände behielt er hinter dem Kopf. Als er mit den Knien auf dem harten Beton aufkam, stöhnte er auf. Erst das linke, dann das rechte.

Lena folgte ihm mit dem Visier der Beretta. Ihr Zeigefinger krümmte sich um den Abzugshahn. Sie wusste, dass jetzt der schwierigste Teil kam.

»So, Ray«, sagte sie mit monotoner Stimme. »Wenn ich es Ihnen befehle, werden Sie ganz langsam die rechte Hand herunternehmen, um die Pistole herauszuziehen. Sie werden sich nicht umdrehen. Sie werden mich nicht ansehen. Sie werden die Waffe ganz langsam mit zwei Fingern nehmen wie eine vollgeschissene Windel. Und dann werfen Sie sie über das Geländer.« Sie ging in die Hocke, drei Meter hinter ihm.

Raycevic wunderte sich: »Wollen Sie etwa nicht …«

»Was?«

»… meine Waffe nehmen?«

»Es ist eine Glock.«

»Und?«

»Ich hasse Glocks.«

»*Ernsthaft?*«

Lena unterdrückte ein zufriedenes Grinsen. Er hatte sie zweifellos nicht für einen Waffennerd gehalten.

Der Cop seufzte. Die Situation hatte sich plötzlich zu seinen Ungunsten gedreht. Was ihn völlig verwirrte.

Lena war bereit. Sie drückte den Lauf der Beretta gegen Raycevics Wirbelsäule und behielt die Arme in angewinkelter Schussposition. Der Zeigefinger lag locker auf dem Abzugshebel. Sie umklammerte die Waffe so fest, dass das Muster des Pistolengriffs in ihre Handflächen gedrückt wurde. *Ein fester Halt garantiert einen guten Schuss*, hatte sie auf einem Plakat am Schießstand gelesen.

Ein Schweißtropfen landete auf dem Beton.

Sie hielt die Luft an. Atmete halb aus. »Jetzt«, sagte sie. »Ganz langsam.«

Die Hand des knienden Cops bewegte sich langsam bis in die Nähe des Holsters. Mit einer routinierten Handbewegung hob er die Lederkappe ab – der Knopf war bereits gelöst – und …

»Hey, hey. Langsamer.«

Er fasste die Pistole mit Daumen und Zeigefinger am Griff an und zog sie hoch, genau wie sie es befohlen hatte. Ganz langsam schob sich das eckige schwarze Ding heraus. Es sah hässlich aus. Lena hasste Glocks.

»Jetzt wegwerfen.«

Er schaute immer noch in die andere Richtung, hob die Pistole hoch und warf sie über das Brückengeländer. Nach wenigen Sekunden prallte sie mit einem leisen Geräusch in sechzig Metern Tiefe auf.

Drei Sekunden, dachte Lena. Sie hatte mitgezählt.

Falls Cambry immer noch bei Bewusstsein gewesen war, nachdem Raycevic sie von der Brücke gestoßen hatte, dann hätte sie noch drei Sekunden lang Todesangst ausgestanden.

»Darf ich jetzt aufstehen?«, fragte er.

»Nein.« Sie schaute sich seinen Gurt genauer an. »Den Taser werfen Sie jetzt ebenfalls weg. Und das Pfefferspray. Und dieses knüppelähnliche Ding da rechts.«

»Um Himmels willen …«

»Und Ihre Schlüssel. Unbedingt auch die Schlüssel.«

Corporal Raycevics Ausrüstung verschwand Stück für Stück hinter dem verrosteten Geländer und landete unten in der Schlucht. Jetzt war nur noch eine Feuerwaffe im Spiel, und die hatte Lena – es sei denn, es gab noch eine weitere in Raycevics Streifenwagen. Sie hatte weder Flinte noch Sturmgewehr zwischen den Vordersitzen bemerkt, also blieb nur noch der Kofferraum. Das war der Grund gewesen, warum sie ihn die Schlüssel wegwerfen ließ. Sie waren als Letztes leise klingelnd über das Geländer geflogen.

Lena stieß einen Pfiff aus. »Das war ein ziemlich großer Schlüsselring. War einer davon etwa ihr Hausschlüssel?«

»Ja, klar. Sind Sie jetzt fertig?«

»Nein. Ich möchte, dass Sie ein Lied für mich singen.«

»Fick dich.«

»Kennen Sie was von Katy Perry?«

»Was Sie da gerade gemacht haben, ist eine Straftat«, sagte der Cop. »Ich drehe mich jetzt um.«

»Na schön.« Lena umfasste den Griff der Beretta noch fester. »Aber behalten Sie die Hände schön hinter dem Kopf. Und wenn Sie auch nur einen kleinen Schritt auf mich zu machen, Ray, dann schwöre ich bei Gott, ich werde Sie töten.«

»Spielt keine Rolle mehr. Das ist sowieso schon ein tätlicher Angriff auf einen Beamten.« Er drehte sich zu ihr um und schaute sie schief an. »Sie werden vor Gericht ungespitzt in den Boden gerammt. Niemand wird sich um ihre tote schizoide Schwester Gedanken machen. Das ist eine schwere Straftat, bewaffneter Überfall. Sie können sich denken, was das bedeutet. Man wird ihnen fünfzehn Jahre aufbrummen. Und was jetzt?«

»Jetzt singen Sie Katy Perrys ›Firework‹.«

Er spuckte aus. Ein fetter Klumpen landete auf dem Boden.

»*Ich* gehe nicht in den Knast, sondern Sie«, sagte Lena.

Er stöhnte erneut auf, sein Gesicht war knallrot von der Sonne. »Wirklich, Lena? Ist das Ihr Plan? Mich mit einer Waffe bedrohen, damit ich Ihnen ein Geständnis liefere? *Aber ich habe Ihre Schwester nicht umgebracht …*«

»Das sagten Sie bereits.«

»Sie hat sich selbst getötet.«

»Sie haben sie umgebracht, Ray. Um neun Uhr abends am 6. Juni.«

»Hab ich nicht. Aber so langsam wünschte ich, ich hätte es getan.«

»Wollen Sie, dass sich Sie erschieße?«

Er schlug sich gegen die Brust. »Tun Sie's doch.«

Sie hatte erwartet, dass er nun Stück für Stück mit der Wahrheit rausrücken würde. Auf der Fahrt hierher hatte sie sich ausgemalt, wie Cambrys Mörder ihr einen Handel anbieten oder sie anbetteln würde. Aber er war immer noch störrisch und genervt.

Eine Frage schoss ihr durch den Kopf: Was wäre, wenn Ray die Wahrheit sagte? Was wäre, wenn er sie wirklich nicht getötet hatte?

Aber jemand hatte es getan.

Sie dachte an Rays Zwillingsbruder Rick. Diese nette kleine, rührende Geschichte. Vielleicht hatte er sich mit achtzehn gar nicht umgebracht. Beim Kopfschuss mit einer Kaliber-12-Schrotflinte blieb nicht viel vom Schädel übrig. Auch anhand der Zähne konnte man die Leiche dann nicht mehr identifizieren. Vielleicht war Rick ja noch am Leben, und Ray deckte ihn. Wenn er unbedingt Polizist werden wollte und dann abgelehnt worden war – vielleicht hatte er dann Rays Streifenwagen gestohlen und eine Spritztour gemacht? Und dann war er in seiner Fantasie zu weit gegangen und hatte Cambry umgebracht? Und nun versuchte der gute Ray, die Sache unter Verschluss zu halten?

Unwahrscheinlich? Ja, aber auch nicht unwahrscheinlicher als die offizielle Darstellung. Oder die Geschichte von dem Japaner, der zwei Atombomben überlebt hatte.

Das Schlimme daran wäre, dass der Mörder von Cambry immer noch frei herumlief.

In den vergangenen Wochen hatte sie alles zusammengesucht, was es im Internet über Raycevic zu finden gab. Sie wusste von seiner großen Familie in Arkansas, kannte seine Prüfungsergebnisse, seine oberschlauen Anmerkungen im Forum für Waffenkenner, wo er zum Besten gegeben hatte, dass man bestimmte Schädlinge wirkungsvoll mit einer .17 HMR-Patrone beseitigt. Aber sein Bruder wurde nie erwähnt. Als hätte er Rick ganz allein beseitigt. So wie Cambry.

Und jetzt war Lena gekommen, um alles zum Vorschein zu bringen.

»Wissen Sie ...« Corporal Raycevic fuhr sich mit der Zunge über die Lippen. Er starrte auf die Waffe in ihrer Hand, dann auf die rissige Fahrbahn zwischen ihnen. Plötzlich leuchteten seine Augen auf, als hätte er eine Idee. »Wie weit, glauben Sie, sind wir voneinander entfernt?«

Sie stellte fest, dass Raycevic wieder vor ihr stand.

Eben noch hatte er gekniet, jetzt stand er. Wie hatte er das geschafft?

»Ich schätze ... drei Meter?« Er stellte sich dumm. »Würden Sie auch sagen, dass wir ungefähr drei Meter voneinander entfernt stehen?«

»Kommen Sie auf den Punkt.«

»Wir werden für das trainiert, was man die *Drei-Meter-Doktrin* nennt. Gehen wir mal davon aus, dass ein Verdächtiger mit einem Messer bewaffnet ist. Und ich habe eine Feuerwaffe. Wenn er sich innerhalb eines Radius von drei Metern in meiner Nähe befindet, dann ist er eine direkte Gefahr für mein Leben.«

»Weil Sie so ein miserabler Schütze sind?«

»Ich habe letztes Jahr beim Wettschießen mit meiner AR-15 eine Bronzemedaille gewonnen«, sagte er kalt. »Nein, Lena. Weil Pistolen nicht die Kraft haben, jemanden aufzuhalten, wie es in den Kinofilmen immer suggeriert wird. Das wissen Sie doch, oder? Sie haben diese Beretta doch hoffentlich schon mal benutzt? Sie haben Sie nicht aus dem Schrank Ihres Vaters gestohlen. Sie wissen, wie man sie lädt und entlädt? Wie man sie wieder schussbereit macht, wenn der Verschluss klemmt? Wie man die Sicherung ein- und ausschaltet?«

Sie sagte nichts.

Er kniff die Augen zusammen. »Sie haben doch den Sicherungshebel umgelegt, oder?«

Sie sagte immer noch nichts.

»Wissen Sie, ein Schuss bewirkt eben nicht, dass das Opfer durch Luft geschleudert wird, wie man es im Kino sieht. Newtons erstes Gesetz: Die Kraft eines Schusses ist genauso stark wie der Rückstoß in der Hand des Schützen. Wenn also ein Verdächtiger mit einem Messer auf mich losgeht, dann kann ich ihm mehrfach tödliche Verletzungen zufügen, während er die Drei-Meter-Distanz überwindet, und er kann mir immer noch die Kehle durchschneiden, bevor er seinen Verletzungen erliegt.«

Er warf einen bedeutungsvollen Blick auf die drei Meter zwischen ihnen und bewegte dabei die Lippen. Tat so, als würde er die Schritte zählen, die er machen müsste.

Dann starrte er sie wieder an und sprach ganz langsam und flüsternd weiter, mit drohendem Unterton. »Ich habe zwar meinen Taser nicht mehr, aber ich bin ziemlich stark. Ich kann hundertfünfzig Pfund stemmen. Und ich gehe jede Wette ein, Lena, dass ich Ihnen mit bloßen Händen den Hals brechen kann. Sogar wenn Sie drei Kugeln auf mich abfeuern, würde ich, wenn ich Sie zu fassen kriege, Ihnen immer noch so lange die Kehle zudrücken können, bis ich verblutet bin. Es sei denn, Sie würden mir ins Herz oder in den Kopf schießen. Denken Sie darüber nach, Lena. Können Sie ein bewegliches Ziel so gut treffen?«

»Das wären zwei sehr kleine Ziele«, sagte Lena.

Das war zu viel für ihn. »Verdammte Scheiße ...«

»Oder ein Schuss zwischen die Beine. Da gäb's sicher auch nicht viel zu treffen.«

»Du spielst mit dem Feuer, Mädchen.«

»Das ist auch meine Absicht.« Sie zielte und kniff das rechte Auge zu.

»Sie bluffen doch, Lena. Sie brauchen mich lebend.« Er starrte auf das Ende des Laufs. »Weil Sie wissen möchten, was ich weiß. Sie können mich nicht erschießen. Sie würden gerne, aber Sie können und wollen nicht. Die Waffe, die Sie da auf mich richten, ist eine leere Drohung.«

Sein Grinsen wurde immer breiter.

»Sie wollen unbedingt Informationen von mir bekommen.« Er klopfte sich an die Schläfe. »Und damit bin ich im Vorteil, weil Sie, egal was passiert, niemals den Abzug ...«

Sie drückte ab.

Eine ohrenbetäubende Explosion aus komprimierter Luft schlug Ray entgegen. Er spürte einen Schwall Hitze und brennendes Pulver auf seinen Wangen, seine Zähne klapperten, die Trommelfelle drohten zu platzen.

Das war's, dachte er – diese Frau hatte ihn gerade umgebracht. Ihr Schuss verspritzte sein Gehirn über die Hairpin Bridge, wo es in der brennenden Sommerhitze vertrocknen würde. Es war vorbei, jetzt, sofort. Gehen Sie nicht über Los, ziehen Sie nicht zweihundert Dollar ein. Niemand würde mehr seinem Vater dabei helfen, am Sonntag die richtigen Tabletten zu nehmen, oder seiner Frau berichten, was passiert war. Oder seine Geheimnisse schützen wie dieses tote Kind, das auf dem Grund seines Brunnens verweste. Sein Gehirn feuerte eine letzte Salve Neuronen ab, und ein nebensächliches Detail blitzte auf: ein Kinderschuh. Rot und weiß, mit zwei Klettverschlüssen …

Nein. Er schob es beiseite.

Ich bin doch der Gute.

Dann prallte er mit dem Knie auf den Asphalt und dämpfte den Sturz mit ausgestreckten Händen ab, während in seinen Ohren ein irres Klingeln ertönte, schrill wie das Trällern eines verrückt gewordenen Vogels. Der dröhnenden Erschütterung von Lenas Schuss folgte ein eigenartiger metallischer Klang. Wie ein … Scheppern? Er wusste nicht, wie er es beschreiben sollte.

Er schaute auf, seine Augen tränten, er musste blinzeln, weil das Schießpulver ihm ins Gesicht gespritzt war, und sah Lena, die dort in starrer Position über ihn hinweg zielte. Dann feuerte sie erneut, und wieder ertönten zwei ohrenbetäubende Detonationen, schnell hintereinander wie ein Doppelklick mit der Maus.

Wieder zuckte er zusammen.

Er merkte, dass sie gar nicht auf ihn zielte. Auch beim ersten Schuss hatte sie das nicht getan. Denn jetzt hörte er erneut dieses metallische Scheppern in der Ferne, zweimal. Der gleiche Ton, auf den er sich eben schon keinen Reim machen konnte.

Das Geräusch kam von hinten.

Immer noch auf das eine Knie gestützt, drehte er sich um, als die Echos vergingen, und schaute gerade noch rechtzeitig auf das einen Quadratmeter große Metallschild mit der Aufschrift *UNGEWARTETE BRÜCKE*, das hin und her wippte, als würde es vom Wind bewegt. Das Schild stand am Eingang der Brücke, direkt vor der berühmten Stahlkonstruktion, mindestens fünfzig Meter von ihm entfernt. Zu weit weg, um die kleinen Einschusslöcher ausmachen zu können, die dort jetzt zweifellos vorhanden waren.

Sie hatte das Schild getroffen.

Aus fünfzig Metern Entfernung.

Dreimal kurz hintereinander hatte es gescheppert.

Er schaute zu ihr auf – zum zweiten Mal war er in die Knie gegangen. Sie richtete ihre Waffe erneut auf ihn. Sein rechtes Ohr dröhnte. Ihr erster Schuss, bevor er sich im Reflex weggeduckt hatte, war aus ziemlicher Nähe abgefeuert worden. Die Kugel war nur wenige Zentimeter an seinem Ohrläppchen vorbeigeflogen. Gut möglich, dass sein Gehör nun dauerhaft geschädigt war.

Aber darum ging es ihm gar nicht. Er war noch immer gelähmt wegen dem, was er gerade gesehen hatte. Er konnte nicht glauben, dass dieses zierliche, puppenhafte vietnamesische Mädchen auf eine so große Entfernung ein so kleines Ziel dreimal getroffen hatte.

»Ja«, sagte sie jetzt. »Ich weiß sehr genau, wo der Sicherungshebel ist, du Arschloch.«

Sein Gehirn arbeitete fieberhaft: Wo …

»Die nächste Kugel geht durch deine Eier, Ray. Findest du immer noch, dass das eine *leere Drohung* ist?«

Er hasste sich dafür, dass er zusammenzuckte. Und dafür, dass er seine eigene Drei-Meter-Doktrin unterlaufen hatte. Obwohl er gut trainiert war, hatte er angesichts ihrer unerwarteten Schüsse die Haltung verloren, war in Deckung gegangen. Trotzdem konnte er nicht anders, als sie zu bewundern.

Wo zum Teufel hat sie so schießen gelernt?

Überraschung: Ich hab ein neues Hobby.

Ich sollte allerdings klarstellen, liebe Leserinnen und Leser, dass ich auf Anfängerniveau schon immer mit Schusswaffen zu tun hatte – unser Vater bestand zum großen Bedauern meiner Mutter darauf, dass seine Zwillingstöchter wissen, wie man eine Ruger 10/22 abfeuert und reinigt –, doch nach Cambrys eigenartigem Selbstmord und meiner anschließenden emotionalen Achterbahnfahrt stellte ich fest, dass ich etwas brauche, woran ich mich festhalten kann.

Manche finden zu Jesus.

Ich fand zum Schießen.

Ich bin ganz darin aufgegangen. Ich verkaufte meinen Fernseher und gab neunhundert Dollar für eine Pistole aus – eine Beretta Px4 Storm, Kaliber 9 mm. Ich lernte die Gebrauchsanweisung auswendig. Schaute mir Lehrvideos auf YouTube an. Ich wurde Mitglied bei einem Schießstand in der Nähe, wo Frauen an Wochentagen kostenlos trainieren konnten. Ich habe es bis zum Exzess ausgenutzt.

In mehr als zwei Monaten habe ich schätzungsweise zehntausend Schüsse dort abgefeuert. Wahrscheinlich mehr.

Am Tresen kann man Papier-Zielscheiben in Plakatgröße kaufen, jedes kostet fünfzig Cents, es gibt verschiedene Motive: watschelnde Zombies, Gangster mit großbusigen Entführungsopfern, der unerträgliche Jar Jar Binks. Meine Lieblingszielscheibe nennt sich »Pokerkarten« und ist genau das: zweiundfünfzig Spielkarten, die alle einzeln neben- und übereinander arrangiert sind. Diese Zielscheibe schicke ich zehn Meter weit weg, dann fülle ich mein Magazin mit fünfzehn Patronen und feuere systematisch hintereinander fünf Schüsse auf eine Karte ab, dann auf die nächste. Von links nach rechts. Drei Karten pro Magazin. Zweihundertsechzig pro Tag.

Jeden Wochentag ein komplettes Kartenspiel.

In der ersten Woche hatte ich noch Probleme, die gewünschte Karte zu treffen. Aber ich machte weiter. Von Montag bis Freitag schoss ich auf diese Papierkarten und entwickelte eine Routine: Immer von links nach rechts, immer fünf Schüsse pro Karte, drei Karten pro Magazin. In der dritten Woche stellte ich stolz fest, dass ich mein Ziel in einem Radius von der Größe einer Grapefruit traf. In der neunten Woche lagen die Schusslöcher meistens so dicht beieinander, dass sie ein Kleeblatt formten.

Und das betraf nur die scharfe Munition. Doppelt so viele Schüsse – vielleicht sogar dreimal so viele – gab ich mit Infrarot- oder Laserpistolen ab. Ich übte den korrekten Anschlag, indem ich zu Hause in meiner Wohnung bei geschlossenen Rollläden Plastikmunition verschoss, bis meine Finger voller Blasen waren.

Der Schlüssel zum guten Zielen liegt darin, dass der Körper sich auf den Knall nicht vorbereiten darf. Der Schuss soll sogar den Schützen überraschen. Andernfalls spannen sich die Muskeln in Erwartung des Schusses an, und dieses leichte Zucken verdirbt die Zielsicherheit. Es ist so ähnlich wie beim Reifenwerfen oder beim Ausholen mit dem Golfschläger – man muss es verinnerlichen. Ich mache jeden Morgen gleich nach dem Aufstehen Trockenübungen, dann nehme ich den Bus zur Arbeit, schaue auf dem Nachhauseweg im Schießstand vorbei, um ein weiteres Kartenspiel durchzuarbeiten. Die Abendstunden nutze ich, um weitere Informationen über den Tod von Cambry zusammenzutragen, dann wieder Trockenübungen mit ein paar Hundert Schuss. Anschließend falle ich erschöpft ins Bett, völlig erledigt und mit leerem Magen. Montag bis Freitag. Und dann wieder von vorn.

Ich hab sogar mal mit Plastikmunition auf mein eigenes Kinn geschossen.

Aus Recherchegründen, liebe Leserinnen und Leser! Wirklich.

Ich gebe zu, dass ich neugierig war, wie es sich anfühlt. Ich wollte herausfinden, was Cambry durch den Kopf ging, falls sie wirklich Selbstmord an der Hairpin Bridge verübt hat. Wie es sich angefühlt hätte, ganz dicht vor der Auslöschung zu stehen. (Es stellte sich heraus, dass es sich genauso anfühlt wie jeder andere Schuss auch. Der menschliche Körper merkt sehr genau, wenn er an der Nase herumgeführt werden soll, schätze ich.)

Weiter oben habe ich es als Hobby bezeichnet, aber ich will ehrlich sein: So etwas macht keinen Spaß. Ich interessiere mich nicht für das Scharfschützen-Handwerk oder Schießen als Sport. Ich probierte verschiedene Waffenmodelle aus – eine Glock, die ich hasste, und eine SIG Sauer, die ich mochte, mir aber nicht leisten konnte – bevor ich mich für die perfekt geeignet Beretta entschied. Für mich ist Schießen nichts weiter als ein Mittel zum Zweck, genauso langweilig wie meine Arbeit. Um zwei Uhr Karteikarten ausfüllen oder um sechs Uhr auf Spielkarten zu schießen, fühlt sich für mich genau gleich an.

Ich hatte schlimme Nächte.

Schlimme Wochen.

Wenn ich ehrlich bin, waren alle drei Monate ziemlich übel.

Aber mit jeder Minute wuchs meine Überzeugung, dass dieser Fremde, der meine Familie anrief, dieser Corporal Raymond Raycevic, etwas mit dem Tod meiner Schwester zu tun hat. Es stand in ihrer letzten SMS. Es schwang in seiner *Stimme* mit. Aus irgendeinem Grund wusste ich es. Diese Überzeugung wurde von Tag zu Tag mehr zur Gewissheit. Sie war der Grund, warum ich jeden Morgen aus dem Bett stieg, eine Thermoskanne schwarzen Kaffee trank und Schießübungen vor dem Badezimmerspiegel machte, um so zu tun, als würde Cambry mir dabei zusehen, mich zum Trainieren bewegen, zum Schießen antreiben. Es war meine Rettungsleine in der Dunkelheit: Meine Schwester hat sich nicht umgebracht, sie *wurde* umgebracht. Und mit jedem 9 mm-Einschussloch, mit jeder perforierten Spielkarte, mit jedem Klicken des Abzugshahns stählte ich mich für den Moment, in dem ich diesen Mistkerl fertigmachen würde.

Für Cambry.

Ich kann gar nicht genug betonen, wie wichtig es ist, *etwas zu tun*. Sogar wenn es *das* ist. Wenn ich diesen Kreuzzug nicht führen würde, wüsste ich nicht, was ich sonst täte. Spiritistische Sitzungen? Malen?

Und dennoch, wenn ich in schlaflosen Nächten wachliege, weil die Züge so laut sind und die schweißnasse Bettdecke an meinem Körper klebt, dann ist das Schlimmste, was ich mir ausmalen kann, eine Fahrt nach Montana ... wo ich dann feststellen muss, dass ich alles falsch gesehen habe. Dass der arme Raymond, der dort gerade einen Strafzettel wegen Geschwindigkeitsübertretung ausstellt, ein ganz normaler gottesfürchtiger Mensch ist und nicht das verkappte Monster, das ich mir ausgemalt habe. Dass Cambry tatsächlich zu dieser abgelegenen Brücke rausgefahren ist, ihren Wagen bei laufendem Motor verlassen hat, obwohl der Tank schon fast leer war, und dann über das Geländer in den Tod gesprungen ist, damit ihre Atome sich wieder zu den toten Sternen inmitten eines sinnlosen Universums gesellen.

Das bereitet mir schlaflose Nächte.

Ja, vielleicht habe ich unrecht.

Ich bin fest davon überzeugt, dass ich richtigliege, aber die Wahrheit ist: Ich werde es erst morgen wirklich wissen. Wenn ich ihm von Angesicht zu Angesicht gegenüberstehe. Auf dieser Brücke, von der Cambry angeblich gesprungen ist.

Und ich werde zu dieser Zusammenkunft nicht unbewaffnet gehen. Er wird mich unterschätzen – vor allem, wenn ich dort mit diesem lächerlichen schuhkartongroßen Kassettenrekorder auftauche –, aber ich werde *ihn* ganz bestimmt nicht unterschätzen. Wenn ich richtigliege, ist bei ihm die Kompetenz eines Polizisten gepaart mit der Bösartigkeit eines Kriminellen. Ich werde froh sein über meine Beretta und jede einzelne Minute meines Schießtrainings.

Dieses Gerede übers Schießen ist keine Angeberei. Ich bin jetzt eine gute Schützin, aber ich habe keine formale Ausbildung genossen. Ich war nie in eine Schießerei verwickelt. Ich kann kein Jiu Jitsu oder so etwas. Eine wie Charlize Theron in *Atomic Blonde* würde mich wahrscheinlich locker fertigmachen. Aber Trauer bringt dich aus dem Gleichgewicht, lässt dich mit leeren Händen dastehen, und du suchst nach einem Teufel, an dem du dich abreagieren kannst. Ich schätze, ich habe Glück, dass ich einen gefunden habe und er sich als sehr real herausgestellt hat.

Cambry: Wie immer der morgige Tag sich entwickelt, ich verspreche dir, dass ich den Kerl stellen werde. Ich werde ihn festnageln und dazu zwingen, vor der ganzen Welt zu erklären, was er dir am 6. Juni angetan hat und wer er in Wahrheit ist.

Eins weiß ich bestimmt: Er ist kein Polizist.

Er ist ein Ungeziefer in Menschengestalt, das in eine Uniform gekrochen ist. Was immer sein offizieller Lebenslauf über ihn aussagt, er ist ein Monster, das sich hinter einer biederen Fassade versteckt, und er ist eine Schande für alle tüchtigen Männer und Frauen, die eine Uniform tragen. Er ist ein Fehler, der korrigiert werden muss.

Ich hol ihn mir, Schwester.

Sie hat mich überrumpelt.

Ray wusste, dass er in eine sehr gefährliche Situation geraten war. Im grellen Licht der Nachmittagssonne starrte er in die Mündung einer Pistole. Alles, was er gesagt hatte, war aufgezeichnet worden. Seine Dienstwaffe, sein Taser und seine Schlüssel lagen unten in der Schlucht. Das Funkgerät in seinem Wagen nutzte ihm genauso wenig wie das AR-15 im Kofferraum. Aber er hatte noch eine letzte Hoffnung: Die versteckte Waffe an seiner Wade. Eine kurzläufige fünfschüssige .38 Special, in einem engen Holster über seine schweißnasse Socke geschnallt.

Davon wusste Lena nichts.

Sie war rückwärts gegangen und jetzt fünf Meter von ihm entfernt, die Pistole hielt sie weiterhin auf ihn gerichtet. Ihre Haltung entspannte sich etwas, bemerkte er. Ihre Ellenbogen wurden lockerer. Sie erholte sich langsam von ihrem Adrenalinstoß. Man kann nicht immer volle Kraft fahren, das lässt der Körper nicht zu. Früher oder später muss man sich zurücknehmen, und das würde Cambrys Wiedergängerin auch tun.

Sie ist nichts Besonderes, entschied Ray, während sein Magen rebellierte. Sie ist nicht wie ihre Schwester. Sie ist keine Überlebende. Sie ist keine Killerin.

Sie ist bloß eine verwirrte junge Frau mit einer Pistole.

Trotz ihrer großspurigen Reden und ihrer Schießkünste war Lena hoffnungslos überfordert. Sie hatte keine Ahnung, wer Cambry gewesen war. Keine Ahnung, in was sie da hineingestolpert war. Und außerdem hatte sie *garantiert* keine Ahnung von dem Revolver im Holster an seiner Wade.

Denn sonst wäre diese Waffe, zusammen mit seinen anderen Sachen, längst unten in der Schlucht gelandet.

Ray musste nur sein Hosenbein hochziehen und den Revolver ziehen. Das würde vielleicht eine Sekunde dauern. Eine weitere Sekunde brauchte er schätzungsweise, um sich hinzuhocken, zu zielen und zu feuern. Lena war eine ausgezeichnete Schützin, das stand fest, aber er musste einfach nur zuerst schießen.

Ich brauche nur eine Gelegenheit. Er schaute sie an.

Sie trat noch einen Schritt zurück. Sie sah ängstlich aus, seekrank. War blass geworden. Ihre Hände zitterten immer mehr. Wenn das Adrenalin langsam wieder nachlässt, dann ist das so. Sie hatte wahrscheinlich tausendmal auf Pappkameraden geballert. Doch die konnten nicht zurückschießen.

»Was ist los?«, fragte er.

Sie antwortete nicht.

»Was denn?« Er konnte sich nicht beherrschen. »Haben Sie das etwa nicht gut genug durchdacht?«

Anstatt zu antworten, tat die junge Frau etwas Unerwartetes. Sie wechselte die Waffe von einer Hand in die andere, in die rechte (Ray überlegte, ob er jetzt nach seinem Revolver greifen sollte, tat es aber nicht) und krallte sich mit der linken Hand eine Haarsträhne, wickelte sie um den Zeigefinger und zog daran.

Genau wie er es bei Cambry gesehen hatte, vor drei Monaten, als sie in diesem Corolla gesessen hatte.

Sie sind eindeutig Zwillinge, dachte er.

Er wusste, dass er sich davon nicht beeindrucken lassen

durfte – mit den Haaren zu spielen, war bloß ein nervöser Tick so wie Nägelkauen –, aber es kam ihm vor, als wäre er hier in der Unterzahl. Als hätten das tote Mädchen und das lebendige, das vor ihm stand, sich gegen ihn vereint. Zwei gegen einen. Um ihn für seine Sünden zu bestrafen. Er dachte an das tote Kind im Brunnen und musste schlucken.

Lena hielt die Beretta jetzt wieder mit beiden Händen fest.

Rays Revolver im Wadenholster fühlte sich immer schwerer an. Über Leben und Tod würden nur wenige Sekunden entscheiden. Er hatte es innerlich schon durchgespielt: Er würde aufs Knie fallen, sein rechtes Hosenbein hochziehen (*einundzwanzig*), den Griff des Revolvers fassen und ihn herausziehen (*zweiundzwanzig*), eine Stelle auf ihrem Brustkorb anvisieren, abdrücken (*dreiundzwanzig*) und ... das war's dann. Entweder er traf, oder er schoss daneben.

Seine Chancen standen nicht schlecht. Wenn er und Lena auf einem Schießstand gegeneinander anträten, würde sie wahrscheinlich bessere Ergebnisse auf den Zielen aus Papier schaffen. Aber das echte Leben ist kein Schießstand. Im echten Leben spielen Verwirrung, Erschöpfung, Adrenalin und Angst eine Rolle. Schweiß an den Händen. Blendendes Sonnenlicht. Der Faltenfaktor, wie sein Vater es einmal nannte.

Er konnte es jetzt sehen – der Pistolenlauf zitterte. Lenas Unterarme wurden schwer. Sie war nicht gemacht für so eine Situation. Je länger dieses magere Mädchen seine Haltung bewahrte, desto schneller würde seine Präzision nachlassen. Sie war verletzbar.

Er bedrängte sie weiter. »Sie haben einen Blog, richtig?«

Sie schaute ihn leicht überrascht an.

»*Lights and Sounds*. Nerd-Scheiße. Sie besprechen Videospiele, Science-Fiction-Bücher über Raumschiffe und durchgeknallte Horrorfilme. Bekenntnisse einer Einzelhandelsverkäuferin. Das sind Sie doch, oder?«

Sie blinzelte.

Ich hab einen Nerv getroffen, dachte er. Gut.

»Seien Sie nicht so überrascht.« Er grinste hämisch. »Sie haben mich überprüft, ich habe Sie überprüft.«

Er wartete darauf, dass sie wieder ihre Haare eindrehte. Das wäre die Gelegenheit für ihn, denn dann würde sie einige kostbare Momente benötigen, um ihre Schussposition wieder einzunehmen und sein Feuer akkurat zu erwidern. Nervöse Ticks sind was Nettes. Sie machen das Verhalten vorhersehbar.

»Sie haben nicht viele Freunde, oder?«, drängte er weiter. »Oder einen Freund?«

Sie sagte nichts.

»Verlassen nicht oft Ihre Wohnung?«

Nichts.

»Sozialphobie vielleicht?« Er lockerte die Schultern, tat so, als würde er sich strecken, um sich vorzubereiten. »Sie sind vierundzwanzig. Haben einen College-Abschluss in Englisch. Aber Sie arbeiten in einem Laden für elektronische Geräte, der immer kurz vor der Pleite steht, bekommen ein niedriges Gehalt und sitzen abends vor Ihrem Computer und schreiben an einem Blog, den keiner liest. Und Ihre Schwester ist losgefahren, um etwas zu erleben, hat die Wüsten besucht, Mount Rushmore, die Everglades, die Glasstrände. Sie waren ein bisschen eifersüchtig, hm?« Er musterte ihr Gesicht und stellte sich das Einschussloch seines Revolvers vor. »Übrigens haben Sie keine Ahnung, wer Cambry wirklich war.«

Das ließ er wie nebenbei fallen und wartete auf ihre Reaktion.

Sie reagierte nicht.

Na schön. Er fuhr fort: »Wissen Sie was? Als wir hierherkamen, dachte ich, Sie wären eine todtraurige Introvertierte, der es noch nie jemand besorgt hat. Ich hatte Mitleid mit Ihnen. Ich wollte Ihnen helfen, hier zur Ruhe zu kommen und zu trauern. Bevor ich herausfand, dass Sie einen Plan geschmiedet und eine Waffe dabeihaben. Aber Sie erwähnten … Hey, Sie wollten doch die ganzen blutigen Details erfahren, oder?«

Er wartete auf eine Antwort. Es kam keine.

»Ja, wollten Sie. Sie wollten wissen, wie Cambrys Leiche aussah, als sie da unten zwischen den Felsen lag. Ich habe mir die Details verbissen, weil es mir nicht angebracht erschien. Aber das haben wir inzwischen hinter uns gelassen. Weit hinter uns.« Er starrte auf ihre Waffe. »Ihre Schwester sah völlig zerfetzt aus, Lena.«

Ihr Unterkiefer zitterte. Ihre Lippen zuckten leicht – und er hatte es bemerkt.

»Sie ist mit mehr als dreißig Metern pro Sekunde im freien Fall gestürzt. Wenn man mit dieser Geschwindigkeit auf hartem Granit aufschlägt, wiegt jedes einzelne Organ im Körper praktisch zehntausendmal mehr als normal. Also selbst wenn sie immer noch einem Menschen ähnelte … nun, es ist, als würde man auf Zellebene komplett zerrissen. Totale Zerstörung. Ihre Organe zerplatzten und wurden zermatscht. Ihr Gehirn war geschmolzen. Ihre Knochen tausendfach gebrochen. Große braune Wasserballons voller Blut unter ihrer Haut.«

Tränen schimmerten in Lenas Augen. Sie wollte nach ihrem Haar fassen, riss sich aber zusammen und umfasste die Pistole noch fester.

Rays Herz schlug höher. *Tu es.*

Er war bereit, den Revolver zu ziehen. Sein Daumen und seine Finger zuckten. Er bedrängte sie weiter: »Cambrys Stirn war eingedrückt wie eine Grapefruit, auf die jemand getreten hatte. Sie hatte Käfer im Mund. Ihre Augäpfel waren zermatscht und hingen aus den Höhlen, mit Tränen aus Blut verschmiert. Fliegen legten ihre Eier darin ab.«

Lena nahm das alles regungslos hin wie ein Stein. Sie sagte nichts. Gab nichts preis.

Und sie sah genauso aus wie Sie, hätte er beinahe hinzugefügt.

Er wusste, dass er sie mürbe machte. Jedes Wort hinterließ eine Wirkung. Schlug eine Kerbe. Alles summierte sich. Sie würde daran zerbrechen, die Fassung verlieren und wieder in ihr Haar fassen. Er war bereit.

Du hast keine Ahnung, in was du da hineingeraten bist, dachte er, während er sie musterte. Du armes, dummes Mädchen. Du glaubst, du bist hier das Raubtier, bloß weil du schießen kannst.

Der Revolver bettelte darum, endlich freigelassen zu werden. Lena änderte wieder ihre Anschlagposition, und Ray hätte beinahe nach unten gefasst. Beinahe. Sie versuchte, ihren nervösen Tick zu unterdrücken – versuchte es –, aber sie kam nicht gegen ihre eigene Natur an. Sie musste ihr Haar eindrehen. Das war für sie etwas Tröstliches, das war ihre Schwäche, und heute wäre es ihr Todesurteil.

Ich zerfetze dein blasiertes Gesicht.

Wenn ich erst mal meine Hände …

»Moment. Sie haben doch noch Ihre Handschellen, richtig?« Lena warf einen kurzen Blick auf seinen Gürtel. »Los, leg sie dir selbst an, Arschloch!«

Sie war überrascht – der Cop sah plötzlich entmutigt aus. Er starrte auf seine Hosenbeine, dann wieder zu ihr hin. Ungläubig.

Gut. Sie würde sich viel besser fühlen, wenn dieser Riesenaffe gefesselt war. Er war viel zu gefährlich, sogar wenn man auf ihn zielte. Sie versuchte, ihr Zittern zu unterdrücken. »Ich sagte, Sie sollen sich fesseln. Aber ganz langsam.«

Sein Blick wurde wieder klarer. Ihr Magen verkrampfte sich vor Angst.

Als Reaktion darauf legte sie ihren Finger enger um den Abzug. Was er bemerkte.

Seine rechte Hand bewegte sich langsam zu seinem Gürtel. Dann löste er die Handschellen. Das Metall klimperte so klischeehaft wie in einer Krimiserie.

»Fesseln Sie die Hände auf dem Rücken«, stellte sie klar. »Nicht vorne.«

»Ich muss mich hinknien«, sagte er und deutete nach unten. »Es ist einfacher, wenn ich in die Hocke gehe und …«

»Nein. Sie bleiben stehen.«

Er warf ihr einen wütenden Blick zu.

»Los, weiter.« Sie machte eine auffordernde Geste mit ihrer Beretta.

Einen Atemzug lang hielt Raycevic die silbrig glänzenden Fesseln in der Hand, als würde er verzweifelt darüber nachdenken, was er noch sagen könnte. Um Zeit zu schinden. Dann schloss er einen Ring um sein Handgelenk und legte die Hände auf den Rücken. Ein metallisches Klicken deutete darauf hin, dass auch die zweite Fessel geschlossen war.

»Bitte sehr. Zufrieden?«

»Nein«, sagte sie. »Drehen Sie sich um.«

»Wie bitte?«

»Umdrehen. Damit ich sehen kann, dass beide Hände gefesselt sind.«

Er verdrehte die Augen. Dann drehte er sich zögernd um und zeigte seine Hände. Wie sie erwartet hatte, war nur die rechte Hand gefesselt. Mit der linken tat er nur so, als wäre die Schelle geschlossen, hielt sie aber fest.

»Und Sie dachten ernsthaft, das würde funktionieren?«

Er grinste niederträchtig. »War einen Versuch wert.«

»Netter Versuch.«

»Sagen Sie das noch mal.«

»*Netter Versuch?*«

»Sie klingen genau wie sie. So wie Sie das gesagt haben.«

»Sie können jetzt die andere Fessel zuschnappen lassen, Ray.«

Er drehte sich zur Seite, damit sie sehen konnte, wie er die Handschelle um sein linkes Handgelenk legte. Dann fummelte er hilflos herum. »Das geht nicht mit den Händen auf dem Rücken. Sie müssen mir helfen, sie zu schließen …«

»Ernsthaft, Ray?«

Wieder hielt er inne, bis der scheinheilige Gesichtsausdruck verschwunden war. Wieder hatte er es versucht, wieder war er gescheitert.

Ganz genau. Du hast mich unterschätzt.

»War einen Versuch wert«, wiederholte er, aber diesmal ohne Grinsen. Er schloss die Handschelle mit dem rechten Daumen. Dann spreizte er seine muskulösen Arme, um zu beweisen, dass er nun gefesselt war.

»Zufrieden?«

»So langsam wird es«, sagte Lena und lockerte den Griff um die Pistole, damit ihre Muskeln sich entspannen konnten. Ihre Hände kribbelten. »Und übrigens – dieses ganze Zeug, was Sie mir über Cambrys Leiche erzählt haben. Das war echt grauenhaft, zermatschte Organe, aus den Höhlen getretene Augen, aber meine Albträume waren viel schlimmer. Vielen Dank also, dass Sie ein bisschen Licht auf das Grauen geworfen haben.«

Er lächelte. »Seien Sie vorsichtig, was Sie da verlangen.«

Ein lauer Wind wehte weitere Ascheflocken zwischen ihnen hindurch. Lena musste blinzeln.

Er nicht. Er starrte sie eiskalt an, die Ascheflocken sammelten sich auf seinen Schultern wie apokalyptischer Schnee. »Wenn Sie mich erschießen, werden Sie nie erfahren, was mit ihr passiert ist.«

»Das weiß ich doch längst.«

»Wirklich?«

»Sie haben es bestätigt. Als Sie mich angelogen haben.«

»Ach ja? Soweit ich das sehen kann, sind Sie die einzige Person, die eine Waffe gezogen hat, Lena.« Er spähte in den verrauchten Himmel. »Und wenn jemand hier vorbeifährt, sieht es ziemlich eindeutig so aus, als wäre ein Polizist in einen Hinterhalt geraten.«

»Wie gut, dass Sie das Tor hinter uns geschlossen haben.«

Er kniff die Augen zusammen. »Wie gut.«

Für uns beide, meinte er damit.

Es spielte keine Rolle, dass sie jetzt miteinander redeten. Es waren bloß nichtssagende Laute. Wenn sie auch nur für den Bruchteil einer Sekunde nachlässig wäre, würde Raycevic seine Chance nutzen und sie mit einem Kopfstoß angreifen, ihr die Waffe aus der Hand schlagen und ihren Schädel unter seinem Stiefel zermalmen. Sogar gefesselt konnte er sie noch umbringen. Erbarmungslos. So wie er Cambry getötet hatte. Sie stellte sich das Gesicht ihrer Schwester vor, *eingedrückt wie eine Grapefruit.*

Es stimmte. Alles. Genau so war es passiert.

Sie würde es ihm gegenüber niemals zugeben, aber in den letzten Wochen hatte sie sich einer kindischen Hoffnung hingegeben: Dass mit ihrer Ankunft hier an der Hairpin Bridge alle Internetmythen wahr würden. Sie würde einen Geist sehen und ein Flüstern hören. Der Schleier zwischen Vergangenheit und Gegenwart wäre hier ganz dünn und ihre Schwester gar nicht fort. Nicht völlig verschwunden.

Hoffnung ist ein Gift. Lena wusste das.

Sie atmete aus und versuchte, ihren Kopf klar zu bekommen. Ohne Geister. Ohne Echos aus der Vergangenheit mit Botschaften aus dem Grab. Es ging nur um diesen Mann, der schuldig war, der sie anstarrte.

Er rümpfte die Nase. »Sie schreiben doch nicht wirklich ein Buch über sie, oder?«

»Doch, tue ich.«

»Warum?«

Sie wusste, dass sie darauf nicht antworten musste. Aber sie tat es trotzdem, und dieses Mal hatte sie nicht mehr die Kraft, zu lügen: »Es stört mich, wenn andere Leute ihre Geschichte erzählen. Als sie starb, hörte sie irgendwie auf, als Person zu existieren und wurde öffentliches Eigentum. Sie wurde zu dieser einsamen jungen Frau mit Problemen, die nicht mehr anders konnte, als von einer Brücke zu springen. Wenn jemand ihre Geschichte korrekt erzählen kann oder *sollte* … dann bin ich das.«

Sie wollte das so stehen lassen, aber er schien noch mehr zu erwarten.

Also fügte sie hinzu: »Meine Mom ist Katholikin. Sie ist verzweifelt, weil sie glaubt, dass Cambry in die Hölle gekommen ist. Weil sie sich selbst … Sie wissen schon.«

»Verstehe.«

»Darum geht's.« Sie spürte, wie ihre Wangen sich röteten. »Darum geht's hier, denke ich. Ich … ich schätze, ich möchte meiner Mutter beweisen, dass ihre Tochter nicht in der Hölle ist.«

»Deswegen sind Sie hier.«

»Genau deswegen.«

Schweigen.

Es gefiel ihr nicht, sich ihm gegenüber zu offenbaren. Sie wusste, dass sie ihm damit nur Werkzeuge in die Hand gab, mit denen er sie quälen konnte. Aber sie hatte das eigenartige Gefühl, dass auch er trauerte. Als würde Cambry sie miteinander verbinden.

Trotzdem hatte sie ihm nicht die ganze Wahrheit erzählt.

Nach der Trauerfeier war sie zu ihren Eltern nach Olympia gefahren, um ihnen etwas zum Abendessen zu bringen. Dort hatte sie bemerkt, dass alle Bilder von Cambry verschwunden waren. An den Wänden und auf den Möbeln waren noch die dunklen Umrisse oder Abdrücke zu sehen. Zuerst hatte sie gedacht, die Fotos sollten woanders aufgehängt oder neu gerahmt werden. Aber in den folgenden Wochen tauchten sie nirgendwo mehr auf. Der Tod ihrer Schwester hatte etwas anderes, Tieferes hinterlassen als die übliche Trauer über einen geliebten Menschen. Sie war immer auf dem Sprung gewesen, immer auf der Suche nach der nächsten Herausforderung, und jetzt war sie definitiv noch viel weiter weg als Texas oder Florida. Abgesehen davon steckten sie nun wegen ihres beschissenen Glaubens in einem echten Dilemma. Falls ihr Gott tatsächlich existierte, dann schmorte ihre Tochter für immer in der Hölle. Falls er nicht existierte, war sie einfach nicht mehr da. Was war schlimmer?

An diesem Abend trank ihre Mutter zu viel Wein und packte Lena so fest am Arm, dass ihre Finger dort Abdrücke hinterließen. Mit glänzenden Augen sagte sie: *Du bist meine Tochter, Lena, und ich liebe dich.*

Du bist meine einzige Tochter.

Es ist grässlich, so plötzlich ein Einzelkind zu werden.

Das war der Augenblick, in dem Lena sich vornahm, nicht nur den Mörder ihrer Schwester zu stellen. Sie würde auch Cambrys Geschichte erzählen. Das war viel zu wichtig, um es anderen zu überlassen. Sie würde ihren Eltern eine Version ihrer Tochter schenken, an die sie sich gerne und mit Liebe erinnerten. Eine Version, die ihnen nicht das Geld aus dem Portemonnaie gestohlen hatte, die nicht wegen Ladendiebstahls verhaftet wurde, die nicht nach Grass und Zigaretten stank und mit achtzehn aus der Tür gestürmt war, um sie für immer zu verlassen, grausam und abrupt.

Die wahre Cambry war irgendwo dort draußen. Lena würde sie finden. Koste es, was es wolle.

Raycevic schaute sie an. Sie bereute, dass sie ihm das anvertraut hatte.

»Glauben Sie mir«, sagte er hämisch. »Falls es eine Hölle gibt, ist Cambry dort gelandet.«

»Wenn Sie so weiterreden, werden Sie selbst bald dort sein.«

»Klingt wirklich einschüchternd. Haben Sie das aus einem Film?«

»Ich weiß, was Sie für ein Mensch sind, Ray.«

»Nein, wissen Sie nicht. Sie sind mit bestimmten Vorstellungen hier aufgekreuzt. Das ist Ihr fataler Fehler, Lena. Wissen Sie, ich bin kein schlechter Mensch. Selbst wenn ich das wäre – nehmen wir mal an, ich hätte Ihre Schwester wirklich auf dem Gewissen –, habe ich aber auch Leben gerettet. Viele Menschen leben noch, weil ich zur rechten Zeit am rechten Ort war. Sie haben doch Informationen über mich eingeholt. Dann wissen Sie das auch. Sie kennen die Geschichte von der Frau, die ich aus dem Fluss gerettet habe.«

Kannte sie.

»Meine Auszeichnung für die Rettung des Kollegen, der in eine Schießerei geriet.«

Kannte sie auch.

»Die Kids, die ich aus einem brennenden Wohnwagen gezerrt habe.«

Ja, ja, *ja*. Der Gouverneur hatte ihm dafür sogar eine Medaille verliehen. Irgendwo in Billings stand eine Parkbank zu Ehren des tapferen heiligen Raycevic, der heroisch in ein brennendes Crystal-Meth-Labor eingedrungen war. Ihr wäre lieber gewesen, diese Jugendlichen wären verbrannt, damit er sich nicht mit dieser Heldentat schmücken konnte.

»Sie hassen mich vielleicht, Lena, aber ich bin immer noch einer von den Guten.« Er reckte sich und schien größer und breiter zu werden. »Okay? Sie müssen den Tatsachen ins Auge blicken. Ich habe immerhin vier Menschen gerettet. Vier Menschen, die ohne mich längst von den Würmern zerfressen wären. Denn das ist mein Job. Ich reibe mich auf dafür. Ich bin dafür geboren. Ich schütze die öffentliche Ordnung. Genauer gesagt, ich rette Menschenleben. Ich habe Menschenleben gerettet. Und wenn Gott will, werde ich das weiterhin tun. Warum sollte Ihre Schwester so viel wichtiger sein als all diese Menschen?«

Ein Speichelfaden hing unter seinem Kinn. Er leckte ihn auf wie eine Eidechse.

Jetzt kommen wir endlich weiter, dachte Lena. »Wollen Sie ein Geständnis ablegen?«

»Nein«, sagte er. »Ich verteidige mich nur, weil ich persönlich angegriffen werde.«

»Glauben Sie an die Hölle?«

»Ich glaube an ausgleichende Gerechtigkeit.«

Ausgleichende Gerechtigkeit. Als wären Gut und Böse juristische Begriffe.

»Okay, hier kommt der nächste persönliche Angriff: Sie haben meine beschissene Schwester *ermordet*, Ray. Und Sie mussten das vertuschen. Also haben Sie sie von der Brücke geworfen, damit es wie ein weiterer Selbstmord aussah ...«

»Nein. Versuchen Sie es noch mal.«

»Zuerst haben Sie sie totgeprügelt ...«

»Dann wären Prellungen festgestellt worden.«

»Oder Sie haben sie erwürgt.«

»Dann wären Strangulierungsspuren zu sehen gewesen.«

»Nicht unbedingt. Wenn Sie zum Beispiel ihren Kopf in eine Plastiktüte gesteckt hätten, um sie zu ersticken.«

»Sie starb durch den Aufprall. Das hat der Gerichtsmediziner eindeutig festgestellt.«

»Na gut, dann haben Sie sie eben gepackt und über das Geländer gestoßen, als sie noch lebte.« Lena musste sich anstrengen, damit ihre Stimme nicht brüchig wurde. »*Warum?*«

»Sie liegen immer noch falsch.«

»Dann klären Sie mich auf, Ray.«

»Warum sollte ich?« Er nagte an seiner Lippe. Seine Augen verdüsterten sich. »Sie wollen etwas von mir, Lena. Damit sind Sie kontrollierbar. Dann solange Sie das wollen, was in meinem Kopf ist, werden Sie kein Loch hineinschießen.«

Sie stellte fest, dass ihr dazu nichts einfiel. Das machte sie wütend. Einen Moment lang erwog sie, ihre Drohung wahr zu machen und ihm in die Eier zu schießen.

Bin ich bereit, das zu tun?

Sie war sich nicht sicher. Ihre Hände rochen nach verbranntem Pulver wegen der drei abgegebenen Schüsse. Es war etwas anderes, eine Pistole außerhalb des Schießstands abzufeuern. Das hatte sie nun getan. Es machte sie merkwürdig befangen. Als würde sie barfuß Auto fahren.

Er grinste sie an. »Sie dachten, ich würde einfach so kooperieren?«

Er hatte sie durchschaut. Zu seinem Job gehörte es, Leute einzuschätzen, und er hatte Lena bereits als Person identifiziert, die Regeln befolgte. Einen Konflikt direkt auszutragen, machte sie nervös. Sie war von Natur aus passiv – machte Pläne nur, wenn andere sie vorschlugen, sprach nur, wenn sie angesprochen wurde, tat nur dann etwas, wenn es unbedingt notwendig war. Und jetzt stand sie hier auf der Hairpin Bridge mit einer Waffe in der Hand und musste Entscheidungen treffen.

»Was nun, Lena?«

Cambry sollte jetzt hier stehen, nicht ich, dachte sie.

Ich sollte die Tote sein.

Als Lena und Cambry zwölf Jahre alt gewesen waren, verbrachten sie die Sommerferien auf der Farm ihres Onkels in Oregon. Die Farm an sich war total langweilig für Kinder – das Fernsehbild war unscharf, und die Alpakas eingebildete Arschlöcher. Aber eine Meile entfernt hatten die Nachbarskinder ein Seil an einem Baum befestigt, um sich damit über den Fluss zu schwingen, und gelegentlich sprengte ihr Vater Baumstümpfe mit Dynamit. Eines Abends, als es schon dunkel wurde, bemerkten die Nguyen-Zwillinge auf dem Heimweg einen braunen Fleck auf der Straße.

Es war ein Reh, das von einem Holztransporter angefahren worden war. Es schaute sie benommen an. Lena erinnerte sich noch, wie das Reh versuchte, aufzustehen, aber sein Rückgrat war gebrochen und seine Beine lahmten. Als es versuchte, auf die Vorderbeine zu kommen, knickten die Beine weg wie zerbrochene Stöcke. Es stieß röchelnde Töne aus. Noch nie in ihrem Leben hatte die zwölfjährige Lena sich so hilflos gefühlt. Sie konnte das leidende Tier nicht berühren. Sie konnte auch nicht weggehen. Sie konnte nichts tun und hasste sich dafür. Sie stand nur da und weinte, bis ihre Kehle schmerzte.

Die zwölfjährige Cambry jedoch nahm ohne ein Wort ihren Rucksack ab (schon damals hatte sie fast immer einen Rucksack dabei), kniete sich hin und legte eine Hand auf den Körper des Rehs, der sich schnaufend hob und senkte.

Mit der anderen Hand schnitt sie dem Tier die Kehle durch.

Sie sollte jetzt hier sein. Lena rieb sich die Augen. Auf dieser Brücke, mit einem verlogenen Mörder, der sich hinter seiner Uniform und seinem Abzeichen versteckt.

Nicht ich.

Raycevic deutete mit dem Kopf auf den Kassettenrekorder. »Müssen Sie nicht mal die Kassette von diesem Scheißteil da auswechseln?«

Das hatte sie ganz vergessen. Die Kassetten hatten Platz für neunzig Minuten. Sie versuchte, sich zu erinnern – wie viele Minuten waren inzwischen vergangen? Siebzig? Achtzig? Es konnte nicht mehr viel übrig sein. Und es wäre riskant, das Band umzudrehen. Dazu musste sie Raycevic zwingen, sich hinzulegen.

»Sie sind echt komisch.« Er musterte sie. »Sie arbeiten in einem Elektronikladen und haben nicht mehr als das zu bieten? Digitale Aufnahmegeräte kriegt man schon für vierzig Dollar ...«

»Übungsmunition ist teuer.«

»Sie hätten zu Hause bleiben sollen, Lena. In meinem Beruf lernt man, die Wölfe von den Schafen zu unterscheiden, und Sie sind hundertprozentig ein Schaf.« Er musterte sie von oben bis unten. »Hat die ganze Sache eine spirituelle Komponente? Glauben Sie, Cambrys Geist hat Sie geschickt, um mich zu kriegen? Haben Sie von ihr geträumt oder so?«

Lena, geh. Sie drängte die Stimme ihrer Schwester aus ihrem Bewusstsein.

Bitte, geh ...

»Wollen Sie beweisen, dass Sie genauso hart sind, wie sie es war?«

»Nein, Cambry war immer die Härtere, und das habe ich akzeptiert.« Sie war sich bewusst, dass Raycevic die

Unterhaltung lenkte und sie dominierte, obwohl sie die Waffe auf ihn richtete. Sie biss sich auf die Lippe, und dann brach es aus ihr hervor, ohne dass sie es verhindern konnte: »Manchmal habe ich mir eingebildet, meine Schwester und ich seien dieselbe Person, nur in der Mitte durchgeschnitten. Was Zwilling ja tatsächlich sind, eine geteilte Eizelle. Als Einzelne sind wir nur ein Teil und unvollständig. Ich fand mein Wissen in Büchern, sie auf der Straße …«

Er schnaubte verächtlich.

Sie schaute ihm in die Augen. »Rick ist für die Moral zuständig, stimmt's?«

»Cambry jedenfalls nicht.«

»Was?«

»Sie haben gehört, was ich sagte.«

»Was soll das heißen?«

»Wissen Sie doch. Nach dem, was sie ihrem Freund in Florida angetan hat.«

Sie hielt inne.

»Sie … Sie wissen doch davon?«

Sie schüttelte den Kopf.

»Wirklich nicht?« Er verdrehte die Augen. »Ihre Schwester fuhr davon, nachdem die Windschutzscheibe repariert worden war. Und ließ den armen Blake an einer Tankstelle in der Nähe von Fort Myers stehen, mit ein paar Dollar in der Tasche. Sie hat alles für sich behalten. Ihre Vorräte, das Geld, seinen Wohnwagen …«

Nein, wollte sie sagen.

Nein, es war genau umgekehrt. Blake hat *sie* hängen lassen. Er hat sie verlassen. Er war Grässlicher Kerl Nr. 17.

»Sie hat auch seine Pistole gestohlen«, sagte Raycevic. »Eine kleine Baby Browning Kaliber .25 …«

»Blake wurde also verhört?«

»Ja, man hat ihn verhört.«

»Dann hat er gelogen. Er hat sie bestohlen …«

»Es würde mich interessieren, wie Sie sich diesen Teil erklären, Lena. Wenn Ihre Schwester an diesem 6. Juni Blakes Waffe bei sich hatte, wieso hat sie sich dann nicht damit verteidigt? Als ich sie verfolgte?«

Sie hatte sie nicht dabei. Das ist der Punkt.

Es wurde keine Browning-Pistole in ihrem Wagen gefunden. genauso wenig wie ihr KA-BAR-Messer.

Sie wurde in Florida ausgeraubt. Deshalb.

Lena hatte das erwartet. Corporal Raycevic hatte alles zu verlieren. Natürlich würde er lügen. Sie hatte erwartet, dass sie das meiste, was er ihr auftischte, nicht beachten durfte oder anzweifeln musste. Dieses Gespräch war an sich schon ein Fehler. Sie hätte sich niemals darauf einlassen dürfen. Er würde alles tun, um sie zu verunsichern, um sie aus dem Gleichgewicht zu bringen, um sie einzulullen …

Er schaute plötzlich nach links. Hatte etwas bemerkt.

Lena folgte seinem Blick – und trat gleichzeitig einen Schritt zurück für den Fall, dass es sich um ein Ablenkungsmanöver handelte. Sie ließ ihren Blick über die Berge rund um die Hairpin Bridge schweifen, sah aber nichts, bis auf die hässlichen Rauchwolken, die sich verdichtet hatten. Die Bäume hoben sich dunkel im Dunst ab.

Ihn nicht mehr im Blick zu haben, machte sie nervös. Sie schaute wieder zu ihm.

Er nickte. »Gesehen?«

»Was gesehen?«

Sie schaute sich erneut um. Überall nur Rauch.

Er spielt mit mir.

»Nehmen Sie mir die Handschellen ab, dann zeig ich's Ihnen.«

»Sie sind ein Spaßvogel.«

»Das fand Ihre Schwester auch.« Er grinste breit.

Wieder hätte sie ihn fast erschossen, als er aufstand. Ihr Finger krümmte sich um den Abzugshebel, und ihre Gedärme wanden sich wie ein Tausendfüßler. Sie sah die rote, warme Flüssigkeit, die über Cambrys Hände lief wie Bremsflüssigkeit, als sie dem Reh die Kehle durchschnitt, und sie hätte ihn am liebsten angeschrien: Was sehen Sie da draußen, Ray? Hören Sie auf mit diesen Andeutungen! Was zum Teufel sehen Sie da?

Wieder dieses niederträchtige Grinsen. »Es kommt näher.«

Sie schaute sich erneut um, suchte die Kurven der Straße zwischen den Bäumen auf der anderen Seite des Tals ab, und da bemerkte sie es. Ungefähr eine halbe Meile entfernt. Ein dunkler Fleck in der schmutzigen Luft. Er wurde immer deutlicher.

Ein Fahrzeug näherte sich.

KAPITEL 11

Die Straße ist doch gesperrt«, flüsterte sie.

Er zuckte theatralisch mit den Schultern.

»Ich hab gesehen, wie Sie das Tor geschlossen haben …«

Noch ein Schulterzucken. »Die Kombination hat sich wohl rumgesprochen.«

»Haben Sie jemanden gerufen?« Sie sah ihn von oben bis unten an, fragte sich, ob sie in einer Tasche seiner Uniform ein Funkgerät, ein Mikrofon oder ein sonstiges Gerät übersehen hatte. »Ist das Ihre Verstärkung?«

»Ich sagte doch, dass Lastwagen diese Abkürzung Richtung Norden nutzen, um die Interstate zu erreichen, ohne durch Magma Springs fahren zu müssen. Es ist illegal, aber man spart eine Stunde …«

»Haben Sie jemanden gerufen?«

»Ich habe niemanden gerufen.«

»Als Sie vorhin in ihrem Wagen waren, am Funkgerät …«

»Wenn ich jemanden gerufen hätte«, sagte er kalt, »dann würden Sie jetzt Sirenen hören.«

Sie drehte sich leicht nach links, damit sie gleichzeitig

Raycevic und das sich nähernde Fahrzeug im Blick hatte. Sie hielt die Beretta weiterhin auf den Cop gerichtet, aber ihre Arme zitterten immer noch. Ihre Kräfte ließen nach. Wenn sie jetzt im Schießstand wäre, um auf ihre zweiundfünfzig Spielkarten zu schießen, würden ihre fünf Einschusslöcher unerbittlich an den Kartenrand und weiter abdriften. Sie war sich nicht mal mehr sicher, ob sie das Brückenschild noch treffen konnte.

Raycevic lachte, als hätte er ihre Gedanken gelesen. Es klang, als würde eine Kettensäge in seinem Bauch aufheulen. Sie hatte ihn noch nie lachen hören und fand, dass es unglaublich hässlich klang. »Dieser Typ da … wird direkt an uns vorbeifahren. Er wird alles sehen …«

»Mund halten.«

»Wer sieht jetzt wohl aus wie der Böse?«

Sie durfte nicht nervös wirken, das würde ihn nur erfreuen. Aber es war ein ernstes Problem, was sich da rasch näherte. Raycevic hatte absolut recht: Für einen Unbeteiligten sah sie aus wie eine Verbrecherin, die einen uniformierten Polizisten mit einer Pistole bedrohte.

Scheiße. Das hatte sie nicht vorhergesehen. Die Straße sollte gesperrt sein. Ihr Plan sollte in völliger Abgeschiedenheit umgesetzt werden, darum ging es, sonst hätte sie diesen Mörder auch bei Starbucks zum Kaffee treffen können …

»Er wird Ihre Waffe bemerken«, flüsterte er.

»Ach ja?« Sie rang sich ein gleichgültiges Schulterzucken ab. »Dann kann er ja die Polizei rufen, und Ihre Kollegen werden kommen. Dann gehen wir zur Polizeistation, und ich erzähle ihnen alles. Das spielt mir in die Hände.«

»Wirklich?«

»Die Wahrheit wird herauskommen.«

»Sind Sie sicher?«, fragte er. »Sie haben mich die ganze Zeit aufgenommen, ja, aber was haben Sie tatsächlich herausgefunden? Na, los doch. Hören Sie sich das alles an. Sie zielen mit einer Waffe auf einen Polizisten. Also werden Sie zuerst einmal verhaftet. Glauben Sie etwa, Sie haben schon genug Beweise gesammelt, um mich des Mordes an Ihrer Schwester zu überführen?«

»Sie haben zugegeben, dass Sie sie verfolgt haben. Auf dem Tonband.«

»Tonbänder können verschwinden.«

»Das haben Sie gerade auf das Tonband gesprochen.«

Sie fragte sich, wie weit seine professionellen Kontakte gingen. Konnte er im Durcheinander ihrer Verhaftung das Tonband verschwinden lassen? Durfte er weiterhin Polizist bleiben, obwohl er schon so viel Belastendes erzählt hatte? Das kam ihr unwahrscheinlich vor. Unglaubwürdig. So funktionierte die Welt nicht.

»Und was ist, wenn meine Kollegen Sie erschießen?«, mutmaßte Raycevic. »Immerhin halten Sie eine Waffe in der Hand.«

»Das klären wir schon.« Sie sah zu, wie das Fahrzeug näher kam. Es war ein roter Sattelschlepper, das konnte sie jetzt erkennen. Er fuhr bergauf durch die dunstige Luft. Das Sonnenlicht spiegelte sich grell auf der Windschutzscheibe.

Noch eine Minute entfernt. Vielleicht weniger.

»Ja?« Er leckte sich die Lippen, sein Blick wechselte zwischen ihr und dem sich nähernden Lastwagen. »Ich glaube nicht, dass es Ihnen gefallen würde, wenn jemand sich einmischt, Lena. Mir geht's genauso. Sie sind gekommen, um ein Rätsel zu lösen, das Ihnen schlaflose Nächte bereitet. Und Sie haben es noch nicht gelöst.«

»Und Sie haben mich noch nicht umgebracht.«

Er lächelte.

Wir haben beide noch offene Fragen zu klären, stimmt's?

»Ich schlage Folgendes vor«, sagte Raycevic. »Ich werde Ihnen genau schildern, was mit Cambry passiert ist. Wie sie gestorben ist. Was ich gesehen habe. Wenn Sie einfach Ihre Pistole verstecken, dann wird der Trottel im Führerhaus denken, ich hätte Sie wegen eines Verstoßes gegen die Straßenverkehrsordnung angehalten, und weiterfahren.«

Lena sagte nichts. Noch dreißig Sekunden.

»Die Handschellen sind verräterisch. Ich hab einen zweiten Schlüssel in meinem Wagen. Sie können mir helfen, sie abzunehmen. Und dann tue ich so, als würde ich Ihnen einen Strafzettel schreiben ...«

»Netter Versuch, Ray.«

»Fällt Ihnen was Besseres ein?«

Leider nicht.

Sie warf einen Blick auf den Kassettenrekorder, der immer noch aufnahm, und fragte sich, was sie bis jetzt eigentlich herausgefunden hatte. Wie viel von dem, was Raycevic über Cambrys Tod gesagt hatte, war wahr und vertrauenswürdig? Er hatte sie angehalten. Sie war abgehauen. Er hatte sie verfolgt. Sie hatte ihn abgehängt, zuerst mit einer Kehre, dann indem sie in eine Seitenstraße abbog. Und wurde dann durch einen zufällig aufflammenden Blitz verraten.

Warum war sie weggefahren? Warum hatte er sie verfolgt? Und was war *dann* passiert?

Viele Fragen. Fragen, die sie quälten.

Die Hairpin Bridge war Lenas kontrolliertes Experiment. Sie war sich nicht sicher, ob sie wollte, dass die Außenwelt sich jetzt schon einmischte. Selbst wenn Raycevic seinen Job verlor, konnte er immer noch den Mund halten. Tonbänder konnten verschwinden, und die Wahrheit könnte für immer verloren gehen.

Sie war dicht dran.

Ich will es wissen.

Ich will ganz genau wissen, was mit dir passiert ist, Cambry.

»Hallo! Sie müssen sich entscheiden, Lena.«

»Ich denke nach.«

»Denken Sie schneller. Gleich wird er Ihre Waffe bemerken.«

Der Truck erreichte die Rampe auf der anderen Seite der Brücke und stieß eine schwarze Abgaswolke aus. Noch zweihundert Meter – wenige Sekunden, und er würde erkennen, was hier los war. Und das war noch nicht einmal die schlechteste Möglichkeit.

Der Fahrer konnte auch zu Ray gehören. War womöglich gekommen, um sie zu töten.

Sie konnte diesen Gedanken nicht abschütteln. Das passte alles viel zu gut zusammen. Wie konnte es sein, dass ein Unbeteiligter ausgerechnet zu diesem Zeitpunkt über eine verlassene Straße und eine gesperrte Brücke fahren wollte und damit ihren ganzen Plan zunichtemachte? Die

Sekunden verstrichen, und Rays heiseres Flüstern klang immer ätzender in ihren Ohren. »Haben Sie herausgefunden, was Sie wissen wollten, Lena? Kann Cambrys Geist jetzt in Frieden ruhen?«

Er sagt das nur, weil er möchte, dass ich die Pistole herunternehme.

Wenn sein Zwillingsbruder im Truck sitzt und das Feuer eröffnet, bin ich ein leichtes Ziel. Sie stellte sich ihn wie das genaue Spiegelbild von Ray vor, seinen großen Bruder Rick, der in der verdunkelten Fahrerkabine saß und auf sie zufuhr. Mit den gleichen forschend blickenden Polizistenaugen, den gleichen dicken Armmuskeln, dem gleichen Kurzhaarschnitt. Und mit einem Gewehr neben sich, bereit, auf sie zu zielen und abzudrücken. Jeden Moment.

Irgendwie passte das. Es passte genau zu dieser Situation.

Sie machte eine herrische Kopfbewegung. »Stehen bleiben. Keine Bewegung.«

»Was tun Sie denn?«

»Ich sagte *keine Bewegung*, Ray!«

Sie trat hinter ihn und zielte mit ihrer Beretta auf seinen Nacken. Ihr Finger legte sich enger um den Abzug. Ihr Herz schlug bis zum Hals. Sie achtete darauf, dass Raycevic sich genau zwischen ihr und dem Neuankömmling befand.

Ein menschlicher Schutzschild mit Handschellen.

Sie spähte an seiner breiten Schulter vorbei und schaute zu, wie der Truck die restliche Strecke über die Brücke zurücklegte. Dabei achtete sie darauf, so wenig wie möglich von ihrem Gesicht zu offenbaren. Falls der Fahrer ein Verbündeter von Raycevic war und aus der Kabine auf sie schießen wollte, müsste er durch Ray hindurchschießen. Wenn er kein Scharfschütze mit Goldmedaille war, hatte er nun ernsthafte Probleme.

Richtig?

»Sehr schlau«, flüsterte Raycevic.

»Mund halten.«

»Glauben Sie mir, ich wünschte, er wäre mein Back-up.«

Der Truck bremste ab und fuhr im Schritttempo. Die Windschutzscheibe war dunkel getönt, der Fahrer nicht zu erkennen. Aber er sah sie ganz bestimmt. Lena versuchte sich vorzustellen, wie er durchs Fenster blickte und unschlüssig war, was er von der ganzen Sache halten sollte, als die Bremsen laut quietschten und der Sattelschlepper anhielt.

Nur zehn Meter entfernt, auf der Gegenfahrbahn.

Alles stand auf Messers Schneide. Eine leichte Brise wehte Asche vorbei, der Dieselmotor des Trucks knurrte leise. Wie ein Raubtier im Käfig.

Sie drückte die Beretta in Rays sonnenverbrannten Nacken und achtete darauf, in Deckung zu bleiben. Wie ein Schurke in einem Film, der sein Opfer in Schach hält, kurz vor dem Moment, in dem der Held ihm mit einem einzigen gezielten Schuss das Gehirn wegbläst. Und ich sehe eindeutig aus wie der Schurke, stellte sie fest.

»Sehr schön, Lena. Jetzt ist er argwöhnisch geworden …«

»Mund halten.«

»Oder was? Wollen Sie mich abknallen? Vor einem Zeugen?«

Sie wischte sich den Schweiß von der Stirn. Was nun?

Sie konnte kaum denken. Rauch und Sonne brannten in ihren Augen. Ihr Mund war trocken. Sie duckte sich tiefer, um noch weniger von sich zu zeigen. Ihr Zeigefinger krümmte sich und war nicht mehr weit entfernt vom tödlichen Schuss. Sie hielt den Atem an und starrte zum Sattelschlepper, wartete darauf, dass ein Knall die Stille durchbrach. Warte auf *irgendetwas*, das sie von diesem Moment der Anspannung erlösen würde.

Noch ein rauchiger Windstoß. Die Brücke unter ihren Füßen schien zu beben.

Der Laster stand still da. Stieß eine weitere schmutzige Abgaswolke aus.

»Idiot«, murmelte Ray.

»Was haben Sie gesagt?«

»Ich sagte, das ist ein kompletter Vollidiot. Er stoppt einen Zehntonner auf einer einsturzgefährdeten Brücke«, sagte er abfällig. »Wir werden alle im Abgrund landen.«

Na klar, dachte Lena. Was könnte heute noch schiefgehen?

Die Hairpin Bridge war in den Dreißigerjahren erbaut und 1988 geschlossen worden. Sie war verrostet, und die Farbe platzte ab, ein Opfer der harten Winter und der erbarmungslosen Sonne. Lena hatte bis jetzt nicht darüber nachgedacht, wie gefährlich es war, mehrere Autos in sechzig Metern Höhe hier abzustellen.

Die auf allem lastende Stille wollte nicht enden. Sie las den Schriftzug auf dem Laster: *SIDEWINDER*. Das Wort kam ihr irgendwie bekannt vor. Es zuckte durch ihre Gedanken und wühlte Erinnerungen auf. Ein anderer Zeitpunkt, ein anderer Ort, ein Stück Vergangenheit, das anscheinend durch das Prisma der Hairpin Bridge gebrochen wurde.

Sidewinder …

Ein scharfes gläsernes Kreischen.

Sie zuckte zusammen, hätte beinahe den Abzug durchgedrückt und Raycevics Hals zerfetzt. Das Geräusch kam vom Fenster des Trucks, das heruntergelassen wurde. Ein Gesicht schaute durch die Öffnung. Auf zehn Meter Entfernung konnte sie nur erkennen, dass der Fahrer ein alter Mann war – auf jeden Fall nicht Rays Zwillingsbruder. Strubbelige graue Haare, gerötete Wangen. Und eigenartigerweise eine Augenklappe.

»Alles in Ordnung?«, rief er. Noch eine Überraschung: Er sprach mit irischem Akzent.

Raycevic rief: »Ich werde bedroht …«

»Mund halten.« Sie drückte den Lauf in seinen Nacken.

Der einäugige Trucker erstarrte. Er hatte die Waffe in Lenas Hand bereits gesehen. Verstand, was hier los war. Erkannte die Schwere des Problems, mit dem er es hier zu tun hatte: eine Geiselnahme *mit einem Polizisten …*

»Steigen Sie aus«, kommandierte Lena.

Die Tür des Trucks ging quietschend auf, und der alte Mann gehorchte. Er rutschte auf einer Stufe aus und landete ungeschickt auf dem Boden. Er war dick und zwergenhaft, trug T-Shirt und Cargo-Shorts. Blasse Q-Tip-Beine. Auf diese Distanz konnte sie ihn problemlos stoppen, wenn es nötig wäre.

Sein irischer Akzent verunsicherte sie trotzdem. Wie ein halb abgerissenes Stück vom Fingernagel. Diesen Akzent hätte sie beim Fahrer eines Sattelschleppers in dieser abgelegenen Gegend Amerikas am wenigsten vermutet.

Sie konzentrierte sich. Eins nach dem anderen.

»Hände hoch«, rief sie. »Ziehen Sie das Hemd hoch.«

Er gehorchte. Unter dem Hemd kam ein wabbeliger weißer Bauch zum Vorschein.

»Jetzt umdrehen.«

Das tat er. Auch hinten war keine Waffe zu sehen.

»Haben Sie eine Waffe im Truck?«

Er schüttelte den Kopf. Ausdruckslos. Unterwürfig.

Raycevic murmelte: »Ich halte diese Kerle ständig an. Er hat garantiert ein Gewehr dabei ...«

Lena ging nicht darauf ein. »Was machen Sie hier?«

»Das Feuer hat ...« Der Trucker deutete hinter sich, seine Stimme wurde von einem Windstoß verschluckt.

»Was?«

»Ich sagte, das Feuer hat die Interstate erreicht. Deshalb wird diese Straße hier als Evakuierungsstrecke benutzt. Sie haben mich losgeschickt, damit ich das zweite Tor öffne, um den Weg zum Highway frei zu machen.«

Das Tor, durch das wir gefahren sind.

Dieser verdammte Waldbrand. Trotzdem konnte Lena die Auskunft nicht überprüfen. Sie konnte ihm nicht blind vertrauen. Aber der Horizont hatte sich seit ihrer Ankunft deutlich verdunkelt. Der Rauch klebte in braunen öligen Schlieren am Himmel. Die Luft schmeckte nach verkokelter Schlacke.

Immerhin war der kleine dicke Kerl nicht bewaffnet. Das beruhigte sie.

Sie deutete mit dem Kopf zur Fahrerkabine. »Sie haben doch ein Funkgerät in Ihrem Truck, oder?«

Er nickte.

»Geben Sie einen Notruf durch.« Sie versuchte es zu erklären, aber die Worte klebten zäh wie Erdnussbutter in ihrem Mund. »Dieser Cop hier … ist gefährlich. Er hat meine Schwester umgebracht, am 6. Juni, und ließ es aussehen wie einen Selbstmord. Sie müssen jetzt die Polizei alarmieren, damit alle Cops aus Montana herkommen. Ich kann es beweisen.«

»Wirklich?«, flüsterte Raycevic.

Der alte Mann mit der Augenklappe starrte Lena an, war wie gelähmt. Er hielt immer noch die Hände halb hoch, sein Bauch war immer noch entblößt. Sie wünschte, er würde endlich wieder das Hemd in die Hose stecken.

»Rufen Sie die Cops«, wiederholte sie. »Jetzt, sofort.«

Das wirkte. Er nickte, drehte sich um und kletterte in die enge Kabine. Die rote Tür blieb offen und hing schief in den Angeln.

Sie hörte, wie er mit dünner Stimme ins Funkgerät sprach: »Dies ist ein Notruf, dies ist ein Notruf. Ich hab hier, äh … ich habe hier einen Polizisten mit vorgehaltener Waffe …«

Polizist mit vorgehaltener Waffe. Das war interessant formuliert.

Die Tür schwang langsam zu, und der Rest war nicht mehr zu hören.

Corporal Raycevic fluchte leise, und seine breiten Schultern senkten sich. Offenbar wurde ihm langsam bewusst, dass er diese merkwürdige Situation bald seinen Vorgesetzten erklären müsste. Aber vorher, das war Lena klar, würde sie verhaftet werden. Die Polizei würde ihr die Waffe abnehmen, was okay war, und auch den Kassettenrekorder, was ebenfalls okay war. Wie Raycevic sagte, Dinge können verschwinden – darauf war sie vorbereitet. Sie war nicht naiv.

Trotzdem machte sie sich Sorgen.

Habe ich genügend Beweise? Weiß ich genug …

Ein metallisches Klicken ließ sie zusammenzucken. Angst drückte ihren Brustkorb zusammen.

Sie schaute zu den beiden Autos. Die Kassette im Rekorder auf der Motorhaube des Corolla hatte ihr Ende erreicht. Sie musste umgedreht werden.

Aber das Gerät war zu weit entfernt.

Das war Raycevic auch aufgefallen. »Okay, Lena.«

Mit starrem Oberkörper drehte er sich zu ihr um. Sie wusste, dass sie zurücktreten musste, um sich vor einem Kopfstoß oder einer sonstigen Attacke zu schützen – aber Schwäche zu zeigen war noch schlechter. Sie blieb, wo sie war, und hielt den Lauf der Beretta direkt auf seine Stirn gerichtet. Nur wenige Zentimeter davon entfernt.

»Ich erzähle Ihnen die Wahrheit«, sagte er und warf einen Blick auf den Rekorder. »Jetzt, wo es nicht mehr aufgenommen wird.«

Nicht zurückweichen, Lena. Schenk ihm keinen Zentimeter.

Tat sich nicht.

»Was ich Ihnen jetzt sagen werde … können Sie jedem

auf der Polizeistation in Magma Springs erzählen, aber sie werden Ihnen nicht glauben.« Er lächelte. »Sie können es rausschreien. Es alles in ihren dämlichen Blog schreiben. Es spielt keine Rolle. Alle werden Sie für eine Lügnerin halten. Oder für verrückt, so wie es ihre schizoide Schwester war …«

»Raus damit, Ray.«

Er leckte sich die Lippen. Das alles gefiel ihm einfach zu sehr. Nichts schien Raycevic besonders lange zu erschüttern. Am liebsten hätte sie ihm den Lauf ihrer Beretta ins Auge gestoßen und in der Augenhöhle herumgedreht, hätte ihn angebrüllt, er solle endlich mit diesem Spielchen aufhören, endlich aufhören, so hämisch zu tun, und es *einfach erzählen*. Und wieder musste sie an den Traum von letzter Nacht denken, an diesen frustrierenden Unsinn, den Cambry gesagt hatte, und wie sie sie mit Tränen in den Augen drängte: *Geh, Lena, geh …*

Nicht: *Ich liebe dich, Schwester.*

Nicht: *Ich werde immer bei dir sein.*

Ihre Botschaft aus dem Jenseits lief im Wesentlichen auf eins hinaus: *Lass mich in Ruhe.*

Das machte sie krank. Drückte ihr das Herz zusammen. Und die Situation auf der Hairpin Bridge hatte sich erneut geändert, verdreht, war komplizierter geworden, finsterer und schauriger, während sie mit ihrer Waffe auf Corporal Raycevic zielte und darauf wartete, was er als Nächstes sagen würde.

Letzte Nacht war sie aufgewacht, bevor sie Cambry etwas antworten konnte. Aber sie hatte sowieso nicht gewusst, was sie dem Geist ihrer Zwillingsschwester sagen sollte, ob in der Wirklichkeit oder im Traum. Aber jetzt wusste sie es.

In was für eine Hölle hast du mich geführt, Schwester?

KAPITEL 12

Cambrys Geschichte

Nicht anhalten, Cambry.

Was du auch tust, halt nicht an.

Ihr Tacho zeigt neunzig Meilen an, der Corolla jagt über den zerklüfteten Asphalt, die Radaufhängungen knirschen und knacken. Rechts und links fliegen die Bäume vorbei. Die Benzinreserve neigt sich ihrem Ende zu. Sie wagt nicht, auf die Digitaluhr am Armaturenbrett zu schauen, aber sie weiß es sowieso. Es ist 20:44 Uhr.

Noch sechzehn Minuten zu leben.

Die roten Rücklichter vor ihr sind erneut verschwunden, aber sie weiß, dass sie da sind. Irgendwo dort vorne ist ein Zeuge. Sie muss ihn nur einholen. Bevor der Sprit aufgebraucht ist.

Der Cop ist fast auf gleicher Höhe. Sein Streifenwagen schiebt sich neben ihr immer weiter nach vorn. Sie kann die dunklen Umrisse des Fahrers durch das Fenster jetzt deutlich erkennen. Er hält noch immer seine Pistole in der einen Hand, die andere liegt auf dem Lenkrad. Das Schussfeld ist frei, die Entfernung zwischen ihnen beträgt gerade

Mal drei Meter. Aber er hat noch nicht abgedrückt. Warum nicht?

Weil auch er die Rücklichter gesehen hat, vermutet sie.

Ein unbeteiligter Beobachter ändert das Kräfteverhältnis. Der Cop muss jetzt miteinbeziehen, dass der weiter entfernte Zeuge den Schuss hören könnte. Aber in einer oder zwei Sekunden könnte er auch zu dem Ergebnis kommen, dass jemand, der sich eine Viertelmeile entfernt befindet, einen Schuss sehr leicht mit einem fernen Donnern verwechseln kann. Dann wird er trotzdem schießen.

Also?

Tja.

Überleg dir was, Cambry.

Sie entscheidet, dass sie lange genug gewartet hat. Sie reißt das Lenkrad scharf nach links, um die rechte Seite von Raycevics Streifenwagen zu rammen. Er erkennt, was sie vorhat, gerade noch rechtzeitig, und steigt panisch in die Bremsen. Die Bremsen kreischen auf, die Räder blockieren. Trotzdem hätte sie beinahe den Kotflügel des Streifenwagens geschrammt.

Halb wünscht sie sich, sie hätte ihn gerammt und beide Wagen demoliert. Das wäre Selbstmord gewesen, aber diesem Arschloch den Abend zu verderben, hätte schon was.

Jetzt rast sie mit achtzig Sachen über die Gegenspur der Landstraße und hat ihn hinter sich gelassen. Indem sie auf der linken Spur fährt, verhindert sie, dass Raycevic sie erneut auf der linken Seite angreifen kann. Wenn er gezwungen ist, sie von rechts anzugreifen, muss er seine Waffe mit der linken Hand bedienen, und das wird ihm nicht leichtfallen, immerhin.

Wieder eine Fahrbahnwelle, und wieder hebt der Wagen kurz ab und kracht mit dem Unterboden auf. Weiter vorne kann sie die roten Rücklichter erkennen. Sie sind jetzt etwas größer geworden. Sie ist ihnen ein Stück näher gekommen, aber nicht nahe genug.

»Komm schon«, flüstert sie und tritt das Gaspedal durch. »Komm schon.«

Raycevic hat offenbar ebenfalls seine Strategie geändert, er bleibt jetzt hinter ihr. Er hat die Waffe nicht mehr in der Hand. Er hat beide Hände auf das Lenkrad gelegt und fährt sehr konzentriert. Seine Scheinwerfer strahlen rechts an ihr vorbei und beleuchten den Mittelstreifen. Ihr wird klar, wie rücksichtlos sie beide fahren. Wenn es jetzt zu einem Unfall käme, wäre der katastrophal und vernichtend für sie beide. Die Welt hat sich in der letzten Stunde dramatisch verändert, und alles fing damit an, dass sie diese vier kleinen Feuer bemerkt hat.

Vier Feuerstellen aus pyramidenförmig übereinandergestapelten Steinen, in denen kontrolliert etwas verbrannt wurde. Es hatte etwas Zeremonielles.

In diesem eigenartigen, traumartigen Augenblick hat alles begonnen.

Als der Streifenwagen sich weiter heranschiebt wie ein angreifendes Raubtier, brechen ihre alten Ängste wieder aus. Schlimme Visionen, die bewirken, dass sich ihr Magen verknotet. Sie stellt sich vor, dass der Polizist, der da mitten im Wald in der heißen Nachmittagssonne stand, gerade dabei war, mühsam eine Leiche zu zersägen, um sie kleinteilig in seinen selbst gebauten Öfen zu verbrennen. Hier einen Fuß, dort einen Unterarm. Lässt er vorher das Blut herauslaufen? Das muss er wohl, wenn die Temperatur so hoch sein soll, dass sogar die Knochen verbrennen. Vielleicht hängt er die Leichen verkehrt herum auf, schneidet ihnen die Kehle durch und fängt das heraustropfende Blut mit einem Eimer auf …

Das Scheinwerferlicht dringt sengend in ihre Augen. Der Streifenwagen schiebt sich mit seiner Schnauze langsam auf der rechten Seite nach vorn. Kommt näher.

Konzentrier dich, Cambry. Er will dich erledigen.

Aber sie kann nicht. Ihre Gedanken wirbeln wild durcheinander. Jetzt sieht sie Corporal Raycevic vor sich, wie er zufrieden grunzt, während er sich mit einer Bügelsäge an einer menschlichen Kehle zu schaffen macht. Wie er kurz innehält, um sich den Schweiß von der Stirn zu wischen. Aber vielleicht benutzt er auch lieber eine Axt? Holt weit aus und lässt die scharfe Eisenklinge mit voller Wucht auf den Oberschenkelknochen krachen …

Konzentrieren, konzentrieren …

Und dann schiebt er die blutleeren Fleischstücke, alle säuberlich in handliche Stücke zerteilt, blasses Fleisch und bleiche Knochen, eins nach dem anderen in die kleinen Steinöfen, bis nichts mehr übrig ist …

Cambry.

Sie muss schlucken.

Du wirst sterben, wenn du dich nicht konzentrierst.

Der Streifenwagen fährt jetzt wieder parallel zu ihr. Ein

kurzer ferner Blitz beleuchtet die Silhouette hinter dem Lenkrad. Seinen Hut, seine Ohren, seine bulligen Schultern. Den Lauf des Sturmgewehrs, das neben ihm aufragt wie ein Beifahrer. Aber merkwürdigerweise umfasst er immer noch mit beiden Händen das Lenkrad und konzentriert sich ganz aufs Fahren. Dies wäre die Chance für ihn, mit der Pistole auf sie zu zielen und abzudrücken. Warum schießt er nicht?

Es ist 20:46 Uhr. Noch vierzehn Minuten.

Weiter vorne tauchen die Rücklichter erneut auf. Ein kurzer, roter Hoffnungsschimmer. Dann verschwinden sie erneut hinter einer Biegung.

Ihr Herz rast. Sie hat aufgeholt. Das Fahrzeug da vorne ist näher gerückt. Vielleicht liegen jetzt noch zweihundert Meter zwischen ihnen. Auf der nächsten Gerade, davon ist sie überzeugt, wird sie den Vorausfahrenden eingeholt haben. Sie kommt immer näher.

Was bedeutet, dass Raycevic nicht mehr auf sie schießen kann. Das Risiko wäre zu groß. Nachdem es abgekühlt hat an diesem Sommerabend, könnte der arglose Fahrer oder die arglose Fahrerin dort vorn, vielleicht ist es auch eine Familie, die Fenster heruntergelassen hat, um den lauen Fahrtwind zu genießen. Auf diese kurze Entfernung wäre ein Schuss so deutlich zu hören wie ein Donnerschlag. Auch wenn dieser Cop ein Psychopath ist, wird er nicht riskieren wollen, dass aus einem Mord gleich zwei oder drei oder noch mehr werden. Er kann jetzt nicht das Feuer eröffnen. Cambry wird beinahe euphorisch. Es fühlt sich fast schon wie ein Sieg an. Ja, Raycevic ist in einer verzweifelten Lage, sein ganzes Waffenarsenal nützt ihm nichts mehr, denn sie nähert sich immer weiter dem Heck ihres anonymen Retters.

Was bedeutet, dass ihm nur noch eine Option bleibt.

Nein.

Darüber möchte sie lieber nicht nachdenken. Sie schiebt den Gedanken in ihrem Kopf ganz nach hinten. Weigert sich, ihm Beachtung zu schenken. Sie möchte diesen Moment genießen, dieses wahnwitzige Umschlagen der Kräfteverhältnisse, nachdem Raycevic erkannt hat, dass er nicht mehr auf sie schießen kann. Womit sie ihm praktisch schon entkommen ist. Weil sie sich bereits in Hörweite der Zivilisation befindet.

Aber ihm bleibt noch eine Möglichkeit, sie zu attackieren.

Nein, nein, nein.

Und doch weiß sie es. Sie kann es nicht ignorieren. Ihr Magen verkrampft sich, ihr Herz zieht sich schmerzhaft zusammen, und schließlich muss sie sich der Tatsache stellen: Cambry, er wird dich von der Straße drängen.

Gleich jetzt.

Das ist die einzige Option, die ihm noch bleibt.

Sie sieht, wie sich die Körperhaltung des Cops im Streifenwagen verändert. Sein linker Ellbogen hebt sich und macht dann eine ruckartige Bewegung. Dadurch verrät Raycevic eine Zehntelsekunde, bevor es so weit ist, was er tun will, nämlich ausholen, um ihr einen zwei Tonnen schweren rechten Haken zu verpassen.

Cambry steigt in die Bremsen. Es ist ein reiner Reflex.

Ihre Welt wird raketengleich nach hinten katapultiert.

Der Sicherheitsgurt schneidet scharf in ihre Schulter, und der Streifenwagen schießt ruckartig und mit kreischenden Reifen seitlich aus der Spur brechend direkt vor ihrem Kühler vorbei. Die beiden Fahrzeuge tanzen dicht aneinander entlang, rauchende Bremsspuren, schlingernde Karosserien. Für den Bruchteil einer Sekunde flammt ihr Scheinwerferlicht über die Türen seines Streifenwagens, und sie kann die Weiß auf Schwarz gestanzten Buchstaben *HIGHWAY PATROL* lesen, so klar und scharf wie im grellsten Tageslicht. Raycevic versucht, seinen Wagen in der Spur zu halten, das Heck wird hin und her geschleudert und kommt ihrem Kühlergrill gefährlich nahe. Cambrys Magen ballt sich zu einer eisigen Kugel – aber die beiden Fahrzeuge ziehen ohne Aufprall aneinander vorbei. Mit wenigen Zentimetern Abstand.

Raycevic rutscht nach links weg. Zu weit …

Sie erkennt, dass er eine Kollision geplant hat, aber ihr Wagen ist nicht da, wo er ihn vermutet hatte. Der Corolla sollte einen Stoß gegen den hinteren Teil der Karosserie bekommen und durch den Aufprall ins Schlingern geraten. Das hat sie durch ihr brutales Bremsmanöver verhindert. Sein Wagen ist nach links ausgebrochen, und er kann den Schwenk nicht korrigieren …

Sie reckt den Hals, um ihm nachzuschauen. Genau, du Arschloch!

Der Streifenwagen dreht sich weiter, um hundertachtzig Grad, und rutscht über den Seitenstreifen. Und nun wird sie erneut vom Licht seiner Scheinwerfer geblendet, aber dieses Mal leuchten sie in die andere Richtung. Er hat die

Straße verlassen und rumpelt rückwärts über das unebene Gelände, seine Karosserie wippt ruckartig. Ein Funkenregen spritzt auf, als seine Stoßstange einen Felsbrocken streift. Ein Sturmwind aus Staub und dem Rauch von verbranntem Gummi erhebt sich, durchschnitten vom Scheinwerferlicht.

Cambry spürt, wie ihr Wagen ruckt und dann abrupt stehen bleibt.

Auch der Streifenwagen steht still, zehn Meter von ihr entfernt auf dem Brachland, wirkt verwirrt und verblüfft.

Sie kann sich nicht beherrschen. Sie bricht in Gelächter aus, es quält sich unbändig in schmerzhaften Stößen durch ihre raue Kehle. Ihr Fenster steht immer noch offen, genau wie das von Raycevic. Sie weiß, dass er ihr Lachen hören kann. Und das fühlt sich noch besser an.

Sie reißt sich wieder zusammen und gibt Gas. Wird von dem Ruck nach vorn in den Sitz gedrückt und duckt sich, als sie an dem Streifenwagen vorbeifährt, der noch immer mit abgewürgtem Motor dasteht. Sie erwartet, dass er das Feuer eröffnet, aber es bleibt still.

Ihr Wagen wirbelt eine Staubwolke auf, und sie zuckt zusammen, als kleine Steinchen stakkatoartig gegen ihre Windschutzscheibe geschleudert werden.

Keine Schüsse. Nichts.

Sie riskiert einen Blick zurück, nimmt ihren Kopf aus der Deckung. Der Streifenwagen steht immer noch regungslos im Gestrüpp, in verkehrter Richtung. Dieses Mal ist kein Licht im Innenraum eingeschaltet, es ist dunkel. Vielleicht ist sein Airbag explodiert. Vielleicht ist er verletzt. Das gibt

Cambry einen erneuten hämischen Kick – sie hofft inständig, dass er eine Platzwunde an der Stirn hat oder eine Gehirnerschütterung. Vielleicht hat er sich ja die Zunge abgebissen.

In wenigen Sekunden hat sie ihn hinter sich gelassen. Und rast in die Nacht.

Sie schickt einen Schrei durchs Fenster in den Luftschwall, der ihr entgegenschlägt wie aus einem Laubbläser. Zuerst schreit sie nur »Fick dich«, dann »Arschloch«, dann »Schwanzlutscher« und steigert sich in einen irren Anfall von obszönen Schimpfworten, der kein Ende nehmen will. Es ist eine wilde, freudige Hymne des Überlebens. Sie ist dem Sensenmann entkommen. Sie lebt.

Ein weiterer Blitz flackert über den Himmel und lässt die Wolken violett aufleuchten, ziemlich dicht und sehr grell. Wie die Lightshow bei einem Rockkonzert, aber viel mächtiger, die Bäume schimmern grün, die Felsen weiß, über den Boden jagen wilde Schatten. Sie hat sich noch nie so präsent gefühlt. Sie spürt die Elektrizität auf ihren Zähnen, die Energie, die sich sammelt, um sich erneut zu entladen. Wir sind wie Sternenstaub, richtig?

Der abgehängte Streifenwagen verschwindet in ihrem Rückspiegel. Wie gewonnen, so zerronnen. Sie nimmt die nächste Kurve und gibt Gas, ihre Nerven sind in Erwartung des nächsten Donnerschlags zum Zerreißen gespannt. Aber genau wie die Schüsse kommt er einfach nicht. Nur das Dröhnen des Motors und das Heulen des Winds sind zu hören, nur die stille Wut des Sturms.

Und weiter vorne – wieder diese roten Rücklichter.

»Gott sei Dank«, flüstert sie. »Ich danke dir, lieber Gott, danke, Jesus.«

Sie holt rasch auf. Mit jeder Kurve kommt sie ihrem Ziel dort vorn in der Dunkelheit näher.

»Vielen Dank, Heiliger Geist.«

Sie weiß nicht mehr, welchen göttlichen Wesen sie noch danken könnte. Sie ist nicht religiös, zumindest nicht auf die übliche Weise. Aber es hat etwas Berauschendes, hier entlangzurasen, unter den am Himmel zuckenden Blitzen, verfolgt von einem dunklen Schatten in einem schwarzen Dodge Charger. Wenn die Rettung naht.

Sie schlägt mit der Faust auf die Hupe.

Das Fahrzeug vor ihr ist noch zu weit entfernt, um es zu hören. Sie muss nach dem Ausbremsen von Raycevic einiges an Abstand wiedergutmachen. Sie wirft einen Blick in den Rückspiegel.

Die Scheinwerfer des Streifenwagens durchbohren die Nacht. Er hat die Verfolgung wieder aufgenommen.

»Scheiße.« Aber das hätte sie erwarten müssen. Wie in einem Albtraum gelingt es ihr zwar immer wieder, ihren Verfolger niederzuringen, aber er steht auch immer wieder auf. Sie schaut nach vorn zu den roten Lichtern in der Ferne und hupt erneut und noch mal, schlägt dann immer weiter mit der Faust auf die Hupe. Sie schaltet das Fernlicht aus, dann wieder ein.

Keine Reaktion.

Sie ist immer noch zu weit entfernt. Sie versucht etwas, das sie lieber nicht tun würde: Sie schaltet ihre Scheinwerfer ganz aus, dann wieder ein. Wieder aus und wieder ein.

Die Straße vor ihr wird rabenschwarz und verschwindet für einige Sekunden völlig.

Aus. Ein. Aus. Ein. Sie lässt es noch rascher blinken, wechselt so schnell es geht zwischen Helligkeit und dunklem Nichts und merkt, wie Raycevics Scheinwerfer sich unerbittlich nähern.

Vor ihr leuchten die Bremslichter pulsierend auf. Eine Antwort.

Sie haben es gesehen.

»Ja«, stöhnt sie erleichtert.

Die Bremslichter werden heller. Wirken jetzt wie zwei Laternen, die ihr einen Weg durch die Dunkelheit weisen. Der Fahrer lenkt seinen Truck an den Straßenrand, seine Reifen überqueren den Seitenstreifen.

»Ja, ja, ja …«

Sie ertappt sich dabei, wie sie instinktiv ebenfalls auf die Bremse tritt, um langsamer zu werden, damit sie neben dem fremden Wagen anhalten kann. Aber Raycevic ist nur eine Minute hinter ihr und holt rasch auf.

Das Fahrzeug vor ihr bremst weiter ab und bleibt schließlich ganz stehen.

Cambry weiß, dass sie keine Sekunde verlieren darf. Sie muss die unbeteiligte Person dort vorn davon überzeugen, sie in ihr Fahrzeug zu lassen und loszufahren, bevor Raycevics Scheinwerfer zu nah gekommen sind. Andernfalls wird es in diesem mörderischen Spiel noch ein zweites Opfer geben. Oder ein drittes womöglich? Das wären dann eine Menge Körperteile, die in den kleinen Öfen entsorgt werden müssten.

Sie bremst ab und hält direkt hinter dem Truck an.

Sie löst den Sicherheitsgurt. Macht die Tür auf. Als sie aussteigt, fühlt sich der zerrissene Straßenbelag unter ihren Füßen eigenartig an. Als würde sie nach stundenlangem Schwimmen aus dem Pool steigen und wieder festen Boden unter den Füßen spüren. In der schwarzen Nacht hinter ihr leuchten die roten und blauen Blinklichter von Raycevics Streifenwagen auf. Natürlich wird er jetzt wieder die Rolle des Polizisten einnehmen. Zum Blinklicht gesellt sich noch das Jaulen der Sirene. Geisterhaft klagend.

Als sie nun losläuft, um die Fahrerkabine des Trucks zu erreichen, dämmert ihr, dass Corporal Raycevic, der in dreißig Sekunden hier ankommen wird, einen deutlichen Vorteil hat. Denn …

Wenn Sie jemanden vor einem Streifenwagen davonlaufen sehen, würden Sie dann nicht annehmen, dass es ein Verbrecher ist?

Würden Sie ihm helfen?

Jetzt hat bestimmt auch der Fahrer das Blinklicht des Streifenwagens gesehen. Und fragt sich wahrscheinlich, ob er von einer Kriminellen auf der Flucht angehalten wurde. Womöglich hat er schon die Hand auf dem Schalthebel, legt den Gang ein, um Gas zu geben.

Sie rennt schneller. So schnell es geht. Ist beinahe dort. Sie will rufen, aber ihre Lunge ist leer.

Cambry, du siehst aus wie eine Verbrecherin.

»Hilfe!«, stößt sie mühsam hervor.

Ihre Stimme geht im Getöse der Sirene unter. Sie kann es nicht glauben, es ist zu unwirklich. Das alles ist einfach kompletter Irrsinn. Genau wie der eine Blitz zum falschen Zeitpunkt, mit dem dieser Wahnsinn begonnen hat. Ihr Verfolger verfügt über böse Kräfte, und egal was Cambry tut oder wie sie sich entscheidet, sie kann ihrem Schicksal in dieser Nacht nicht entkommen. Nur wenige Minuten bleiben ihr noch. Sie hat längst die Karte mit dem Skelett gezogen. Nichts kann ihr Schicksal mehr ändern.

Deshalb hat sie immer schon eine höllische Angst gehabt vor Tarot-Karten, Ouija-Brettern und spiritistischen Sitzungen. Solange ich mich zurückerinnern kann, hat meine Schwester immer Angst davor gehabt, dem Tod geweiht zu sein. Nicht vor dem Tod an sich, sondern davor, dass sie weiß, wann es geschehen soll – und das passt zu ihrem Lebensstil. Sie war immer unterwegs, auf der Flucht.

An diesem Punkt, liebe Leserinnen und Leser, möchte ich eine Warnung aussprechen: Die Aufzeichnungen über Cambrys Bewegungen werden lückenhaft, nachdem sie um 20:48 Uhr ihren Wagen verlassen hat. Das Geständnis, das ich auf der Hairpin Bridge aufgenommen habe, ist unzuverlässig. Bis jetzt konnten Corporal Raycevics Erläuterungen bezüglich der Ereignisse am 6. Juni bis auf die Minute genau verifiziert werden. Bei dem, was nun geschieht, müsst ihr mir einfach folgen.

Vertraut mir, bitte.

Als meine Schwester das Führerhaus des Trucks erreicht und hinaufschaut, um die Umrisse des Fahrers darin zu erkennen, ist die Welt hinter ihr bereits von Raycevics nahendem Scheinwerferlicht erleuchtet. Sie steht auf der Straße und wird grell angestrahlt, genauso wie der Anhänger des Lasters, auf dessen mit pockennarbigen Nieten übersäten Seitenwänden sie nun einen Schriftzug erkennen kann:

SIDEWINDER.

KAPITEL 13

Lena

»Was ist dann passiert, Ray?«

»Ich war immer noch ein Stück hinter ihr. Ich konnte nicht sehen, wie es passierte.«

»Wie *was* passierte?«

Er fuhr sich mit der Zunge über die Lippen. »Wir müssen noch mal zurück zum Anfang. Zu dem, was vor dem 6. Juni geschah. Sie wollen die Wahrheit erfahren? Dann herzlichen Glückwunsch. Hier ist sie.«

Sie behielt den Sattelschlepper im Auge, der auf der Gegenspur stand. Der Fahrer saß immer noch im Führerhaus und war mit seinem Funkgerät beschäftigt. Raycevic holte tief Luft und sagte leise: »Cambry war meine Freundin.«

»Wie bitte?«

»Ich war mit ihr zusammen.«

»Oh, wow. Aber nein.«

»Doch.«

»Netter Versuch.«

»Ich hatte eine Affäre mit ihr.« Er rang sich ein schiefes Lächeln ab. »Meine Frau war fett geworden, verstehen Sie?«

»Sie lügen.«

»Ich *habe* gelogen, doch jetzt nicht mehr. Ich habe die Ermittlungen in Bezug auf ihren Tod manipuliert. Und ich habe meine Affäre mit ihr nicht erwähnt, weil ich meine Ehe und meinen Job nicht gefährden wollte.«

Affäre. Dieses Wort schlug Lena direkt auf den Magen, als hätte sie einen Haufen Maden im Bauch.

»Denken Sie doch mal drüber nach. Bitte, hören Sie mir zu und denken Sie über das nach, was ich Ihnen erzähle. Denken Sie an all die verlorene Zeit, nachdem sie Blake bestohlen hatte, bis zu dem Moment, als sie hier auf der Brücke starb. Das waren vier Monate, über die nichts bekannt ist. Sie zog durchs Land, klaute sich, was sie brauchte, zahlte nur bar und nannte niemandem ihren Namen. Was tut man, wenn man so viel Zeit hat und allein ist?«

»Sie hat gezeichnet. Sie hat gelesen. Sie hat geraucht. Sie hat ihre Einsamkeit genossen.«

»Vier Monate lang?«

»Sie war unterwegs.«

»Nein, Lena, sie war nur bis März unterwegs. Glauben Sie mir: Im April, Mai und Juni hing sie hier im Howard County herum. Am Black Lake, im Rattlesnake Canyon, in Magma Springs. Die polizeiliche Ermittlung hat nichts davon zutage gebracht, weil ich alle Beweise vernichtet habe.«

Weil ich alle Beweise vernichtet habe. Mal eben nebenbei zugegeben.

Sie konnte es nicht glauben. Das konnte nur eine Lüge sein. Sie merkte, wie sie nervös wurde, sie bekam einen trockenen Mund. Ihre Gedanken verhedderten sich.

»Warum sollte ich mir so etwas ausdenken, Lena?«

Nichts davon passte zusammen. Cambrys Corolla war minimalistisch ausgestattet und ziemlich leer gewesen, aber das traf auch auf ihr Kinderzimmer zu, wie Lena sich erinnerte. Sie spielte nicht mit Kuscheltieren. Sie hatte die Gesichter ihrer Barbiepuppen ausradiert. Cambry sammelte keine Sachen, sie sammelte Bilder und Klänge.

»Sie … haben gerade zugegeben, dass Sie Beweise vernichtet haben«, brachte Lena mühsam hervor.

Er nickte. »Alles, was sie mit mir und mit dieser Gegend in Verbindung bringen könnte. Kassenbons, ihr Messer, ihre gestohlene Pistole. Meine Nummer auf ihrem Handy. Ihre …« Er hielt inne.

Ihre Zeichnungen. Ihr Herz krampfte sich zornig zusammen.

»Wie ich schon sagte. Sie sprang …«

»*Blödsinn*, Ray. Meine Schwester hätte sich nie mit Ihnen abgegeben. Sie war ganz bestimmt nicht mit Ihnen zusammen.«

»Ich kann es beweisen, Lena.«

»Wirklich? Jetzt bin ich aber gespannt.«

»Ja, wirklich.« Er verdrehte seine gefesselten Hände und schob seine Finger in die Gesäßtasche. »Jetzt gleich. Ich zeige Ihnen ein Foto von mir und Cambry, wie wir am Ufer des Black Lake angeln. Am Tag, bevor sie …«

»Und ich soll jetzt glauben, dass Sie das Foto einer toten Frau in der Tasche haben?«

»Das ist alles, was ich noch habe.«

Seine Stimme zitterte, als würde er wirklich etwas dabei

empfinden. Das war die beste schauspielerische Leistung, die sie bisher von ihm gesehen hatte. Sie war verunsichert. Was, wenn er die Wahrheit sagte? War er wirklich einer von Cambrys Grässlichen Kerlen gewesen, die sie benutzte und dann wegwarf?

Kaum zu glauben. Das passte nicht zusammen.

Raycevic mühte sich immer noch mit seinen gefesselten Händen ab, das Foto aus der Tasche zu ziehen. Schließlich fiel sein Portemonnaie mit einem trockenen Klatschen auf den Boden.

Er schaute zu ihr hoch, beinahe entschuldigend. »Ich habe sie geliebt.«

Ich habe sie geliebt.

Ihr Magen verkrampfte sich. Ihr wurde übel.

»Wir trauern nicht auf dieselbe Art, Lena, aber Sie müssen mir glauben, dass ich sie ebenfalls vermisse.« Raycevic schluckte. »Es tut mir leid, dass ich Ihnen meine Beziehung mit ihr verschwiegen habe, kurz vor ihrem Selbstmord …«

Ich habe sie geliebt. Seine Worte drehten sich wie ein Karussell in ihrem Kopf. Warum sollte ich mir so etwas ausdenken?

Das Portemonnaie lag neben seinen Füßen auf der Straße. Vor ihren Augen. Zum Greifen nah. Sollte sie danach greifen? Sie zwang sich, es nicht zu tun, ermahnte sich, dass es wieder nur ein fieser Trick sein könnte. Er würde den Moment der Ablenkung nutzen, ihr die Beretta aus der Hand schlagen und ihren Schädel mit seinen Stiefeln zermalmen …

»Zwei Schritte zurück«, befahl sie. »Ich brauche mehr Platz.«

Er tat es.

Sie zielte mit ihrer Pistole weiterhin auf den Cop, kniete sich hin und hob das Portemonnaie auf. Der Moment verging, er griff sie nicht an. Sie klappte das Ding mit einer Hand auf. Die Karte eines Taco-Imbisses flatterte heraus. Und ein paar lose Quittungen.

Er schaute sie an. »Weiter hinten, das letzte Foto.«

Aber jetzt gab es ein neues Problem: Sie konnte nicht mit einer Hand die eng gesteckten Karten durchgehen. Sie musste mit der Beretta weiter auf Raycevic zielen. Das war nicht verhandelbar. Sie durfte ihm keinen Spielraum lassen.

Auf keinen Fall.

Wieder dieses Echo im Kopf: Warum sollte ich mir so etwas ausdenken?

In diesem Moment fielen ihr zwei Dinge auf, und es war, als würden in ihrem Kopf zwei Donnerschläge ertönen. Erkenntnis Nummer eins: Raycevic hatte während der letzten halben Minute ganz langsam seine Position verändert. Seit er das Portemonnaie auf den Boden geworfen hatte, versuchte er, sich von ihr zu entfernen. Das war nicht irgendwie passiert, sondern Absicht, wie ein Schachzug. Er rückte von ihr weg, als würde er einen Blitzeinschlag erwarten.

Erkenntnis Nummer zwei: Das war die Antwort auf seine Frage, und jetzt lief es ihr eiskalt den Rücken herunter.

Er versucht, mich abzulenken.

Sie kehrte dem Truck mit der Aufschrift *SIDEWINDER*

jetzt den Rücken zu. Raycevic hatte sie durch sein heimliches Manöver dazu gebracht.

Er lenkt mich ab.

Nun konnte sie nicht mehr in die Fahrerkabine des Trucks schauen und wagte auch nicht, sich umzudrehen, denn damit würde sie den einzigen Vorteil, den sie hatte, verspielen.

Er lenkt mich ab.

Denn sie wusste nun, dass die Geschichte von seiner angeblichen Affäre mit Cambry ebenfalls eine Lüge war.

Dieses Arschloch lenkt mich ab.

Sie hielt die Luft an, den Blick starr auf Raycevic gerichtet, sein Portemonnaie in der linken, die Beretta in der rechten Hand. Sie wagte nicht, auszuatmen, sich zu bewegen.

Er lenkt mich ab, damit sein Kumpel im Truck mich abknallen kann.

KAPITEL 14

Cambrys Geschichte

»Hilfe!«

Cambry weiß nicht, ob der Fremde im Truck sie gehört hat. Sie ist jetzt kurz vor der Fahrerkabine, das Herz schlägt ihr bis zum Hals.

Hinter ihr steigt Raycevic in die Bremsen.

Die Reifen des Streifenwagens kommen laut kreischend und ruckend auf dem unebenen Weg zum Stehen. Die blauroten Blinklichter werfen weiter grelle Schatten in die Landschaft. Sie weiß, dass der Cop ein Gewehr auf dem Beifahrersitz hat. Jeden Moment kann er danach greifen und auf sie zielen.

Sie erreicht die Fahrerkabine.

Sie springt auf das Trittbrett und greift nach der silbrig schimmernden Klinke, die das grelle Blinklicht reflektiert. Sie zieht sich nach oben, ihre Oberarmmuskeln schmerzen. Mühsam erreicht sie das Fahrerfenster und späht hinein. Drinnen ist es stockdunkel. Sie kann den Fahrer nicht erkennen. Mit der flachen Hand schlägt sie gegen das Glas.

»Hilfe! Bitte helfen Sie mir!« Sie will es nicht übertreiben, will nicht verängstigt wirken.

Hinter ihr ertönt ein metallisches Geräusch. Das ist Raycevic, der die Fahrertür des Streifenwagens aufstößt und aussteigt. Seine Stiefel knirschen rhythmisch auf dem Asphalt.

Zur Hölle damit. Jetzt schlägt sie mit der Faust gegen die Scheibe.

»Cambry«, ruft der Cop. »Nicht …«

Obwohl er jetzt aus dem Wagen gestiegen ist, klingt seine Stimme merkwürdig gedämpft, aber sie weiß, warum: Er beugt sich zurück ins Auto, um sein Gewehr herauszuholen.

Hastig zerrt sie an der Klinke. Nicht verschlossen! Sie zieht die Tür auf und verliert beinahe das Gleichgewicht.

Drinnen ist es absolut dunkel. Kein Fahrer zu sehen.

»Hallo?«

Keine Antwort. Aber sie weiß, dass sie nicht da draußen auf dem Trittbrett stehen bleiben darf, weil Raycevic gerade garantiert dabei ist, das Gewehr aus dem Wagen zu holen, um damit auf sie zu zielen.

Sie stürzt in die Kabine.

Drinnen ist es warm und stickig. Sie stützt sich mit den Händen auf dem Ledersitz ab, dessen Oberfläche sich feucht anfühlt. Es riecht wie in einer Umkleidekabine. Nach schalem Schweiß und alten Socken. Und nach etwas anderem, zugleich süß und faulig, aber nicht zu identifizieren. Organisch, schwer, animalisch. Sie blinzelt, reibt sich die Augen, versucht, zu Atem zu kommen.

Ja, die Kabine ist leer. Kein Fahrer. Zu dunkel, um etwas anderes auszumachen.

Wohin ist der Fahrer verschwunden?

Sie weiß, dass das unmöglich ist. Wo zum Teufel steckt er denn? Er kann doch nicht einfach verschwinden. So ein Truck kann sich nicht ohne Fahrer fortbewegen. Sie muss wieder an den Tod in der Höhle in Sibirien denken.

Mir wurde gesagt, du seist hier.

Draußen stellt Corporal Raycevic die Sirene ab. Die plötzliche Stille ist überwältigend. Sie kann ihren rasenden Puls hören. Das Blut rauscht in ihren Ohren.

Panisch tastet sie nach dem Zündschloss – kein Schlüssel. Die Scheinwerfer des Trucks sind eingeschaltet. Die Lampen auf dem Armaturenbrett leuchten orange hinter dem Lenkrad. Eben hat hier noch ein Mann gesessen, der Sitz ist noch warm. Er fuhr, atmete und schwitzte, aber jetzt ist er verschwunden. Wohin? Er kann sich doch nicht in Luft aufgelöst haben.

Was hast du denn in New Orleans gemacht?

Die Fahrertür fällt hinter ihr ins Schloss, sie zuckt zusammen. Das war nur der Wind. Sie wünschte, ein weiterer Blitz würde die Kabine erhellen. Im Dunkeln fühlt sie sich hilflos. Der feuchte modrige Geruch erinnert an eine Hundedecke.

Das Funkgerät, denkt sie. Fernfahrer haben doch CB-Funk, oder?

Klar haben Sie das.

Auf den Sitzen liegt raschelndes Papier. Zeitungen? Zeitschriften? Es ist immer noch zu dunkel, um etwas zu erkennen, aber als ihre Augen sich an die Dunkelheit gewöhnen, bemerkt sie etwas Klobiges auf dem Armaturenbrett. Rechts neben dem Lenkrad, in Reichweite. Ein schwarzer Schatten ohne Lämpchen oder sichtbare Details. Ein Funkgerät?

Sie greift danach.

Die Oberfläche fühlt sich kühl an. Ist mit kleinen Hubbeln überzogen. Fühlt sich an wie weiches Leder – viel weicher als die Lederbezüge der Sitze. Aber etwas stimmt nicht mit der Form. Das Ding scheint keine eindeutigen Ecken und Kanten zu haben. Ihre Finger gleiten über sanfte Rundungen. Etwas Welliges. Vielleicht eine Spule.

Draußen ertönt Raycevics Stimme, gedämpft wegen der Tür.

Cambry forscht weiter, ganz vorsichtig, mit den Fingerspitzen, sucht nach Knöpfen oder Schaltern oder einem Spiralkabel, nach irgendetwas Wiedererkennbarem, findet aber nur weitere Kurven. Sie würde ihre Seele verkaufen für einen kleinen Lichtschein. Ihr Zeigefinger erreicht den obersten Grat des Dings und folgt nun dem Rand. Sie spürt die kleinen Hubbel. Sie fühlen sich an wie Knochen unter glatter Haut. Eine Wirbelsäule.

Zu klein und zu zahlreich, um einer Katze oder einem Hund ohne Fell zu gehören.

Draußen ruft Raycevic noch lauter, immer noch gedämpft …

Und jetzt hört Cambry ein leises pfeifendes Geräusch. Nur wenige Zentimeter vor ihrem Gesicht. Sie spürt es an ihren Wangen. Ein leichter Hauch fährt durch ihr Haar. Wie bei einem Fahrradschlauch mit einem Loch. Sie würde es nicht als Zischen bezeichnen. Zumindest nicht gleich.

Es ist eine Schlange.

Sie erstarrt. Ihre Fingerspitzen bleiben auf der schuppigen Haut liegen.

Du berührst gerade eine beschissene Riesenschlange.

Sie schießt auf sie zu, es fühlt sich an wie ein Peitschenschlag. Sie spürt den Luftzug in ihrem Gesicht, schreit auf und prallt zurück in den Ledersessel. Irgendein unsichtbares Getränk ergießt sich auf die Konsole. Sie rutscht nach hinten, zur Seite, nur weg, weg, weg, in instinktiver Panik, das Adrenalin peitscht durch ihre Adern, sie wirft sich gegen die Beifahrertür.

In diesem Moment brutaler, nackter Angst hat sie den Cop dort draußen und sein Gewehr völlig vergessen. In ihrer Welt gibt es nur noch diese Schlange, diese gottverdammte, vollkommen unsinnige Schlange, die sich nur wenige Zentimeter entfernt in der Dunkelheit bewegt wie in einem irren, hässlichen Albtraum, der sie hierhergeführt hat, in die Kabine dieses heruntergekommenen Sattelschleppers. Eine wahnwitzige Halluzination, ein Horrortrip.

Wieder schreit sie auf. Sie brüllt die Schlange an. Ist sie giftig? Wurde sie gebissen? Sie glaubt es nicht. Sie berührt ihre Wange. Kein Blut.

Da hat sich wirklich eine Riesenschlange auf dem Armaturenbrett dieses Trucks zusammengerollt und zischelt sie immer noch an. Sie gehört hierhin. Sie lebt hier. Cambry hört, wie ihre Schuppen über die Oberfläche schaben, als die Schlange ihre Position verändert. Sie muss drei oder vier Meter lang sein, ein Python oder eine Boa oder eine Anakonda, zusammengerollt vor der Windschutzscheibe, ein schwarzes Etwas, ein gruseliges Ornament. Cambry muss beinahe lachen angesichts dieser so lächerlichen wie grauenhaften Situation. Eben noch hat sie sie blindlings befühlt, ihre Fingerspitzen über den schuppigen Leib gleiten lassen. Sie belästigt.

Draußen auf der Straße nähern sich Schritte. Raycevic rennt auf sie zu, schreiend, verzweifelt.

Auch Cambry Nguyen ist verzweifelt, denn sie sitzt in einer Lkw-Kabine ohne Schlüssel, mit einem Python vor sich. Im Vergleich zu vorher hat sich ihre Lage keineswegs verbessert. Sie muss etwas tun. Hinter der Fahrertür würde sie Raycevic in die Arme laufen, was ihren sofortigen Tod bedeuten könnte. Also kriecht sie zur Beifahrertür, klettert über die Mittelkonsole mit dem Schalthebel und über das knisternde Papier.

Das Zischeln wird lauter. Die Schlange schießt von links auf sie zu.

Cambry erreicht die Beifahrertür, tastet nach dem Türgriff, zieht daran. Die Tür schwingt auf. Der Weg ist frei. Sie springt in die kalte Nacht, sucht im freien Fall nach der Griffstange, verfehlt sie und landet auf allen vieren auf dem staubigen Seitenstreifen.

Das Geräusch der Schritte ändert sich. Raycevic rennt jetzt seitlich am Truck entlang.

Lauf, lauf, lauf!

Sie springt auf, läuft davon. Der Hänger des Trucks

zeichnet sich als riesiges schwarzes Rechteck im Licht des Streifenwagens ab. Am Waldrand jenseits der Straße wuchert dichtes Gestrüpp aus Wacholdersträuchern. Dahinter reckt sich das verschlungene Gehölz der Nadelbäume in die Höhe. Wenn sie ihren Corolla hinter sich lässt und sofort losrennt, hat sie genug Vorsprung, um zwischen den Büschen zu verschwinden und ihr Leben zu retten.

Sie hört ein metallisches Knirschen – Raycevic öffnet die Fahrertür des Trucks. Er weiß nicht, dass sie schon rausgesprungen ist. Das wird ihn wertvolle Sekunden kosten. Vielleicht wird er von der Schlange da drinnen gebissen. Ja, jetzt hat sie einen Vorsprung.

Du bist zu lahm, Arschloch.

Sie wendet sich ab, will nur weg von diesem verdammten Truck …

Und rutscht aus.

Auf einer merkwürdigen Oberfläche, so rutschig wie ein zugefrorener See. Schmierig, glitschig. Sie verliert den Halt, knickt mit dem Fuß um, verliert das Gleichgewicht, taumelt.

Endlich zuckt der Blitz, auf den sie so inständig gehofft hat, über den Himmel.

Jetzt kann sie erkennen, dass am Straßenrand eine Plane auf dem Boden ausgebreitet wurde. Eine zerknitterte Plastikplane von der Größe eines kleinen Zimmers. Und zwei Meter links von ihr bemerkt sie einen kleinen Baum, der leider überhaupt kein Baum ist.

Sondern ein Mann.

Er dreht sich zu ihr und ist genauso überrascht wie sie.

Im flackernden Licht sieht er aus wie ein Astronaut. Erst als es wieder dunkel ist, schälen sich aus dem Bild, das sich in ihre Netzhaut eingebrannt hat, Details heraus, und sie versteht, was sie da eben gesehen hat.

Der Fremde ist von Kopf bis Fuß in Plastik gehüllt. Als hätte er einen sehr hellen, farblosen Regenmantel übergezogen. Es klebt an seinem Körper und wirft weite Falten. Er trägt chirurgische Handschuhe und Plastikstiefel. Nur sein Gesicht ist frei – und das auch nur deshalb, weil er sich gerade die Atemschutzmaske zurechtzog, als ihn der Lichtstrahl erfasste.

OP-Kleidung, erkennt sie schlagartig. Wie ein Chirurg.

Und jetzt, da es wieder stockdunkel ist, kann sie ihn nicht mehr sehen. Aber sie hört ihn. Er kommt auf sie zu, ist jetzt weniger als zwei Meter entfernt und nähert sich zielstrebig, seine Stiefel quietschen, der Kunststoff raschelt …

Der Plastikmann.

Sie stößt einen heiseren Schrei aus. Der ganze Horror dieses Abends, der Cop, der sie verfolgt hat, die vier kleinen Feuer, sogar der Python im Truck, alles verschwindet mit einem Mal. Ihr Magen hat sich verflüssigt, die Welt dreht sich, als sie hastig nach hinten stolpert. Sie sollte weglaufen, sollte eine Richtung wählen und losrennen, aber die Sohlen ihrer Wanderstiefel haben auf der Plastikplane den Halt verloren, und ihre Beine geben nach.

Und dieses Quietschen und Rascheln in der Dunkelheit wird immer lauter, als der Plastikmann auf sie zukommt, zielstrebig, aber ohne übertriebene Hast.

KAPITEL 15

Lena

Jede Nacht, Cambry, stirbst du in meinen Träumen.

Jedes Mal ein wenig anders. Manchmal wirst du, straff eingewickelt in Plastik, erstickt. Manchmal wirst du mit einer Schusswaffe exekutiert. Manchmal wirst du geknebelt und vergewaltigt und von der Brücke geworfen wie Müll. Manchmal, etwas exotisch, wirst du mit einer Schaufel enthauptet oder ausgeweidet, und deine Gedärme quellen aus deinem Bauch, schwarz schimmernd wie Schlangen.

Ich weiß, dass die meisten dieser Todesarten unmöglich sind – es sind Ausgeburten einer übertriebenen Einbildungskraft. Aber ich bin in ihnen gefangen. Ich versinke in ihnen. Zumindest möchte ich morgen von Corporal Raycevic genug erfahren, um meine eingebildeten Horrorbilder durch echte ersetzen zu können.

Hör auf, darüber nachzudenken, sagen die Leute. Hör einfach auf, Lena.

Aber kann man so etwas einfach *abstellen*?

Denke nicht an das Schlimme, sagen sie. Erinnere dich lieber an das Gute. Ergötze dich nicht an deinen Albträumen, an schimmernden Gedärmen und erstickten Schreien, oder daran, dass dem Gerichtsmediziner die Möglichkeit einer Vergewaltigung nicht in den Sinn gekommen ist. Konzentriere dich auf die glücklichen Momente, die du mit deiner Zwillingsschwester erlebt hast, bevor sie sich in einen Pfannkuchen verwandelte. Aber ich wurde schon immer vom Schlechten angezogen, und die schlimme Wahrheit ist auch: Ich habe einfach nicht besonders viele Erinnerungen an Cambry.

Gute Erinnerungen? Schlechte Erinnerungen? Viel ist da nicht. Liebe Leserinnen und Leser, ich muss euch etwas gestehen, und das tut wirklich weh: Ich hatte kein sehr enges Verhältnis zu meiner Zwillingsschwester.

Das ist schrecklich, nicht wahr?

Zwillinge sollten doch unzertrennlich sein.

Ich weiß, das ist schrecklich. Aber wir waren uns nicht sehr ähnlich. Oder waren uns zu ähnlich – wie die negativen Pole zweier Magneten haben wir uns während der achtzehn Jahre, in denen wir in Olympia unter einem Dach lebten, immer wieder abgestoßen. Wir hatten verschiedene Freundeskreise – meine spielten *Magic: The Gathering* im Spielklub, ihre schmissen Toilettenhäuschen um und pissten in die Tanks von Baustellenfahrzeugen.

Vergiss das Schlechte, Lena. Erinnere dich an das Gute.

Da muss ich dann lächeln, wie eine Fremde hinter dem Fenster eines verschlossenen Hauses, weil niemand verstehen kann, dass es nichts Gutes *gibt*. Vielleicht ja doch, aber meine kostbaren Erinnerungen sind so spärlich wie beschissenes Unobtanium. Meine Schwester war eine Fremde für mich, eine Fremde, die ich verzweifelt gern gekannt hätte. Das ist jetzt nicht mehr möglich.

Klingt das nach Selbstmitleid? Ich bin die trauernde Zwillingsschwester, die den weiten Weg nach Montana zurückgelegt hat, um mein Leben zu riskieren, um den Mord an ihr aufzuklären, und die ganze Zeit über kriegt niemand mit, dass ich sie kaum gekannt habe. Abgesehen von gelegentlichen SMS-Nachrichten hatten wir seit über einem Jahr nicht mehr miteinander kommuniziert.

Wenn ihr Geist mich sehen könnte, würde er wahrscheinlich die Nase rümpfen. *Seit wann interessierst du dich denn für mich, Rattengesicht?*

Ich bin weg. Lass mich los.

Davor habe ich Angst. Es ist schwer, jemanden loszulassen, den man kaum gekannt hat. In meinem Gehirn ist sie als eine Ansammlung von Eigenschaften und Beobachtungen abgespeichert. Sie liebte Classic Rock. Ihr Lieblingsfest war Halloween. Sie streute über alles Koriander. Sie hasste es, drinnen zu sein. Als Mädchen lief sie immer in den Wald hinter unserem Haus – manchmal verbrachte sie dort den ganzen Nachmittag, zur Verzweiflung meiner Eltern – und kam schmutzig und von Moskitos zerstochen zurück, mit einem Glas voller Nacktschnecken, Tausendfüßler und Nattern.

Und ich erinnere mich noch, wie sie beim Versteckspiel immer gewann. Sogar im Haus konnte sie sich so gut verstecken, dass wir ewig brauchten, um sie zu finden, während sie von einem Zimmer ins nächste kroch wie ein Schatten. Irgendwann langweilte sie sich dann, also zeigte sie sich und sagte ganz nüchtern: *Ich habe die Schuhe ausgezogen und bin auf Strümpfen gegangen, deshalb konntet ihr meine Schritte nicht hören.*

Ach, wirklich?

Es ist schon bitter ironisch, dass die lebendigste Erinnerung, die ich an meine Schwester habe, mit ihrem Sprung von einer Brücke zu tun hat.

Es passierte vor einigen Jahren im Sommer. Abschlussklasse in Ellensburg, am Morgen nach dem Konzert im Gorge. Einer der wenigen Momente, wo wir gemeinsam etwas unternahmen. Sie war mit ihren Freunden zusammen, darunter auch ihr aktueller Schwarm, Grässlicher Kerl Nr. 10 oder Nr. 11, glaube ich. Ich erinnere mich nicht an seinen Namen. Nur dass er achtundzwanzig war und wir achtzehn. Er hatte eine knurrige Stimme und einen rasierten Kopf. Ihr habt ihn vielleicht mal in einer Episode von *COPS* gesehen.

»Man muss die Arschbacken zusammenkneifen«, sagt er.

In der Nähe von Holmes gibt es eine schwarze Eisenbahnbrücke aus Holz, die über den Yakima River führt. Sie überspannt den Fluss in einer Höhe von zehn Metern, ist also deutlich niedriger als die Hairpin Bridge. Der Fluss darunter ist tief genug, um hineinspringen zu können.

»Zusammenkneifen«, sagt er. »Das ist das ganze Geheimnis.«

Meine Schwester sitzt am Rand der Brücke, braun gebrannt wie eine Bergsteigerin, die Hände verschränkt, die Waden angespannt, ihre unlackierten Fußnägel hängen über dem blauen Wasser. »Warum?«, fragt sie.

»Hab ich bei den Pfadfindern gelernt. Wenn du aus dieser Höhe mit den Füßen zuerst auf der Wasseroberfläche aufkommst, ist es, als würdest du direkt auf einem Feuerwehrschlauch landen, und das ist der Grund, warum du die Arschbacken zusammenkneifen musst.«

»Versteh ich nicht.«

»Ist ganz einfach.«

»Kannst du das bitte genauer erklären?«

»Reine Wissenschaft, Cambry«, sagt er genervt. »Ich hab ein Verdienstabzeichen dafür bekommen, okay? Du musst die Arschbacken zusammenkneifen, damit das ganze zusammengepresste Wasser nicht in deinem Arschloch explodiert und alles darüber auseinanderreißt ...«

»Verstehe.«

Er langweilt sie, also schaut sie über die Holzbalken hinweg zu mir hin.

Ich schwitze und fühle mich unwohl. Mir ist leicht schwindelig wegen des Biers und des billigen Grases, das in meiner Kehle brennt. Ich sitze dort oben auf einer Eisenbahnschwelle, zusammen mit ihr, ihrem Grässlichen Kerl Nr. II und ein paar anderen. Ich werde nicht mit ihr runterspringen. Bestimmt nicht. Das war Cambrys Idee. Einen Moment lang befürchte ich, dass sie sich mal wieder über mich lustig machen will. Ich passe nicht zu ihren Freunden. Das war schon immer so und wird auch immer so bleiben.

Aber sie lächelt mich an. »Glaubst du, ich werde sterben?«

»Was?«

»Glaubst du, ich sterbe, Schwesterherz?«

»Nicht wenn du die Arschbacken zusammenkneifst«, sagt ihr Freund.

Aber sie hat mich gefragt und wartet auf eine Antwort.

Ich weiß nicht, was ich sagen soll. Die Eisenbahnschwelle liegt zwischen uns wie eine schwarze teerige Tischplatte. Sie beugt sich zur Seite und umfasst den Rand mit ihren Fingern und den gekrümmten Zehen. Sogar in meiner Erinnerung ist sie ein lebendes, atmendes Mysterium.

Auf dem schwarzen Holz zwischen uns sind unter zerdrückten Bierdosen verschiedene Versionen von Dino Bob zu sehen, mit Kreide gezeichnet.

Sie lehnt sich weiter zurück. Weg von mir, über den Abgrund.

Ihre Frage hängt in der Luft: »Glaubst du, ich sterbe, Schwesterherz?«

Ich entschließe mich, nicht zu antworten. *Weiß ich nicht*, will ich sagen. *Du bist doch diejenige, die unbedingt von einer Brücke in einen Fluss voller Stechmücken springen will.* Wir sind alle verkatert und dehydriert. Niemand sonst will einen Todessprung in den Fluss riskieren. Niemand hat Wechselklamotten dabei. Ich glaube, sie auch nicht.

Aber die Brücke ist nun mal da, und deshalb muss sie hinunterspringen. Nicht nur das, sie hat sich auch noch einen ganz besonderen Balken ausgesucht, der ein paar Zentimeter aus dem Gerüst hinausragt. Drei Meter unter uns, sieben Meter über dem Wasser. Wie eine Artistin in der Zirkuskuppel. Nur weil sie es kann oder neugierig ist, *ob* sie es wirklich kann. Ich erinnere mich noch, wie ich dachte: *Ich hasse sie. Ich hasse ihre Anwandlungen. Ihre rücksichtlose Neugier.*

Glaubst du, ich sterbe, Lena?

Nein. Ich werde nicht darauf antworten.

Sie drückt die Schultern nach hinten. Sie hält sich jetzt nur noch mit einer Hand am Holzbalken fest, die andere hängt frei in der Luft. Sie fragt mich etwas anderes, das ich genauso unsinnig finde: »Glaubst du, es gibt ein Leben nach dem Tod?«

»So was wie Himmel und Hölle?«

»Irgendwas.«

»Geister?«

»*Irgendwas.*«

Ich denke nach und sage dann: »Ich glaube schon.«

Sie nickt gedankenverloren, während sie über dem blauen Wasser hängt. Als wäre da unten etwas, das nach ihr ruft. Sie schaut mich an, wischt sich eine Haarsträhne aus dem Gesicht und lächelt melancholisch. »Ich nicht.«

Ich bin bestürzt. Ich habe meine Schwester zornig erlebt oder weinend, aber diesen Gesichtsausdruck kenne ich nicht.

Dann lässt sie los.

Sie rutscht vom Brückenrand, ihre Hand verschwindet zusammen mit ihrem Körper und ihrer Stimme und ihren Geheimnissen, und ich recke den Hals, um zuzusehen, wie sie nach unten fällt …

»Kneif die Arschbacken zusammen!«

Kurz sieht es so aus, als würde sie fliegen. Ich sehe, wie sie nach dem vorstehenden Balken greift und wie ihre ausgestreckte Hand ihn verfehlt.

Ich kann nicht behaupten, dass ich ihr viel Glück gewünscht hätte.

Aber ihr Handgelenk prallt auf dem Weg nach unten schmerzhaft gegen das Holz. Ich kann immer noch das Geräusch hören, ein leises Ticken, wie das Pendel in einer alten Standuhr.

Und dann ist sie verschwunden. Sie kommt mit einem lauten Klatschen auf der Wasseroberfläche auf, und ein grünweißer Geysir spritzt gegen die Unterseite der Brücke. Das Muster winziger Tropfen, die zurückfallen. Ich kann die Wellen, die sich kreisförmig ausbreiten, durch das Balkengitter hindurch kaum erkennen, sehe nur, dass sie mit den Füßen zuerst ins Wasser eingetaucht ist, wie es der grässliche Kerl Nr. II verlangt hat, aber ich habe sie nie gefragt, wie das mit ihren Arschbacken war.

Als wir darauf warten, dass ihr Kopf wieder auftaucht, fühle ich mich sehr allein. Ihre Freunde wissen nicht, was sie zu mir sagen sollen. Ich weiß nicht, was ich zu ihnen sagen soll. Ich bin die weniger witzige Ausgabe von Cambry und werde nur geduldet, weil wir mit einer Gruppenkarte ins Konzert gegangen sind. Ich zeichne mit dem Finger Cambrys Kreideskizzen von Dino Bob nach und verwische seine Augen versehentlich mit dem Daumen.

Jemand lässt eine Bierdose fallen. Sie prallt von dem Balken ab, an dem sie sich festhalten wollte, und fliegt nach unten.

Die Wellen, die Cambry erzeugt hat, sind verschwunden, der Strom hat sie davongetragen.

Ihr Freund kriecht an mir vorbei und starrt nach unten, wirft eine weitere Bierdose um. Alle kriechen jetzt an den Rand der Brücke. Er ist der Erste, der es ausspricht, aber es liegt allen auf der Zunge.

»Sie ist ...«

Ich spähe ebenfalls nach unten und spüre, wie ein Gefühl der Angst sich in meinem Brustkorb ausbreitet, als ich das Wasser nach einem Lebenszeichen von ihr absuche.

Nach ihrem dunklen Haar, nach einem Arm, einem Bein, irgendwas …

»Sie ist weg.«

LASS SIE VERSCHWINDEN, stand auf der handgeschriebenen Notiz.

Geschrieben in krakeliger blauer Schrift auf einem linierten Papierfetzen, aus einem Collegeblock herausgerissen und an das CB-Funkgerät geklebt, das im Retro-Stil aufwändig und kostspielig in das Armaturenbrett des Trucks eingelassen war. Das Funkgerät hatte sechsundneunzig Kanäle, sechs davon für Notrufe und zwei für die Polizei.

Darüber klebte noch eine zweite Notiz:

LENA NGUYEN. HAIRPIN BRDG. UNBEWAFFNET

Auf dem Armaturenbrett über dem Funkgerät lag eine kolumbianische Rotschwanz-Boa und wärmte sich im Sonnenlicht. Zusammengerollt hatte sie die Ausmaße eines durchschnittlichen Fußballs, aber wenn sie sich ausstreckte, war sie über drei Meter lang. Der Farbton ihrer Schuppen variierte zwischen blass erdfarben und getrocknetem Blut, mit leichtem Silberglanz. Ihre Augen hatten keine Lider und blinzelten nicht.

Auf dem Armaturenbrett klebten vertrocknete braune und kreideweiße Streifen an Stellen, wo die Fast-Food-Papierservietten nicht genügt hatten, um die Fäkalien der Riesenschlange wegzuwischen. Unter dem Handschuhfach hatte sich ein Berg aus zusammengeknüllten Burger-

Packungen und Plastiktellern angesammelt, dazwischen türmten sich antike Ausgaben von *Playboy* und *Hustler*.

In der Mittelkonsole stand eine halb ausgetrunkene Flasche Golden Rule – *Tee, gesüßt mit echtem Zucker. Keine künstlichen Zusätze!* – und schimmerte im Sonnenlicht. Am Flaschenrand war der schmutzige Abdruck einer männlichen Unterlippe zu sehen.

Wenige Zentimeter daneben lag auf dem Fahrersitz eine Zwanziger-Box mit Remington-Express-Patronen Kaliber .30–30 – *Getestete Stoppwirkung bei mittelgroßem Wild* – dicht neben dem Schloss des Sicherheitsgurtes. Die Klappe der Schachtel stand offen, und man konnte die goldenen Zündhütchen in den Plastikhalterungen sehen. Sieben fehlten bereits.

Eine Armlänge von der Box entfernt hockte im Schatten der einzige Fahrzeuginsasse. Der Mann, der hier in diesem Dreckloch aus zerknitterten Pornoheften und Schlangenscheiße existierte, kniete auf dem Boden vor den Pedalen und hatte den rechten Ellbogen auf das Lenkrad gestützt, um eine bequeme Schussposition einzunehmen. Die Waffe in seiner Hand war ein Unterhebelrepetierer von Winchester mit einem Lauf aus brüniertem Stahl und einem glattpolierten Schaft aus Walnussholz, in den die Namen der gesamten Filmcrew des 1969 gedrehten Westerns *True Grit* mit John Wayne eingraviert waren. Das Gewehr lag so auf dem Rand des einen Spaltbreit geöffneten Fahrerfensters, dort wo Glas und Rahmen diagonal aufeinandertreffen, dass nur zwei Zentimeter des Laufs nach draußen ragten.

Durch das Visier hatte er das Rückgrat von Lena Nguyen

aufs Korn genommen, der unvergleichlichen Lena Nguyen, die er hier einfangen sollte wie einen herumstreunenden Hund, und die nun am nördlichen Ende der Hairpin Bridge in zehn Metern Entfernung neben Corporal Raycevic stand. Sie konnte den Schützen im Truck nicht sehen. In ihrer Hand hielt sie eine Pistole und zielte damit auf Ray. Ihre Aufmerksamkeit galt etwas links von ihr. Ray hatte sie mit irgendetwas abgelenkt, offenbar seinem Portemonnaie, warum auch immer.

Als Lena es durchsuchte, rutschte Ray noch einen Schritt von ihr weg, sodass zwischen ihm und ihr ein Abstand von eineinhalb Metern entstand. Genug Platz, um danebenzuschießen. Er warf einen verstohlenen Blick zum Sattelschlepper.

Schieß, formte er mit den Lippen.

Der Schütze löste die Sicherung der Winchester und sah, wie Lena Ray einen überraschten Blick zuwarf. Sie konnte das Klicken nicht gehört haben. Vielleicht hatte sie die Lippenbewegung bemerkt. Wusste sie Bescheid? Sie warf einen Blick auf die Geldbörse in ihrer Hand (was war denn so besonders daran?) und trat vorsichtig einen Schritt zurück. Der Lauf der Winchester folgte ihr und nahm ihren Nacken wieder ins Visier.

Ray war jetzt knallrot im Gesicht und bewegte erneut die Lippen: *Schieß. Schieß.*

Der Schütze drückte den Abzugshebel weiter durch.

Aber Lena trat einen weiteren Schritt zurück. Sein Visier folgte ihr zittrig einen halben Schritt, dann ließ sie Rays Portemonnaie fallen. Es landete auf dem Boden.

Noch einen Schritt. Das Visier folgte ihr wacklig.

Dann hielt sie inne, einen Fuß in der Luft wie ein Vogel, und Kimme und Korn fanden wieder ihr Rückgrat in tödlicher Präzision. Jetzt hatte er sie. Die Frau legte den Kopf zur Seite, als hätte sie weit entfernt ein Geräusch gehört. Als hätte eine Stimme in ihrem Kopf ihr leider ein kleines bisschen zu spät zugeflüstert, dass hinter ihr eine Gefahr lauerte.

Er drückte den Abzug weiter durch, noch weiter …

Schieß jetzt!

Die Frau wirbelte herum, war nur noch ein zuckender Farbfleck im Visier – und für das Auge dahinter –, und dann kam die schwarze Pistole in sein Blickfeld. Das ganze Manöver hatte weniger als eine halbe Sekunde gedauert, und in dem Moment, als er kapierte, was da vor sich ging, drückte sie ab, und er sah einen kleinen, rauchumrandeten Blitz.

Das Fenster der Fahrertür verwandelte sich in ein rissiges Spinnennetz, als die Kugel sie durchschlug. Ein leichter Windstoß, ein Splittern, das Geräusch von Metall, das durch Glas drang, eine Mikrosekunde später das Geräusch des Schusses. Aber da hatte sich der Mann in der Fahrerkabine schon reflexartig weggeduckt, er verlor das Gleichgewicht und fiel schräg gegen die Tür.

Die Winchester landete in seinem Schoß, seine Hände fühlten sich an wie plumpe Fausthandschuhe.

Das Echo des Pistolenschusses verhallte. Es war unglaublich schnell passiert. Und nun saß er auf seinem Hintern in dem zerknitterten Fast-Food-Müll, schaute hoch und starrte blinzelnd das Loch an, dass nun in seiner Fensterscheibe zu sehen war. Es sah aus wie ein kleiner kristalliner Stern vor dem Hintergrund eines grellweißen Himmels. Bei genauerer Betrachtung des Einschusslochs stellte er fest, dass sie sein Gesicht nur um einen oder zwei Zentimeter verfehlt hatte. Auf eine Entfernung von zehn Metern im Bruchteil einer Sekunde und in der Drehung.

Als er die Winchester wieder anlegte, um das Feuer zu erwidern, murmelte er erstaunt vor sich hin: »Wo *zum Teufel* hat sie so schießen gelernt?«

KAPITEL 16

Cambrys Geschichte

»Halt sie fest. Mach schon …«

Cambry erkennt die drängende Stimme von Corporal Raycevic, der nicht weit entfernt im Dunkeln steht, aber unendlich weit entfernt scheint, als zwei kräftige Hände ihren Hals umklammern und zudrücken. Der in Plastik eingehüllte Mann bewegt sich schockierend schnell.

Sie will schreien, aber ihre Kehle ist bereits abgeschnürt. Daumen und Zeigefinger in den Handschuhen drücken zu, sie spürt den kalten Kunststoff auf ihrer Haut. Der Druck bewirkt, dass sich das Blut in ihrem Kopf staut, ihre Gedanken verschwimmen.

Stimmen wirbeln um sie herum. »Hast du sie?«

»Ja.«

»Ganz sicher?«

»Ich sagte doch, ich hab sie, Ray-Ray.« Die zweite Stimme befindet sich direkt hinter Cambrys rechtem Ohr, wird gedämpft durch die Maske. Sie riecht etwas Süßes, wie Tee. »Sie hat mich überrascht. Du hättest mich warnen können, dass sie schon so nah ist …«

Als er das sagt, drückt er ihre Kehle noch mehr zusammen, ihre Kieferknochen rucken schmerzhaft nach oben. Ihre Nebenhöhlen weiten sich, ihr Gesicht fühlt sich an, als wolle es explodieren. Tränen schießen ihr in die Augen. Ihr Brustkorb schwillt an wie ein Ballon, ein verzweifelter Schrei erstirbt zwischen den Rippen.

»Vorsicht!«, ruft Raycevic alarmiert. »Vorsicht. Sonst gibt's Abdrücke auf der Haut …«

»Meine Güte, Ray-Ray …«

»Keine Druckstellen. Keine Schürfwunden. Keine Spuren. Wenn du ihre Luftröhre zerquetschst, dann ist das der beste Beweis. Einfach langsam zudrücken. Immer mehr. Okay?«

Der Würgegriff des Plastikmanns bleibt fest, aber der unangenehme Druck unter ihrem Jochbein nimmt ab. Ihre Unterarme werden zur Seite gedrückt wie die Flügel eines Vogels – sie kann sich nicht erinnern, wie ihm das gelungen ist. Aber so wie er sie im Griff hat, hat er Erfahrung damit. Die beiden machen das nicht zum ersten Mal. Dieser ganze Abend war eine einzige Abfolge von Missgeschicken, aber für die beiden Männer ist es Routine. Und jetzt erkennt sie zu ihrer eigenen Verwunderung: Ich werde ermordet. Jetzt, in diesem Augenblick.

Von einem Mann, der ein Ganzkörperkondom trägt und redet wie der Kobold auf der Lucky-Charms-Müslipackung.

Albträume können wahr werden, aber nie genauso wie man es erwartet. Der Mann schiebt sie nach hinten, als wollte er sie auf einen Stuhl setzen. Sie strampelt mit den Füßen, sucht nach einem Hindernis, an dem sie sich abstützen kann. Aber sie rutscht hilflos über diese Plastikplane. Wie über den nassen Boden einer Badewanne.

Das war's dann, Cambry.

Dies ist dein Ende.

Hier draußen, auf einer verlassenen Straße im Howard County in Montana. Ermordet von einem korrupten Cop und einem fetten Fernfahrer. Erwürgt von einem Mann, der von Kopf bis Fuß in Frischhaltefolie eingewickelt ist und seine faltigen Mumienhände um ihre Kehle legt. Sie wehrt sich trotzdem. Ihre Fersen rutschen quietschend über die Plane.

Wieder hört sie seine warme, feuchte Stimme neben ihrem Ohr. »Hey, weißt du, wie eine Boa constrictor ein Kaninchen erwürgt?«

Ist mir scheißegal, würde sie sagen, wenn sie könnte.

Aber das geht jetzt schon zwanzig, dreißig Sekunden so. Die abgeschnürte Luft in ihren Lungen brennt. Sie wird nicht mehr lange bei Bewusstsein bleiben. Der Sauerstoff in ihrem Gehirn wird stetig weniger, ihre Gedanken sind unklar. Die roten Blutkörperchen zittern und werden dunkelblau.

»Entschuldigung, einen Moment lang habe ich eine Antwort von dir erwartet.« Der Plastikmann schnaubt verärgert. »Also, eine Boa constrictor hat das ganze Maul voller gebogener, spitzer Zähne. Damit packt sie das Kaninchen und hält es fest, wie mit zahlreichen kleinen Angelhaken. Und während sie das tut, schlingt sie ihren Körper um das Kaninchen herum …«

Sie windet sich, dreht sich, kann ihre linke Schulter ein

Stück aus seinem Griff lösen. Beängstigend langsam. Zentimeter für Zentimeter, Stück für Stück …

»Und diese vielen Schlingen spannen ihre Muskeln und werden enger. Kein plötzliches Pressen, eher ein konstantes Anschwellen. Wie bei einem festen Händedruck. Das Kaninchen hatte vor dem Angriff vielleicht noch ein bisschen Luft in der Lunge. Es denkt vielleicht, das reicht aus, es muss nur abwarten, bis es wieder ausatmen kann.«

Beinahe geschafft …

Cambry windet sich noch heftiger. Aber zu ihrem Schrecken ist da plötzlich eine neue, machtvolle Dunkelheit um sie herum, steigt auf, greift nach ihren Gedanken, und sie hat einen fauligen Geschmack im Mund. Wie Flusswasser. Grüne Algen.

»In dem Moment, wo das Kaninchen die Luft rauslässt, schrumpft der Brustkorb ein wenig, und die Boa verstärkt den Druck. Nun können die Lungen nicht mehr so viel Luft aufnehmen. Und wieder dieser sanfte, unerbittliche Druck, jeder Atemzug wird knapper und schwächer …«

Sie versucht weiter, ihren Arm zu befreien, jeder Zentimeter ist eine Tortur, und gleichzeitig werden ihre Gedanken immer verschwommener. Jetzt ist sie wieder zurück im Yakima River unter der Eisenbahnbrücke, gefangen unter der gläsernen Wasseroberfläche, und ihre Lungen schmerzen grauenhaft. Sie schlägt um sich, umgeben von kaltem Wasser, und niemand eilt ihr zu Hilfe.

»Und nach drei oder vier oder zehn Atemzügen … kann die Lunge des Kaninchens überhaupt keine Luft mehr aufnehmen.«

Cambry Nguyens Muskeln erlahmen. Ihr Körper erschlafft.

Sie hört seine verdorbene Stimme, während sie immer tiefer in die Dunkelheit des Flusses hinabsinkt, immer tiefer und tiefer. »Du bist nicht die Erste. Du bist nicht die Letzte. Für die Boa constrictor bist du nichts Besonderes. Du dienst nur dazu, ihre Bedürfnisse zu befriedigen. Sie wird sich nicht an dich erinnern, wenn du verschwunden bist.«

Lena, denkt sie, als sie immer tiefer sinkt.

Lena wird sich an mich erinnern.

Sie wird nach mir suchen.

Sie wird mir hinterherspringen …

KAPITEL 17

Lena

Ich komme auf der Wasseroberfläche auf, und einen Moment lang fühlt sie sich so unnachgiebig und massiv an wie Asphalt. Ich fürchte, dass ich zermatscht werde wie ein Insekt auf der Windschutzscheibe. Die Luft wird aus meiner Lunge gedrückt. Meine Schienbeine und Knie tun höllisch weh.

Ich habe nicht groß darüber nachgedacht, ihr hinterherzuspringen.

Ich hab es einfach getan.

Aber ich erinnere mich noch an das Fallen und wie der Grässliche Kerl Nr. II und die anderen hinter mir verschwanden, während ich durch die Luft sauste. Wie ich taumelnd die Orientierung verlor und der Himmel, die Brücke und das Wasser sich rasend schnell in einer neuen Perspektive anordneten. Als ich unten aufkam, das weiß ich noch, machte ich alles falsch und klatschte seitlich auf. Und ich habe ganz bestimmt *nicht* die Arschbacken zusammengekniffen.

Und jetzt weiß ich nicht mehr, wo oben und unten ist. Ich wirbele immer noch herum, aber jetzt ganz langsam und im eiskalten Wasser, eine dichte Wolke aus Luftblasen umwabert mich. Meine Zähne schmerzen. In meinen Ohren klingelt es.

Ich öffne die Augen, sehe aber alles nur durch einen Schleier, der von weit entfernten Sonnenstrahlen durchstochen wird. Ich lege meine schmerzenden Hände an die Seite, sehe mich um, suche in dieser Dunkelheit nach meiner Schwester. Kann nichts erkennen.

Aber ich weiß jetzt, wo der Himmel ist, endlich, ich kann mich orientieren, und erwarte, dass noch jemand durch die Wasseroberfläche eintaucht, direkt auf mich, und mir den Hals bricht. Nach wenigen Augenblicken erkenne ich, dass ich allein bin und keiner von Cambrys Begleitern – nicht mal ihr Freund – von der Brücke gesprungen ist, um ihr zu folgen.

Nur ich.

Ich bin die Einzige, die gesprungen ist.

Ich bin allein unter dieser eisigen Decke. Meine Lunge brennt. Ich spüre einen unerträglichen Druck. Ich habe beim Aufprall ausgeatmet. Ich sollte nach oben schwimmen, bis zur sonnenbeschienenen Oberfläche, um durchzubrechen und nach Luft zu schnappen, bevor ich wieder tauche. Aber ich tue es nicht. Ich kann nicht.

Ich bin eine schlechte Schwimmerin. Ich bin nicht in Form. Ich kann kaum tiefer als einen Meter tauchen. Aber dieser Moment – als ich ungefähr drei Meter tief untergetaucht bin – ist die einzige Chance für mich, sie zu finden. Ich werde nicht noch mal so tief nach unten kommen. Und ihr geht die Luft aus, egal wo sie jetzt ist, irgendwo da unten in der Dunkelheit. Ein Gedanke hat von mir Besitz ergriffen: Wenn meine Schwester hier unten ertrinkt – dann ertrinke ich auch.

Ich ertaste knorrige Baumwurzeln. Schleimige, fremdartige

Pflanzen gleiten durch meine Finger. Ich schiebe sie beiseite, aber da sind noch mehr, verknotet und undurchdringlich. Meine Lunge brennt wie Feuer, mein Gehirn schreit nach Sauerstoff, mein Körper ist so verzweifelt, dass er mich dazu drängen will, den Mund aufzureißen, um das dunkle Wasser einzuatmen.

Ehrlich gesagt, kann ich mich nicht an sehr viel erinnern. Ich weiß nicht, was ich dort unten in diesem eiskalten Abgrund getan habe.

Ich weiß nur, dass ich sie gefunden habe.

Wir brechen zusammen durch die Oberfläche. Ich schnappe nach Luft, meine Kehle schmerzt, ich verschlucke mich an dem grünlichen Wasser, das grelle Sonnenlicht blendet mich. Ich habe noch nie so helles Tageslicht erlebt. Ich halte meine Schwester fest. Ich weiß nicht, ob sie bei Bewusstsein ist oder überhaupt noch lebt.

Ich kämpfe mich ab, um unsere Köpfe über Wasser zu halten. Ich drehe mich auf den Rücken und schwimme stoßweise. Ich kann das Ufer nicht erkennen. Nur den endlosen blauen Himmel und das teerschwarze Skelett der Eisenbahnbrücke, verzerrt durch das aufspritzende Wasser. Zwischen den Schwimmzügen schnappe ich nach Luft. Meine Brust pocht schmerzhaft. Meine zerschundenen Arme und Beine verlieren mit jedem Stoß an Kraft. Meine Energie schwindet. Wir sinken nach unten.

Cambrys Kopf liegt auf meiner Schulter, das Wasser schwappt über ihr Gesicht, und ich wage nicht, sie anzuschauen. Ich habe Angst, sie könnte schon tot sein. Ich würde mich entschuldigen, wenn ich noch die Kraft dazu hätte, weil ich gerade versage, weil ich sie nicht retten kann, weil wir beide unter den klatschenden Wellen versinken …

Mein Rücken schabt über Steine.

Wir sind am Ufer.

Ich krieche über den Sand und ziehe sie hinter mir her, breche zusammen, spucke Wasser auf Gras und Äste. Nun tauchen die anderen auf – ihr Freund und seine Kumpane sind über die Eisenbahnschwellen nach unten gelaufen –, und erst jetzt versammeln sie sich um uns und fragen, ob alles in Ordnung ist. Ein Wald aus Armen und Beinen umringt mich und blockiert das Sonnenlicht. Cambry liegt neben mir, ausgestreckt auf dem Sand, und der Grässliche Kerl Nr. II zieht sie hoch, und ich fürchte mich dafür, ihr ins Gesicht zu sehen. O Gott, was, wenn sie bewusstlos ist? Keiner von uns weiß, wie man jemanden wiederbelebt.

Ihre Augen sind weit geöffnet.

Sie liegt in seinen Armen, aber sie starrt mich über seine Schulter hinweg mit einem rasiermesserscharfen Blick an. Darin liegen Schrecken und Ehrfurcht, als hätte sie dort unten im schwarzen Wasser ihrem eigenen Tod ins Auge geschaut. Und ich weiß nicht, warum, aber ich habe das Gefühl, dass ich sie bereits verloren habe, auf eine unklare, ungreifbare Art.

Ein rotes Rinnsal läuft über ihre Stirn, tropft auf ihre Augenlider. Sie blinzelt es weg. Erst jetzt wird mir klar, dass es nicht ihr Handgelenk war, das im Fallen gegen den Balken knallte.

Ich wünschte, ich hätte ihr viel Glück gewünscht.

Wir redeten nicht. Wir saßen nur zitternd da, erschöpft und schweigend, und die anderen sprachen für uns. Klopften uns auf den Rücken, machten Komplimente und Scherze.

Einer machte eine neue Bierdose auf und hielt sie mir vors Gesicht. Wenig später verließen wir den Fluss. Ihre Freunde trennten sich, jeder hatte am Abend etwas vor. Die meisten von ihnen sah ich nicht wieder. Einer starb letztes Jahr, las ich auf Facebook. An einer Überdosis oder so.

Cambry und ich habe nie darüber gesprochen. Wir fuhren in verschiedenen Autos nach Hause. Eine Woche später zog sie aus, stürmisch, warf die Koffer nach draußen und knallte die Tür hinter sich zu. Ich glaube nicht, dass sie noch mal am Yakima River oder bei dieser Eisenbahnbrücke gewesen ist. Um ehrlich zu sein, frage ich mich, ob sie überhaupt mitbekommen hat, dass ich hinter ihr hergesprungen bin und sie aus dem Wasser gezogen habe. Ich glaube, sie dachte, es sei ihr Freund gewesen. Er hat sie bestimmt gern in diesem Glauben gelassen. Wer weiß, ob ihre Freunde ihr die Wahrheit erzählt haben. Ich habe es jedenfalls nicht getan.

Ich schreibe das nicht auf, um damit anzugeben. Ich muss es aufschreiben, denn es könnte sein, dass ich nicht mehr am Leben bin, wenn ihr das hier lest. Ich mag diese Erinnerung, und ich denke gern daran zurück, wenn man von mir verlangt, ich solle mich an das Schöne erinnern. Nicht aus Eitelkeit – sondern weil einen kurzen, schrecklichen Augenblick lang unsere Beziehung als Schwestern eine tiefe und wahre Bedeutung erlangte. Sie brauchte Hilfe, und ich war für sie da.

Ich hoffe, sie wusste, dass ich es war.

Nicht ihr beschissener Freund, den sie längst vergessen hatte.

Ich hoffe, sie wusste, dass ich sie liebte. Dass ich sie *immer noch* liebe. Sie mag eine Fremde für mich gewesen sein, aber trotz der tiefen Kluft zwischen uns war mir immer klar, dass ich ohne zu zögern zu ihr gekommen wäre, wenn sie mich gebraucht hätte. Und daran hat sich nichts geändert.

Morgen werde ich also wieder in dieses tiefe dunkle Wasser springen.

Und dieses Mal weiß ich, dass ich sie nicht mehr herausholen kann, egal was passiert. Lieber Gott, wenn ich das doch nur könnte. Ich wünschte, die Geistergeschichten, die sich um die Hairpin Bridge ranken, könnten sich morgen als wahr erweisen. Wie gern würde ich herausfinden, dass die Trennwand zwischen Raum und Zeit dort so dünn ist, dass ich aus der Gegenwart in die Vergangenheit schlüpfen kann bis hin zu dem Moment, als Raycevic sie umgebracht hat. Ich würde an einem kosmischen Faden ziehen, um ihr Schicksal zu ändern. Ich würde es so verändern, dass sie niemals an dieser Brücke angehalten hat, damit sie für immer das Mädchen bleibt, das über Highways und Landstraßen rast, von White Sands bis zu den Everglades, rastlos, ohne anzuhalten, mit ihrem Skizzenbuch neben sich. Ich würde ohne zu zögern mit ihr tauschen. Ich wünschte, ich könnte es.

Aber wenn ich ihren Mörder dort treffe, dann gelingt es mir vielleicht, einen Sinn in dem zu erkennen, was ihr passiert ist. Vielleicht erfahre ich dann mehr darüber, was für ein Mensch sie gewesen ist. Vielleicht schlafe ich dann wieder besser. Vielleicht werden die Horrornächte dann aufhören, in denen ich diese Plastiktüten sehe, ihre Schreie höre und verschlungene Eingeweide unter der Zimmerdecke kleben.

Und wenn ich keinen Erfolg damit habe …

Gibt es immer noch die Rache.

Dann werde ich mich mit Rache zufriedengeben.

Sie bezweifelte, dass der eine hastig abgefeuerte Schuss den Schützen in der Fahrerkabine getroffen hatte. Sie sah, wie das halb offene Fenster wegen der zahllosen Risse undurchsichtig geworden war. Der Gewehrlauf schwang nach oben und fiel dann nach innen.

Stille.

Der Nachhall ihres Schusses breitete sich im offenen Terrain aus wie Donner. Die Hülse landete mit metallischem Klimpern auf dem Boden. Sie ließ das Portemonnaie fallen und korrigierte ihre Schussposition, nahm die Fahrertür des Trucks erneut ins Visier. Der alte Mann war in Deckung gegangen. Entweder das oder sie hatte ihn erwischt. Sie hoffte es, wusste aber, dass ihr das Glück nicht so wohlgesonnen war. Nicht am heutigen Tag.

Ihre Gedanken rasten. Die Beretta zitterte in ihren Händen.

Sie haben meine Schwester umgebracht.

Gemeinsam.

Darauf lief es also hinaus: Auf einen einäugigen Lastwagenfahrer mit einem lächerlichen Akzent und einen korrupten Polizisten der Highway Patrol. Sie hatte sich darauf vorbereitet, Cambrys Mörder zu fangen, aber nicht mehrere davon. Trotz aller strategischer Planung war sie von einer grundfalschen Einschätzung ausgegangen: Bis zu diesem Moment war ihr nie in den Sinn gekommen, dass sie an der Hairpin Bridge mehreren Gegnern gegenüberstehen würde. Sie konnte eine Person mit ihrer Pistole in Schach halten, aber nicht zwei. Schon gar nicht einen Gewehrschützen und dann noch …

Raycevic! Ein brutaler Schreck durchzuckte sie. Den hatte sie völlig vergessen und ihm damit die Gelegenheit geliefert, auf die er gewartet hatte.

Sie wirbelte herum und zielte auf den gefesselten Cop. Sie fürchtete, er könnte schon auf dem Sprung sein, sie anfallen, um ihr die Beretta aus der Hand zu reißen. Aber nein – er hatte sich auf den Boden geworfen. Zerrte an den Handschellen auf seinem Rücken. Schob sie nach unten über die Fußgelenke, um sie unter den Stiefeln hindurchzuziehen …

»Hey!«, rief sie, ohne zu wissen, was genau sie sagen sollte. »Stopp!«

Das Echo des Schusses hallte immer noch in der Ferne nach. Ein merkwürdiger Moment, sich um passende Ausdrucksweise zu bemühen.

Raycevic wand sich auf dem Boden, um die Handschellen unter den Füßen hindurchzuziehen. Er sah dabei lächerlich aus, wie eine umgekippte Schildkröte. Er warf den Kopf zurück und schrie in Richtung Truck: »Erschieß sie!«

Instinktiv zielte Lena auf ihn. Für den Bruchteil einer Sekunde geriet sie in Panik, und fast hätte sie auf ihn geschossen. Genau hier. Direkt in den Bauch.

Der Truck, schrie eine Stimme in ihrem Kopf.

Der beschissene Truck mit diesem beschissenen Kerl mit dem beschissenen Gewehr …

Die Luft verdichtete sich zu Sirup. Der Adrenalinstoß verpuffte, als sie sich wieder zu dem Truck umdrehte. Ja, das Gewehr war wieder im Türfenster aufgetaucht, direkt zwischen der Ecke und dem frischen Einschussloch. Der Lauf war direkt auf sie gerichtet. Ein Lichtblitz flammte auf …

Lena ließ sich auf den Boden fallen, als ein ohrenbetäubender Donnerschlag ertönte. Ein Zischen, ein scharfes Flirren in der Luft, so dicht neben ihr, dass sie erstarrte. Ein Heulen über ihrem Kopf, als die großkalibrige Kugel an ihr vorbeiflog. Sie lag jetzt flach auf dem Bauch, drehte sich zur Seite, zielte und schoss.

Ein schlechter Schuss. Sie war sich nicht mal sicher, ob sie den Truck getroffen hatte.

Das Gewehr bewegte sich, wurde erneut in Stellung gebracht. Sie konnte den Mann in der Kabine nicht erkennen, nur vage dunkle Umrisse in Bewegung, ein Teil des Kopfes, der kurz sichtbar wurde, als er erneut auf sie zielte. Die Erschütterung durch seinen Schuss hatte das beschädigte Fenster endgültig aus seinem Rahmen gelöst. Geborstenes Sicherheitsglas regnete wie bläulich-weißer Graupel auf die Fahrbahn. Sein Gewehr war zweifellos großkalibrig und sehr laut. Und nun war er erneut schussbereit.

Ich liege hier wie auf dem Präsentierteller.

Sie brauchte eine Deckung. Gut fünf Meter neben ihr stand der Corolla. Der musste genügen.

Sie rappelte sich auf.

Hörte Raycevic rufen: »Sie rennt los!«

Sie war jetzt in Startposition, auf beide Hände gestützt wie eine Sprinterin. Der Pistolenlauf lag flach auf dem Boden, dann reckte sie sich und hechtete nach vorn.

Du musst zum Auto. Du darfst keine Zeit verlieren …

Der Fahrer im Truck gab noch einen Schuss ab. Wieder spürte sie, wie die Kugel durch die Luft sauste und links neben ihr in den Boden einschlug. Sie taumelte durch die aufgewirbelten Betonsplitter, mit Staub in den Augen, während der Nachhall des Gewehrschusses durch den Himmel donnerte. Immer noch laufend, warf sie den Kopf nach links, um nachzuschauen, was Raycevic tat. Auch er hatte sich aufgerichtet. Er kniete auf einem Bein und schrie: »Erschieß sie! *Erschieß* sie doch endlich!«

Sie warf die Beine nach vorn. Ruderte wild mit den Armen, um voranzukommen. Nicht anhalten!

Sie hastete auf den blauen Corolla zu. Legte noch mehr Kraft in jeden Sprung, um die letzten zwei Meter zu überwinden, warf sich zu Boden und rutschte auf dem Rücken über den rauen Untergrund. Ihr Steißbein wurde notdürftig vom Stoff der Jeans geschützt. Die Haut ihres rechten Unterarms riss auf, als hätte jemand ein Reibeisen darüber gezogen.

Sie schrie und rutschte weiter.

Eine Kugel traf den Corolla, und der Rahmen des Nummernschilds platzte ab. Sie rutschte daran vorbei und prallte mit dem Knie gegen eine Eisenverstrebung des Brückengeländers. Jetzt war sie hinter dem Wagen. Endlich in Sicherheit.

Der Staub, den sie aufgewirbelt hatte, folgte ihr in einer Wolke und wogte vorbei. Ihr Herz hämmerte in ihrem Brustkorb. Nichts von alldem kam ihr real vor. Die letzten zwanzig Sekunden, der Adrenalinstoß, als sie schoss und auf sie geschossen wurde, der nachfolgende Schock, das alles konnte nicht wahr sein. Sie stellte fest, dass ihre Hand leer war.

Nein, die Beretta befand sich in ihrer Linken. Sie konnte

sich nicht erinnern, die Hand gewechselt zu haben, aber so musste es gewesen sein. Ihre Kniescheibe schmerzte nach dem Stoß gegen das Geländer. Ihr aufgerissener Unterarm schmerzte. Sie spürte, wie das warme Blut den Ärmel tränkte, der Stoff klebrig wurde. Die Sonne, die ihr in die Augen schien, war unnatürlich orange. Das lag an dem Waldbrand, dessen Rauch den Himmel überzog. Alles wirkte wie in einem seltsamen Traum. Die Sonne sah aus wie ein sterbender Stern, von einem fremden Planeten aus betrachtet.

Konzentriere dich.

Ihre Gedanken schossen in viele verschiedene Richtungen. Eine Million Sinneswahrnehmungen lenkte sie vom Wesentlichen ab. Sie drehte sich auf den Bauch und kroch vor das vordere Seitenblech, lehnte sich mit dem Rücken gegen das Metall, um den Motorblock als Schutzpanzer zu nutzen. Der solideste Teil jedes Autos.

Ein weiterer Schuss donnerte über die Brücke. Ein metallischer Aufprall war zu hören, als die Kugel die Karosserie durchschlug. Sie spürte den Aufprall bis auf ihre Knochen. Beinahe wäre die Beretta ihr aus der Hand gefallen.

Okay.

Sie rieb sich den Staub aus den Augen. Ihre Hände zitterten. Sie versuchte, klar zu denken.

Okay, Lena, denk nach.

Der Fahrer im Truck nutzte die Kabine als Deckung und kontrollierte die Brücke wie ein Scharfschütze, aber er konnte sie nicht treffen, ohne die Position zu verändern. Sie wurde von der gesamten Länge des Corolla geschützt.

Beinahe hätte sie es nicht bis hierhin geschafft. Sie hatte sich ihren Unterarm so stark verletzt, dass er eigentlich genäht werden musste. Aber immerhin war sie erst mal in Sicherheit.

Auch wenn seine Donnerbüchse – was immer das für ein Modell war – ihre Beretta Px4 bei Weitem übertraf. Sowohl in Bezug auf Reichweite als auch auf Durchschlagskraft. Und Zielgenauigkeit. Und Lärm. In so gut wie jeder Hinsicht.

Konzentriere dich. Was würde Cambry tun?

Sie spähte über die Motorhaube des Corolla. Den Kopf schräg gelegt, nur mit einem Auge, um die Angriffsfläche gering zu halten. Sie konnte den Fahrer in seiner dunklen Kabine nicht erkennen. Aber sie bemerkte etwas – eine Bewegung. Der Lauf des Gewehrs bewegte sich über den Türrahmen. Zielte. War bereit für den nächsten Schuss …

Also schoss Lena zuerst.

Sie hob die Beretta über die warme Motorhaube und schoss stakkatoartig auf die Stelle, wo sie das Gesicht dieses Arschlochs vermutete. Sie war sich nicht sicher. Sie schoss panisch dorthin, wo sie etwas bemerkt zu haben glaubte. Die Schüsse kamen rasch hintereinander, und sie zählte im Kopf mit: noch zwölf, elf, zehn, neun, acht. Und erkannte, dass sie auf diese Weise nur harmlose Kugeln über seinen Kopf hinwegballerte, durch ein Fenster hinein, durchs andere hinaus. Er ging in Deckung und wartete ab. Trotzdem hoffte sie, dass sie ihn vielleicht mit einem Querschläger erwischte, oder dass er dümmlich über den Rand des Fensters spähen und eine Kugel in die Stirn bekommen würde.

Eine entfernte Stimme hallte blechern durch die Luft, und sie erkannte den lächerlichen Koboldakzent. Was sie da hörte, machte sie mutlos: »Sie verschwendet ihre Munition.«

Ohne nachzudenken, feuerte sie einen weiteren zornigen Schuss ab (nur noch sieben sind übrig, verdammte Scheiße!) und zerschmetterte damit den Seitenspiegel des Trucks, der in Bruchstücken auf dem Boden landete. Ziemlich weit daneben. Ein peinlicher Fehlschuss. Wie viele Spielkarten waren das? Im Schießstand hatte sie nie so weit danebengeschossen.

»Glaubst du …«, rief die quäkende Stimme in der Fahrerkabine mit einem scheußlichen Lachen. »Glaubst du, sie hat noch ein Ersatzmagazin?«

Sie hörte auf zu schießen und duckte sich hinter die Karosserie.

Raycevic antwortete nicht. Aber die Antwort lautete Ja. Sie hatte noch ein zweites Magazin mit siebzehn Schuss für ihre Beretta zur Hairpin Bridge mitgebracht. Doch ihr Hüftholster hatte keine Tasche für ein Ersatzmagazin, und in ihren Jeanstaschen hätte es sich zu deutlich abgezeichnet. Also hatte sie es in ihre Handtasche gepackt. Und die lag in der Mitte der Brücke, sechs Meter entfernt von ihr, wo sie sie fallen gelassen hatte, als die erste Kugel über ihren Kopf geflogen war.

Sie war hier hinter dem Kotflügel des Corolla festgenagelt. Und ihr Magazin war nicht mal mehr halb voll.

Scheiße.

Sie hätte am liebsten auf den Betonboden eingeprügelt.

»Dämliche Schlampe.« Keuchendes Lachen in der Kabine. »Das ist wohl ihr erstes Mal …«

Sie hasste ihn. Wer immer das war, sie *verabscheute* ihn. Und sie hasste sich dafür, dass sie dem Druck nachgegeben hatte. Dafür, dass sie kostbare Munition verschwendet hatte. Dafür, dass sie sich als die ängstliche Amateurin entpuppt hatte, für die diese Kerle sie hielten. Aber sie konnte es besser. Musste es besser können.

Ein strenger Gedanke trieb ihr die Röte ins Gesicht: Was würde Cambry dazu sagen?

Sie würde sagen, ich soll härter sein. Und schlauer.

Streng dich an, Rattengesicht.

Eine weitere Patrone aus dem Gewehr schlug in den Motorblock des Corolla ein. Lena zuckte zusammen und bemerkte am Rand ihres Blickfelds etwas – Raycevic bewegte sich. Er stand jetzt vor seinem schwarzen Streifenwagen links von ihr und konnte zu ihr hinsehen. Ungeschützt, ganz offen, wie ein Soldat im Schockzustand. Einen surrealen Moment lang schauten sie einander direkt an.

Kein Gefühl in seinen Augen. Kein Drängen. Nur leere Ruhe, wie in diesem Moment, als er sie bat, fortzugehen. Es war eigenartig – womöglich so etwas wie das Stockholm-Syndrom –, aber als sie ihn so dastehen sah, war sie beinahe erleichtert. Fühlte sich mit ihm verbunden. Vielleicht lag es daran, dass er in Handschellen und unbewaffnet weniger gefährlich wirkte, aber sie war tatsächlich froh, ihn zu sehen wie einen alten Freund.

Dann hob Raycevic seine gefesselten Hände, und sie bemerkte die Umrisse eines kompakten kurzläufigen Revolvers darin. Seine Augen waren noch immer ausdruckslos und kalt.

Sie dachte: Echt jetzt …?

Die Waffe bellte, der Seitenspiegel des Corolla über Lenas Schulter zersprang, und ein Schauer aus Plastik und Glas regnete über sie. Sie war schon wieder schutzlos, die Längsseite ihres Wagens bot nicht genug Deckung. Sie krümmte sich zusammen, richtete ihre Pistole auf Raycevic, hielt sie mit beiden Händen fest und feuerte zweimal. Ohne zu zielen, ohne nachzudenken, aus reinem Reflex.

Ein Netz aus Rissen breitete sich auf der Windschutzscheibe des Streifenwagens aus, rechts neben Raycevic. Er ging in Deckung. Verbarg sich dahinter. War nicht mehr zu sehen.

Aber er würde zurückkommen.

Ich habe noch fünf Patronen übrig.

Sie drückte sich gegen die Karosserie, und durch ihren Kopf wirbelte nur ein einziger Gedanke: Das ist schlecht.

Sie presste sich eng an den Wagen, auf der einen Seite bedroht von einem großkalibrigen Gewehr mit verheerender Wirkung, auf der anderen von einem Cop mit einem Revolver. Sie konnten sie in ein Neunzig-Grad-Kreuzfeuer nehmen. Der Corolla konnte ihr nicht in beide Richtungen Schutz bieten. Das wusste sie. Und sie würden es auch bald herausfinden. Sie presste sich gegen das heiße Metall des Wagens, hockte mit angezogenen Beinen da, die Schultern möglichst flach, aber das genügte nicht.

Sie haben dich von zwei Seiten im Visier, Lena.

Einfache Geometrie. Sie war ungeschützt. Raycevic würde

wieder das Feuer auf sie eröffnen, von links, dort wo sein Streifenwagen stand, er hatte freies Schussfeld.

Das ist schlecht.

Das ist verdammt schlecht.

Ihr rechter Ellenbogen war zerfetzt, Schmutz und Steine klebten auf der Wunde. Das Blut floss durch ihre Finger, knallrot und klebrig wie Ketchup. Der Geruch nach Schießpulver hing in der Luft. Mehr Details, mehr Ablenkung. Sie rang sich einen Gedanken ab: Sei wie Cambry, sei eine Vagabundin, lebe in deinem Wagen. Konzentriere dich auf das Wesentliche. Lass alles andere hinter dir.

Sie ertappte sich dabei, wie sie geistesabwesend eine Locke mit den Fingern eindrehte und heftig daran zog. Sie konnte es nicht glauben.

Du ziehst dir an den Haaren in dieser Situation? Während einer Schießerei? Wieder ein dröhnender Gewehrschuss. Der Corolla erbebte, und das Kühlwasser plätscherte aus dem Motor auf die Straße. Es war eine Weile her, seit aus dieser Richtung ein Schuss gekommen war – vielleicht musste er nachladen. Wenn das stimmte, bedeutete es, dass er ein Magazin mit fünf Patronen hatte. Aber auch das war eine Nebensache, denn die eigentliche Gefahr war nicht dieser fette Mistkerl dort auf der Brücke. Die eigentliche Gefahr war Raycevic. Auf der linken Seite.

Sie zielte auf seinen Cruiser und wartete darauf, dass er auftauchte. Schweiß brannte in ihren Augen. Die Pistole in ihrer Hand zitterte, das Visier verschwamm, sie konnte Kimme und Korn nicht zusammenbringen. Sie konnte nichts fokussieren.

Schlechte Chancen, das war ihr klar. Er hatte Deckung. Sie nicht. Er hatte ihren ganzen Körper als Zielscheibe vor sich. Sie würde nur einen kleinen Ausschnitt seines Gesichts zu sehen bekommen. Eine halbe in einem Spiel mit zweiundfünfzig Karten.

Nicht danebenschießen.

Ihr Zeigefinger legte sich um den Abzugshahn und drückte ihn halb durch. Bis nur noch ein Millimeter übrig blieb, ein Muskelzucken genügte, um zu feuern. Die Typen im Schießstand nannten es *Druckpunkt-Abzug*.

»Ray-Ray.« Von der Brücke her war die Stimme mit dem irischen Akzent zu hören. In der verdichteten Atmosphäre von Montana klang sie fremdartig. »Oi, Ray-Ray.«

Raycevics Stimme hinter dem Streifenwagen klang beängstigend nah. »Was ist?«

»Hast du sie gesehen?«

»Klar, ich hab die kleine Schlampe gesehen.«

Sie arbeiten zusammen.

Es war erschütternd, sie so reden zu hören. Ihnen war es offensichtlich egal, dass sie mithören konnte. Sie waren in der Überzahl. Sie hatten sie eingekreist.

»Ich …« Raycevic senkte die Stimme zu einem Knurren. »Ich hab freies Schussfeld auf sie.«

Sie zielte und wartete. Sie hatte keine andere Wahl. Wenn sie sich in irgendeine Richtung bewegte, war sie tot. Das Gewehr im Truck donnerte erneut los, aber Lena versuchte, es zu ignorieren. Sie wusste, es war Unterstützungsfeuer, um sie abzulenken. Sie sollte festgenagelt werden, damit Raycevic seinen tödlichen Schuss vorbereiten konnte.

Sie bemerkte ihn, verzerrte Umrisse am Rücklicht des Cruisers. Sie schoss. Zu spät. Wieder vergeblich.

Nur noch vier übrig, du Idiotin.

Sie zielte. Biss sich auf die Zunge. Blinzelte, um einen brennenden Schweißtropfen im Auge loszuwerden.

Du wirst verlieren.

»Sie verschwendet ihre Munition«, höhnte Raycevic. »Sie macht sich vor Angst in die Hose.«

Sie hätte am liebsten zurückgeschrien – *Genauso wie du, Arschloch!* –, aber damit hätte sie nur kostbaren Atem verschwendet. Er hatte sie im Griff. Sie war eindeutig im Nachteil, weil sie gezwungen war, sich gegen die Längsseite ihres Autos zu drücken. Das wusste er sehr gut.

»Sie weiß, dass sie festgenagelt ist«, stellte der Cop genüsslich fest. »Sie kann nirgendwohin. Hat keine Möglichkeit, abzuhauen. Von hier aus kann ich sie direkt sehen, ohne Schutz. Zwischen uns ist nichts ...«

Lena griff nach der Tür des Corolla und zog sie auf – als Schutzschild zwischen sich und ihm.

»Oh, *verdammt* ...«

Sie rutschte nach unten. Jetzt war sie durch die offene Beifahrertür vor Raycevics Revolver geschützt. Und der Motorblock befand sich weiterhin zwischen ihr und dem Gewehr des Fahrers im Lastzug. Sie hatte sich einen Schutzraum gebaut.

Der Trucker rief: »Was ist? Was ist denn los, Ray-Ray?«

»Nichts. Alles bestens.«

»Hat sie deine Sicht mit der Tür blockiert?«

»Ich sagte alles bestens!«

Sie musste laut auflachen. Sie fiel gegen die Tür des Corolla und hätte sie beinahe wieder zugeschlagen. Mit einer Hand umklammerte sie das blaue Blech und hockte sich auf die Knie, damit sie eine bessere Schussposition hatte.

Sie war immer noch mitten im Gefecht, von beiden Seiten unter Beschuss und hing hier fest wie in einem Schützengraben. Die Beretta in ihrer Hand war jetzt deutlich leichter, nachdem sie einige Patronen verfeuert hatte. Ihre Situation war weiterhin sehr unangenehm – sie war festgenagelt, hatte zu wenig Munition, ihre Gegner waren im Vorteil –, aber sie wusste sich anzupassen, wusste, wie sie ihnen das Leben schwer machen, sie nerven konnte. Wäre die spartanische, rauflustige Cambry mit ihr zufrieden? Sie hoffte es.

Gut gemacht, Rattengesicht. Weiter so.

»Hey.« Der Cop rief seinem Kumpel mit knarziger Stimme eine knappe Frage zu: »Was ist der Unterschied zwischen einer Deckung und einem Versteck?«

Verwundertes Schweigen.

Der Kerl im Truck sagte: »Weiß ich nicht, Ray-Ray. Was denn?«

Lenas Blut kochte.

Deckung oder Versteck. Das erinnerte sie erneut an den Schießstand. An einen Schriftzug. Wo hatte sie den gesehen? Auf einem Plakat? Ja. Ein Cartoon bei den Toiletten, links neben den Trinkbrunnen, hatte auf ironische Art verbildlicht, was den Unterschied ausmachte: Deckung, das waren Felsbrocken, Zementblöcke, Backsteinmauern. Versteck, das waren Gebüsch, Gipswände und Möbelstücke …

»Mach die Schlampe fertig ...«

... und Autotüren.

Das lackierte Metall wenige Zentimeter neben ihrem Gesicht zerbarst. Splitter ritzten ihre Wange, sprühten in ihre Augen und gegen ihre Zähne. Erschrocken stieß sie einen Schrei aus, hielt sich eine Hand vors Gesicht und warf sich zu Boden. Raycevic schoss erneut – eine zweite Kugel schlug durch die Tür und zerschmetterte den Griff.

Lena blieb flach auf dem Bauch liegen, die Wange auf den Betonboden gedrückt. Das Blut zwischen ihren Zähnen schmeckte nach Kupfer.

»Sie hat geschrien!«, lachte der Typ im Truck. »Ich hab's gehört. Sie klang genau wie Cambry ...«

Sie lag zusammengerollt unter der zerschossenen Tür und rang nach Atem. Immer noch am Leben? Ja. Knirschende Plättchen von Toyota-Farbe auf ihrer Zunge. Ihre Wange wurde heiß, sie blutete dort aus zahlreichen schmalen Wunden. Das Fenster über ihr zerbröselte, und ein blau-weißer Teilchenregen prasselte auf sie herab. Ja, genau, eine Autotür ist ein Versteck, keine Deckung. Raycevics Kugeln hatten sie durchgeschlagen wie ein Stück Papier.

Dumm, dachte sie. Dumm, dumm.

Ich hätte besser auf die Plakate achten sollen.

Und sie bemerkte, dass sie nichts mehr in der Hand hielt. In ihrer Panik hatte sie die Beretta fallen lassen.

Schweinisches Lachen aus der Kabine. »Ich ... ich liebe diesen Schrei ...«

Sie entdeckte die Pistole auf dem Beton links neben sich und griff mit tauben, vom Blut glitschigen Händen danach.

Versehentlich berührte sie dabei den Abzugshahn – und feuerte seitlich eine Kugel in den Corolla. Noch drei Schuss übrig. Noch drei Kugeln, du blöde Idiotin.

»Ray-Ray, hast du sie getroffen?«

»Weiß ich nicht.«

»Dann schieß noch mal. Tiefer.«

»Okay.« Seine Stimme klang entschlossen. Er zielte erneut auf die Tür.

Lenas Magen krampfte sich zusammen.

Sie lag so flach wie möglich auf dem Betonboden, konnte sich nicht noch kleiner machen. Kein bisschen Platz, um sich zu bewegen. Keine Fluchtmöglichkeit. Sie konnte nur die Augen schließen, das Gesicht bedecken und warten.

In diesem grauenhaften kurzen Augenblick versuchte sie, Cambrys Gesicht heraufzubeschwören, um es sich ins Gedächtnis zu brennen. Aber es ging nicht. Ihre Gedanken zerflossen. Sie konnte nichts festhalten. Sie versuchte, sich an irgendetwas zu erinnern. Nur Schlechtes. Streit. Plastik. Wutausbrüche. Barbies mit geschmolzenen Gesichtern. Das Messer, das die zwölfjährige Cambry dem Reh durch die Kehle zog, das austretende Blut. Der Schmerz des Traums letzte Nacht, in dem sie aus dem Grab ausgeschimpft und zurückgestoßen wurde: *Geh, Lena, bitte geh.*

Geh einfach …

Raycevics Revolver bellte erneut, und ein drittes Loch erschien in dem blau lackierten Blech über ihr. Sie hielt den Atem an, als das Echo verhallte – wartete auf einen Schmerz, der ihr anzeigte, dass ein Knochen zersplittert war. Oder darauf, dass der dunkle Tunnel des Todes sich auftat und alles andere für immer verschwand.

Das Echo verging.

Noch am Leben? Ja. Seine dritte Kugel war über ihren Kopf gezischt. Sie hatte Glück gehabt. Sie hielt die Beretta in ihren fahlen Händen, horchte und versuchte, den Schweiß aus den Augen zu blinzeln.

»Hast du sie erwischt?«

»Weiß ich nicht. Ich hoffe es.« In Raycevics Stimme schwang ein süffisantes Grinsen mit. Sie konnte sein Gesicht nicht sehen, aber sie wusste, dass es das gleiche boshafte Grinsen war, das sie heute schon mal gesehen hatte, vor einer Stunde.

Aber sich selbst hat sie weggeworfen.

Sie versuchte, ruhig zu atmen. Ihr Herz schlug bis zum Hals. Sie gab sich selbst ein verzweifeltes Versprechen: Sie würde ihn töten. Sie würde beide Männer töten. Sie verwarf ihren Plan, sie der Justiz zu übergeben. Die Aufnahmen mit dem Kassettenrekorder. Das Buch, das sie schreiben wollte. Heute ging es nicht darum, Beweise zu sammeln oder irgendwelche Regeln einzuhalten. Heute ging es einfach nur darum, die Männer zu töten, die Cambry auf dem Gewissen hatten.

Nur leider hatten sie gerade die Oberhand gewonnen.

Raycevic rief: »Lebst du noch, Lena?«

Sie gab keine Antwort.

»Du bist den ganzen weiten Weg gekommen, um die Wahrheit zu erfahren. Und was denkst du jetzt? War es das wert? Ich hab dir die Chance gegeben, zu verschwinden, Lena. Du hättest sie wahrnehmen sollen.«

Das würde sie niemals tun. Nicht mal jetzt.

Seine Stimme verdüsterte sich. »Du bist alles, was von deiner Schwester übrig geblieben ist, verstehst du?«

Sie sagte nichts.

»Wenn wir dich also heute töten, Lena, dann wird sie ganz verschwunden sein. Ausgelöscht.«

Er will mich provozieren. Er will mich zum Reden bringen.

»Eins solltest du noch wissen, Lena.« Er senkte die Stimme: »Ich hab sie gefickt.«

Sie sprang nicht darauf an.

»Sie liebte meinen Schwanz, Lena.«

Sie sagte immer noch nichts.

Sie wartete. Die Männer ebenfalls. Die Stille baute sich auf und schwoll an.

Ein Schatten zog über die Brücke. Es war ein Geier, der mit ausgebreiteten Schwingen durch das Sonnenlicht flatterte. Seine Flügelschläge klangen wie Seufzer.

Warte, Lena. Sie hielt die Luft an.

Warte und lass sie den nächsten Schritt machen.

»Du hättest mich verdammt noch mal warnen können, dass sie eine Waffe hat, Ray-Ray«, rief der Fahrer des Trucks. »Dann hätte ich nicht so nah angehalten …«

Raycevic klang defensiv. »Ich wusste nicht, dass sie eine mitbringt.«

»Hast du sie nicht abgetastet?«

»Es war doch bloß ein Treffen.«

»Und du wunderst dich darüber, dass du bei der Aufnahmeprüfung durchgefallen bist?«

Die Worte des Mannes im Lastwagen klangen erbost. Hasserfüllt.

Es gefiel ihr, dass die Männer sich stritten. Sie versuchte, ruhig zu atmen, ein und aus, und wartete ab. Sie wagte nicht, sich zu bewegen – schon das leiseste Knirschen von Glas würde sie verraten. Sie umklammerte die Beretta, die klebrig von ihrem eigenen Blut war, und zielte auf die Tür. Wenn sie sich tot stellte, würde sie Raycevic dazu zwingen, näher zu kommen, und dann konnte sie ihm eine Kugel ins Gesicht jagen.

Wieder meldete sich der Trucker zu Wort: »Sie könnte sich tot stellen. Um dich anzulocken und abzuknallen.«

»Weiß ich.«

Um Himmels willen. Auf diese Kommentare könnte sie gerne verzichten.

»Sei vorsichtig, Ray-Ray.«

Ray-Ray. Sie hasste den Singsang dieses Mannes und seinen Kosenamen für Raycevic. Es lag keine Zuneigung und auch kein Humor darin. Er war getränkt von ätzendem Sarkasmus.

Sie hörte ein trockenes Klicken. Dann noch eins. Und noch eins. Ihr Gehör war eingeschränkt wegen der Schüsse, alles klang wie mit Watte gedämpft. Sie brauchte einen Moment, um zu erkennen, dass es sich bei den Geräuschen um Schritte handelte. Raycevics Stiefel.

Er kam näher.

Das war ihre Chance. Sie stemmte sich auf den Ellenbogen hoch, um eine bessere Schussposition zu erlangen. Die Glaskörnchen unter ihr knisterten. Ihr Herz schlug so heftig, dass es kleine Farbexplosionen in ihren Augen verursachte. Sie horchte auf das Knirschen der Schritte, die immer näher kamen. Jedes Geräusch wirkte besonders verstärkt. Das Seufzen des Windes. Das leise Klingeln in ihren Ohren.

Die Schritte änderten ihre Richtung. Bewegten sich nach rechts. Sie verstand sofort, was das bedeutete: Er ging nicht direkt auf die Wagentür zu, sondern machte einen Bogen, um von rechts zu kommen.

Sie drehte sich um, lehnte den Rücken gegen die durchlöcherte Tür. Sie zielte nach rechts.

»Ich geh jetzt durch deine Schusslinie.«

Seine Stimme bewegte sich mit jedem Schritt weiter. Der Schütze im Truck machte seinen Job, indem er Lena in Schach hielt, damit Raycevic weitergehen konnte. Um seine Zangenbewegung zu vollenden. Es war unfair, aber Schusswechsel haben nichts mit Fairness zu tun. Duelle sind was fürs Kino. Bei Schießereien geht es darum, Vorteile auszunutzen, günstige Möglichkeiten zu suchen, schlau und hinterhältig zu handeln.

Seine Schritte wurden langsamer. Er ging jetzt die Front des Corolla entlang, vorbei an den Scheinwerfern, mit dem Revolver im Anschlag. Er ging ganz langsam um die Ecke herum und suchte jeden Zentimeter vor sich genau ab.

Lena hockte neben dem Vorderrad, hob mit zitternder Hand die Beretta an, zielte auf die Stelle, von der sie vermutete, dass dort der Kopf des Cops auftauchen würde. Sie zielte direkt in den von dünnen Rauchschwaden überzogenen Himmel und horchte auf die Schritte. Das Knarzen von Leder. Das Knirschen von Sohlen auf Beton.

Ganz nah.

Der Typ im Truck rief: »Ray-Ray, ist sie tot?«

Er antwortete nicht. Noch ein Schritt. Wie weit war er entfernt? Drei Meter? Zwei?

»Ray-Ray?«

Sie zielte und wartete.

Schweiß tropfte in ihre Augen. Sie blinzelte.

»Hey, Ray-Ray. Sag was.«

Ein kleiner Trost: Raycevic war genauso genervt von dem alten Mann im Truck wie sie. Angreifer und Opfer im Abstand weniger Schritte auf der jeweils anderen Seite des Autos, die Distanz verringerte sich, die Waffen waren in Schussposition, die Finger lagen am Abzug, jeder war nur einen Herzschlag vom Tod entfernt, und dieser Vollidiot dort drüben konnte einfach nicht aufhören zu quasseln …

Rays sonnenverbranntes Gesicht tauchte in Lenas Blickfeld auf.

Zwei Meter entfernt.

Direkt über der Motorhaube des Corolla. Kimme und Korn zielten direkt auf seine schweißglänzende Stirn, direkt zwischen seine überrascht blickenden Augen, die sie jetzt bemerkten – todsicher, besser konnte eine Schussposition gar nicht sein. Und genau in dem Moment, als er seine Waffe herunterriss und auf sie richtete, drückte sie ab.

Nichts passierte.

Kein Klicken, kein Knall. Die Beretta reagierte nicht.

Blockiert.

Innerlich schrie sie auf vor Frust und Panik und rutschte hastig zurück, als Raycevic seinerseits den Hahn durchzog und schoss. Betonsplitter spritzten vom Boden auf, wenige Zentimeter neben ihr.

Raycevic duckte sich hinter den Kühlergrill des Corolla. Er schnaufte, adrenalingepeitscht. Er war so nah, dass sie seinen keuchenden Atem hörte und sogar seinen Schweiß roch. »Heilige Scheiße.«

Sie rutschte weiter zurück, kickte die von Kugeln durchlöcherte Tür zu, aber dann wusste sie nicht weiter. Sie war hinter dem Auto festgenagelt. Die Waffe in ihrer Hand war nutzlos. Sie hörte Raycevics kehliges Lachen, es klang beängstigend nah. »Beinahe hätte sie mich erwischt.«

»Was?«

»Ich glaube, ihr Verschluss klemmt ...«

Ja, die Beretta war blockiert. Und sie wusste auch schon, warum: ein dummer Anfängerfehler. Sie hatte eine Grundregel des Schießens missachtet. Als sie nach der Waffe gegriffen, den Finger um den Abzug gelegt und versehentlich auf den Boden geschossen hatte, war der Schlitten über den Beton gerutscht. Und dadurch hatte sie den Ablauf der Mechanik unterbrochen. Im Auswurfschlitz schimmerte die Hülse, die nicht rausgeflogen war. Der Verschluss klemmte. Das kann passieren, hatte der Aufseher im Schießstand gesagt. Pistolen sind manchmal zickig.

Sie zog am Schlitten – er hing fest.

»Kein Risiko mehr.« Sie hörte, wie Raycevic mit den Lippen schmatzte. Er hockte immer noch vor dem Kühlergrill. Seine Stimme klang ruhig, belehrend: »Sie sitzt direkt hinter der Vordertür. Du hast doch .30–30er geladen, oder?«

»Ja.«

»Die Vordertüren. Nicht die hinteren.«

»Okay.«

Lena verstand, was er meinte.

Echt jetzt?

Sie krabbelte hastig nach hinten, auf allen vieren, die blockierte Beretta klackerte über den Boden, als ein weiteres großkalibriges Geschoss die Beifahrertür hinter ihr durchschlug und bewirkte, dass sie aufflog. Ein Krater klaffte zwischen den drei erbsengroßen Einschusslöchern von Raycevic.

Sie verfluchte ihn leise.

Der Corolla wurde zu Schweizer Käse und taugte kaum noch als Schutz. Nur der Motorblock konnte verlässlich eine Kugel aufhalten. Aber dort war Raycevic jetzt angekommen, um sie davon abzuhalten, dahinter Schutz zu suchen.

»Hab ich sie erwischt?«

»Sie hat sich bewegt.«

»Wohin?«

»Hintertür.«

In wilder Panik krabbelte sie noch weiter zurück und blieb neben dem Kofferraum des Corolla hocken, weil sie *nicht mehr weiterkonnte.* Sie krümmte sich, machte sich ganz klein, schützte ihr Gesicht und wartete. Sie wusste, dass es passieren würde. Eine nervenaufreibende Sekunde lang passierte nichts.

Dann passierte es: Eine Detonation, die ihre Zähne klappern ließ, und ein weiterer Krater wurde in die Hintertür gerissen. Glaskörnchen spritzten aus den Fenstern. Was immer er für ein Gewehr besaß, es durchschlug alles und verursachte riesige, unlogische Löcher. Es war, als würde sie mit einer altertümlichen Kanone aus den Zeiten des Bürgerkriegs unter Beschuss genommen.

Eine fluffige gelbe Substanz schwebte durch die Luft. Schnee? Asche?

Nein. Aus den Sitzen herausgerissener Schaumstoff.

Sie umklammerte die Beretta mit beiden Händen und versuchte, die Blockade zu beseitigen, während dieser surreale Blizzard über sie hereinbrach, rüttelte mit blutigen Fingern am Schlitten, aber er bewegte sich nicht. Die Messingkapsel des 9 mm-Geschosses klemmte zusammengedrückt in der Lücke wie festgeschweißt.

Scheiße, scheiße, scheiße.

»Kein Platz mehr, um sich zu verstecken.« Wieder dieser süffisante Unterton in Raycevics Stimme. »Sie ist jetzt neben dem Kofferraum.«

Er hatte recht, das war ihr klar. Es gab keinen Rückzugsort mehr. Sie war gefangen hinter einem durchsiebten Auto. Kämpfte sich ab mit einer blockierten Pistole, die nutzlos und blutverschmiert in ihrer Hand lag.

Wieder drehte sie ihre Haare ein und zog daran, als wollte sie ihre Kopfhaut wie einen Teppich hochheben. Alles war in Windeseile den Bach runtergegangen. Vor fünfzehn Minuten hatte sie Raycevic Handschellen angelegt und ihn mit ihrer Pistole in Schach gehalten. Sie hatte gewusst, dass er jemanden über Funk verständigt hatte. Wie arrogant von ihr zu glauben, sie könnte die Situation allein bewältigen. Sie hatte eine Waffe mitgebracht, aber Verstärkung wäre besser gewesen. Von Anfang an war sie davon ausgegangen, dass Corporal Raymond Raycevic ein Sonderling war, ein einzelner korrupter Cop ohne Komplizen. Serienmörder waren doch immer Einzelgänger, oder?

Sie dachte an ihren Traum, in dem Cambry sich so trotzig und distanziert gegeben hatte. Sich weigerte, etwas zu erklären oder ein Wort der Zuneigung zu sagen.

Es tut mir leid, Cambry.

Während sie sich mit dem blockierten Verschluss abmühte, spürt sie es kommen – ein Schwall Tränen schoss ihr in die Augen –, und sie hasste sich dafür. Es kam ihr absolut unangebracht vor, hier in dieser Situation zu heulen, zusammengekauert hinter dem Heck eines Autos, die Hände mit Schießpulver und Blut verschmiert. Dies war eine Schießerei. Und bei Schießereien wurden keine Tränen vergossen.

Ich hab es verdorben, Schwesterherz.

Ich habe ihn unterschätzt, und es tut mir leid.

Das war es also. Diese Arschlöcher, die ihre Schwester umgebracht hatten, würden auch sie töten, hier auf derselben Brücke. Weil sie die Dreistigkeit besessen hatte, einen Polizisten zu einem Schusswechsel herauszufordern. Zu etwas, für das er ausgebildet worden war. Und jetzt war sie festgenagelt, eingekreist, hatte fast keine Munition mehr und konnte nicht einmal ihre letzten drei verbliebenen Patronen abfeuern, während der Schütze im Lastwagen das dünne Metall ihres Wagens zerschoss und vor ihren Augen in ein Sieb verwandelte.

Sie erstarrte.

Das bedeutet …

Es traf sie wie ein Blitz: Das bedeutet, dass meine Kugeln genauso durchschlagen.

Sie dachte an diesen oberschlauen Drecksack in der Fahrerkabine des Trucks, der sich hinter seiner Tür verschanzt hatte. Sie zog erneut am Schlitten der Beretta, stärker, noch stärker, quetschte ihren Finger in die Lücke, und wieder schossen ihr die Tränen in die Augen. Aber dann gab der Mechanismus nach, der Verschluss ging auf, und sie schnappte erleichtert nach Luft.

Die zerdrückte Patronenhülse fiel ihr in den Schoß.

Sie schob den Schlitten nach vorn. Es klickte schmatzend, als er einrastete und eine frische Patrone in den Lauf rutschte. Bereit zum Abfeuern.

Ja.

Sie stieß die Luft aus, zittrig, atemlos. Von der Brücke schallte ein helles Klick-Klack aus der Kabine zu ihr herüber, als das Gewehr durchgeladen wurde. Gleichzeitig rief der Fahrer laut: »Ich bin bereit.«

»Sie hockt direkt hinter dem Kofferraum.«

»Alles klar.« Sie stellte sich vor, wie der Einäugige mit seiner verheerenden Waffe auf sie zielte, den Corolla durch sein Teleskop ins Visier nahm. Wie sein Zeigefinger sich um den Abzugshebel krümmte und ihn durchzog.

Raycevic brüllte: »Zerfetz die Schlampe!«

Lena hatte eine Idee. Eine schlechte. Sie saß immer noch

mit dem Rücken zum Kofferraum und wartete. Der Lärm und die Sonne und die unbequeme Stellung, alles fiel von ihr ab, während der Traum von letzter Nacht ihr plötzlich ganz klar vor Augen stand. Die Art, wie Cambry ihrem Blick ausgewichen war. Diese herzergreifende Traurigkeit, als sie sie doch noch angeschaut hatte. Ihr kühl dahingeworfenes Flüstern: *Geh einfach.*

Sie wartete.

Geh, Lena.

Nein. Noch nicht.

Bitte, geh.

Sie wartete immer noch. Es gab keine zweite Chance. Der Zeitpunkt musste exakt passen. Cambrys Augen füllten sich mit Tränen, sie stieß sie mit den Händen weg, ihre Stimme brach vor lauter Verzweiflung.

Geh. Dir läuft die Zeit davon …

Jetzt.

Sie sprang nach links, rollte vom Corolla weg ins Freie – gerade als eine weitere großkalibrige Kugel knallend den Kofferraum durchschlug, die darin liegenden Kleider ihrer Schwester und das Zelt zerfetzte und das Seitenblech perforierte, hinter dem sie eben gerade noch gesessen hatte. Sie landete auf dem Betonboden, hob die Pistole an und zielte über die Fahrbahn auf die Kabine des Sattelschleppers. Dieses Mal zielte Lena nicht durch das zersplitterte Fenster, auf den Lauf oder ein paar Zentimeter Kopfhaut, die irgendwo sichtbar waren.

Dieses Mal zielte sie tiefer.

Deutlich tiefer. Direkt auf die Tür des Trucks. Direkt auf

das Kenworth-Logo auf dem roten Lack. Genau dahin, wo sie den geduckten Körper des Kabineninsassen vermutete.

Sie gab drei Schüsse ab.

In regelmäßiger, kontrollierter Abfolge wie an einem Dienstagnachmittag im Schießstand der Sharp Shooters, nachdem sie ein nagelneues Kartenspiel geöffnet hatte: Tack. Tack. Tack.

Drei silbrige Löcher zierten jetzt die rote Farbe der Kabinentür.

Ihr dritter Schuss hatte sich anders angefühlt – wenn man viel Zeit im Schießstand verbringt, dann spüren die Muskeln den veränderten Rückstoß, wenn der Verschluss keine weitere Patrone mehr transportiert, und genau so war es jetzt. Sie hatte alle Kugeln verschossen. Aber sie blieb regungslos auf dem Bauch liegen, die leere Beretta immer noch im Anschlag und auf den Truck gerichtet, auf die exakt gruppierten Einschusslöcher in der Fahrertür.

Stille. Die Welt schien kurz innezuhalten.

Sie wartete darauf, dass das Gewehr des Fahrers wieder über der Tür erschien. Um einen weiteren verheerenden Schuss abzugeben.

Sie wartete.

Und wartete.

Ihr war schmerzlich bewusst, dass Raycevic sich irgendwo rechts neben ihr befand. War sich bewusst, dass sie jetzt wehrlos war, dass sie so schnell wie möglich zu der Stelle robben musste, wo ihre Handtasche lag, um das neue Magazin herauszufischen und in ihre Pistole zu schieben – aber sie spürte merkwürdigerweise, dass auch Raycevic wartete und genau wie sie die Luft anhielt. Eine Gewissheit baute sich auf, manifestierte sich in der Luft. Sie weigerte sich. Sie wagte nicht, es zu glauben.

Ich hab ihn erwischt.

Das Tageslicht drang durch drei neue Löcher in der Tür des Trucks ins Innere der Kabine.

Der alte Mann wurde zurückgestoßen, die Winchester fiel ihm linkisch aus der Hand und landete auf seinem Schoß. Er blinzelte, alles war still geworden. In der Luft hingen noch dichte Schwaden von verbranntem Pulver und Rauch. Er spürte eine warme Flüssigkeit auf sich, aber er wusste nicht, was es war. Sie durchtränkte seine Haare. Tropfte auf seine Wangen.

Er starrte stumpfsinnig auf die drei Löcher.

Dann durchfuhr ihn ein eisiger Schrecken, und er drehte den Kopf, um das Innere der Fahrerkabine abzusuchen. Wo waren die drei Kugeln hingeflogen? Immer mehr von dieser Flüssigkeit rann über seine Stirn und blieb in seinen Wimpern hängen. Klebrig und warm. Körpertemperatur.

Blut, stellte er fest. Mein Schädel ist getroffen.

Er unterdrückte einen Schrei. Er hatte sich immer gefragt, wieso Frauen schrien, wenn er sie in Plastik einwickelte. Es war doch niemand da, der sie hören konnte. Das war nichts als Verschwendung von knapp gewordenem Sauerstoff. Dieses seltsame, fremdartige Tier gab ihm immer wieder Rätsel auf, zum Beispiel, warum sie beim Sex stöhnten. Aber jetzt schwoll ein Schrei in seinem eigenen Brustkorb an, also war er vielleicht kurz davor, es endlich zu kapieren. Der Schrei drückte von innen gegen die Rippen, wollte raus, wollte explodieren.

Ich sterbe. O Gott, ich sterbe.

Er versuchte, klar zu denken. Geradlinig, in Vektoren und Winkeln. Er hatte immer eine Eins in Geometrie bekommen. Er musste nie Google Maps oder Waze benutzen wie die anderen Fahrer. Nicht nötig, Leute – gebt dem Mann eine Landkarte und einen grafikfähigen Taschenrechner, und er findet seinen Weg durch Eureka in Kalifornien wie eine dort ansässige Brieftaube. Und jetzt verarbeitete er seinen Schock, indem er den Weg berechnete, den die Kugeln genommen hatten.

Kugel Nummer eins? Sie war dicht unter dem Griff in die Tür eingedrungen und hatte eine zusammengefaltete Landkarte durchgeschlagen, bevor sie seinen Bauch knapp über dem Becken streifte. Sein weißes T-Shirt war blutgetränkt. Es tat nicht wirklich weh, war eher eine Art unbequeme Spannung, wie bei einem Leistenbruch. Keine tödliche Wunde. Lediglich ein Purple Heart.

Mehr warmes Blut tropfte von seiner Stirn in seine Augen. Zu viel, um es wegzublinzeln. Der panische Schrei drängte wieder gegen seinen Brustkorb.

Ich sterbe. Diese Schlampe hat mich durch die Tür erwischt, und o Gott, ich sterbe.

Nicht schreien. Wo ist Kugel Nummer zwei?

Mein Gehirn läuft aus meinem Schädel wie Eigelb.

Kugel Nummer zwei – er versuchte, sich zu konzentrieren – war weiter vorn eingeschlagen. Das 9 mm-Geschoss hatte eine Kerbe in das Lenkrad gerissen, war unter seiner Achsel hindurch über das Armaturenbrett geflogen und – wahrscheinlich – durchs Fenster nach draußen, so wie die anderen. Kugel Nummer zwei hatte ihn verfehlt. Immerhin eine kleine Erleichterung.

Blieb noch Kugel Nummer drei.

Die mich umgebracht hat …

Kugel Nummer drei war zwanzig Zentimeter höher durch die Tür gedrungen, links von ihm, und hatte eine Furche in das weiche Polster des Sitzes gerissen. Er folgte ihrem Weg zur Halterung in der Mittelkonsole, wo er die Flasche mit dem süßen Tee aufbewahrte. Glasscherben funkelten. Der Sitz war klebrig vom süßen Tee, der von der Sonne gewärmt wurde …

Moment mal.

Tee?

Er fuhr sich mit der Zunge über die Oberlippe. Schmeckte es.

Ich bin mit süßem Tee besudelt. Nicht mit Blut.

Gott sei Dank, es war kein Blut und keine Hirnflüssigkeit und keine Hirnfetzen, die ihm übers Gesicht tropften. Mit ihm war alles in Ordnung.

Natürlich hatte er noch mit dem Querschläger an der Hüfte zu tun. Blut breitete sich auf dem Hemd aus, bedeckte den ganzen Bauch, knallrotes lebenspendendes Blut. Aber solange er keine Blutvergiftung bekam, war die Wunde nicht tödlich, und er kannte einen Tierarzt, der ihm im letzten Juni ein paar starke Schmerztabletten für sein Auge gegeben hatte. Nein, Lenas drei Kugeln waren zwar durch die Tür geschlagen, hatten aber weniger Unheil angerichtet, als er befürchtet hatte. Er war verletzt, aber nicht erledigt. Er hatte immer noch seine Winchester auf dem Schoß, und sogar festgenagelt in seiner Fahrerkabine konnte er immer noch kämpfen.

Er bewegte sich und spürte unangenehme Stiche in seinem Unterleib. Er saß auf dem Boden und konnte nicht durch die Tür sehen. Aber er konnte hören. Falls Lena sich dem Truck näherte, womöglich in der Hoffnung, ihm das Gewehr wegzunehmen, um damit Ray-Ray abzuknallen, würde er ihre Schritte hören. Er war eindeutig nicht in der Verfassung wegzulaufen oder in Deckung zu gehen oder eine richtige Schießerei durchzustehen. Sein Arsch klebte am Boden, er war festgenagelt in dieser Kabine, in der er normalerweise sowieso sechzehn Stunden am Tag zubrachte.

Das machte ihm keine Sorgen, sondern etwas anderes, das eine leise Stimme in seinem Kopf ihm jetzt mitteilen wollte. Er hatte Angst, er könnte etwas übersehen haben.

Wo ist die zweite Kugel hingeflogen?

Spielte keine Rolle. Sie hatte ihn verfehlt. Genau wie die, welche die Flasche zerfetzt hatte, woraufhin ihm der Tee ins Gesicht gespritzt war. Und die fünf oder sechs, die sie durchs Fenster gefeuert hatte und die harmlos über seinen Kopf gezischt waren.

Sie flog tiefer als die anderen, flüsterte die Stimme in seinem Kopf.

Sie ist irgendwo gelandet.

Na gut. Er schaute sich noch mal um und stöhnte auf vor Schmerz, während er die Flugbahn der Kugel ab dem

Moment weiterverfolgte, als sie durch die Tür geschlagen war. Sie hatte eine Kerbe ins Lenkrad geschlagen, war an seiner Schulter vorbeigeflogen, dann über das Quadratec-CB-Funkgerät und direkt in …

Er erstarrte.

Kitty.

Sie lag nicht wie üblich zu einem Ball zusammengerollt da. Sie hatte eine eigenartige gewölbte Haltung angenommen. Ihr Hals war nach hinten gebogen, ihr Maul weit aufgerissen, das rosige Innere und die spitzen Zähne waren zu sehen. Ein Blutrinnsal lief über das Armaturenbrett. Kitty, seine treue Begleiterin über Tausende von Highway-Kilometern, die ihm von den weißen Gipfeln von Colorado bis zu den sumpfigen Ebenen von Louisiana Gesellschaft geleistet hatte. Manchmal hatte sie auf seinen Schultern gelegen wie ein anschmiegsamer Schal. Sie hatte drei Trucks mit ihm geteilt, eine Scheidung mitgemacht, eine Prostatakrebs-Diagnose und den Selbstmord seines Sohns. Nächste Woche wäre Kittys dreiundzwanzigster Geburtstag gewesen.

Und jetzt endlich stieß Theo Raycevic einen Schrei aus.

KAPITEL 18

Lena hörte den Schrei, der aus der Kabine drang. Ein surreales Heulen, das anschwoll wie eine Sirene. Es bohrte sich schmerzhaft in ihre Gedärme – das war also die Konsequenz des Ganzen. Die brutale Folge des Schusses aus einer Feuerwaffe, mit dem Löcher in die Welt gerissen wurden, die nicht mehr rückgängig zu machen waren.

Für den Bruchteil einer Sekunde hatte sie Mitleid mit dem Mann im Truck, auf den sie geschossen hatte. Obwohl er kurz zuvor noch versucht hatte, sie umzubringen.

Sie schluckte es hinunter.

Der Verschluss der Beretta war eingerastet, sie war leer geschossen und deutlich leichter, fühlte sich wie ein Plastikspielzeug an. Und Corporal Raycevic war immer noch bewaffnet und hockte eine Wagenlänge entfernt vor dem Kühler. Sie hörte ihn atmen, ein leises regelmäßiges Schnaufen, kontrolliert, als würde er seine nächsten Schritte abwägen. Der Kampf war noch nicht vorbei. Sie hatte einen ihrer Gegner verwundet, womöglich sogar tödlich, aber dafür hatte sie ihre Munition aufgebraucht.

Mit einer zittrigen Hand fasste sie nach einer Haarsträhne, drehte sie ein und zog ganz fest daran.

Die Schreie des Mannes wurden immer lauter und störten Lena beim Nachdenken: Ich bin wehrlos. Ich muss nachladen. Sonst bin ich tot.

»Dad!«, rief Raycevic. »Dad, bist du verletzt?«

Das Arschloch im Sattelschlepper war Rays Vater. Sie schob diese Enthüllung beiseite. Es war unwichtig und lenkte sie nur von ihrem eigentlichen Problem ab.

»Sag doch was, Dad, bitte …«

Aber die Schreie des Lastwagenfahrers waren schon verhallt und hinterließen ein eigenartiges Vakuum.

»Dad!« Seine Stimme wurde härter. »Ich mach sie fertig. Das verspreche ich dir.«

Die nackte Angst packte ihre Eingeweide, eine Welle animalischer Panik erfasste sie. Sie zwang sich zur Konzentration. Sie durfte sich nicht ablenken lassen.

Wo ist mein zweites Magazin?

In der Umhängetasche.

Wo ist die?

Sie lag mitten auf der Brücke. Dort, wo sie sie fallen gelassen hatte.

Ungeschützt.

»Scheiße …«

Sie konnte sie sehen. Sieben Meter entfernt? Acht? Sie lehnte sich gegen die Stoßstange des Corolla und überlegte, ob sie hinrennen sollte. Würde sie es bis dorthin schaffen, um sich die Tasche zu schnappen, dann das Magazin in die Beretta zu schieben, sich blitzschnell umzudrehen und das

Feuer zu erwidern, bevor Raycevic Gelegenheit hatte, sie zu erschießen? Nein. Keine Chance.

Schlimmer noch, bei nur einer Wagenlänge Abstand zwischen ihnen, würde er jeden einzelnen Schritt, den sie machte, genau hören. Sie würde nicht mal die Hälfte des Wegs schaffen. Sie würde mit zwei Kugeln im Rücken sterben.

»Ich bring die Schlampe um, Dad. Ich verspreche es …«

Sie umklammerte die leere Pistole und atmete aus. Ihre Zähne klapperten. Schlechte Ideen schossen durch ihren Kopf, eine aussichtsloser als die andere.

Zu meiner Tasche rennen? Du wirst erschossen. Hierbleiben? Du wirst erschossen. Unter dem Wagen verstecken? Du wirst erschossen.

Sie rückte bis in die letzte Ecke. Sie wusste nicht, was sie sonst tun sollte. Sie drehte ihre Haare um die Finger und zog daran, bis es unerträglich wehtat. Tränen schossen ihr in die Augen, und ihre Verzweiflung wuchs.

Raycevic angreifen? Du wirst erschossen.

Ihm die leere Waffe ins Gesicht schleudern? Du wirst erschossen.

Noch eine Drehung mit dem Zeigefinger. Sie zerrte immer fester an der Haarsträhne.

Um Gnade betteln? Du wirst ausgelacht und dann erschossen.

Sie riss sich die Strähne mit einer raschen Handbewegung aus der Kopfhaut. Ein heftiger warmer Schmerz.

Sie erstarrte, als die Erkenntnis sie übermannte, dass sie gerade einen Teil ihres Körpers herausgerissen hatte.

Schmerz durchflutete sie, und die Welt um sie herum verschwamm. Ihr zerfetzter Unterarm brannte höllisch. Und rechts neben dem Corolla hörte sie das leise Knirschen von Ledersohlen. Dann noch einmal.

Langsame, leise Schritte.

Er kam näher.

Es besteht die Möglichkeit, dass er mich morgen töten wird.

Das ist mir bewusst. Ich bin nicht blöd. Und falls er das tut, muss ich vorher noch etwas klarstellen, was Cambry betrifft.

Und zwar Folgendes.

Während dieses Sommers in Oregon, als wir zwölf Jahre alt waren, fanden wir ein Reh, das von einem Holztransporter überfahren worden war. Seine Beine waren gebrochen. Es schaute uns benommen an und stieß heisere Töne aus. Wenn ihr auf unserer Schule gewesen wärt, wüsstet ihr bereits, was jetzt kommt, hättet es tausendmal gehört: Dass ich zu meinem großen Schrecken mitansehen musste, wie meine Schwester Cambry sich wortlos hinkniete, ihr Schmetterlingsmesser herauszog und dem Reh die Kehle durchschnitt.

Und das stimmt auch. Sie hat es getan.

Aber nur, weil *ich* sie darum gebeten habe.

Als sie sich weigerte, bettelte ich darum. Ich versprach ihr, ich würde es niemandem erzählen. Ich konnte nicht mehr mitansehen, wie das Reh so verzweifelt wie sinnlos versuchte, auf die Beine zu kommen. Ich wusste, dass es einige Meilen bis zur nächsten Farm waren, ein Erwachsener hätte dafür Stunden gebraucht, und ich war selbst viel zu feige.

Also hat Cambry es schließlich getan.

Ich sah zu.

Dann hat sie sich die Hände in einem Bach gewaschen, und wir sprachen auf dem Weg zurück nicht mehr darüber. Ein Hagelschauer ging nieder. Ich erinnere mich noch, wie ich die ganze Zeit schluchzte, während jede von uns auf einer Seite des Highways lief, während der Regen auf uns prasselte. Ich wusste, dass es nicht genügte, das Leiden des Tiers beendet zu haben. Ich brauchte jemanden, den ich dafür verantwortlich machen konnte, und man kann einen Holztransporter nicht zur Verantwortung ziehen.

Als wir nach Hause kamen, brach ich nicht nur mein Versprechen. Ich erzählte meinen Eltern auch, Cambry hätte es aus eigenem Antrieb getan. Ich erzählte ihnen, die zwölfjährige Cambry hätte ein verwundetes Tier getötet. Ich zeigte ihnen das Blut auf dem Klappmesser, von dem sie nichts wussten und das man unter achtzehn gar nicht besitzen darf. Sie glaubten mir. Nicht ihr. Bis heute glauben sie an diese Version.

Cambry Nguyen, die Rehschlächterin.

Ich bin dafür verantwortlich, dass sie sich als einzige Siebtklässlerin in der Middleton Junior High einer Psychotherapie unterziehen musste. Es gefiel mir, als Opfer einer durchgeknallten Schwester dazustehen, also erzählte ich die Geschichte immer wieder und schmückte sie mit neuen Details und mehr Blut aus. Im Oktober hatte sie die meisten ihrer Freunde verloren, weil deren Eltern sie nicht mehr in ihre Häuser ließen. Jemand kippte einen Eimer mit roter Farbe in ihren Spind. Wir wurden älter, und Cambry bemühte sich, ihrem Ruf gerecht zu werden – die Sache mit dem Schwamm in der Toilette war ein Highlight. Aber erst auf der Highschool wurde ihr von einem Psychologen attestiert, sie leide unter einer schizoiden Persönlichkeitsstörung. Bis heute frage ich mich, ob das schon immer so gewesen war, oder ob ich es erst verursacht hatte.

Der Psychotherapeut war Alkoholiker. Tut mir leid, aber er war es nun mal. Bei seinen Hausbesuchen trug er einen roten Pullover, hatte rote Wangen und sah aus wie Mr. Rogers, der Fernsehmoderator, nur halt betrunken. Ich erinnere mich, wie ich ihre Unterhaltungen teilweise mithörte, aber am meisten ist mir Cambrys gequälte, bettelnde Stimme in Erinnerung geblieben, die gedämpft durch die Tür drang: *Sie hören mir nicht zu.*

Sie hören mir überhaupt nicht zu.

Heute frage ich mich, ob wir eine normale Beziehung zueinander gehabt hätten, wenn ich sie damals vor zwölf Jahren nicht verraten hätte. Vielleicht hätte Cambry nicht dieses Bedürfnis gehabt, sich alle paar Monate von der Welt, zu der sie keine Beziehung aufbauen konnte, loszureißen. Vielleicht hätte sie dann nicht wie eine Nomadin in ihrem Corolla gelebt mit dem Meerglas in der Mittelkonsole und einem Zelt im Kofferraum. Vielleicht war dieser Moment der erste Dominostein, meine einzige Chance, die ich vertan habe. Vielleicht habe ich sie auf diese Brücke in Montana getrieben.

Vielleicht trage ich Schuld am Tod meiner Schwester.

Vielleicht.

Ich werde es nie wissen.

So, da steht es nun Schwarz auf Weiß. Es ist aus meinem Kopf. Ich kann gar nicht beschreiben, wie sehr es mich erleichtert, diese Worte auf dem Bildschirm zu sehen, nur einen einzigen Klick davon entfernt, auf *Lights and Sounds* gepostet zu werden für die Ewigkeit. Wenn ich morgen sterbe, wird dies nicht mit mir sterben.

Ich muss es loslassen.

Vielleicht wird es mir ein letzter Trost sein, wenn die Sache morgen schiefläuft und Corporal Raycevic es schafft, mich auszuschalten.

Er bewegte sich mit dem .38er im Anschlag langsam vorwärts.

Einen Schritt nach dem anderen. Die Glaskörnchen knirschen wie Eierschalen unter seinen Stiefeln – er wusste, dass es keine Rolle spielte. Jeder Ton, jeder Schritt klang in der Stille doppelt so laut. Natürlich hörte sie, wie er näher kam. Aber wenn sie sich bewegte, würde er das genauso hören.

Er hatte nichts gehört.

Wohin konnte sie schon gehen? Sie hockte ohne jede Fluchtmöglichkeit hinter dem Kofferraum des Corolla. Sie hatte kaum noch Munition, falls überhaupt. Wenn sie ein Ersatzmagazin gehabt hätte, dann hätte sie das leere ersetzt, und er hätte das Klicken beim Einrasten gehört.

Aber er hatte nichts gehört. Absolute Stille im grellen Sonnenlicht.

Er behielt das Visier im Auge, während er sich ihr näherte. Schob die Beifahrertür vorsichtig mit dem Ellbogen zu. Sie fiel mit einem leicht schabenden Geräusch ins Schloss.

Noch ein Schritt, wieder knirschte es unter seinen Sohlen. Dann noch einer.

»Halt durch, Dad«, rief er Richtung Truck. »Ich mach sie fertig.«

Keine Antwort.

Er hatte den Revolver in der hohen Vorhalteposition, wie es in den Fachbüchern hieß, das Visier leicht schräg. Die Führungshand oben, den stützenden Unterarm darunter. Der Fuß des Standbeins in einem Winkel von neunzig Grad. Center Axis Relock, auch kurz C.A.R. genannt, die Pistole nah am Körper. Die brutalste pragmatische Antwort auf Lenas altmodische Isosceles-Position (beidhändig mit parallel gestellten Füßen) war der Erkenntnis geschuldet, dass Schusswechsel nicht in Schießständen stattfinden. Echte Schießereien sind plötzliche, erschütternde und unvorhersehbare Ereignisse, und ein Schütze muss in der Lage sein, die Waffe im Nahkampf zu halten und fließend zwischen enger (ungezielter) Position und größerer Entfernung (gezielt) zu wechseln. Es hat etwas von Poesie, einem geübten Schützen dabei zuzusehen, wie er seinen Körper effizient auf die jeweilige Bedrohung einstellt.

Ja, die schlaue kleine Lena Nguyen konnte vielleicht regelmäßige Lochmuster in Papier schießen, aber sie hatte gerade erfahren, dass ihre angelernten Fähigkeiten dem Terror eines echten Feuergefechts nicht standhielten. Sie hatte bereits ein paarmal danebengeschossen, eine Ladehemmung gehabt und war in ihrem Versteck unter Beschuss geraten. Und jetzt würde er ihr eine letzte Lektion erteilen.

Er trat auf sie zu. Ging links um das Heck des Toyota herum, die Waffe in Schulterhöhe, Kimme und Korn in einer Linie. Perfekt fokussiert. Er klärte den feindlichen Raum hinter der Heckklappe des Fahrzeugs sorgfältig Zentimeter für Zentimeter, als würde er einen Kuchen aufteilen, und nach und nach offenbarte sich ihm …

Nichts als Beton.

Sie war verschwunden.

Er kniff die Augen zusammen.

Was?

Übrig geblieben war nur ein Paar Chucks. Abgestreift und ordentlich nebeneinandergestellt.

Sein Gehirn hatte Mühe, diese Situation zu verarbeiten. Das war genauso irritierend wie dieser Augenblick vor drei Monaten, als Cambry ganz plötzlich in der Nacht hinter ein paar scharfen Kurven vom dunklen Highway verschwunden war. Wo steckte sie jetzt? Und wieso hatte sie ihre Sneakers ausgezogen …

Etwas drückte plötzlich gegen seinen Nacken. Ein kleiner Kreis aus heißem Metall.

»Lass die Waffe fallen, Ray!«

Verdammt, dachte er.

Die beiden sind wirklich Zwillinge.

Lena wechselte den Revolver von der einen in die andere Hand, richtete ihn auf Raycevic und ging dann zu ihrer Tasche, ohne ihn aus den Augen zu lassen. Dort kniete sie sich rasch hin, holte ihr Ersatzmagazin heraus und schob es in die Beretta.

Er schaute verkniffen zu. »Moment mal, sie ist leer geschossen?«

Grinsend schob sie mit dem Daumen den Schlittenfanghebel in Position. Siebzehn neue Hohlspitzgeschosse, geladen und schussbereit. So langsam hatte sie den Bogen raus.

»Kommen Sie mit.« Sie schob seinen Revolver in ihre Gesäßtasche. »Lassen Sie uns mal nachschauen, ob Daddy noch lebt.«

Er seufzte und gab sich geschlagen.

Als sie sich dem Sattelschlepper näherten, sorgte sie dafür, dass er vor ihr ging. Falls der alte Mann in der schattigen Kabine noch lebte und das Gewehr hob, um auf sie anzulegen, wäre er gezwungen, an seinem Sohn vorbeizuschießen.

Seinem *Sohn*, Raycevic. So langsam wurde ihr einiges klar.

»Sie sind durch die Prüfung auf der Polizeiakademie gerasselt?«, stichelte sie. »Ich dachte, Sie wären ein Supercop.«

Er sagte nichts.

»Was war das Problem? Liegestützen? Oder konnten Sie sich die Funk-Codes nicht merken?«

Keine Antwort.

»Oder gibt's da einen Test, wo man beweisen muss, dass man sich nicht von einer unbewaffneten Frau austricksen lässt, die halb so groß ist wie man selbst? Ich schätze, daran sind Sie gescheitert, Ray-Ray.«

Ray-Ray. Sie sagte es mit dem höhnischen Unterton seines Vaters.

Aber Raycevic schwieg verbissen, gab sich keine Blöße, während sie schweigend durch die verrauchte Luft gingen.

Sie merkte, dass sie nicht kaltblütig genug war, ihn weiter aufzuziehen. Sie hatte nicht die Kraft, sich über jemanden lustig zu machen, der gerade seinen Vater verloren hatte. Sie wusste, wie sich ein solcher Verlust anfühlte. Einen kurzen, unangenehmen Augenblick lang vergaß Lena die Anstrengung und die Angst der vergangenen zehn Minuten und fühlte sich, als sei sie die Aggressorin. Die Böse.

Ich bin nicht die Böse. Ich will nur Gerechtigkeit für meine Schwester.

Richtig?

Ein Windstoß fuhr über die Brücke, und der Schweiß auf ihrer Haut fühlte sich kalt an. Sie erschauerte. Ihr fiel ein, dass der erste Schuss von ihr abgegeben worden war, nicht von ihnen. Es war keine Notwehr gewesen. Nicht im eigentlichen Sinn. Wie auch immer die Wahrheit aussah, zuerst musste sie beide Personen, Vater und Sohn, unschädlich machen, erst dann würde sie Antworten auf ihre Fragen bekommen. Sie wollte es aus dem Mund dieser Arschlöcher hören, wie sie Cambry erwürgt und anschließend ihre Leiche über die Hairpin Bridge geworfen hatten, um einen Selbstmord vorzutäuschen.

Richtig?

Sie wusste es. Sie wollte es nur von ihnen hören.

Lena war jetzt ganz nah dran.

Sie erreichten die Fahrerkabine. Sie befahl Raycevic: »Hier stehen bleiben.«

Er tat es und starrte angstvoll hinauf zum Kabinenfenster. In der roten Tür waren drei Einschusslöcher zu sehen. Mit zittriger Stimme rief er: »Dad?«

»Mund halten.« Sie kam näher, die Beretta schussbereit in der erhobenen Hand. Die Schreie im Innern des Führerhauses waren längst verklungen, aber das bedeutete nicht, dass der alte Mann tot war. Er konnte auch einen Hinterhalt geplant haben. Falls er noch lebte, entschied sie, würde sie mit ihm reden. Falls er tot war, würde sie das überprüfen. Und ganz gleich was geschah – dort drinnen befand sich ein großkalibriges Gewehr, das Raycevic nicht in die Hände fallen durfte.

Sie wischte sich die Staubkörner aus den Augen. Ihre Wange brannte und juckte dort, wo die Splitter sich in ihre Haut eingegraben hatten wie blutrünstige Wanzen. Ihr aufgerissener Unterarm pochte vor Schmerz. Aber sie durfte sich nicht ablenken lassen. Nicht jetzt, da sie der Wahrheit so nahegekommen war.

Sie stieg auf das Trittbrett aus glattem Metall. Es war rutschig und in der knallenden Sonne sehr heiß geworden. Die Hitze brannte an ihren Fußsohlen.

»Dad«, sagte Raycevic heiser. »Sie kommt jetzt zur Tür hoch …«

Sie fuhr zurück und starrte ihn zornig an, doch dann beendete er den Satz: »… also bitte, Dad, schieß nicht auf sie.«

Sie schaute ihn prüfend an, war verunsichert. Der Cop mit den gefesselten Händen wich ihrem Blick aus und starrte niedergeschlagen zu Boden. Seine Kinnlade zitterte. Er blinzelte, und im Sonnenlicht schimmerte eine Träne auf. Es sah ziemlich überzeugend aus, war aber gespielt.

Bitte schieß nicht auf sie, bedeutete überhaupt nichts, das war ihr klar. Aber was hieß: *Sie kommt jetzt zur Tür hoch?* Was steckte dahinter?

Sie duckte sich, immer noch auf dem Trittbrett stehend, um ihren Körper möglichst weit seitlich zu halten, dann hob sie ihre freie Hand an, um nach dem Türgriff zu fassen. Es war eine schmale, glatte Klinke. Sie ließ ihre blutigen Fingerspitzen darüber gleiten. Dann legte sie ganz langsam ihre Finger darum. Sie hielt die Luft an, ihr Magen zog sich zusammen in Erwartung eines weiteren donnernden Gewehrschusses, der in der Dunkelheit der Kabine explodieren, das rote gelackte Metall zerfetzen und ihr in einem einzigen albtraumhaften Donnerschlag zwei oder drei Finger abreißen würde.

Nichts dergleichen geschah.

Der Türgriff klickte. Sie zog an der Tür. Sie schwang auf, der Rahmen knarrte, und ein paar Glaskörnchen fielen heraus. Sie blieb geduckt, drohte mit ihren Strümpfen auf der glatten Fläche des Trittbretts abzurutschen. Sie überlegte, ob sie dem Mann in der Kabine etwas zurufen sollte, entschied sich aber dagegen. Raycevic hatte genug gesagt.

Sie holte tief Luft.

Dann hob sie den Kopf und warf einen Blick in die Kabine, ganz kurz, wie ein Vogel, der hastig etwas aufpickt, und bemerkte einen einzigen Insassen, der zusammengebrochen auf dem Boden lag. Mit dem Gesicht nach unten. Blut war zu sehen. Sehr viel Blut.

Sie duckte sich wieder und atmete aus.

»Ist er tot?«, flüsterte Raycevic neben ihr.

Sie gab keine Antwort, wechselte die Pistole in die linke Hand und warf einen zweiten Blick in die Kabine, diesmal langsamer. Ihr Zeigefinger legte sich um den Abzugshahn, bereit abzudrücken, als das Innere des Führerhauses sich vor ihr abzeichnete. Der Mann, der dort auf dem Boden zusammengesackt war, wirkte tot, so wie Ray es befürchtet hatte. Sein weißes T-Shirt – mit der Aufschrift *I Believe in Bigfoot* – war blutgetränkt. Er war eindeutig von mindestens einer Kugel getroffen worden. Er hockte schlaff neben dem Schalthebel, der Kopf hing kraftlos nach unten. Sie konnte seine braune Augenklappe sehen, deren Band in die von grauen Haaren bedeckte Kopfhaut einschnitt. Pulverdampf hing immer noch in der Luft. Der Geruch in der Kabine drang ihr unangenehm in die Nase. Ein übler Gestank nach Fäulnis. Nach getrocknetem Schweiß, Mundgeruch, alten Fürzen. Die unvermeidlichen Ausdünstungen eines Mannes Mitte sechzig, der tagelang dort saß, ohne zu duschen.

Sie atmete durch den Mund. Sie bemerkte das Gewehr, mit dem er auf sie geschossen hatte – ein altes Modell, aber sehr gepflegt. Es lag in seinem Schoß, der Lauf war nach unten gerichtet. In ihrer Reichweite.

Nimm es, Lena.

Sie wollte sich schon hineinbeugen, hielt dann aber inne. Es fühlte sich an wie eine Falle. Sie drehte sich zu Raycevic um. Was war, wenn der Alte sich nur tot stellte? Er konnte ganz schnell wieder lebendig werden, sie am Handgelenk packen, ihr die Beretta entreißen. Sie wäre viel zu nah an ihm dran, um sich rechtzeitig wegdrehen und auf ihn schießen zu können …

Nimm das Gewehr, zieh es raus. Nutze die Chance.

Sie tat es nicht. Es fühlte sich nicht gut an. Sie hatte bereits zwei Waffen. Warum sollte sie ihr Leben riskieren für eine dritte, mit der sie überhaupt nicht vertraut war?

Dann wirf das Gewehr über die Brücke.

Nein. Das Risiko ist mir zu hoch.

Es ist auch riskant, dort auf dem Trittbrett zu hocken. Direkt vor einem Mann, der vielleicht gar nicht tot ist.

Sie versuchte, die beiden gleich schlechten Optionen gegeneinander abzuwägen. Ihr Magen gurgelte. Sie starrte das blutgetränkte T-Shirt des Mannes an, konnte aber nicht erkennen, wo sie ihn getroffen hatte. In der Brust? Das wäre wahrscheinlich tödlich. In den Bauch oder die Hüfte? Weniger …

»Hey!« Sie hatte bemerkt, wie Raycevic sich links von ihr bewegt hatte. »Weg da, zurück, Ray-Ray!«

Er blieb stocksteif stehen. Kalt erwischt.

Sie deutete auf das Vorderrad. »Zurück. Dorthin. Stehen bleiben.«

»Ist er tot?«

Sie gab keine Antwort. Sie wusste es nicht. Sie bekam eine Gänsehaut, während sie dort geduckt in der Tür des Trucks stand und eine Position einzunehmen versuchte, in der sie beide im Auge behalten konnte. Sie hatte Angst, den blutüberströmten alten Mann aus den Augen zu lassen, und genauso fürchtete sie sich davor, Raycevic einen Moment lang aus dem Blick zu verlieren. Sogar in Handschellen war er gefährlich, wenn er ihr zu nah kam. Im Bruchteil einer Sekunde konnte er ihre Füße vom Trittbrett fegen, sie auf den

Betonboden werfen und ihr mit dem Stiefel den Hals zudrücken, bevor sie die Chance hatte, einen Schuss abzugeben. Auf wie viele verschiedene Arten konnte ein Mann wie Raycevic jemanden mit den bloßen Händen umbringen?

Wachsam bleiben, Lena. Noch mehr Ablenkungen.

Zum dritten Mal fragte er: »Ist er tot?«

»Ja.«

»Sind Sie sicher?«

»Ja«, log sie und schaute sich den Körper des Alten genauer an.

»Darf ich ihn sehen? Bitte!«

Auch das fühlte sich wie ein Fehler an. Lena schüttelte den Kopf, und die Welt geriet ins Wanken. Kurz wurde ihr schwindelig. Alle grauenhaften Gefühle kamen zurück – die rasende Panik, erschossen zu werden, der stechende Geruch von Pulverdampf, die donnernden Schüsse, der metallische Geschmack von Blut. Der eigenartige jaulende Ton, den Kugeln verursachen, wenn sie über den Kopf zischen. Der tote Mann in der Kabine, dieser Fremde, den sie selbst durch die Tür hindurch *erschossen* hatte.

»Er ...«, sagte sie laut, als wolle sie sich rechtfertigen. »Er hat auf mich geschossen.«

»Sie haben zuerst geschossen«, flüsterte Raycevic. »Wir haben uns nur verteidigt ...«

»Blödsinn. Einer von Ihnen hat meine Schwester erwürgt. Sie in Plastik eingewickelt, damit keine Hautzellen oder Haare zurückbleiben. Und Sie haben sie erstickt, ganz vorsichtig, damit keine Druckstellen auf der Haut oder geplatzte Äderchen in ihren Augen zu sehen sind ...«

»Lena, Sie hören nicht *zu.*«

»Dann sagen Sie es mir. Waren Sie es oder er?«

»Keiner von uns.«

»Sie lügen.«

»Cambry ist von der Brücke gesprungen«, sagte er und kam dabei näher – zu nah. »Ich versuche die ganze Zeit, Ihnen die Wahrheit zu erzählen, Lena. Aber Sie wollen einfach nicht *zuhören* …«

Auf dem Armaturenbrett bemerkte sie etwas, das wie eine zusammengerollte, schmutzige Socke aussah. Sie brauchte ein paar Sekunden, bis sie erkannte, um was es sich tatsächlich handelte. Ihr Magen rebellierte, Säure stieg ihre Kehle hinauf. Sie schüttelte den Kopf und hatte Angst, sie könnte die Kontrolle über diese prekäre Situation verlieren. »Nein, nein, nein. Ihr Dreckskerle habt meine Schwester umgebracht. Und dann ihre Leiche über die Brücke geworfen, damit es aussieht wie …«

»Wir konnten sie nicht einholen.«

Sie brach ab.

»Was? Was haben Sie gesagt?« Sie versuchte verzweifelt, die Bruchstücke in ihrem Kopf zu sortieren, wollte sie gewaltsam zu einem Bild zusammenzwingen. »Was meinen Sie damit, Sie konnten sie nicht *einholen*?«

Raycevic kam noch einen Schritt näher. Er war jetzt nahe genug, um ihr gefährlich werden zu können, nahe genug, um mit seinen gefesselten Händen nach ihrer Pistole zu schlagen, wenn er das wollte.

Aber er tat es nicht. Er schaute ihr direkt in die Augen. »Lena. Sie konnte *fliehen.*«

KAPITEL 19

Cambrys Geschichte

Cambry hat nicht das Bewusstsein verloren – noch nicht. Sie tut nur so. Lässt alle Muskeln erschlaffen und fällt nur zum Schein hilflos in die Arme des Plastikmanns.

Er lässt sich hinters Licht führen.

Seine Lippen neben ihren Ohren formen die Worte: »Schon am Ende?«

Mein Messer.

Es steckt in ihrer rechten Hosentasche und drückt leicht gegen ihren Oberschenkel. Es ist dort. Nur wenige Zentimeter entfernt. Und jetzt, als der Plastikmann seinen Griff leicht lockert, um ihren Puls zu fühlen, ist es mit einem Mal in greifbarer Nähe.

Ohne hinzuschauen, legt sie ihre Finger um den Griff des Klappmessers, zieht es aus der Tasche. Sie klappt die acht Zentimeter lange Klinge mit dem Fingernagel des Daumens auf. Umklammert den Griff mit der Faust.

»Hm.« Er gibt ein enttäuschtes Schnauben von sich. »Ehrlich gesagt, Mädchen, hatte ich gedacht, dass du länger durchhältst …«

Sie sticht ihm das Messer über ihre Schulter hinweg mitten ins Gesicht.

Die Klinge stößt auf weiches Gewebe. Es fühlt sich an, als würde sie durch Gelee gleiten. Viel leichter, als sie zu hoffen wagte. Sie kann nicht sehen, wo sie eingedrungen ist, aber sie kann es sich ganz gut vorstellen. Zuerst reagiert der Plastikmann kaum. Er atmet nur scharf aus, durch die Nase, und das Plastik knittert vernehmlich. Das Schnaufen wird lauter, als müsste er niesen.

Dann lässt er sie los.

Cambry springt nach vorn und fällt mit den Händen zuerst auf die glitschige Plane. Sie musste das Messer loslassen – es steckt nun im Gesicht des Mannes hinter ihr. Sie springt auf, ihre Sohlen rutschen, hinter ihr ragt der monströse Schatten des Lastzugs auf. Die eisige Nachtluft versetzt ihr einen Schock, ihre aufgeraute Kehle schmerzt. Sie kneift die Augen zusammen und sucht nach Raycevic, nach dem roten und blauen Blinklicht, aber es herrscht Dunkelheit.

Sie wirbelt herum und schaut den Plastikmann an.

Er hat sich nicht bewegt. Stumm und verdattert steht er da, beide Hände hilflos zu seinem Gesicht erhoben. Er wagt es nicht zu berühren. Ein doppelter Lichtblitz erleuchtet das Klappmesser, das aus seiner Atemmaske herausragt, es steckt zwischen Jochbein und Augapfel. Seine Augenlider flattern, als wollten sie ein Sandkorn wegblinzeln. Der Messergriff wippt auf und ab.

Er berührt ihn vorsichtig mit den Fingerspitzen. Tastet ihn ab, versucht die neue Situation zu erfassen, mit wachsendem Schrecken.

»Oh«, sagt er. »Oh, Wahnsinn.«

Kurz glaubt sie an einen Sieg – dann packt sie die Angst. Er ist nicht tot. Nicht im Entferntesten. Er ist ein verletztes Tier, das verblüfft sein eigenes Blut fließen sieht. Im nächsten Moment wird er wütend darüber sein. Sie bewegt sich rückwärts von ihm weg, weiter, noch weiter, bis sie mit dem Rücken gegen das kalte Metall des Anhängers stößt.

»Oh.« Irgendwo im Dunkeln ist das Knittern von Plastik zu hören. Sie kann ihn nicht sehen.

Hinter ihr eine Stimme: »Dad?«

Das Herz schlägt ihr bis zum Hals – das ist die Stimme von Raycevic – aber sie klingt anders, mechanisch. Sie kommt aus dem Lautsprecher eines Funkgeräts. Was bedeutet, dass der Cop nicht direkt in der Nähe ist. Nicht mehr.

»Dad, soll ich umkehren?«, tönt die Stimme aus dem Gerät. »Ich bin an der Brücke …«

Der Plastikmann stampft wütend mit den Füßen. Ballt die Fäuste, stöhnt laut auf vor Schmerz. Ohne Licht kann sie keine Details erkennen. Aber sie weiß, dass er das Messer aus der Augenhöhle zieht. Ihre Gedanken rasen, und sie überlegt, ob sie ihn angreifen soll. Jetzt sofort. Ihn packen, zu Fall bringen, sich auf ihn werfen und mit beiden Händen nach unten auf den Messergriff drücken, ihr ganzes Gewicht darauf legen, um es direkt in sein Gehirn zu drücken …

Das ist deine Chance, drängen ihre Furien. Deine einzige Chance. Jetzt.

Mach ihn fertig, Cambry.

Aber es ist zu spät. Er schreit und reißt sich den Fremdkörper mit einem schmatzenden Geräusch aus dem Gesicht. Das Messer fliegt durch die Luft und landet irgendwo auf der Plane. Zorniges Grunzen.

»Dad, melde dich …«

In der Dunkelheit ist der Plastikmann nicht zu sehen. Er macht einen Satz auf sie zu, aber Cambry spürt den Luftstoß, den er erzeugt, und taucht unter seinem Arm hindurch. Dann lässt sie sich fallen, macht eine Drehung, duckt sich unter den Anhänger des Sattelschleppers und kriecht auf die andere Seite.

»DU SCHLAMPE.« Er stürzt und landet auf allen vieren. »DU BESCHISSENE SCHLAMPE …«

Auf Ellenbogen und Knien krabbelt sie zwischen den riesigen Reifen hindurch, bahnt sich ihren Weg durch die herabhängenden Ketten. Sie kann den Plastikmann nicht sehen, aber sie hört, wie er schnaufend hinter ihr her ist, hastig kriechend, und mit seinen knisternden Plastikhänden nach ihren Füßen grapscht.

»Hab dich …«

Aber es gelingt ihr, den Fuß aus seinem Griff zu befreien. Er ist zu langsam. Sie ist schneller. Sie ist die geborene Läuferin. Cambry war schon immer wahnsinnig schnell, unberührbar, uneinholbar, sie war den anderen immer eine Nasenspitze voraus. Sie rollt bereits auf der anderen Seite des Anhängers ins Freie, springt auf die Füße, wirbelt Staub und Schotter auf.

Sie kann jetzt ihren Corolla erkennen, erhellt von einem weiteren Blitz. Sie rennt los. Hinter ihr heult der Plastikmann so laut auf, dass ihr das Blut in den Adern gefriert: »SCHEISSE!«

Im Funkgerät: »Dad, was hat sie getan?«

»SIE … OH, VERDAMMTE SCHEISSE. ICH KANN NICHT MEHR SEHEN, MEIN AUGE …«

»Was?«

»SIE HAT MIR EIN AUGE AUSGESTOCHEN.«

Gut, denkt sie, als sie ihr Auto erreicht. Sie reißt die Tür weit auf – sie steht immer noch offen – und wirft sich auf den Fahrersitz. Endlich wieder hinterm Steuer. Sie dreht den Schlüssel um, und der Motor hustet, braucht ein paar bange Sekunden, um anzuspringen. Es ist nur noch ein Hauch Benzin im Tank.

Aber bis zur Interstate kann es nicht weit sein.

Du schaffst es, Cambry. Schau nicht auf die Uhr.

Es ist jetzt 20:58 Uhr.

Sie legt den Gang ein. Du wirst irgendwo hinkommen, und dort wird es einen gut ausgeleuchteten öffentlichen Platz geben. Du wirst die Polizei alarmieren. Die echte Polizei. Und diese beiden Arschlöcher landen im Knast …

»SIE IST IN IHREM WAGEN …«

»Warte. Was ist mit deinem Auge passiert?«

Cambry tritt auf das Gaspedal, und der Motor heult auf. Ein aufregender Klang, den sie schon immer mit Freiheit assoziiert hat. Der Corolla macht einen Satz nach vorn und rumpelt an dem neunachsigen Lastzug vorbei. Sie schaltet die Scheinwerfer ein und flutet die leere Straße mit grellem Licht. Sie sucht nach dem halb blinden Dreckskerl. Am liebsten würde sie ihn überfahren. Er ist leider nicht zu sehen. Im Fahrtwind hört sie noch, wie sie schreien: »SIE HAUT AB ...«

Hinter ihr verschwindet alles. Der Truck mit der Aufschrift *SIDEWINDER*. Der Plastikmann. Die kreischenden Stimmen. Der Druck auf ihre Luftröhre, das Gefühl zu ersticken, der Gestank von Schweiß und Schlangenscheiße in der Kabine. Alles ist weg und vorbei, endlich.

Der Tacho zeigt ihr sechzig, siebzig, achtzig Meilen pro Stunde. Die Straße ist kurvig und verschlungen. Die Nachtluft dringt durchs Fenster und weht ihre Haare nach hinten. Sie zittert und lacht, kichert und keucht, es fühlt sich an, als hätte sie Kieselsteine in der Kehle. Die Falle dieser Arschlöcher hat versagt. Sie hat etwas gesehen, was sie nicht hätte sehen sollen, und jetzt ist sie ihren Krallen entkommen, und bald wird die ganze Welt davon erfahren. Sie wird diese Dreckskerle berühmt machen. Sie wird dafür sorgen, dass sie verhaftet, vor Gericht gebracht und verurteilt werden. Vielleicht müssen sie den elektrischen Stuhl für den Fettwanst auf Extrabreite erweitern.

Die Straße führt jetzt in Schlangenlinien eine Steigung hinauf. Eine letzte Hügelkette vor der Interstate, dann ist sie frei. Sie schaut in den Rückspiegel, ob dort Scheinwerfer zu sehen sind, die sie verfolgen. Nichts. Ein weiterer Blitz am Himmel sorgt für Gewissheit. Sie ist allein.

Sie erreicht eine gerade Strecke und gibt Gas. Der kalte Wind treibt ihr die Tränen aus den Augenwinkeln. Sie kann sich nicht mehr beherrschen – sie weint, lacht, schreit, alles zugleich, denn jeder Atemzug ist etwas ganz Neues: *Mom und Dad und Lena*, denkt sie mit einem Gefühl schmerzlicher Freude. Ich werde euch wiedersehen. Wenn ich zurück nach Washington komme, das verspreche ich euch, werde ich euch alle wiedersehen. Wir werden wieder eine Familie sein.

Es tut mir leid. Ich sollte aufhören.

Das ist Wunschdenken. In Wahrheit habe ich keine Ahnung, was ihr in diesem Moment durch den Kopf gegangen ist.

Ich sollte bei den Tatsachen bleiben, während ich dies schreibe.

Aber ich möchte mir gerne vorstellen, dass sie mit Wärme und Zuneigung an uns gedacht hat, als sie ihrer Rettung entgegengefahren ist. Dass sie sich mit Mom und Dad aussöhnen wollte. Vielleicht würde sie eine Wohnung mieten, aufhören von der Hand in den Mund zu leben und Abendkurse in Grafikdesign besuchen. Vielleicht hat Cambry ja sogar an mich gedacht, als sie dort entlangfuhr – ich hoffe es. Vielleicht hat sie gedacht: Ich vermisse dich auch, Rattengesicht. Es tut mir leid, dass wir nie wirklich miteinander gesprochen haben. Es tut mir leid, dass wir einander fremd geworden sind. Ich wünschte, ich hätte meine Zeit mit dir auf andere Weise verbracht.

Es ist aber auch möglich, dass ich in dieser kalten Nacht im Juni überhaupt nicht in ihren Gedanken auftauchte. Ich kann es nicht überprüfen. Aus der Schilderung von Corporal Raycevic weiß ich nur, dass sie dem Angriff des Plastikmanns entkommen ist und nach Norden Richtung Interstate fuhr. Was bedeutet …

Direkt vor ihr beschreibt die Straße eine scharfe Biegung.

Dahinter liegt eine Brücke.

Sie kommt rasch näher. Hebt sich von der dunklen Nacht ab wie ein hageres, schauriges Skelett. Bedrohlich, mit schrägen Eisenträgern, die sich zu einer gebrochenen, spinnennetzartigen Struktur inmitten klotziger Felsen zusammenfügen. Die Scheinwerfer des Corolla gleiten hastig über ein verrostetes Schild, und kurz kann sie die Botschaft lesen, die mit schwarzer Farbe darauf gesprayt wurde:

ALLE DEINE WEGE FÜHREN HIERHER.

KAPITEL 20

Lena

»Was ist wirklich mit meiner Schwester passiert?«

Theo Raycevic saß ganz still da, die Winchester auf dem Schoß, den Lauf nach unten gerichtet. Er hielt den Kopf gesenkt, sein Atem ging langsam, er hörte nur zu. An der Lautstärke und dem Klang von Lenas Stimme konnte er erkennen, dass ihre Frage an Ray-Ray gerichtet war.

Zuhören ist alles.

Augen? Überbewertet. Die meisten Boas können tagsüber kaum etwas erkennen und verlassen sich stattdessen auf ihre beinahe übernatürliche Sensibilität für Gerüche und Vibrationen. Theo konnte das gut nachvollziehen. Er kam am besten im Dunkeln zurecht, wenn er eingewickelt in Plastikfolie, wie sie die Anstreicher zum Abdecken benutzen, aufrecht in einem Hotelzimmerschrank stand. Wenn du deine Sehkraft einbüßt, übernehmen die anderen Sinne die Wahrnehmung. Das ruhige Atmen der jungen Frau. Das Klimpern ihrer Umhängetasche. Das Geräusch der nackten Fußsohlen, wenn sie vom Bett zum Badezimmer tapst, ohne zu ahnen, dass sie gerade die gleiche Luft wie ihr Mörder einatmet.

Dies hier war so ähnlich.

Ray-Ray hatte mit der Antwort gezögert, und Lenas Stimme wurde lauter: »Rede, Ray!«

Ihr Atem ging jetzt stoßweise. Theo erinnerte sich selbst daran, dass er es hier nicht mit einer dämlichen Streunerin mit Heroinspritzen in der Umhängetasche zu tun hatte. Lena war eine Kämpferin, eine kratzbürstige kleine Asiatin wie ihre Schwester, und sie war immer noch voll auf Adrenalin. In ihrer Welt hätte sie die Schießerei am O. K. Corral überlebt. Aber Theo hatte sich ein wenig Luft zum Atmen verschafft, indem er sich tot stellte, und er würde abwarten, bis der Moment für einen Gegenangriff gekommen war. Sie hatte bereits einen Kardinalfehler begangen, weil sie nicht überprüft hatte, ob er wirklich tot war.

Du hast keine Instinkte für so was, dachte er. Im Gegensatz zu Cambry. Du bist nur ein Schatten von ihr.

Er roch den Schweiß des Mädchens. Grüner-Apfel-Shampoo. Vielleicht auch irgendein Deodorant, etwas Frisches, Blumiges. Sie rochen immer gut.

Schließlich ergriff Ray-Ray das Wort. »Er ist … kein guter Mensch.«

»Ihr Vater?«

»Ich weiß, dass er kein guter Mensch ist.«

Sprich für dich selbst, Ray-Ray. Es war, als würde er seiner eigenen Grabrede zuhören.

»Er … äh … bringt Leute um.«

Sag bloß.

»Nicht irgendwelche Leute. Er hat es auf Frauen abgesehen.«

Oh, ist das schlimmer? So viel zur Gendergerechtigkeit.

»Er lauert ihnen … äh …« Ray-Rays Stimme zitterte, so unangenehm war es ihm. »Er lauert ihnen an der Straße auf. Er fährt die Highways ab, von Chicago nach Austin und nach Memphis. Wie ein herumirrender Dämon in einem Sattelschlepper. Er bietet jungen Frauen, die eine Panne haben, seine Hilfe an. Oder Tramperinnen oder betrunkenen Mädchen, die einfach nur nach Hause wollen. Wenn er sie nicht in den Truck bekommt, versucht er herauszufinden, wo sie in dieser Nacht schlafen. Er nennt sie seine *Streunerinnen.* Junge, verzweifelte Frauen, die im Auto leben und vor etwas davongelaufen sind … die leicht verschwinden können, weil sie keinen festen Wohnsitz haben.«

Scheiß niemals vor die eigene Tür. Das hab ich dir hundertmal gesagt.

»Ich erinnere mich noch, als ich fünf oder sechs war. Ich spielte mit meinem Bruder Nintendo, als unser Vater von der Werkstatt ins Haus kam. Er trug seinen großen Regenmantel, der ihn von Kopf bis Fuß einhüllte, sah aus wie ein wandelnder Toter in einem Leichensack. Wir waren total erschrocken. Ich fragte ihn, was er da machte. Und ohne zu zögern, grinste er breit, fletschte die Zähne wie ein Krokodil und sagte mit komisch verstellter Stimme: ›Was glaubst du denn, Junge? Ich bin doch der Plastikmann!‹«

Theo erinnerte sich kaum daran. Aber es war merkwürdig bewegend, dass Ray-Ray es noch tat.

»Wie ein Superheld«, sagte Ray-Ray. »Wie Clark Kent,

der in seiner Telefonzelle verschwindet. Für mich wurde es ganz normal, dass mein Vater ab und zu verschwand, weil er der Plastikmann war.«

Seine Stimme verdüsterte sich. Als wäre die Sonne hinter den Wolken verschwunden. »Mein Bruder und ich erfassten die Tragweite erst später, als wir achtzehn waren. Wir sind beide unterschiedlich damit umgegangen. Mein Bruder schob sich einen Gewehrlauf unters Kinn, wie ich schon erzählt habe. Ich war gerade auf die Polizeiakademie in Missoula gekommen, der Traum meines Lebens. Dann verlor ich meinen Zwillingsbruder, und mein Vater – mein einziger noch lebender Verwandter – war ein psychopathischer Killer. Was sollte ich jetzt tun?«

Theo spürte eine Bewegung. Einen Meter entfernt von ihm änderte das Mädchen seine Haltung in der Türöffnung. Sie war jetzt ganz auf den draußen stehenden Ray-Ray konzentriert, nicht auf die vermeintliche Leiche, die auf dem Kabinenboden hockte.

Der Zeitpunkt war günstig.

Er öffnete das gesunde Auge. Atmete durch die Nase. Ganz langsam schob er die rechte Hand nach unten zum Schaft des Gewehrs. Es war klebrig vom Blut und dem süßen Tee. In Gedanken ging er durch, wie er angreifen wollte: Er würde den Kopf heben, das Gewehr hochnehmen und ihr die Lunge aus dem Leib schießen. Alles in einer Mikrosekunde, bevor sie die Pistole auf ihn richten konnte. Er könnte es jetzt tun, wenn es da nicht ein Problem gäbe.

Ein schwerwiegendes Problem.

Die Winchester war nicht durchgeladen. Er musste zuerst den Ladehebel des Gewehrs betätigen, um eine frische Patrone in den Lauf zu schieben, und das würde ein deutlich hörbares Geräusch verursachen. Lena würde es garantiert mitbekommen.

Scheiße. Das hatte er vergessen.

»Ich habe meinem Vater einen Deal angeboten«, fuhr Ray-Ray fort. »Er sollte mir versprechen, es nie wieder zu tun, dann würde ich ihm … helfen, seine Spuren zu verwischen.«

»Aber er hat es wieder getan, stimmt's?«

Darauf kannst du wetten.

»Er ist rückfällig geworden, ja.«

»Armer Kerl.«

Während sie redeten, übte Theo konstanten Druck auf den Ladehebel der Winchester aus, um den Verschluss zu öffnen, Millimeter für Millimeter, um die Waffe so leise wie möglich zu laden.

Dann würde er sich ruckartig aufrichten und sie erschießen.

»Siebzehn Jahre«, fuhr Ray-Ray fort. »Siebzehn Jahre lang habe ich hinter meinem Vater aufgeräumt. Alles getan, was getan werden musste. Zu jeder Tages- und Nachtzeit. Ich habe Leichen verschwinden lassen. Beweise vernichtet. Autos verbrannt. Meldungen falsch eingeordnet. Mein ganzes Leben als Polizist lang ist es mein hässliches Geheimnis gewesen. Ich war sein Schutzengel in Uniform.«

Mein Schutzengel in Uniform. Theo erinnerte sich daran, wie er das eines Morgens gesagt hatte, als sie Zement ausgossen. Ausgerechnet am Vatertag. Solche dämlichen

Zufälle kann man sich nicht ausdenken. Unter seinem Bauch spürte er, wie der Lademechanismus der Winchester immer weiter aufging und die Feder sich immer mehr spannte …

»Aber«, fügte Ray-Ray hinzu, als ob das wichtig wäre, »ich habe nur beim Beseitigen geholfen. Nur hinterher. Ich hatte nie den Mut für … Sie wissen schon.«

Es stimmte. Wie erschütternd musste das für seinen Sohn gewesen sein, der als Kind immer davon geträumt hatte, Cop zu werden, als er im Erwachsenenalter dann plötzlich für das falsche Team spielte? Das Leben kann einen ganz schön hart angehen, was?

Der Lademechanismus des Gewehrs war jetzt so weit geöffnet wie möglich und schob die leere Patronenhülse aus dem Lauf. Theo ließ sie ganz vorsichtig in seine Hand gleiten. Er musste verhindern, dass sie klimpernd auf den Boden fiel.

»Und Sie haben nie versucht, ihn aufzuhalten?«, fragte Lena.

»Ich … ich habe *immer* versucht, ihn aufzuhalten«, stotterte Ray-Ray. »Ich habe damit gedroht, uns beide anzuzeigen. Viele Male. Aber er hat es immer für einen Bluff gehalten, weil er wusste, wie wichtig es mir war. Und dass ich mehr zu verlieren hatte.«

Jetzt kam der riskante Teil.

Theo änderte die Griffstellung und ließ den Verschluss ganz langsam, Stückchen für Stückchen und ganz gleichmäßig zugleiten, um auf diese Weise eine neue Patrone in die Kammer zu schieben und diese zu schließen wie einen Tresor. Schließlich konnte er die Bewegung mit einem kaum hörbaren Klicken abschließen.

Der Hauch einer Bewegung. Das war Lena, die jetzt den Kopf zu ihm drehte.

Sie hat es gehört.

Theo erstarrte. Er schwitzte, sein eingezwängter Bauch verkrampfte, seine Haare sträubten sich. Er fragte sich, ob sie den Ton kannte, den der Verschluss eines Unterhebelrepetierers machte, wenn er einrastet. Sie kannte sich mit Waffen aus. Das war ungewöhnlich für eine Frau. Die Temperatur in der Kabine schien sich zu ändern. Alles stand auf Messers Schneide. Wenn Lena sich hereinbeugte und genauer hinsah, würde sie erkennen, dass die blutigen Finger der Leiche jetzt verdächtig nah am Abzugshebel der Winchester lagen.

Eine Sekunde verging.

Zwei Sekunden.

Er wartete, immer noch im Dunkeln, immer noch mit geschlossenen Augen. Ein Schweißtropfen rollte über seine Nase und blieb an der Spitze hängen. Es kitzelte leicht.

Schließlich hörte er, wie das Mädchen ausatmete und weitersprach. Wieder an Ray gewandt: »Das ist alles? Und ich war so fixiert auf Sie. Dabei sind Sie gar nicht der Mörder.« Sie klang enttäuscht, als wäre diese ganze Schießerei reine Zeitverschwendung gewesen. »Sie sind bloß der Gehilfe, der hinterher den Dreck beseitigt.«

Sein Sohn seufzte, offenbar verletzt.

Theo spürte, wie sich ein amüsiertes Glucksen in seinem Bauch ankündigte. Irgendwo in der Nähe der 9 mm-Kugel, mit der sie ihn getroffen hatte. Vielleicht mochte er sie sogar. Vielleicht war sie es ja sogar wert, die gleiche DNA wie Cambry zu besitzen. Nicht dass es eine Rolle spielte, denn jetzt war die Winchester durchgeladen und lag schussbereit zwischen seinen Knien. Sein Zeigefinger legte sich um den Abzugshebel.

Lena zögerte, als würde sie davor zurückschrecken, diese Frage zu stellen: »War sie …«

»Was?«

»War meine Schwester eins seiner Opfer?«

Das war eine schwierige Frage. Darauf würde es eine niederschmetternde Antwort geben, und deshalb war Theo sicher, dass dies der richtige Moment zum Angriff war. Jetzt musste er die Augen aufreißen, sich aufrichten, die Winchester anheben und ihr eine Kugel in die Brust schießen. Noch wartete er ab, in seiner ganz persönlichen Dunkelheit, wartete darauf, dass Ray-Ray sich räusperte und antwortete. Dann würde er dieser kleinen Schlampe die größte Überraschung ihres Lebens …

Lena schoss dem alten Mann mitten ins Gesicht, um sicherzugehen.

Er zuckte nach hinten, Blut sprühte durch die Kabine wie von der Sonne angestrahltes rotgoldenes Pulver. Sein Schädel prallte gegen das Funkgerät, fiel auf den Schalthebel und schob ihn nach vorn. Das Gewehr landete scheppernd auf dem Boden. Und vielleicht war es ja nur Lenas Einbildung, aber sie hätte schwören können, dass sie für den Bruchteil einer Sekunde etwas in seinem Gesicht aufblitzen sah.

So etwas wie *Überraschung*.

Der Schuss hallte in der engen Kabine kurz nach. Raycevic schrie vor Schreck auf.

»Ich musste sichergehen«, sagte Lena. »Dass er sich nicht nur tot stellt.«

Sie hatte die Kugel aus dem Revolver direkt durch die Oberlippe des alten Mannes geschossen. Ein bisschen tiefer als bei ihren Kartenspielübungen, denn sie hatte mit der linken Hand gezielt und geschossen. Trotzdem ein solider Treffer. Sie schwenkte die Trommel aus dem Revolver – alle Zündkapseln waren eingekerbt – und ließ die leergeschossene Waffe fallen.

Raycevic starrte sie erschüttert an. »Warum … warum haben Sie das *getan*?«

Weil es sich gut anfühlt, hätte sie beinahe gesagt.

Und jetzt spürte sie etwas anderes – eine irritierende Bewegung. Sie stellte fest, dass der Truck sich bewegte. Unterhalb des Trittbretts sah es aus, als würde der Straßenbelag sich Zentimeter für Zentimeter verschieben.

Auch Raycevic hatte es bemerkt.

Der Körper des alten Mannes war gegen die Gangschaltung geprallt und hatte den Hebel in die N-Stellung geschoben. Und nun rollten zehn Tonnen Sattelschlepper plus Ladung über die leicht geneigte Fahrbahn der Hairpin Bridge. Die Luftdruckbremsen jaulten leise auf und kämpften dagegen an, aber nur schwach.

Lena entschied, dass dies genau das Richtige war. Sie hatte genug Zeit damit verbracht, auf diesem Trittbrett zu hocken, im Gestank von getrocknetem Schweiß und

Schlangenscheiße, der aus der Kabine drang. Sie konnten ihre Unterhaltung genauso gut bei den Autos fortsetzen, in der Nähe des Kassettenrekorders, damit das restliche Geständnis von Raycevic aufgenommen wurde. Falls dieser Laster unbedingt unten im Tal landen wollte, dann konnte er das gerne tun, aber bitte ohne sie.

»Zurück, Ray.«

Er trat gehorsam von dem rollenden Truck zurück. Lena zielte auf ihn und sprang vom Trittbrett. Sie kam hart auf, ihr Knöchel verkantete sich, und sie wurde vom grellen Sonnenlicht geblendet. Raycevic starrte fasziniert auf etwas in der Ferne. Und sie sah es jetzt auch.

Östlich der Hairpin Bridge war der am nächsten liegende, mit struppigen Kiefern bewachsene Hügel das Opfer einer riesigen, apokalyptischen Feuerwelle geworden.

Der Briggs-Daniels-Waldbrand war bei ihnen angekommen.

KAPITEL 21

»Die Zeit läuft uns davon, Lena.«

Sie schob eine weitere 90-Minuten-Kassette in den Rekorder und ignorierte Raycevics Mahnung. Sie drückte auf den Aufnahmeknopf und hinterließ dabei einen blutigen Fingerabdruck. Sie war an diesem Tag zu weit gefahren und hatte zu hart kämpfen müssen, um sich von einem Waldbrand in die Flucht schlagen zu lassen.

»Lena«, flüsterte er. »Wir müssen hier weg …«

»Noch nicht. Wie ist meine Schwester gestorben?«

»Sie sind ja wahnsinnig.«

»War sie eine von seinen …« Sie suchte nach dem hässlichen Wort. »Streunerinnen?«

»Nein. Mit Cambry war es anders.« Raycevic sah zu, wie die zwanzig Meter hohen Bäume in der Ferne entflammten und sich in rauchende Feuersäulen verwandelten. »Sie war kein Opfer. Sie hat meine Feuergrube entdeckt, und das war zu viel für sie …«

»Ihre *was*?«

»Meine Feuergrube.«

»Was soll denn das sein?«

Er dachte angestrengt nach. »In dieser Richtung dort, an der Pickle Farm Road, dort ist … gleich hinter der abgebrannten Scheune, wenn man die Schotterstraße Richtung Süden fährt … da gibt es ein Stück Land, das mein Onkel meinem Vater überlassen hat, nachdem seine Holzwirtschaftsfirma pleitegegangen war. Wir nennen es das Raycevic-Anwesen. Eigentlich sollte dort ein großes Haus für die ganze Familie gebaut werden, aber daraus ist nie etwas geworden. Im Winter wurden die Straßen überschwemmt. Das Baumaterial konnte nicht angeliefert werden. Dann zerbrach das Fundament, und der Grundwasserbrunnen trocknete aus, und so wurde es zu dem Ort, an dem ich … äh …« Er hielt inne und starrte verschämt auf den Betonboden.

Seine Feuergrube.

Lena schmeckte Magensäure in der Kehle. »Sie hat … gesehen, wie Sie eine Leiche verbrannten?«

»Es ist mehr als nur das.«

»Und deshalb musste sie verschwinden?«

»Ich wünschte, es wäre nie passiert, Lena.«

Das klang ehrlich. Irgendwie wusste sie, dass dies keine Lüge war.

Der Sattelschlepper hatte sich jetzt bereits dreißig Meter über die Brücke bewegt. Im Führerhaus lag Rays toter Vater neben seiner toten Schlange. Dieses menschliche Raubtier, das die Highways heimsuchte und arme Seelen einsammelte, wie Krähen Glassplitter aufpicken. Er war das dunkle Herz dieser rätselhaften Geschichte – und womöglich am meisten verantwortlich für Cambrys Tod. Und nun unerreichbar. Er konnte nicht noch mehr bestraft werden. Sollte es sich gut anfühlen, ihn erschossen zu haben? Hatte sie ihre Rachegelüste damit befriedigt?

Lena merkte, wie ihre Augen in der rauchgeschwängerten Luft tränten. »Das ist der Grund, warum Cambry sterben musste?« Ihr Unterkiefer bebte, aber sie konnte sich beherrschen. »Nur wegen eines blöden Feuers? *Ich habe keine Schwester mehr* – und das ist der Grund?«

»Was haben Sie denn erwartet?«

Das wusste sie nicht. Eine Verschwörung vielleicht? Geister, die auf der Hairpin Bridge ihr Unwesen trieben? Alles wäre besser als das hier. Das wahre Monster lag bereits tot in einem Sattelschlepper, der sich langsam über die Brücke bewegte, und ihr war nichts weiter geblieben als Ray-Ray, der kleine wehleidige Assistent des Serienkillers.

Cambry ist nur wegen eines Feuers gestorben.

Antworten können einen herunterziehen. Lena wusste das nur zu gut. Freunde können fortziehen. Ein teuer bezahltes Diplom in Englisch kann zu einem Aushilfsjob beim Catering-Service führen. Der Traum von deiner toten Schwester in der Nacht, bevor du ihren Mörder stellst, kann damit enden, dass sie sich weigert, dich anzuschauen, mit dir zu sprechen, dass sie dich von ihrem Grab fortscheucht. *Geh, Lena, geh einfach.*

Bitte geh …

Ein Kreischen ertönte. Knirschendes Metall, als würde jemand einen Schraubenzieher über eine Schiefertafel ziehen. Die Seite des Sattelschleppers schabte am Geländer der Brücke entlang. Er war jetzt dreißig Meter entfernt.

»Sie rannte davon. Ich musste sie aufhalten. Es tut mir leid, Lena.«

»Ernsthaft?«

»Ja, ernsthaft. Alles tut mir leid. Ich habe das hier verdient. Verstehen Sie? Es musste für mich und meinen Dad so kommen. Sie tauchten hier auf wie eine Westernheldin, die den Banditen aufhalten will, was Sie ja auch getan haben. Jetzt ist er tot, und Sie haben mich gefasst.« Seine Stimme brach. »Es tut mir wirklich leid, was mit Cambry passiert ist.«

»Nehmen Sie ihren Namen nicht in den Mund.«

»Cambry Lynne Nguyen. Ich kenne alle ihre Namen. Ich wollte sie in Erinnerung behalten, weil mein Dad das nicht tat. Es ist genau, wie Sie sagten: Wenn man tot ist, ist man keine Person mehr. Man ist nur noch eine Idee.«

Auf der Brücke wurde das Kreischen des Metalls immer lauter. Das Geländer der Brücke wölbte sich, dehnte sich immer weiter, war kurz davor zu bersten …

»Anna Richter. Molly Wilson. Kara Patrick. Ingrid Wells.« Er holte Luft und sprach schneller weiter: »Janelle Ross. Ellie Erickson. Erin DeSilva. Megan Hernandez. Mary Keller. Sara Smith.«

Sie trat einen Schritt zurück. Es ging noch weiter.

»Karen Fuller. Alex Ford. Kelly Sloan. Melanie Lopez.« Er schaute zum Rekorder. »Haben Sie das aufgenommen? Alle diese Menschen wurden ausgemerzt. Dad zog vor allem in den Sommermonaten umher, wenn Frauen noch spätabends allein unterwegs sind. Er folgte keinem besonderen Plan, keiner Strategie. Er folgte einfach seinen Launen wie ein Kind, das sich Spielzeuge in einem Katalog aussucht. Wenn er fertig war, rief er mich an. Ich war mit Liza zu Hause oder stemmte Gewichte in der Polizeistation, und plötzlich klingelte mein Handy, und er sagte: ›Ich hab eine Streunerin für dich.‹ Das war dann meine Aufgabe. Und ich hab sie erfüllt.«

Sie stellte sich vor, wie er seine Aufgabe erfüllte, indem er folgsam die Leiche einer Fremden zu Asche verbrannte. Und wie Cambry, die arme getriebene Cambry, während ihrer Reise in diese makabre Szene stolperte, wobei ihr unfreiwillig das schreckliche Familiengeheimnis der Raycevics enthüllt und sie selbst zum Tode verurteilt wurde.

Das metallische Kreischen war jetzt markerschütternd laut. Das Geländer ächzte unter den zehn Tonnen Gewicht, die Pfeiler brachen mit lautem Krachen, der Sattelschlepper neigte sich über den Silver Creek, war nur noch wenige Zentimeter davon entfernt, zu kippen.

Er senkte die Stimme. »Diese Woche habe ich ein *Kind* getötet.«

Sie schaute ihn an.

»Dad rief mich an und sagte mir, er hätte eine weitere Streunerin für mich, die verschwinden musste. Und ihren Wagen. Und dann … sagte er, es gäbe da noch eine Situation zu klären, auf dem Rücksitz.«

Seine Augen glänzten.

Das hast du nicht getan, dachte sie. Du hast doch nicht …

»Drei Jahre alt, vielleicht vier.« Seine Stimme brach. »Ein

kleiner Junge mit braunem Haar. Er sah aus wie mein Bruder oder ich, als wir noch klein waren. Er saß in einem Autositz mit Aufklebern von Superhelden, Captain America und Thor und der Unglaubliche Hulk. Er weinte, weil er mitangesehen hatte, wie seine Mutter getötet wurde. Das war die Situation, von der mein Dad gesprochen hatte. Das sollte ich bereinigen.«

Lena hätte gern die Augen geschlossen, damit alles aufhörte. Das Kreischen des Trucks wurde immer lauter.

»Ich nahm den kleinen Jungen mit in unsere Hütte und behielt ihn dort. Mein Dad meinte, das sei keine gute Idee. Aber ich wusste nicht, was ich sonst tun sollte. Ich gab ihm zu essen und Sachen zum Anziehen und Spielzeug. Wir bauten Kugelbahnen. Dann wurde er krank, und ich gab ihm ein Antibiotikum von meinem Vater. Ich dachte ... ach, Scheiße, ich weiß nicht, was ich dachte. Dass wir ihn großziehen könnten, wahrscheinlich. Aber meine Frau durfte nichts davon wissen. Also überlegte ich mir, ihn in den Süden zu bringen, nach Arizona oder New Mexico, wo ich ihn nachts vor einer Feuerwache aussetzen könnte. Die würden bestimmt seine Verwandten ausfindig machen, oder?«

Er hielt inne, als erwarte er Zustimmung. Aber diesen Gefallen würde sie ihm nicht tun.

»Nur hatte er unsere Gesichter gesehen. Er konnte sich an alles erinnern.«

Als wäre *er* das Opfer.

»Ich hatte keine Wahl.« Er schluckte, und dann brach es aus ihm hervor: »Ich habe drei Monate lang nachgedacht, bin alle Möglichkeiten durchgegangen, verstehen

Sie? Und in dieser Woche dann habe ich ihm ein T-Shirt um die Augen gebunden und ihm versprochen, er würde seine Mutter wiedersehen, wenn es abgenommen würde. Und dann habe ich ihn zu dem ausgetrockneten Grundwasserbrunnen gebracht. Der ist fünfzehn Meter tief. Der Grund ist steinhart. Es ging ganz schnell. So schnell, dass er sicher nichts gespürt hat, genau wie Cambry. Ich nehme an, dass er beim Aufprall sofort gestorben ist, was gut ist, denn ein langsamer Tod dort unten durch Dehydrierung wäre viel schlimmer …«

Er brach erneut ab. Er versuchte, sich die Sache schönzureden. Nun schaute er sie an und sah aus wie ein weinerliches Kind in einer Polizeiuniform.

»Das war vor zwei Tagen. Sie haben mich gefragt, warum ich seit Donnerstag nicht mehr geschlafen habe. Deshalb.«

Donnerstag. Das war der Tag, an dem Corporal Raycevic den Kampf um seine Seele endgültig verloren hatte.

»Jetzt wissen Sie alles.« Er schluchzte auf. »Herzlichen Glückwunsch. Sie haben gerade vierzehn unaufgeklärte Kriminalfälle gelöst, die über ein Jahrzehnt zurückreichen. Vermisste Personen überall im Land von Kalifornien bis Philadelphia. Das wird ein Wahnsinnsbuch. Sie werden berühmt.«

Genau wie du, dachte sie.

Der Kindermörder rang sich ein schiefes Grinsen ab. »Und, sind Sie jetzt zufrieden, Lena?«

Hundert Meter entfernt schrammte der Sattelschlepper immer noch am Brückengeländer entlang. Es quietschte, kreischte und schnarrte, der Anhänger geriet immer mehr in Schieflage, die ganze Ladebrücke kippte und ergab sich der Schwerkraft – nur um im letzten Moment aufgehalten zu werden. Und nun hingen die ganzen zehn Tonnen Gewicht an dem zu einem Eisenknoten verbogenen Geländer über dem Abgrund.

Die Situation wirkte unvollendet.

Alles daran war unvollkommen, eine Lücke tat sich auf. Etwas fehlte. Die ganze Zeit schon hatte etwas gefehlt, aber sie konnte es sich nicht erklären. Über das Tal hinweg konnte sie zuschauen, wie der Waldbrand einen Baum nach dem anderen auffraß, wie der orangefarbene Feuerschein sich ausbreitete. In der Luft hing ein Geruch wie von einem Lagerfeuer auf dem Campingplatz.

Wenn Sie Cambry getötet haben, wieso musste es dann wie ein Selbstmord aussehen? Wieso wurde sie nicht verbrannt wie die anderen Opfer, um die Spuren zu verwischen?

»Sie können uns beide töten, Lena, aber Sie können nichts ungeschehen machen. Ihre Schwester ist aus eigenem Antrieb von der Brücke gesprungen«, sagte Raycevic. »Genau dort. Über das Geländer.«

Er senkte die Stimme. »Ich war dabei. Ich habe es mitangesehen.«

KAPITEL 22

Cambrys Geschichte

Sie tritt auf die Bremse, ihr Herz pocht heftig.

Nein, nein, nein …

Vor ihr, am anderen Ende der Brücke, steht der Streifenwagen von Raycevic. Quergestellt. Er wartet auf sie. Sie sieht die Umrisse des Mannes, die an einen Gorilla erinnern. Er duckt sich hinter die Motorhaube, auf die er seine schwarze halb automatische Waffe gestützt hat. Er schaut zu ihr hin und kneift wegen des grellen Lichts ihrer Scheinwerfer die Augen zusammen.

Sie sieht auch, welche Falle er ihr gestellt hat: Eine Reihe schwarzer Stacheln, die vor dem Streifenwagen ordentlich aufgereiht von einem Geländer zum anderen quer über die Fahrbahn reichen. Wie lauernde Krokodile in einem flachen Fluss. Es sind Nagelbänder, um Autoreifen zu schreddern. Für den Polizeieinsatz gedacht.

Nein, will sie rufen, das ist nicht fair.

Ich war doch entkommen …

Raycevic winkt ihr zu. Mit müdem Lächeln, wie ein Handwerker nach getaner Arbeit.

Sie schlägt aufs Lenkrad. Die Hupe ertönt. Sie schreit ins Nichts, schreit alles an, ihn, sich selbst – weil sie erkannt hat, dass ihr Schicksal bereits besiegelt war, als sie dem Plastikmann entkam und Richtung Norden fuhr. Sie hatte zwei Möglichkeiten – Nord oder Süd – und hat die falsche gewählt. Genau wie die Eulen, welche die Seelen derjenigen finden, die bald sterben müssen, genau wie der Sensenmann in einer Höhle im fernen Sibirien sein Opfer findet, so hat sie ihr Weg unausweichlich bis zu dieser Brücke geführt.

Es lässt sich nicht mehr ungeschehen machen. Widerstand ist zwecklos.

Die Uhr am Armaturenbrett zeigt genau 21 Uhr.

Sie holt tief Luft und überlegt. Könnte sie über die Nagelbänder fahren und dann weiter flüchten? Nicht lange. Nicht mit vier platten Reifen. Er würde sie ganz leicht einholen.

Er schüttelt den Kopf, als hätte er ihre Gedanken gelesen.

Tränen schießen ihr in die Augen. »Nein, bitte.«

Dann hebt er das Gewehr hoch, legt an, und die todbringende Mündung zielt durch die Windschutzscheibe hindurch direkt auf ihr Gesicht. Ihre Gedanken rasen: Du musst wenden, Cambry. Zurückfahren …

Im Rückspiegel taucht ein weiteres Paar Scheinwerfer auf. Die bekannten großen Scheinwerfer vom Sattelschlepper des Plastikmanns. Es ist wie ein Albtraum. Sogar nachdem er ein Auge verloren hat, kann er noch fahren? Wie ist das möglich?

Sie ist gefangen. Mitten auf der Hairpin Bridge.

Vor ihr steigt Raycevic über die Nagelbänder und zielt

mit dem Gewehr auf sie. Eine kurze Geste, ein Rucken mit dem Lauf nach links, um ihr zu signalisieren: Aussteigen.

Sie schüttelt den Kopf. Warme Tränen laufen über ihre Wangen.

Wieder bewegt er den Gewehrlauf nach links, diesmal deutlicher. Den Zeigefinger am Abzug.

Aussteigen. *Jetzt.*

»Bitte, Ray.« Sie hasst es, seinen Namen auszusprechen. »Bitte. Lass mich gehen.«

Jetzt kann sie trotz des grellen Lichtscheins seine Augen erkennen. Zum ersten Mal seit Einbruch der Dunkelheit steht er nicht nur als riesenhaftes Monster vor ihr, muskelbepackt, mit Bürstenschnitt, als kämpferische Silhouette. Jetzt sieht er aus wie ein Mensch aus Fleisch und Blut, fehlbar und unendlich müde. Er möchte nicht hier sein. Er hasst sein Leben.

Seine Stimme klingt ebenfalls müde. »Cambry, ich werde dich erschießen, wenn du nicht aus dem Wagen steigst.«

Sie tut es. Sie hat keine Wahl. Die Tür des Corolla quietscht beim Öffnen. Sie steigt aus und bleibt auf zittrigen Beinen stehen. Ihr Brustkorb hebt und senkt sich, während sie keuchend nach Luft schnappt.

Er deutet zur Seite. »Dorthin.«

Er meint das Brückengeländer, drei Meter von ihr entfernt. Es ist mit Rostflecken übersät, die im Scheinwerferlicht schimmern. Mit weichen Knien tritt sie näher an das Eisengitter heran. Sie ist sicher, dass sie hier sterben wird. Es ist ein erbärmliches Gefühl von Machtlosigkeit. Es war ein Fehler, aus dem Wagen zu steigen, das wird ihr jetzt klar.

Sie hätte das Gaspedal durchdrücken, auf Raycevic zufahren und seinen Kugelhagel einstecken sollen. Wieder überlegt sie: Ich sollte losrennen. Über die Brücke.

Wenigstens sterbe ich dann zu meinen Bedingungen.

Cambry Nguyen ist immer eine Läuferin gewesen. Sie ist ihr ganzes Leben lang weggelaufen – vor der Therapie, vor dem Zahnarzt, vor ihrer Familie. Auf eine merkwürdig traurige Art ist sie dessen müde geworden. Es hat etwas Friedvolles, endlich eingefangen zu sein.

Beinahe muss sie lächeln. Auf diese Brücke hat sie ihr ganzes Leben lang gewartet.

»Vor das Geländer«, fordert Raycevic sie freundlich auf. »Bitte.«

»Warum?«

»Erklär ich dir gleich.«

Er ist merkwürdig höflich. Das macht ihr Angst.

Sie schaut hinter sich zu dem Sattelschlepper des Plastikmanns, der die Zufahrt zur Brücke blockiert. Der fette Dreckskerl steht dort auf dem Trittbrett und schaut in ihre Richtung, eine Hand am Handlauf, in der anderen hält er ein altmodisch aussehendes Gewehr.

Raycevic ist näher gekommen. »Dein Name ist Cambry Lynne Nguyen«, sagt er. »Du bist vierundzwanzig Jahre alt und so eine Art Wildkatze. Du hast widerrechtlich fremdes Grundstück betreten, mutwillig fremdes Eigentum beschädigt. Du wirst des Vandalismus beschuldigt, des Ladendiebstahls. Des Fahrens unter Alkohol- und Drogeneinfluss. Du bist in Washington aufgewachsen …«

Mein Führerschein, stellt sie fest. Als er mich angehalten hat. Er hat meine Daten in den Computer eingegeben.

»Deine Eltern sind John und Maisie Nguyen, wohnhaft 2013 West Cedar Avenue in Olympia. Auf der Eastside, so wie es aussieht. Sie sind vierundfünfzig und neunundfünfzig Jahre alt ...«

»Bitte«, flüstert sie. »Aufhören.«

»Und vergessen wir nicht deine Schwester. Lena Marie Nguyen. Gleiches Alter und gleicher Geburtstag wie du, also müsst ihr Zwillinge sein. Steht ihr euch nah? Auf ihrem Bild sieht sie genauso aus wie du. Sie lebt in einem Apartmentgebäude namens The Biltmore an der Wabash Avenue in Seattle, Wohnung 211.«

Sie bringt kein Wort heraus.

Er kommt noch näher. Sie riecht seinen säuerlichen Schweiß.

»Es ist ein beschissener Deal, Cambry, und du hast mein Mitgefühl, aber ich will es dir erklären.« Er senkt die Stimme, als wolle er sie an einem schrecklichen Geheimnis teilhaben lassen. »Es ist der einzige Deal, der dir heute Nacht angeboten wird.«

»Wovon redest du denn da?«

»Du sollst mir aus der Patsche helfen.« Sein Lächeln ist eine hässliche Grimasse. »Alles hängt allein von dir ab. Das Schicksal deiner Familie hängt von dir ab. Du kannst ihre Leben retten. Die Leben von John, Maisie und deiner Schwester Lena. Sie werden nie von mir oder meinem Vater hören. Du musst nur diese eine Sache tun.«

Er hebt die Hand. »Nur diese eine Sache.«

Mit wachsendem Schrecken erkennt sie, dass er hinter sie deutet. Über ihre Schulter hinweg. Über das verrostete Geländer in den tiefen schwarzen Abgrund.

»Spring.«

TEIL 3

Das letzte Wort

KAPITEL 23

Cambry weiß nicht mehr, wie sie über das Geländer gekommen ist. Sie steht einfach plötzlich auf der anderen Seite, als hätte man sie dorthin gebeamt. Jeder hastige Atemzug ist ein Stich in ihrer Lunge. Die Spitzen ihrer Schuhe ragen über den Rand der Brücke.

»Sieh nicht nach unten«, flüstert Raycevic. »Spring einfach.«

Ihre Hände umklammern das kalte Metall. Sie schaut trotzdem nach unten in den dunklen, leeren Abgrund, spürt die gähnende Tiefe so stark, dass es ihr die Luft aus der Lunge presst. Sie kann nicht springen. Sie wird nicht springen. Dafür muss er ihr schon eine Kugel in den Kopf jagen. Sie spürt, wie ihre Wangen brennen, als heiße Tränen darüber fließen.

»Bitte, tu es«, sagt der Cop mit sanfter Stimme. »Für deine Familie.«

Die Stimme des Plastikmanns hallt aus der Ferne zu ihnen, gedämpft vom Adrenalinstoß, der sie durchflutet. Sie braucht einen Moment, um zu verstehen, was er gesagt hat.

»Knall die Schlampe endlich ab.«

»Nein«, ruft Raycevic zurück. »Erst gebe ich ihr noch eine Chance.«

Gebe ihr noch eine Chance. Was für eine höhnische Verkehrung der Tatsachen. Sie klammert sich an das Geländer, schiebt die Füße so weit zurück, bis sie schmerzhaft dagegen drücken. Sie schwört bei Gott oder jeder anderen Macht, die ihr vielleicht zuhört, dass sie niemals loslassen wird. Dafür müssen sie ihr schon die todesstarren Finger brechen. Selbst wenn Raycevic ihr vorher eine Kugel in den Kopf jagt und ihre Familie abschlachtet, einen nach dem anderen.

»Ray-Ray. Knall sie einfach ab.«

Sie schüttelt sich die Haare aus dem Gesicht und schaut Raycevic an. »Bitte.« Ihre Stimme ist nur noch ein heiseres Krächzen. »Bitte, lass mich einfach nur gehen.«

Er schüttelt den Kopf.

»Ich werde niemandem etwas von deinen Feuern erzählen.«

»Wirst du auch nicht. Denn Folgendes wird jetzt passieren, Cambry. Ich werde rückwärts zählen, angefangen bei zehn. Wenn ich bei Null ankomme, werde ich dir in den Kopf schießen. Und am kommenden Wochenende werde ich so wie heute ein paar Überstunden abbummeln und nach Washington fahren.« Er grinst breit und entblößt seine Zähne. »Aber du kannst sie retten, Cambry. Du kannst dafür sorgen, dass sie mich niemals kennenlernen. Aber dir läuft die Zeit davon.«

»Du musst das nicht tun.«

»Zehn.«

»Bitte …«

»Neun.«

»Nein.« Ihre Stimme bricht. »Wir können doch reden. Vielleicht können wir …«

»Es gibt nichts zu bereden. Acht.«

Wieder ein Blitz am Himmel, und die Stimme des Plastikmanns: »Sie wird nicht springen. Ich muss ins Krankenhaus. Erschieß sie einfach, Ray-Ray. Sonst mach ich es.«

»Sieben.« Er lässt sie nicht aus den Augen. »Du musst dich entscheiden, Cambry.«

»So ist es nicht gewesen, Lena.«

»Sie mussten sie gar nicht von der Brücke stoßen«, flüsterte sie, geschockt von ihrer Horrorvision. »Sie haben sie so lange gequält, bis sie selbst gesprungen ist. Sie haben ihre Daten im Polizeicomputer gefunden. Sie haben gedroht, ihre Familie zu töten. Mich, meine Eltern … Sie haben uns als Geiseln benutzt …«

»Nein, ich hab versucht, sie zu retten.« Er senkte die Stimme. »Sie wollen das nur nicht wahrhaben.«

»Sie lügen, Ray.«

»Sie werden ein aufregendes Buch über sie schreiben, glaube ich. Es gibt eine Verfolgungsjagd. Eine verzweifelte Heldin. Einen bösen Bullen, der hinter ihr her ist. Einen zweiten Bösewicht, der plötzlich auftaucht. Jede Menge Spannung und überraschende Wendungen.«

Sie hätte beinahe abgedrückt.

»Aber …« Er fuhr sich mit der Zunge über die Lippen.

»Es gibt noch einige Lücken in der Handlung, offene Fragen.«

Lücken in der Handlung? Diese Formulierung machte sie wütend.

»Fangen wir mal mit Dino Bob an. Erinnern Sie sich an ihn?« Er deutete mit dem Kopf auf seinen Streifenwagen. »Wie kam die Zeichnung von Cambrys Comicfigur auf das Polster in meinem Auto? Sie sagten, ich hätte sie mit vorgehaltener Pistole gezwungen, über die Brücke zu springen. Dann beantworten Sie mir mal diese Frage: Ist sie in Ihrer Version der Geschehnisse am 6. Juni jemals in meinem Wagen gewesen? Und hätte sie sich während einer Verfolgungsjagd auf Leben und Tod Zeit genommen, etwas zu zeichnen?«

Sie dachte nach. Einen Moment lang war sie orientierungslos, aber dann legte sie das fehlende Teil ins Puzzle: »Sie hat es gezeichnet, um eine Spur zu legen. Damit ich herausfinde …«

»Wann denn?«

»Weiß ich nicht.«

»Das ist reines Wunschdenken, Lena. Das passt nicht zu Ihnen.« Er trat näher und fuhr sich mit der Zunge über die Lippen. »Erklären Sie mir mal, warum Cambry in Ihrer Version der Geschichte das Benzin ausgegangen ist.«

»Was?«

»Sie haben schon verstanden.«

»Ihr Tank war leer. Sie haben behauptet, als Sie Ihre Leiche fanden …«

»Das meine ich nicht. Die Frage ist doch: Hatte Ihre

Schwester die Angewohnheit, ganz allein und ziellos irgendwelche Straßen in Montana abzufahren – mit weniger als einem viertelvollen Tank?«

»Vielleicht. Sie hatte doch kaum Geld …«

»Ziemlich vage.«

»Sie hat sich das Benzin zusammengestohlen. Abgezapft bei …«

»Nein. Wenn man Benzin abzapfen will, fährt man in die Stadt, Lena. Lassen Sie sich das von einem erfahrenen Polizisten sagen, okay? Man fährt auf einen Supermarktparkplatz oder vor ein Bowling-Zentrum oder in ein Wohnviertel. Irgendwo im Niemandsland kann man kein Benzin abzapfen. Hier draußen kann man stundenlang herumfahren, ohne auf eine Menschenseele zu stoßen …«

»Vielleicht wenn man verzweifelt ist.«

»Man wäre nicht verzweifelt, sondern einfach nur dumm. Aber ihre Schwester war nicht dumm.«

»Sie kannten sie?«

»Besser als Sie.«

Wieder hätte sie ihn beinahe abgeknallt.

»Ich hätte sie sowieso nicht zum Runterspringen nötigen können.« Sein Grinsen wurde noch breiter. »Die Daten im Polizeicomputer konnte ich gar nicht abrufen. Weil es hier draußen kein Netz gibt. Ich hätte sie per Funk in der Zentrale anfordern müssen, und das wäre sehr verdächtig gewesen. Und dann hätte ich auch nur Cambrys Adresse bekommen, die sowieso hoffnungslos veraltet gewesen wäre. Vielleicht wenn Ihre Eltern auf einer No-Fly-Liste gestanden hätten …«

»Dann haben Sie also geblufft ...«

»Und das ist nicht mal das größte Loch in Ihrer Geschichte, Lena.«

Ascheflocken wehten durch die Luft, brannten in ihren Augen.

Sie wusste, was jetzt kommen würde.

Und wartete.

»Beantworten Sie mir mal diese Frage: Wieso habe ich Cambrys Leiche nicht einfach verbrannt wie die anderen? Ich habe daraus doch schon eine Wissenschaft gemacht. Das wäre die einfachste und sicherste Lösung gewesen. Da sie wie eine Nomadin ziellos unterwegs war, wäre sie nur eine weitere Streunerin von meinem Dad gewesen, die man problemlos beseitigen konnte. Was war so besonders an ihr?«

»Sagen Sie es mir.«

»Warum sollte ich sie zwingen herunterzuspringen? Anstatt sie einfach zu erschießen?«

»Weil Sie ein Arschloch sind.«

Er zählte es mit den Fingern ab: »Jemanden in den Tod treiben. Ihre Skizzenbücher verbrennen. Ihren Wagen von verdächtigen Spuren reinigen. Ein Selbstmordbekenntnis fälschen. Behaupten, ich hätte sie auf dem Highway angehalten. Glauben Sie etwa, ich hätte das alles aus Spaß gemacht?«

Sie trat einen Schritt zurück. »Vielleicht.«

»Sie kannten Ihre Schwester nicht.« Er grinste selbstgefällig, genoss seine Grausamkeit. »Sie haben ja keine Ahnung, wer sie war. Dass Sie mich heute hier an der Brücke treffen wollten, hatte nichts mit Rache zu tun. Das mit der Rache ist nur vorgeschoben. Sie wollten etwas herausfinden, irgendwas, um die schmerzhafte Leere zu füllen, die Sie in sich tragen. Denn das ist nun mal die Wahrheit: Sie hatten fast vierundzwanzig Jahre Zeit, dieses Loch auszufüllen, und Sie haben es nicht getan.«

Er spuckte ihr vor die Füße. »Sie waren eine beschissene Schwester«, sagte er. »Damit müssen Sie sich abfinden.«

Ein weiterer Windstoß wehte noch mehr Asche über sie. Einen Moment lang hingen seine Worte in der Luft, und sie sagte nichts dazu.

Na schön, dachte sie. Darauf läuft es nun mal hinaus.

Er hatte recht. Alles, was er gesagt hatte, stimmte, und sie hatte das Gefühl, ziemlich effektiv demontiert worden zu sein. Er hatte sie auseinandergenommen und die Einzelteile vor ihr ausgebreitet, wusste alles über sie. Jedes Wort schmerzte sie bis ins Mark. Es gab keine Möglichkeit, sich dem zu entziehen.

Doch dann erinnerte sie sich an die zwölfjährige Cambry und wie sie dem Reh die Kehle durchgeschnitten hatte. Wie sie das getan hatte, was getan werden musste. Lena wusste, dass sie die gleiche DNA besaßen, dass das gleiche Blut durch ihre Adern floss. Sie hatten die gleichen Furien und Fehler – und dieselbe Kampfbereitschaft.

Sie können mich verletzen, Raycevic.

Und das hatte er getan. Er wusste ganz genau, wo es wehtat. Doch sie wusste das auch.

Aber ich werde Sie schlimmer verletzen.

Mit ruhiger Stimme sagte sie ganz leise: »Ich glaube, ich kenne Ihr Geheimnis, Ray.«

»Zum letzten Mal, wir haben sie nicht umgebracht …«

»Darum geht es nicht. Nicht um Cambry, sondern um Sie.« Sie warf ihm über das Visier der Beretta hinweg einen Blick zu. »Darum, wer Sie wirklich sind.«

»Ach?«

»Sie sind gar kein Cop.«

»Was?«

»Sie sind kein Polizist.«

»Das ist doch absoluter Unsinn …«

»Sie sind kein echter Cop, Ray. Sie sind ein Betrüger.«

Seine Augenlider flatterten.

»Weil Sie gar nicht Ray sind«, flüsterte sie. »Sie sind Rick.«

Verblüfftes Schweigen.

»Sie sind Rick, stimmt's?«

Die Feuerwand in der Ferne erfasste einen Baum, der mit lautem Knistern in Flammen aufging.

Sie schaute ihm in die Augen. »Sie haben die Identität ihres Bruders angenommen, nachdem er sich erschossen hat, hab ich recht? Er – der echte Raymond Raycevic – war derjenige, der mit achtzehn auf die Polizeiakademie in Missoula gehen durfte. Nicht Sie. Sie waren der unbegabte Zwillingsbruder, der es nicht in die engere Wahl geschafft hat. Sie sind durchgefallen. Sie wurden disqualifiziert. Und als Sie beide dann herausfanden, dass ihr Vater ein Serienkiller und Vergewaltiger war, hat ihr Bruder Ray sich den Schädel weggeschossen. Weil er ein guter Mensch war, der damit nicht klarkam. Sie aber schon.«

Er sagte nichts.

Sie ahmte Theos Akzent nach: »Und du wunderst dich darüber, dass du bei der Aufnahmeprüfung durchgefallen bist?«

Sein Gesicht wurde knallrot. Er nahm es hin. Starrte sie an. Seine Hände verkrampften sich, als würde er sich ausmalen, wie er ihr das Genick brach.

Jetzt kapierte Lena auch, warum sein Vater ihn *Ray-Ray* genannt und es so komisch betont hatte.

Das gefiel ihr ausnehmend gut.

»Und hat Ray sich wirklich selbst umgebracht? Oder haben Sie ihn dazu überredet, so wie Sie meine Schwester dazu überredet haben, von der Brücke zu springen? Immerhin war er ja der Liebling Ihres Vaters. Er sah genauso aus wie Sie, aber er hat eine Fahrkarte nach Missoula bekommen und Ihren Traumjob ergattert. Das hat bestimmt wehgetan, oder?«

Er warf einen Blick auf den Kassettenrekorder, der alles aufnahm.

»Sie sind überhaupt kein richtiger Polizist, Rick.« Sie konnte sich nicht beherrschen, musste es ihm ins Gesicht schleudern, um ihn zu verletzen. »Sie haben sich den Namen Ihres Bruders angeeignet, seine Ausbildung, sein Abzeichen, seine Uniform. Aber Sie haben das alles nicht verdient, Rick. Weil Sie eine Beleidigung für Tausende Menschen sind, die jeden Morgen früh aufstehen und einen der härtesten Jobs der Welt ausüben. Alle Ihre Helden würden sich gegen Sie stellen, wenn sie die Wahrheit erführen. Sie sind ein Mörder und Betrüger, und Ihr Vater hat Sie ausgenutzt. So viel zum Thema persönlicher Angriff, Arschloch …«

Er griff an.

Der Mann, der die Identität von Raymond Raycevic angenommen hatte, sprang auf sie zu wie ein Linebacker im Football, in einer flinken Bewegung mit verblüffender Geschwindigkeit. Seine breiten Hände schossen nach vorn auf ihre Pistole zu, um sie nach oben zu schlagen, damit er ihren Hals zu fassen bekam, um ihr die Kehle zuzudrücken. Oder um die Waffe zu schnappen, ihr unters Kinn zu rammen und abzudrücken. Jedenfalls hatte er das geplant, aber das spielte keine Rolle, denn sie hatte drei Stunden lang Zeit gehabt, ihn zu studieren. Sie hatte alle seine Eigenarten registriert, seine Ticks und Schrullen. Sie war darauf vorbereitet.

Bevor er sie zu fassen bekam, schoss Lena dem falschen Corporal Raycevic mitten in die Brust.

Dreimal.

Drei entfernte Schüsse erschütterten Theo Raycevics Welt. Wie Peitschenhiebe.

Er riss sein gesundes Auge auf und versuchte, etwas zu erkennen. Zuerst sah er nur Rot, bräunlich vertrocknetes Rot, das in irgendwelchen versunkenen Kanälen verschwand, bis er ein paar Titten erkannte und feststellte, dass er mit dem Gesicht nach unten auf einem blutgetränkten *Playboy*-Heft lag. Das war kein süßer Tee, das war sein Blut. Jede Menge davon.

Sie hat mich getroffen.

Er konnte es nicht glauben.

Ins Gesicht.

Er durfte gar nicht mehr am Leben sein. Das war unmöglich.

Bin ich aber.

Er konnte nicht in den Spiegel schauen, aber er vermutete, dass die Kugel aus Lenas Waffe seine Oberlippe durchbohrt hatte. Sein Mund war angefüllt mit metallisch schmeckendem Blut. Es tropfte ihm aus den Mundwinkeln. Seine Wangenknochen waren verschoben. Seine Zähne waren ausgeschlagen und zerfetzt und fühlten sich auf neuartige Weise fremd an.

Diese kleine Schlampe.

Der Lastzug war zum Halten gekommen, ragte jetzt schräg über das verbogene Brückengeländer. Er war erleichtert darüber, denn zehn Tonnen Gewicht konnten ein solches Eisengeländer locker zum Zerbersten bringen. Aber es hatte gehalten. Einigermaßen.

Die Kabine wackelte wie eine Schaukel. Metallisches Schaben war zu hören. Ein Vorderrad hing über dem Abgrund.

Er griff nach der Winchester, die neben ihm auf dem Boden lag. Sie war noch warm. Immer noch schussbereit. Er zog sie mühsam auf seinen Schoß. »Ja.« Er fuhr prüfend mit der Zunge über seine Lippe, die jetzt eine Hasenscharte hatte.

Ja, ja, ja.

Zwillinge teilen sich eine Seele, heißt es. Wenn einer stirbt, ist das eine Katastrophe für den anderen. Denn der ist dazu verdammt, einsam und unvollständig weiterzuleben. Ray und Rick waren für immer voneinander getrennt worden, daran ließ sich nichts ändern, aber die Nguyen-Schwestern sollten beide in den Tod gehen. Und zwar genau hier, auf der Hairpin Bridge.

Dafür würde Theo sorgen.

KAPITEL 24

Die Drei-Meter-Doktrin, Lena.«

Sie spürte seinen heißen Atem. Die Schnittwunden in ihrem Gesicht schmerzten. Er hatte ihre Hände gepackt, mit denen sie die Beretta umklammerte. Beide versuchten, die Waffe unter ihre Kontrolle zu bekommen.

Ein Schuss löste sich. Wurde in die Luft gefeuert. Mit ohrenbetäubendem Knall.

Für jemanden, der drei Kugeln in die Brust bekommen hatte, war Corporal Raycevic noch erschreckend kräftig. Mit seinen gefesselten Händen versuchte er, ihr die Pistole zu entreißen, warf ihren Körper hin und her wie den einer Stoffpuppe und zwang sie, nach hinten zu treten, um die Balance zu halten. Sein Griff war so unerbittlich wie der Biss eines Pitbull Terriers. Lenas einziger Vorteil: Sie hatte ihn bereits tödlich verwundet. Jetzt musste sie die Waffe nur lange genug festhalten und warten, bis dieser gefesselte Riese verblutet war, zusehen, wie das Leben aus seinen weit aufgerissenen Augen schwand, nur wenige Zentimeter von ihr entfernt …

Aber er hielt stand.

Sein Grinsen wurde immer breiter. Ein weiterer warmer Atemzug drang aus seinem Mund. Sein ekelhafter, süßlich verdorbener Atem. Der Gestank seines Schweißes. Etwas stimmte nicht.

Klick. Ein kleines Objekt fiel klimpernd zwischen ihnen auf den Beton. Eine Münze? Sie hatte Angst nach unten zu schauen, starrte lieber weiter in seine Augen. Versuchte, nicht zu blinzeln. Versuchte, furchtlos zu erscheinen. Das Einzige, was jetzt zählte, war die Pistole in ihren verkrampften Händen. Die würde sie auf keinen Fall loslassen.

Wieder klimperte es, zweimal. Und jetzt durchfuhr sie ein grausiger Schrecken, jagte durch ihre Brust, ihr Herz stockte. Raycevics Grinsen wurde breiter, bis sie alle seine Zähne zählen, sogar den Zahnstein erkennen konnte. Er wollte, dass sie nach unten sah. Dass sie es sich anschaute.

Sieh nicht nach unten, Lena. Er will dich nur ablenken.

Sie musste.

Nicht …

Sie tat es.

Schaute auf die drei Metallteile auf dem Boden. Sie waren flach und pilzförmig. Zerdrückt beim Aufprall auf eine feste undurchdringliche Oberfläche, etwas unter seiner Uniform. Und da erinnerte sie sich an das eigenartige gedämpfte Geräusch, das zu hören gewesen war, als er sich vor einigen Stunden gegen die Brust geschlagen hatte.

Er trägt eine …

Raycevic holte mit aller Kraft aus. Lenas Füße lösten sich vom Betonboden, sie wurde herumgeschleudert wie in einer Zentrifuge – wie damals, als ihr Onkel sie als kleines Mädchen im Sommer durch die Luft gewirbelt hatte –, und sie prallte rückwärts mit voller Wucht gegen die Tür des Streifenwagens. Sie spürte, wie ihre Rippen mit einem schmerzhaften Knacken brachen. Die Luft wich aus ihrer Lunge, und sie stieß einen pfeifenden Laut aus, den sie so noch nie gehört hatte.

Er hatte sie schon wieder mit seinen gefesselten Händen gepackt und schleuderte sie erneut gegen den Wagen. Und wieder. Sie spürte, wie die Tür nach innen gedrückt wurde. Das Fenster wurde eingeschlagen. Ihre Beretta feuerte einen weiteren dröhnenden Schuss ab, nur wenige Zentimeter von ihrem Gesicht entfernt, und ihre Ohren klingelten. Sie ließ sie nicht fallen. Sie hielt die Pistole mit beiden Händen fest, während er sie ihr abzuringen versuchte, ihr Zeigefinger lag immer noch am Abzugshahn.

Sein zorniger Atem schlug ihr ins Gesicht. »Lass los, Lena.«

Bevor sie antworten konnte, hob der riesige Kerl sie hoch und schleuderte sie erneut gegen den Streifenwagen, diesmal gegen das vordere Seitenblech. Mit dem Gesicht zuerst. Sie spürte, wie ihre Wangenknochen knackten. Sie biss sich in die Zunge und schmeckte Blut. Der Wagen vibrierte unter dem Aufprall.

Der Kassettenrekorder rutschte von der Motorhaube und fiel klappernd auf den Beton. Er lief immer noch weiter, hörte zu, nahm alles auf, jeden Schlag, jedes Keuchen.

»Mom und Dad«, schrie sie auf. »Ich liebe euch so sehr …«

»Die können dir jetzt nicht helfen, Lena.«

»Cambry *hat sich nicht selbst umgebracht.*« Ihre Stimme hob sich, als Raycevic sie erneut gegen die Motorhaube schleuderte. »Ich habe ihre Mörder gefunden.«

»Was soll der Blödsinn?«, schnaubte er. »Ich werde das Ding sowieso zerstören.«

»Ich werde immer bei dir sein, Mom.« Sie stemmte sich gegen seinen Versuch, ihre verschränkten Hände, in denen sie noch immer die Pistole hielt, mit seinen gefesselten Armen hochzudrücken. »Egal, was er mir antun wird, Cambry ist nicht in der Hölle.«

Er wandte so viel Kraft an, dass sie beinahe den Boden unter den Füßen verlor. Zog ihre Unterarme zu sich hin. Einen Moment lang wurde die rote Sonne am Himmel von den gorillahaft gedrungenen Schultern von Corporal Raycevic verdeckt. Seine Muskeln spannten sich so sehr, dass sie beinahe den Stoff seines Hemds zerrissen – bevor er den Aluminiumrahmen der Beretta gegen ihre Schläfe schmetterte wie einen Schlagstock. In ihrem Schädel knackte es, als würde Glas zerspringen.

»Mom«, brach es aus ihr hervor, während ihr Mund sich mit Blut füllte. Einer der Vorderzähne war herausgeschlagen, ihre letzten Worte drangen pfeifend durch die Zahnlücke: »Mom!«

Raycevic riss erneut die Beretta hoch, zusammen mit ihren Händen. Wie einen Hammer, um sie ihr ins Gesicht zu schmettern …

»Mom, Cambry *ist nicht in der Hölle …*«

Er rammte ihr die Waffe ins Gesicht, und ihre Nase brach mit einem hässlichen feuchten Knacken. Ihre Nebenhöhlen explodierten wie Knallfrösche, Knorpel wurde zerquetscht, sie sah nur noch Rot. Sie konnte die Waffe nicht mehr festhalten, und Raycevic hätte sie ihr beinahe aus der Hand gerissen. Beinahe.

Sie hielt sie fest.

»Lass los«, schnaubte er. »Lass endlich los …«

»Lass los, Cambry.«

Sie umklammert den Brückenrand mit ihren Zehen, blinzelt, um die kalten Tränen aus den Augenwinkeln zu drücken, während Raycevics Stimme hinter ihr sanfter wird, fast schon mitfühlend klingt. Beinahe beschwichtigend.

»Bitte. Lass los.« Er ist jetzt näher gekommen, senkt den Lauf seines Gewehrs. »Ich will deine Familie nicht umbringen, okay? Ich will deine Eltern nicht zu Hause in ihrem Bett erschießen. Ich will nicht in Lenas Wohnung eindringen und ihr hinterhältig die Kehle durchschneiden. So etwas tue ich nicht. Ich bin der Gute.«

Sie schließt die Augen. Seine Stimme kommt näher.

»Bitte, Cambry. Zwing mich nicht zu diesen hässlichen Dingen. Ich bin kein schlechter Mensch.«

Nein. Sie klammert sich noch fester an das Geländer. Nein, er lügt, vor allem belügt er sich selbst. Raycevic ist kein guter Mensch. Er ist auch kein schlechter Mensch – er ist ein verdorbener Mensch. Er ist schlimmer als böse. Er ist ein Virus mit einer Sozialversicherungsnummer. Er ist ein sprechendes Insekt auf zwei Beinen …

»Sechs«, zählt er. »Cambry, noch kannst du sie retten …«

Sie hakt ihren Ellenbogen unter das Geländer und schaut nach unten. Ihre Augen dürften sich jetzt an die Dunkelheit gewöhnt haben. Sie kann ganz deutlich sehen, wie weit es bis dort unten ist, sechzig Meter bis zu dem steinigen Flussbett, in dem Felsbrocken und ausgebleichtes Treibholz herumliegen. Nicht wenige Menschen haben die Gelegenheit, sich das genau anzuschauen, was sie gleich umbringen wird.

Was ist meiner Schwester durch den Kopf gegangen, bevor sie starb?

Ich habe eine Ahnung.

Der Wildfang, der die Toilette in der Schule zerstörte, das aufmüpfige Mädchen, das ziellos durch das Land streunte, erst mit einem von diesen Mistkerlen, dann ohne ihn – dieses Mädchen gibt nicht auf. Dazu ist sie zu starrköpfig. Zu kämpferisch. Nicht einmal jetzt, wo jemand mit einem Gewehr auf ihren Rücken zielt und sie dazu zwingen will, in den Tod zu springen. Ich darf nicht loslassen, denkt sie. Wenn ich das tue, hat Raycevic gewonnen. Ich muss ihn dazu bringen, mich zu erschießen. Ich muss ihn richtig nerven. Ich muss gegen ihn kämpfen, mit aller Macht und solange ich noch atmen kann und mein Herz schlägt. Sogar wenn ich tot bin, muss ich noch gegen ihn kämpfen …

Er drängt: »Lass los, bitte.«

Nein. Ich werde dieses Geländer niemals loslassen, und

ich werde ihn dazu zwingen, mir in den Kopf zu schießen. Und dann wird er, wenn er nicht geblufft hat, meine Familie töten wollen. Wahrscheinlich wird er sich zuerst Lena vornehmen. Ihre Wohnung in Seattle befindet sich auf dem Weg nach Olympia.

Tut mir leid. Es ist meine Schuld.

Er wird zu dir kommen, Schwester, mit seinen Waffen und seinen Muskeln und seinen Fähigkeiten. Du musst gegen ihn antreten. Du musst ihn stellen. Hab keine Angst vor ihm. Kämpfe schlau. Kämpfe mit schmutzigen Tricks. Und vor allem, merke dir eins, Lena: Egal wie schlimm es wird, gib niemals nach.

Lass.

Nicht.

Los.

Er riss ihr die Waffe aus den Händen.

Es tut mir leid, Cambry. Er ist zu stark.

Sie wusste, dass es vorbei war, während der Schwung von Raycevics Bewegung sie auf die Motorhaube des Streifenwagens schleuderte. Ihr Steißbein prallte schmerzhaft gegen die Windschutzscheibe, sie riss einen Scheibenwischer ab und stieß mit dem Gesicht gegen das Brückengeländer. Dann landete sie auf dem Beton und hing nun halb über dem Brückenrand. Sie konnte sich gerade noch festhalten, aber ihre Beine schwebten über dem gähnenden Abgrund. Sechzig Meter über dem Nichts.

»Endlich«, stöhnte der Cop.

Er hatte jetzt die Pistole.

Lena konnte nur schwerfällig einen Gedanken fassen, ihr Verstand war wie blockiert. Blut schoss aus ihrer gebrochenen Nase und lief über ihren Hals.

Steh auf, Lena.

»Diese Brücke …«, sagte er mit pfeifender Stimme. »Auf dieser angeblichen Selbstmörderbrücke liegt in Wahrheit gar kein Fluch. Noch nie. Die ersten Morde meines Vaters fanden hier statt. Er tat so, als hätte er eine Autopanne und hielt Vorbeifahrende an, und dann warf er die armen Menschen in den Abgrund. Er hat nicht mal mitbekommen, dass er die Brücke berühmt machte. Gerade mal *vier* Todesfälle waren dazu nötig.«

Sie hörte, wie die Tür des Streifenwagens aufging, dann ein Klicken. Er schloss die Handschellen auf. Sie schob sich vom Rand des Abgrunds weg und zog die Beine nach. Jedes fühlte sich so schwer an wie ein Baumstamm. Sie versuchte aufzustehen, konnte aber nur kriechen. Ihr war schwindelig, die Welt um sie herum, der bräunliche Himmel, der Rauch, die Felsen und der Beton unter ihr, drehte sich. Ihr war übel. Sie versuchte, etwas zu fixieren, und stellte fest, dass ihr die Kontaktlinsen herausgefallen waren. Sie konnte ihn nicht mehr erkennen.

»Wissen Sie, was das Lustige daran ist?« Seine schmierige Stimme kam näher. »Ich wollte meinen Vater schon seit Jahren umbringen. Können Sie sich das vorstellen? Sie haben mir die Arbeit abgenommen …«

Die Stimme in ihrem Kopf schrie: Steh auf! Kämpfe! Mach ihn fertig!

Aber sie war erledigt. Ihre Muskeln waren vor Schmerz

gelähmt. Jeder Knochen im Leib tat weh. Ohne die Kontaktlinsen war sie so gut wie blind. Das eine Auge schwoll bereits zu, ihre Zähne klapperten. Sie konnte nicht aufstehen und schon gar nicht gegen den über hundert Kilo schweren Corporal Raycevic antreten. Nicht noch mal.

Es tut mir leid, Cambry. Ich schaffe es nicht.

»Ich wollte es immer tun, aber ich bin nicht wie er. Ich bin der geborene Polizist.« Er stöhnte laut auf, heiser wegen des Rauchs. »Ich bin einer von den *Guten* …«

Sie schaute nach hinten, kniff mehrmals die Augen zusammen, um Blut und Tränen loszuwerden. Vor sich sah sie die verzerrten Umrisse von Corporal Raycevic, der um seinen Wagen herum auf sie zukam. Eine dunkle Silhouette vor einem flammenden Hintergrund. Er hatte die Hände frei. In einer davon hielt er eine Waffe. Ihre Beretta.

Sie stemmte sich auf alle viere und kroch mühsam weiter. Aber sie war zu langsam.

»Der Junge, der vor zwei Tagen in diesem Brunnen verschwand – das passiert mir nicht wieder.« Sie hörte, wie seine Schritte ihr folgten. Er rang sich ein lautes Lachen ab. »Ich liebe meinen Dad, aber meine Güte, vor mir liegen noch gut vierzig Jahre. Was man von ihm nicht behaupten kann.«

Sie kroch weiter. Schloss die Augen. Wartete auf den Schuss.

Es tut mir leid, Cambry.

»Und jetzt ist es vorbei.« Seine Stimme war jetzt sehr nah. Sie konnte seinen Atem in ihrem Nacken spüren.

»Mein Vater wird nie mehr eine Streunerin aufgabeln. Was bedeutet, dass ich nie mehr eine Leiche verbrennen …«

Lena musste mehrmals durchatmen, bevor sie erkannte, dass Raycevic mitten im Gehen innegehalten hatte.

Er hatte etwas bemerkt.

KAPITEL 25

Er hatte den Kassettenrekorder ganz vergessen. Jetzt hob er ihn auf.

Lena drehte sich um und sah es. »Warten Sie …«

Er wog ihn in der Hand. Das Gerät war überraschend leicht. Es hatte fleißig alles aufgenommen, jedes Wort, jede Beschuldigung, jedes Schnaufen, jeden Schuss. Das Gerät war alles, was Lena hatte. Es enthielt die Geständnisse von Corporal Raycevic bezüglich der vierzehn Morde, bei denen er sich der Mittäterschaft und Vertuschung schuldig gemacht hatte, wie auch des Mordes an dem kleinen Jungen. Und wenn dieser beschissene Tag vorbei war, würde nichts davon mehr existieren.

Genau wie die Leiche seines Vaters. Und Lenas Leiche. Und die von Kugeln durchsiebten Autos.

Er schaute zu, wie Lena sich auf den Ellenbogen hochstemmte. Blut und Speichel tropften aus ihrem Mund. Ihr Gesicht sah aus wie eine irre Halloween-Maske. Ihre Haut war lila verfärbt und angeschwollen. Ihre Nase war eingedrückt, ihre Lippen zerfetzt und blutig.

»Mein ganzes Leben lang habe ich Dinge verschwinden lassen.« Er grinste selbstgefällig. Das ganze Durcheinander würde wieder in Ordnung kommen. »Glauben Sie, Sie sind eine Ausnahme? Sie sind nur ein weiteres Skelett mit Fleisch dran. Sie haben das größte Problem meines Lebens beseitigt. Und ich kann am Montag wieder in aller Ruhe zur Arbeit gehen.«

»Bitte, warten Sie …«, stieß sie gurgelnd hervor.

Er hob den Kassettenrekorder über seinen Kopf.

»Nein, nein, *nein* …«

Und er schleuderte das Gerät auf den Boden. Vor Lenas Augen zerbarst es in zahllose Einzelteile. Zielsicher zertrat er mit dem Stiefelabsatz die Kassette. Das Tondokument sämtlicher Vorfälle dieses Tages – alles war im Bruchteil einer Sekunde unwiederbringlich zerstört worden.

»Sie haben mich nicht gestoppt, Lena. *Sie haben mich befreit.*«

Eins von zwei Dingen wird morgen geschehen.

1. Ich werde von Raycevic getötet. Das ist möglich und sogar sehr wahrscheinlich. Ich werde ganz allein einem bewaffneten Mörder gegenüberstehen, nur mit einer versteckten Pistole und meinen Instinkten ausgestattet. Wenn nur eins davon versagt, wird mir kein Back-up-Plan mehr etwas nützen.

2. Ich gewinne. Ich zeichne Corporal Raycevics Geständnis bezüglich der Ermordung von Cambry Nguyen auf. Er endet in Handschellen, und ich bin eine Heldin.

Und dann?

Dann … fahre ich nach Hause, denke ich.

Vielleicht halte ich bei einem Diner an und bestelle mir einen von diesen dämlichen Banana Split Sundaes, die ich mir in meiner Kindheit immer mit Cambry geteilt habe. Ich werde ins Leben zurückkehren. Ich werde meine Waffe verkaufen. Ich werde wieder arbeiten, meine Rechnungen bezahlen und versuchen, die Person zu werden, die ich war, bevor sie starb. Die Lena Nguyen, die ihre Haarlocken eindreht, die nie einen Freund hatte, die sich in den sozialen Medien hinter Pseudonymen versteckt und nur selten ihre Wohnung verlässt.

Das macht mir Angst.

Ich glaube, ich habe gar kein großes Interesse daran, mein morgiges Zusammentreffen mit Raycevic zu überleben. Falls ich da lebendig herauskomme, wird es kein Sieg sein, denn während meine Probleme weiterexistieren, werden seine endgültig vorbei sein.

Ich habe mich dieser Mission verschrieben, habe mich darauf vorbereitet, innerlich wie äußerlich, habe mit jeder Faser meines Körpers darauf hingearbeitet, und wenn ich es erst einmal geschafft habe und Raycevic erledigt ist, weiß ich nicht, was ich anschließend tun werde. Werde ich dann noch ich selbst sein? In gewisser Weise ist Lena Nguyen im selben Moment gestorben wie du, Cambry. Raycevic hat uns beide getötet.

Sie behaupten, du hättest Selbstmord begangen?

Dann werde ich das Gleiche tun.

Ich glaube, mein Plan ist, morgen an der Hairpin Bridge zu sterben. Ich habe mir keinen Urlaub genommen. Ich habe meine Miete nicht bezahlt (Übungsmunition ist teuer). Ich habe niemandem erzählt, wohin ich fahre und was ich vorhabe, denn dann hätte man versucht, mich aufzuhalten.

Ich schätze, auf gewisse Weise ist damit dieser letzte Post in meinem Blog so etwas wie ein Abschiedsbrief geworden. Die letzten geschriebenen Worte von Lena Nguyen. College-Absolventin, schwesterlos, Sandwich-Fan. 11. April 1995 bis 21. September 2019.

Tut mir leid, liebe Leserinnen und Leser.

Sehr wahrscheinlich wird es nächste Woche auch keine Buchbesprechung mehr geben.

Seid ehrlich. Ihr hättet ahnen können, dass es in diese Richtung läuft. Wirke ich so, als wäre alles in Ordnung mit mir? Sind diese fünftausend Worte die Gedanken und Betrachtungen einer emotional stabilen Person? Aber falls (oder wenn) ich morgen sterbe, dann könnt ihr euch sicher sein, dass ich einen Back-up-Plan habe. Und zwar einen sehr guten.

Ich bin selbstmordgefährdet, ja.

Aber ich bin nicht dumm.

»Schauen Sie ihn noch mal an«, ächzte sie.

»Was?«

»Das Gerät, das Sie gerade zerstört haben. Schauen Sie es an.«

Ernsthaft? Er trat mit dem Stiefel nach den Bruchstücken.

»Nein, Rick.« In ihrer Stimme schwang ein scharfer Unterton mit. Dass sie ihn Rick nannte, machte ihn wütend. »Wirklich, schauen Sie genau hin.«

»Sie halluzinieren.«

»Ich kann warten.« Sie spuckte aus, und ein roter Fleck erschien auf dem Betonboden. Sie schaute zu ihm auf, wirkte irritierend ruhig. Ein Gehirnschaden? Ihre Wangenknochen schwollen an, der Bereich unter ihrem Auge hatte die Farbe von vergammeltem Kürbis.

Er wusste, dass er keine Zeit für so etwas hatte. Er musste sich beeilen, musste Lena töten und die Leichen in seinen Kofferraum packen, die Fahrzeuge von der Brücke wegfahren, bevor die Feuerwehr anrückte, weil der Waldbrand immer näher kam. Er musste zwei Leichen, einen Sattelschlepper und einen Corolla verschwinden lassen, mitten in einem tobenden Feuer, zum Donnerwetter. Er hatte noch eine Menge zu tun an diesem Wochenende – aber aus irgendeinem Grund war sein Stolz herausgefordert, und er musste sich ihrer Forderung beugen, um nachzuweisen, dass sie falschlag.

Das erste Teil, das er aufhob, war die grüne Platine. Nichts. Er hob ein weiteres Teil hoch, eine weiße Plastikspeiche. Daran war auch nichts Besonderes. Nur ein Bestandteil einer völlig veralteten Digitalkassette, eins dieser Dinger, die sie bei zivilrechtlichen Anhörungen im Justizgebäude des Howard County immer noch benutzten.

Er schaute auf. »Zufrieden?«

Sie starrte geistesabwesend vor sich hin. Sah nicht ihn an – nicht mehr –, sondern die Einzelteile auf der Fahrbahn. Fixierte ein ganz bestimmtes Stück.

Er folgte ihrem Blick. Zu einem schwarzen Plastikgehäuse, das in der Mitte zerbrochen war. Es war aus anderem Material gefertigt als der Kassettenrekorder. Offenbar war es mit Klebeband an der Unterseite befestigt gewesen. An der Seite befand sich eine Aufschrift.

Er stieß mit der Stiefelspitze dagegen. Das Ding wirbelte über den Beton und blieb dann so liegen, dass er die Aufschrift lesen konnte: *Motorola*.

Ein kalter Schauer lief ihm über den Rücken.

Lena schaute auf, grinste verschlagen und entblößte dabei ihre blutigen Zähne.

Dieser Post für den Blog *Lights and Sounds* wird am Sonntag, den 22. September um Mitternacht Pazifischer Standardzeit automatisch online gehen. (Wenn ihr dies lest, bedeutet es also, dass es bereits zu spät ist, mich aufzuhalten.) Tut mir leid, aber es muss sein.

Und da sich die Hairpin Bridge bekanntlich in einem Mobilfunkloch befindet, werde ich Raycevics Aussagen mit Cambrys altem Kassettenrekorder aufnehmen und – als Back-up – mit einem Walkie-Talkie, das ich auf der Unterseite angeklebt habe. Das empfangende Walkie-Talkie werde ich mit meinem Laptop verbinden, um die Aufnahme direkt in der Cloud zu speichern. Es wird alles automatisch hochgeladen. Alle anfallenden Informationen. Und um Mitternacht wird es im Internet im Rahmen meines Posts erscheinen. Egal ob ich noch da bin oder nicht.

Ihr glaubt mir nicht?

Hier, bitte sehr.

Ihr müsst einfach nur auf den untenstehenden Hyperlink klicken, dann könnt ihr es hören. Wow! Ihr könnt euch meine gesamte Unterhaltung mit Corporal Raymond R. Raycevic herunterladen:

Corporal Raymond R. Raycevic: SS9.21.19Raycevic.gxf

Viel Vergnügen!

Aber Vorsicht: Die Aufnahme könnte meine Ermordung beinhalten.

Raycevic schaute sie mit weit aufgerissenen Augen an. »Wo ist …«

Sie grinste. Die Muskeln in ihrem Gesicht schmerzten.

»Wo ist das andere Walkie-Talkie?«

Sie schüttelte den Kopf. Noch mehr rote Tropfen spritzten auf den Beton. Sie drehte den Kopf und schaute zur Feuerwand in der Ferne. Hohe Kiefern gingen in Flammen auf und wurden zu mächtigen Fackeln, von denen schwarze Rauchwolken aufstiegen. Seit sie ein kleines Mädchen war, hatte sie Spaß daran gehabt, Dinge brennen zu sehen.

Er brüllte sie an: »*Wo* ist das Teil?«

»Ernsthaft?« Sie schaute ihn an. »Haben Sie das immer noch nicht kapiert? Sie waren doch dort. Im Magma Springs Diner. Erinnern Sie sich nicht?«

Er kniff die Augen zusammen. Kapierte nichts.

»Ich bin nicht reingegangen, um Wasser zu kaufen, Arschloch. Das zweite Walkie-Talkie ist mit meinem Laptop verbunden. Jedes Wort, das Sie und ich hier gesprochen haben, wurde hochgeladen. Der Kassettenrekorder war nur vorgeschoben. Die Datei wird automatisch gepostet, eingebettet in meinen Blog, heute um Mitternacht. Keine Macht der Erde, höchstens eine Atombombenexplosion in der

Atmosphäre könnte das aufhalten.« Sie spuckte Blut auf seine Uniform. »Sie können gerne nach Magma Springs fahren und meinen Laptop zerstören, wenn es Ihnen Spaß macht. Das spielt keine Rolle. Es ist alles längst erledigt. Ihr Geständnis ist in der Cloud angekommen, genau in diesem Moment, und wartet nur darauf, ins Netz zu regnen.«

Er starrte sie an.

Lena konnte sich nicht zurückhalten. Sie lachte, trotz ihrer Schmerzen. »Haben Sie wirklich geglaubt, ich bin so naiv? Dass ich es, obwohl ich mir sicher war, dass Sie ein Mörder sind, auf eine Schießerei mit Ihnen ankommen lassen würde?«

Der Kindermörder sagte nichts.

»Ich bin bereit, mein Leben zu riskieren. Es sogar wegzuwerfen. Aber die Wahrheit werde ich nicht riskieren. Die Wahrheit ist zu wichtig, um sie aufs Spiel zu setzen. Und deshalb habe ich Vorkehrungen getroffen, um sicherzugehen, dass die Welt alles hören kann, was heute hier auf der Brücke geschieht.«

Und Sie haben sich darüber lustig gemacht, dass ich in einem Laden für Elektronikgeräte arbeite, hätte sie beinahe hinzugefügt. Sie griff nach dem von der Sonne erhitzten Geländer und versuchte, aufzustehen. Lieber im Stehen sterben.

»Hier können Sie runterspringen«, sagte sie und deutete zum Brückenrand. »Falls Sie wollen … na ja, bevor Ihre Kollegen davon erfahren, dass Sie diese Woche ein kleines Kind in einen Brunnenschacht geworfen haben.«

Er wirkte kleiner. Gebeugt, geschrumpft. Seine Uniform

machte keinen großen Eindruck mehr. Die Pistole in seiner Hand bebte. Er sah aus, als hätte er einen Fieberanfall. Vielleicht brach das alles über ihn herein wie eine Wagenladung Zementblöcke, als er erkannte, dass er morgen um diese Zeit das Ziel einer landesweiten Treibjagd sein würde.

»Aber ...« Lena hielt den Atem an. »Eines kann ich mit Sicherheit behaupten.«

Sein Blick wanderte wieder zu ihr.

Sie lächelte. »Sie werden morgen früh ganz bestimmt nicht wieder zur Arbeit gehen.«

Der Cop lächelte ebenfalls. Aber nur ein wenig. Es sah eher so aus, als würden die Mundwinkel von irgendwas gehemmt. Die Muskeln in seinem Gesicht schienen sich zu sträuben. Nur kurz, dann blickte er wieder teilnahmslos drein. Er hatte einen Entschluss gefasst. Sie wusste auch welchen.

»Sie können mich erschießen«, fügte sie hinzu. »Aber das wird nichts an Ihrem Schicksal ändern.«

»An Ihrem aber schon.«

Er setzte den Lauf der Beretta an ihre Stirn und drückte ab.

Der Schuss ist ohrenbetäubend.

Cambry schreit auf, als der Luftschwall ihr entgegenschlägt. Ihre Schuhe am Rand der Betonfläche verlieren den Halt, und sie kann sich gerade noch mit den Fingerspitzen am Brückengeländer festhalten. Sehr lange wird das nicht mehr gut gehen.

»Fünf. Das war der Warnschuss über deinen Kopf.« Er

senkt den Lauf seines Gewehrs. »Die nächste Kugel wird in deinen Schädel eindringen. Und dann bist du alle deine Probleme los, aber was ist mit den Problemen, vor denen deine Mutter, dein Vater und deine Schwester dann stehen? Oje, für die fangen sie erst an.«

Cambry sinkt gegen das Geländer. Sie ist stark und widerspenstig, aber ihre Muskeln dürften sich inzwischen wie abgestorben anfühlen. Ihre Hände sind glitschig von kaltem Schweiß. Sie findet kaum noch Halt, spürt die unwiderstehliche Macht der Schwerkraft, wird unbarmherzig von der Tiefe angezogen, Millimeter um Millimeter.

»Vier. Lass einfach los, Cambry«, sagt er wieder mit sanfter Stimme. »Mach dir keine Sorgen. Ich schreibe deiner Familie einen netten Abschiedsbrief. Ich schicke eine SMS an deine Schwester. Okay?«

Der Plastikmann imitiert eine Mädchenstimme und macht sich darüber lustig: »Bitte vergebt mir, ich konnte nicht damit leben ...«

Ein heiseres, stotterndes Röcheln ertönt hinter ihnen. Der Motor des Corolla geht aus. Das letzte Benzin ist verbraucht. Wie weit hätte sie damit noch fahren können, wenn sie die Möglichkeit gehabt hätte? Eine Meile? Niemand weiß genau, wie viel im Tank war, als sie losfuhr.

Das Flussbett ist ein schwarzes Nichts, das nach ihr ruft. Und Raycevics Stimme ist ein boshaftes Flüstern in ihrem Ohr. »Niemand wird dich vermissen, Cambry. Das weißt du doch, oder?«

Lieber Gott, ich hoffe nur, dass sie ihm nicht geglaubt hat.

»Du bist bloß eine herumstreunende Verrückte, die ihr Leben nicht in den Griff bekommen hat. Tausende von deiner Sorte sterben jedes Jahr. Du bist nur eine Zahl in der Statistik …«

Was hat meine Schwester gedacht in diesem Moment, als sie von der Hairpin Bridge nach unten starrte? Es fällt mir sehr schwer, es aufzuschreiben.

Wer kann das schon wissen?

»Drei.«

Lieber Gott, ich wünschte, ich wüsste es.

»Zwei.«

Ich weiß, was ich tief in meinem Herzen glaube: Sie entschied sich dafür, uns zu retten. Cambry Lynne Nguyen erkannte, dass sie in einer Situation war, aus der sie nicht herauskommen konnte, und fasste den rationalen Entschluss, Mutter, Vater und mich vor der Rache dieses psychopathischen Cops zu retten. Sie muss gewusst haben, dass wir niemals die Wahrheit erfahren würden. Dass wir Raycevic und seinen Lügen Glauben schenken würden, sie sei auf einer verlassenen Straße in Montana das Opfer ihrer Furien geworden. Und dass unsere Mutter glauben würde, dass sie deswegen in die Hölle kommt.

Sie hat es für uns getan. Am 6. Juni wurde sie zu unserem Schutzengel.

»Ray-Ray, erschieß die Schlampe.«

Raycevics Stimme wird lauter, als er zielt. »Eins …«

Meine Schwester lässt los.

Ich bin tot.

Lena brauchte einen Moment, um zu erkennen, dass es nicht stimmte.

Die Flammen in der Ferne tobten immer noch, die Sekunden verstrichen in Windeseile, ihr Herz schlug gegen den Brustkorb, und die Beretta in Raycevics Hand – ihre Waffe, die er gegen ihre Stirn drückte – hatte ganz plötzlich versagt. Er drückte erneut auf den Abzug, dann starrte er die störrische Waffe entgeistert an.

Eine irre Freude erfasste Lena. Am liebsten hätte sie ihm ins knallrote Gesicht gelacht – denn Corporal Raymond (Rick) Raycevic, der bereits zugegeben hatte, vierzehn Morde vertuscht und ein Kind umgebracht zu haben, würde morgen um diese Zeit im ganzen Land die Nummer eins in den Nachrichten sein. Und er schaffte es nicht, die Frau zu erschießen, die ihn berühmt machen würde.

Cambry, dachte sie und spürte einen kalten Schauer.

Sie wusste es besser. Sie wusste, was wirklich passiert war. Aber dennoch: Ich danke dir, Cambry, ich danke dir …

Sie rollte weg von Raycevic, rappelte sich auf, erhob sich in Windeseile, und ihr blutgetränktes Haar flog durch die Luft. Mit der einen Hand umklammerte sie die Schlüssel des Toyota. Und nun rannte sie los, so schnell sie konnte, auf den Wagen zu.

Danke, Schwester, für diese letzte Hilfe.

Den Rest erledige ich.

Raycevic zerrte am Verschlussschlitten und ließ die Patronenhülse herausfallen.

Es war kein Wunder geschehen. Nichts Übernatürliches.

Während ihres Zweikampfs hatten sie beide die Waffe umklammert, und als sie abgefeuert wurde, war der Verschlussmechanismus in seinem Ablauf blockiert worden. Das war leicht zu beheben, eine der ersten Übungen, die man als Anfänger lernt.

Er ließ den Schlitten einrasten, jetzt war alles wieder in bester Ordnung. Er hob die Pistole an und zielte auf den Rücken der Flüchtenden. Sie war nur noch wenige Meter von ihrem Fahrzeug entfernt, kam mit rutschenden Füßen zum Stehen und riss die Tür auf …

Er drückte ab, als sie sich duckte, um einzusteigen. Der Seitenspiegel zersplitterte.

Er machte einen Schritt zur Seite, um einen besseren Schusswinkel zu haben, und zielte durch das Heckfenster. Sie war immer noch deutlich zu sehen. Das dünne Polster der Lehne würde sie nicht schützen. Er sah durch die Scheibe hindurch, wie sie sich auf dem Fahrersitz hektisch bewegte und den Schlüssel ins Zündschloss rammte.

Der Motor des Corolla sprang an. Die Rücklichter leuchteten rot auf. Aber Wegfahren würde sie nicht retten. Als er Kimme und Korn auf ihren Hinterkopf richtete, konnte er nicht anders, als ganz kurz Mitleid mit dieser jungen Frau zu empfinden, die er nun töten würde.

Wirklich, Lena?

Du bist den ganzen weiten Weg gekommen, dachte er und drückte ab.

Du hast mich gefunden.

Und jetzt läufst du davon?

Sie schob den Schalthebel in den Rückwärtsgang.

Ich renne nicht weg, Arschloch.

Sie drückte das Gaspedal durch, und der Corolla schoss nach hinten, die Reifen drehten kreischend durch. Sie hielt das Lenkrad fest. Der Corolla fuhr in gerader Linie direkt auf Raycevic zu.

Er eröffnete das Feuer.

Sie duckte sich, als die Kugeln das Heckfenster durchschlugen und ihren Sitz zerfetzten. Gelbe Schaumstoffflocken spritzten in alle Richtungen. Die Schaltkonsole zerbarst. Die Windschutzscheibe verwandelte sich in ein Spinnennetz aus feinen Rissen. Sie rutschte nach unten, so tief es nur ging unter die Lenksäule und drückte das Gaspedal mit den Knien durch. Der Corolla raste weiter nach hinten, und sie wusste, dass sein ohrenbetäubendes Schießen ein gutes Zeichen war. Denn solange er wertvolle Sekunden darauf verschwendete zu feuern und dabei stillstand, war es irgendwann zu spät für ihn, aus dem Weg zu springen.

Sie spürte, wie die Heckklappe gegen ihn prallte.

Eine befriedigende Kollision. Sie liebte es. Sie hob den Kopf, schaute über den Sitz nach hinten und sah, wie die muskulösen Schultern dieses riesigen Kerls sich über die Fläche des Heckfensters ausbreiteten, als er dagegen geschleudert wurde. Er hing nun über der Heckklappe, seine linke Hand grapschte nach dem Spoiler …

Die Rechte hob er an. Die mit der Pistole.

Zielte direkt auf sie. Er war viel zu nah, um danebenzuschießen. Durch das Fenster hindurch grinste er sie an. Das Grinsen hätte er sich sparen können, denn er wusste nicht, was hinter ihm direkt auf ihn zukam, und zwar rasend schnell.

Lena wusste es. Und sie hielt sich gut fest.

Während der Corolla mit voller Wucht gegen den Streifenwagen von Corporal Raycevic prallte.

Er spürte, wie seine Kniegelenke durchbrachen wie trockenes Holz.

Das menschliche Gehirn ist so gemacht, dass es sich ausschaltet, wenn der Körper aufgrund einer schweren, unerträglich schmerzhaften Verletzung einen Schock erleidet – zumindest hatten sie ihm das in den Erste-Hilfe-Kursen vor zwei Jahrzehnten so erklärt. Aber aus irgendeinem Grund musste der Mann, der sich Raymond Raycevic nannte, in diesem Moment jedes spürbare Detail in allerhöchster IMAX-Qualität erleben. Den Aufprall von Metall auf Metall. Den schrillen, bis in die letzte Körperfaser schießenden, überwältigenden Schmerz. Den aberwitzigen Anblick seiner Beine, die unterhalb der Knie irgendwie verschwanden. Zwar befanden sie sich noch dort unten zwischen den beiden Stahlkörpern, die sich beim Aufprall ineinander verhakt hatten, aber waren sie wirklich noch mit dem Rest des Körpers verbunden?

Dann wurde er durch den brutalen Rückstoß über die Motorhaube seines eigenen Streifenwagens geschleudert, und sein Schädel gab ein gläsernes Knacken von sich.

Seine Wahrnehmung veränderte sich. Er erinnerte sich daran, wie er in die Sonne starrte, diese dunkelorange Scheibe, die ihn an den Mars erinnerte und sehr tief und fremd über der Landschaft hing. Er sah Funken, die wie eine Armee von Glühwürmchen durch die Luft segelten. Beim Zusammenstoß hatte er die Pistole verloren, aber aus irgendeinem Grund hielt er dennoch etwas in der Hand. Etwas ganz anderes. Mühsam drehte er den Kopf, um nachzuschauen, was es war.

Ein Kinderschuh aus Stoff mit Klettverschluss.

Seine Eingeweide zogen sich zusammen. *Nein.*

Doch. Er hielt den kleinen Schuh in der Hand und konnte die Details der porösen Sohle deutlich erkennen. Der kleine Junge hatte seinen Schuh verloren …

Nein, nein, nein …

Als er ihn in den ausgetrockneten Brunnen geworfen hatte. Er hörte zu, wie der Schrei des Jungen in der Tiefe des dunklen Schachts verhallte. Dann ein Aufprall ganz weit unten, dumpf und schwer und widerlich, wie von einem Sack Mehl. Der Schrei brach abrupt ab, und das war's. Es konnte nicht mehr ungeschehen gemacht werden. Die Magensäure stieg ihm in die Kehle. Da er nicht wusste, was er sonst tun sollte, warf er den Schuh nach unten, wo er in fünfzehn Metern Tiefe neben seinem Besitzer liegen blieb.

Er hatte den Brunnen nehmen müssen. Er hätte es nicht über sich gebracht, den kleinen Körper zu verbrennen. Es war ihm schon unheimlich gewesen, sich vorzustellen, an welchen Stellen er ihn zerschneiden müsste. Letzte Nacht, als ihm diese beängstigenden Gedanken durch den Kopf gegangen waren, im Bett, nur wenige Zentimeter entfernt von seiner Frau, da hatte er sich entschlossen, den Brunnen am Sonntag mit einer Ladung Zement aufzufüllen, seine

Mauern einzureißen und mit dem Bulldozer alles endgültig zu planieren.

Dieser kleine Junge mit den braunen Haaren, der in einem Kindersitz mit Marvel-Aufklebern gesessen hatte, war der erste Mensch gewesen, den er eigenhändig getötet hatte. Vor achtundvierzig Stunden.

Ich hätte ihn einfach vor der Feuerwache aussetzen sollen, dachte er in jener Nacht mit Tränen in den Augen, während Liza neben ihm schnarchte. Auch auf die Gefahr hin, dass er uns eines Tages identifizieren würde.

Ich habe eine schlimme Wahl getroffen.

Das kann ich nie mehr gutmachen.

Seine Beine brannten jetzt wie Feuer. Eine Welle unerträglicher Schmerzen brandete durch seinen Körper, als die zerquetschten Nerven peinigende Funken schlugen. Er schlug um sich, brüllte durch zusammengebissene Zähne, eingeklemmt zwischen Cambrys Wagen und seinem eigenen. Er versuchte, sich aufzurichten, und spürte, wie seine Kniescheiben sich ploppend aus ihren zermalmten Pfannen lösten. Durch einen Tränenschleier hindurch erkannte er vage die hellen Umrisse von freigelegten Knochen.

Er hörte, wie die Tür des Corolla knirschend aufgeschoben wurde. Glasteilchen spritzten über die Straße. Noch ein jäher Schmerzstoß, der seine Nerven zerriss, als das Fahrzeug sich leicht anhob und jemand ausstieg.

Das Urteil gegen ihn wurde vollstreckt.

Von einer Richterin mit Cambrys Gesicht.

Das war's dann, Leute.

Der Blog ist beendet, schätze ich.

Es ist jetzt nach Mitternacht, ich sitze in meinem Apartment und schreibe das alles auf. Technisch betrachtet ist es also schon *heute* – der 21. September. Der Tag, an dem ich ihn stellen werde.

Alles ist vorbereitet. Die Briefe an meine Eltern, an meine Kollegen und meine Freunde. Alle in ihren Umschlägen und zugeklebt. Einige gehen heute in die Post. Andere sind digital. Der Rest liegt säuberlich arrangiert auf meinem Couchtisch. Und jetzt muss ich ins Bett, um wenigstens fünf Stunden zu schlafen, denn ich will einigermaßen ausgeruht sein, um den wichtigsten Tag meines Lebens zu bewältigen, auf der Hairpin Bridge.

Aber bevor ich losfahre …

Noch einen letzten Brief. An dich, Cambry. Weil ich festgestellt habe, dass ich dir nie geschrieben habe. Jedenfalls nicht offiziell.

Dies ist für meine Zwillingsschwester …

Wie sehr wir uns auch unterscheiden, wie weit wir auch voneinander entfernt sein mögen, ich bin stolz darauf, dein Gesicht zu tragen. An einem bestimmten Moment waren wir im Mutterleib sogar ein und dieselbe Person. Wir teilten uns dieselben Atome. Und eines Tages, wenn unsere Körper zu Staub zerfallen sind, werden wir wieder vereint sein. Es tut mir leid, dass ich unsere Eltern wegen der Sache mit dem Reh angelogen habe. Es tut mir leid, dass ich es in all den Jahren nicht geschafft habe, die Wahrheit zu sagen. Es tut mir leid, dass wir so wenig miteinander gesprochen haben. Ich hätte für dich da sein können und war es nicht. Es ist meine Schuld, dass du dort auf der Brücke enden musstest.

Morgen werde ich dafür Buße tun.

Ich gehe jetzt zu Bett. Und wenn ich aufwache, werde ich nach Montana fahren und diesen Dreckskerl zerstören, der dich umgebracht hat, Schwester.

Dein Rattengesicht.

21.9.2019, 0:11 Uhr

KAPITEL 26

Sie sah zu, als er sich wand wie ein zerquetschtes Insekt, eingeklemmt zwischen der Heckklappe des Corolla und dem Kühlergrill seines Streifenwagens. Sie konnte seine Beine unterhalb der Knie nicht sehen und wollte es auch nicht. Die Blutpfütze, die sich auf dem Boden ausbreitete, genügte ihr.

Sie hob ihre Beretta auf.

»Ich …« Er rang um Worte. »Eins müssen Sie noch wissen … bevor Sie mich töten …«

Sie schaute nach, ob die Waffe durchgeladen war und zielte auf ihn. »Dann aber schnell.«

»Es ist nicht Ihre Schuld«, stieß er hervor. »Das … was Cambry passiert ist.«

Sie hielt inne, den Finger am Abzug.

Sie hätte aus seinem Mund etwas Boshaftes erwartet, mehr Lügen, mehr Hohn, mehr Hass. Mehr blutige Details. Vielleicht noch ein letztes Mal »Ich hab deine Schwester gefickt« oder »Sie hat meinen Schwanz geliebt«, hervorgestoßen zwischen eingeschlagenen Zähnen. Alles, aber nicht das. Der Mann, der für immer erledigt war, holte tief Luft, versuchte, die zermalmten Beine zwischen den Autos auszustrecken, und quälte sich damit ab, Worte zu formulieren. Seine Hose war so blutgetränkt, dass sie glänzte.

Sie wartete.

»Cambry hatte ihre eigene Persönlichkeit.« Er würgte es als gutturales Flüstern heraus. »Ich habe gelernt … als Ray sich erschoss, dass man den Toten ihren Anteil an der Schuld lassen muss. Selbsthass bringt sie nicht zurück.«

Tränen schossen in seine Augen. Die Pistole in ihrer Hand wog schwer.

»Lena, es ist nicht Ihre Schuld, dass Cambry sterben musste. Sie hat selbst dafür gesorgt, dass sie an dieser Brücke enden musste.«

Sie wandte den Kopf ab.

Sie wollte nicht, dass er sah, wie sie weinte. Sie starrte zum Horizont, kniff die Augen zusammen und versuchte, die züngelnden Flammen zu fixieren. Der Rauch quoll in den Himmel wie braune Ölfarbe. Die seltsame Schönheit von Dingen, die verkohlten, verwelkten und vergingen. Sie erinnerte sich, wie sie als Kind stundenlang ins Lagerfeuer starren konnte, während Cambry in der Dunkelheit Insekten einfing, um sie in einem Glas aufzubewahren.

Die ruhelose Cambry. Immer unterwegs. Immer auf der Suche.

Es ist nicht Ihre Schuld.

Schließlich schaute sie wieder zu ihm hin. »Danke, Ray.«

»Nennen Sie mich Rick.« Er lächelte freundlich. Einen Moment lang glaubte sie, den Mann zu sehen, der er hatte werden wollen, nicht einer, der Kinder in Brunnenschächte warf. »Mein Gott, Sie sehen wirklich genauso aus wie sie.«

»Ich weiß.«

»Als würde ich ein Gespenst sehen …«

»Ich weiß.«

»Sie hat nie von Ihnen gesprochen«, flüsterte er. »Kein einziges Mal.«

Moment. Diese Aussage bohrte sich in Lenas Verstand. Wollte nicht hineinpassen.

Was?

Er zog seinen Gürtel ab, versuchte, sich damit das Bein über dem Knie abzuschnüren. Er stöhnte vor Schmerz, als er den Knoten stramm zog. Sie wartete darauf, dass er weitersprach, jonglierte im Kopf mit dem, was er gerade gesagt hatte. Nein, das war falsch. Da stimmte etwas nicht. Er log schon wieder. Wollte sie verwirren.

Sie erinnerte sich an sein Portemonnaie.

Es lag auf der Straße. Wie ein Hockey-Puck. Genau an der Stelle, wo sie es vor einer oder zwei Stunden fallen gelassen hatte, in dem Moment, als sie Raycevics List durchschaute, während sein Vater hinter ihrem Rücken mit dem Gewehr auf sie zielte und abdrückte. Er hatte gelogen, um sie abzulenken. Da war sie sich sicher. Ganz sicher.

Und jetzt spürte sie, wie sich ihre Nackenhaare sträubten und ein kalter Schauer über ihren Rücken kroch.

Auf tauben Beinen rannte sie zurück in die Mitte der Brücke. Dort kniete sie sich hin und hob die Brieftasche mit zitternden Händen auf. Sie klappte sie auf und ließ die Karten herausfallen …

Weiter hinten, das letzte Foto.

Dieses Mal klemmte sie die Beretta unter den Arm und benutzte beide Hände. Sie fand eine versteckte Tasche und darin ein dickes Stück Papier, wie eine Spielkarte. Sie zog es mit dem Daumennagel heraus und drehte es um.

In ziviler Kleidung war Raycevic kaum wiederzuerkennen – zerrissene Jeans, ein lachsfarbenes Hemd, das schon beinahe dämlich wirkte. Er saß in einem Kanu für zwei, auf dem Schoß eine Angelrute, hinter ihm schimmerte die Wasseroberfläche. Vom anderen Sitz beugte sich eine zweite Person nach vorn, um ein Selfie mit ihm zu machen. Ihre Hand lag auf Raycevics Oberschenkel, um sich abzustützen. Es war …

Lena riss den Kopf zurück. Am liebsten hätte sie das Bild fallen lassen. Über das Brückengeländer geworfen, damit es ein Opfer der Flammen wurde.

Er schaute sie an. »Ich sagte es Ihnen doch, Lena.«

Sie starrte in den schmutzig-braunen Himmel. Mit Tränen in den Augen. Sie schrie auf. Es klang wie ein langes animalisches Stöhnen. Das konnte sie nicht einfach beiseiteschieben. Dieses Mal konnte sie auch keine Schießerei anfangen, um das Thema zu wechseln. Schließlich fasste sie sich und schaute das Bild erneut an, mit klopfendem Herzen.

Auf ihr eigenes Gesicht.

»Ich wusste gleich, dass ich sie mochte.« Raycevic lächelte wehmütig. »Seit ich sie dabei erwischte hatte, wie sie vor dem Supermarkt Benzin abzapfte. Ich überredete sie, eine Weile in der Stadt zu bleiben. Das war im März, glaube ich …«

Nein, nein, nein. Das machte keinen Sinn. Es widersprach allem.

Sie suchte das Bild nach Spuren von Photoshop-Fehlern ab, nach falschen Schatten oder Kopierspuren. Anzeichen von Zwang, vielleicht war sie mit vorgehaltener Pistole zu diesem Foto gedrängt worden. Aber das konnte nicht sein, denn Cambry sah einfach bloß glücklich aus, wie sie da mit diesem Mann im Boot saß. Ihre Haut war gebräunt, ihr Mund kräuselte sich zu ihrem vertrauten Lächeln. Übermütig.

»Sie kannten sie nicht, Lena.«

Sie zwang sich, etwas zu sagen. »Aber Sie haben sie verfolgt.«

»Hab ich.«

»Nachdem sie Ihre Verbrennungsöfen entdeckt hatte …«

»Das stimmt. Sie kennen jede Minute dieser Verfolgungsjagd und wissen auch, warum wir sie verfolgt haben.« Seine Augen schimmerten feucht, er musste sich beherrschen. »Aber Sie wissen nicht, warum sie weggelaufen ist.«

Die Pause war unerträglich.

Die Stille, bevor die Klinge der Guillotine herabsaust.

»Cambry hatte den Nachmittag mit mir auf dem See verbracht. Wir hatten eine schöne Zeit zusammen. Zum letzten Mal. Sie hat eine Forelle gefangen, die so lang war wie mein Unterarm. Aber irgendwann merkte sie, dass ich nicht richtig bei der Sache war, denn ich musste die ganze Zeit an den kleinen Jungen in meinem Schuppen denken. Es machte mich fertig. Ich wollte kein Monster sein. Und Cambry merkte, dass ich ihr etwas verheimlichte. Das Lügen machte alles nur noch schlimmer. Wir stritten uns. Sie ging zornig weg. Ich ging auch weg und ließ den Kübel voller frisch gefangener Fische in der Sonne stehen. Ich fuhr direkt zum Grundstück meines Vaters, so wütend war ich auf ihn und das, was er aus meinem Leben gemacht hatte. Ich hätte ihn in diesem Moment womöglich umgebracht. Aber er war nicht zu Hause.

Und dann ... hörte ich dieses leise Rasseln im Lastwagen von meinem Dad. Als würde eine kleine Eisenkette leicht hin und her schwingen. Und da wurde mir klar, um was es sich handelte – leere Handschellen –, und dann spürte ich den Lauf eines Gewehrs im Nacken.«

Leere Handschellen.

Er schluckte.

»Das neueste Opfer meines Vaters. Eine Frau in den Dreißigern, die er auf der Interstate aufgelesen hat, eine Mutter. Es ist ihr gelungen, sich zu befreien. Sie hat sich die Handschellen abgestreift. Vielleicht war mein Vater zu betrunken in der Nacht zuvor, als er sie ihr anlegte. Sie hat das Gewehr in der Kabine seines Trucks gefunden, ist rausgeklettert und hat mich damit gestellt. Ich bin direkt in die Falle getappt. Sie ist blutüberströmt und rasend vor Wut. Sie schnauzt mich an, den Finger am Abzug: ›Sagen Sie mir sofort, wo Sie meinen Sohn hingebracht haben. Sonst blase ich Ihnen den Schädel weg.‹ Und während sie mir den Gewehrlauf in den Nacken drückt, versuche ich, ihr zu erklären, dass ich nicht der Plastikmann bin, sondern nur für ihn aufräume. Und ich verspreche ihr, dass es ihrem Jungen gut geht, dass ich ihn mitgenommen habe, um ihn zu beschützen und dass sie mich nicht töten soll, weil wir uns was überlegen können …«

Er atmete tief aus.

»Und dann hat Cambry sie erschossen.«

Nein.

Lenas Gedanken wirbelten im freien Fall ins Nichts.

Nein, nein, nein …

»Sie war mir gefolgt. Und dann sah sie, wie eine Fremde mich mit einem Gewehr bedrohte. Okay? Sie hat einfach nur reagiert. Ihre Schwester hat mir das Leben gerettet.«

Seine Worte klangen blechern.

»Aber dann schaut sie in den Truck. Und bemerkt die Handschellen. Den Camcorder. Sie bemerkt, dass vom Gesicht der Frau, die sie gerade erschossen hat, immer noch Klebeband herunterhängt. Und da versteht sie allmählich, was los ist. Und mir bleibt nichts anderes übrig, als ihr die Wahrheit zu erzählen. Was mein Vater tut. Was ich für ihn tue. Und was sie gerade getan hat.«

Eisige Kälte breitete sich aus.

»Und sie ist … wie versteinert …«

Lena spürte, wie die Brücke unter ihren Füßen leicht vibrierte. Beinahe verlor sie die Fassung.

»… küsste sie auf die Stirn und sagte ihr, dass alles gut sei, weil sie jetzt Teil des Raycevic-Klans sei, dass niemand jemals erfahren würde, was sie getan hat …«

Ihr Magen krampfte sich zusammen.

»Ich habe ihr gezeigt, wie man Leichen zerteilt und entsorgt …«

Sie brach zusammen, stürzte zu Boden und würgte. Ätzende Säure in ihrer Kehle.

»Ich hab sie geliebt, Lena. Ich hab sie geliebt. Ich habe Cambry versprochen, ich würde sie am nächsten Tag zu einem Sundae einladen. Ich wollte sie aufmuntern. Das ist das Traurige daran. Ich hatte das Gefühl, etwas *feiern* zu müssen. Mein ganzes Leben lang musste ich die Last, die mein Vater mir aufbürdete, selbst tragen, aber jetzt hatte ich vielleicht jemanden ...«

Er rang sich ein Lächeln ab. Kein böses. Eher ein verzweifeltes.

»Also hab ich Cambry den kleinen Jungen im Schuppen gezeigt. Ich hatte diese tolle Idee, dass wir beide ihn als unser eigenes Kind aufziehen könnten. Verstehen Sie? Ich hatte mich schon entschlossen, meine fett gewordene Frau für sie zu verlassen. Wir würden eine Familie gründen. Es klang einfach verdammt gut. Wir würden etwas wiedergutmachen. Wir würden das Kind retten. Sie würde für ihre Sünde Buße tun. Etwas Positives in die Waagschale werfen. Aber Cambry hörte nicht zu. Sie saß auf dem Berg und schaute zu, wie ich die Leiche der Frau verbrannte. Damals habe ich es nicht verstanden, aber ich glaube, jetzt verstehe ich es. Als sie den kleinen Jungen sah, ist alles in ihr zerbrochen, was noch zerbrechen konnte. Sie hatte nicht nur versehentlich eine unschuldige Frau getötet. Sie hatte einem Kind die Mutter genommen.«

Mit Blakes Waffe, stellte Lena fest. Die sie ihm gestohlen hatte.

Raycevic spuckte Blut. »Sie hat mich ausgetrickst, okay?

Sie fragte mich, ob sie zu ihrem Auto gehen dürfe, um sich Tabak zu holen, weil sie sich eine Zigarette drehen wollte. Um über alles nachzudenken. Ich ließ sie gehen, denn ich hatte ihr schon die Waffe weggenommen und ihr Benzin abgezapft. Was konnte sie schon tun? Aber ich hatte vergessen, dass sie noch einen Reservekanister hatte. Fünf Liter.«

Deshalb ist sie geflüchtet.

»Sie startete den Motor und raste davon wie der Teufel.«

Tränen schossen ihr in die Augen.

»Ich wollte nur mit ihr reden, sie beruhigen, bevor sie Magma Springs erreichte. Ich wollte ihr nichts antun. Aber sie hätte unser Leben zerstört. Sie war völlig fertig, raste wie eine Wahnsinnige, versuchte verzweifelt, einen Notruf abzusenden, wollte abhauen und uns ans Messer liefern …«

In Lenas Gedanken lief die Verfolgungsjagd erneut ab. Sie stellte sich vor, wie Cambry Raycevic austrickste, nachdem er sie angehalten hatte. Wie sie ihn an der Kreuzung abhängte und dann unglücklicherweise von dem Blitz verraten wurde. Wie sie seinem Versuch, sie ins Schleudern zu bringen, widerstand und ihn von der Fahrbahn drängte. Wie sie hinter dem Sattelschlepper herjagte und gegen den Plastikmann kämpfte …

»Wir konnten sie hier an der Brücke aufhalten. Mein Vater war unglaublich wütend wegen seinem Auge und brüllte mich an, ich solle sie erschießen. Und Cambry hatte keine Fluchtmöglichkeit. Absolut nicht. Sie wusste, dass ich sie nicht beschützen konnte. Sie versuchte, eine letzte SMS abzusenden, stieg aus dem Wagen und kletterte über das

Geländer, genau hier, und bevor ich sie aufhalten konnte, ist sie ...«

Lena schüttelte den Kopf. Sie war völlig fertig, kraftlos, entsetzt. Sie wünschte, er würde aufhören, würde *endlich damit aufhören ...*

»Sie ist gesprungen, Lena.«

»Hören Sie auf ...«

»Sie hat sich umgebracht. Das ist die Wahrheit. Sie haben sie auf ein Podest gestellt.« Er verzog das Gesicht, als würde er sich an etwas Witziges erinnern. »Hey, kommt das in Ihr Buch? Eine schöne Heldin gibt sie ab ...«

»Aufhören ...«

»Wird das Ihrer Mutter nicht das Herz brechen? Cambry hat nicht nur Selbstmord begangen, Sie hat sogar jemand anderen getötet. Sie ist ganz bestimmt in der Hölle ...«

»Bitte, hören Sie auf ...«

»Ihre letzte SMS war das Problem. Als ich ihr Handy mitnahm, schickte es die Selbstmordbotschaft ab, als es wieder Empfang hatte. Kaum zu fassen, oder? Wenn es diesen kurzen Text nicht gegeben hätte, dann hätte ich ihre Leiche verbrennen können wie alle anderen. Aber jetzt war diese Nachricht bei ihrer Familie gelandet, mit meinem Namen darin. Also musste ich mir eine Geschichte zurechtlegen ...«

Lenas Herz schlug schmerzhaft höher, als sie sich an den letzten Satz der Textnachricht erinnerte: *Bitte vergib mir. Ich konnte nicht damit leben. Hoffentlich können Sie es, Officer Raycevic.*

»Rache«, flüsterte sie.

»Das ist nicht …«

»Cambry hat mir Ihren Namen geschickt, damit ich Sie finde …«

»Nein.« Er zögerte. Als wäre diese Enthüllung sogar für ihn kaum zu ertragen. »Dieser Text war nicht an Sie gerichtet, Lena. Cambry wollte sich bei mir entschuldigen. Sie konnte es nicht ertragen, diese Frau getötet zu haben. Und vielleicht war sie angewidert davon, dass ich es konnte. Aber als sie die SMS an mich schicken wollte, hat sie versehentlich die falsche Nummer ausgewählt. In der Kontaktliste steht *Rattengesicht* direkt über *Ray*.«

Eine tiefe Leere breitete sich ihn ihrem Magen aus.

»Ich glaube nicht …« Er zuckte schwach mit den Schultern. »Ich glaube nicht, dass sie Ihnen etwas mitzuteilen hatte.«

Auf dem Foto, das sie in ihren zittrigen Händen hielt, lächelte ihre Schwester sie an. Das Lächeln einer Fremden, die das gleiche Gesicht hatte, undurchdringlich, unbekannt.

»Sie dachten wohl … dass ihr Geist Ihnen in Ihren Träumen erschienen ist oder so etwas? Werden Sie erwachsen, Lena.«

Sie wandte sich ab.

»Warten Sie, da ist noch mehr …«

Sie wollte nichts mehr mit ihm zu tun haben. Diesen verdorbenen Menschen zu erschießen, kam ihr nicht in den Sinn. Vielleicht würde er verbluten. Vielleicht würden die Hitze und der heiße Rauch ihn bei lebendigem Leib rösten …

»Hey«, rief er ihr hinterher. »Wollen Sie wissen, was ihre letzten Worte waren?«

Wollte sie nicht.

»Als sie vor dem Geländer hockte, bevor sie sprang …«

Sie reagierte nicht darauf, sondern zog die Tür des Corolla auf.

»Ihre Schwester hat mich unter Tränen angebettelt: ›Ray, bitte erzähl es nicht meiner Familie …‹«

Sie ließ sich auf den Sitz fallen und schlug die Tür zu.

»*Bitte.*« Seine Stimme drang durch die zerborstenen Fenster. »*Erzähl Mom und Dad nicht, was ich getan habe …*«

Lena legte ihre Pistole in den Flaschenhalter und schob den Schalthebel in die Drive-Position. Sie konnte Raycevic nicht abknallen wie ein Tier, aber es bereitete ihr eine ungeheure Genugtuung, zu hören, wie er aufschrie, als sie die Autos voneinander trennte, woraufhin der Kindermörder zu Boden fiel und auf seinen freigelegten Kniescheiben landete.

KAPITEL 27

Die Schmerzen waren kaum noch auszuhalten.

Theo stemmte sich Zentimeter für Zentimeter nach oben, von Höllenqualen gepeinigt, hoch zum Fenster der Kabinentür, als die schrillen Schreie seines Sohns über die Brücke hallten. In einer Scherbe des Seitenspiegels sah er, wie die beiden Autos sich voneinander trennten und Ray-Ray auf den Betonboden fiel. Der Corolla fuhr weg.

Direkt auf Theo zu.

Er hatte so gut wie keine Zeit mehr, um zu reagieren. Aus seiner zerfetzten Kehle floss Blut, pulsierend im Rhythmus des Herzschlags, und rann ihm durch die Finger. Er blutete wie ein Schwein und würde daran sterben, und nun sah er im Spiegel, wie das blaue Auto sich näherte. Darin saß die kleine Lena Nguyen und dachte, es wäre alles vorbei. Dachte, sie könnte die Hairpin Bridge als Siegerin verlassen. In wenigen Sekunden würde sie den Sattelschlepper passieren, und eine magische halbe Sekunde lang, das erkannte Theo Raycevic jetzt, würde er den perfekten Schusswinkel haben.

Also traf er eine Entscheidung. Die einzig mögliche Entscheidung.

Für Kitty.

Er löste seine klebrige Hand von der Kehle und wuchtete die Winchester auf den Türrahmen. Eine letzte Gelegenheit. Die Waffe hochzustemmen war eine Herkulesaufgabe, er ächzte und stöhnte, aber er schaffte es. Er drückte die Wange gegen den Schaft und zielte, als der Wagen sich näherte.

Ein letzter Schuss. Eine letzte Tat.

Er zielte. Kitty, das wird dir gefallen.

Da er seine Hände vom Hals weggenommen hatte, konnte das Blut ungehindert über sein Hemd fließen. Er würde Lena Nguyen abknallen, und das war es wert. Warum den Tod fürchten? Der Tod kennt keinen Schmerz, und sogar seine Prostataprobleme wäre er dann endlich los. Die Welt um ihn herum verschwamm, nahm eine kränkliche orange Farbe an, durchzogen von weißen Schlieren. Er schätzte, dass er noch ungefähr dreißig Sekunden lang bei Bewusstsein bleiben würde.

Was absolut in Ordnung war, denn Lena hatte weniger. Drei Sekunden vielleicht?

Der Corolla kam näher. Hinter der zersplitterten Windschutzscheibe zeichnete sich ihr Gesicht ab. Sie war blass, panisch und blutbesudelt. Sie hatte keine Ahnung, dass sie das letzte Opfer des Plastikmanns sein würde. Eine herrliche Spannung lag in der Luft. Dies war der Höhepunkt von Theos Leben, der finale Akkord, der perfekte Ausklang. Der Moment, wo die jugendliche Streunerin die Schranktür öffnet, um den Bademantel herauszuholen ... Lena kam näher, immer näher, schob sich in seine Schusslinie und schenkte ihm diesen letzten grandiosen Moment, völlig ahnungslos hinter der zerfetzten Scheibe.

Noch zwei Sekunden.

Er musste die Winchester nicht mal bewegen. Lenas Gesicht glitt direkt in sein Visier. Und als alle Vektoren sich überlagerten und eine Linie bildeten, drückte er langsam den Abzug.

Eins ...

Der Tod kennt keinen Schmerz.

Ihr Gehirn ist sofort zerstört.

Nach schätzungsweise drei Sekunden des freien Falls von der Brücke prallt Cambry bei einer Geschwindigkeit von fast hundert Meilen pro Stunde mit dem Kopf zuerst auf dem felsigen Grund auf. In einer Tausendstelsekunde ist alles vorbei. Die weiche Masse ihres Gehirns verflüssigt sich, alle Synapsen explodieren wie Millionen elektrische Christbaumkerzen, und alles, was eben noch Cambry Lynne Nguyen war, ist augenblicklich und unwiederbringlich verschwunden. Alle ihre Geheimnisse, ihre Scherze, ihre Leidenschaften. Dino Bob, ihr liebster Song »Don't Fear The Reaper« von Blue Öyster Cult, der unbekannte Grund, warum sie mich Rattengesicht genannt hat. Die Elektroden auf ihrer Platine, alle Daten sind für immer gelöscht.

Richtig?

So habe ich es mir vorgestellt.

Die Mediziner stimmen Raycevics Aussage zu – bei einem Fall aus so großer Höhe kann man den Schmerz des Aufpralls nicht mehr spüren. Also habe ich das so aufgeschrieben. Aber die Wahrheit ist … Ich habe keine gottverdammte Idee. Und ich hasse das. Wer weiß schon, wie es sich anfühlt zu sterben? Alles, was ich weiß, ist, dass die Geschichte meiner Schwester hier zu Ende geht, und ich wünschte, sie wäre anders zu Ende gegangen.

Mehr als ihr jemals verstehen könnt.

Ich habe diesen Text so gewissenhaft wie möglich verfasst, auf Grundlage des Geständnisses, das ich am 21. September während meiner Konfrontation mit Corporal Raycevic und seinem Vater Theo – dem Serienmörder, der inzwischen als Plastikmann bekannt wurde – aufgenommen habe. Nachdem ich Raycevics Beine zwischen den Autos zermalmt hatte, erzählte er mir noch eine letzte Sache: Es täte ihm leid, meine Schwester ermordet zu haben. Das Walkie-Talkie war zu diesem Zeitpunkt schon zerstört worden (von ihm), weshalb es keine Aufnahme dieses Geständnisses gibt. Aber es ist wichtig festzuhalten, dass er nach stundenlangem Hin und Her, nach zahllosen Lügen, schließlich doch den Mord an meiner Schwester zugegeben hat.

Es tut mir leid, dass wir Cambry umgebracht haben.

Das waren exakt seine letzten Worte, die er an mich richtete.

Ich konnte ihm nicht die Gnade der Vergebung zukommen lassen. Ich konnte ihn nicht exekutieren. Ich wusste nicht, was ich tun sollte. Ich ließ ihn dort liegen, stieg in meinen Wagen und fuhr weg.

Nein. *Wegfahren* ist das falsche Wort.

Ich flüchtete.

Und wegen meiner Schwäche ließ ich einen bösen Menschen mit einem immer noch funktionstüchtigen Auto und einer Waffe im Kofferraum zurück. Obwohl er verletzt war, wäre er immer noch in der Lage gewesen, Geiseln zu nehmen oder Ersthelfer anzugreifen. Der Waldbrand kam näher, hätte ihn aber nicht umgebracht – die Hairpin Bridge steht heute immer noch, rußgeschwärzt, aber unbeschadet.

Als ich alles hinter mir ließ, schaute ich in den Rückspiegel und sah Cambrys zerschundenes, blutiges Gesicht. Und da kam mir plötzlich ein Gedanke.

Bei der Trauerfeier für Cambry fiel der Satz: Wenn man stirbt, verwandelt man sich von einem Menschen in eine Idee. Damals dachte ich, ich hätte das verstanden, aber erst jetzt begriff ich es wirklich – das, was die Grausamkeit des Todes ausmacht. Meine Schwester gehört nicht mehr physisch dieser Welt an. Cambry hat keine Stimme mehr, keinen Körper, kein Selbst. Sie existiert nur noch in unseren Erinnerungen. Alles, was von ihr übrig ist, tragen wir in uns. So wie Nomadenvölker die Reste des letzten Feuers in einem Horn mit sich tragen, um es am Leben zu erhalten.

Als ich den havarierten Sattelschlepper passierte, in dem die Leiche des Plastikmanns lag, erkannte ich, dass nur eine einzige Person das Feuer tragen durfte, das die Erinnerungen an Cambry bewahrt. Und das durfte nicht ihr immer noch lebender Mörder sein.

Die letzten Stunden im Leben meiner Schwester sollen

nicht aus Raycevics Perspektive erzählt werden. Sie gehören mir.

Deshalb …

Deshalb drehte ich um, denke ich.

Der Corolla machte eine Drehung und verschwand aus Theos Visier.

Was?

Zuerst Schock, dann Unglaube …

Nein, nein, nein …

Der blaue Toyota vollführte eine Hundertachtzig-Grad-Kehrtwende, was verhinderte, dass er den perfekten Schuss auf Lena Nguyen abfeuern konnte. In weniger als einem Wimpernschlag war ihr Gesicht verschwunden, und vor ihm gab es nur noch die Karosserie ihres Wagens. Und der bewegte sich von ihm weg.

Er konnte es nicht glauben. Er hatte sie doch schon gehabt. Er hatte sie gehabt. Wie konnte sie wissen, dass sie umdrehen musste, genau in diesem Moment, genau an diesem Punkt?

Das Gewehr in seiner Hand bebte. Seine Sicht verschwamm. Er wollte sich hinauslehnen und auf ihren Wagen schießen – der sich nun rasch von ihm entfernte –, aber in diesem Winkel wäre es ein Schuss ins Blaue gewesen. Er war viel zu schwach, um sich noch am Türfenster festzuhalten.

Er hatte sowieso schon dafür bezahlen müssen. Das Blut ergoss sich pulsierend über sein Hemd, herausgepumpt vom immer langsamer werdenden Metronom seines Herzens. Seine Gedanken zerflossen breiig, es wurde dunkel in seinem Verstand, als sie aus seinem zersprungenen Rückspiegel verschwand und nur ein einziger ungläubiger Gedanke in seinem schrumpfenden Gehirn hängen blieb: Ich hatte sie, ich hatte sie, ich hatte sie.

Ich hab sie doch immer gekriegt …

Lena beschleunigte.

Zurück zu Raycevics Streifenwagen, der sich nun in den Rauchschwaden vor ihr abzeichnete. Der Kindermörder lag auf dem Boden, hinter ihm war eine Blutspur zu sehen. Er robbte davon und zog seine kaputten Beine hinter sich her. Aber nicht schnell genug.

Sie bremste, nahm die Beretta aus dem Flaschenhalter und zog das Magazin heraus. Es war leer. Nur noch eine 9 mm-Patrone war übrig und steckte in der Kammer.

Mehr brauchte sie nicht.

Fünfzig Meter vor ihr lag Raycevic und sah sie kommen. Er wusste es. Kroch noch schneller mit seinen zermalmten Beinen. Geriet in Panik, versuchte, ungelenk aufzustehen, schaffte es und taumelte die letzten Meter auf seinen Cruiser zu.

Lena schob das leere Magazin zurück in die Pistole. Die paar Gramm zusätzliches Gewicht würden ihr beim Zielen helfen. Sie nahm die Brille ihrer Schwester vom Armaturenbrett und setzte sie auf. Sie rieb sich mit den Daumen über die Augen, holte tief Luft und atmete tief aus, wobei sie sich ein letztes Mal vornahm: Mom und Dad werden niemals davon erfahren. Dann trat sie hinaus in die rauchgeschwängerte Luft und schlug die Wagentür hinter sich zu.

Ich verspreche es dir, Schwester.

Mom wird es nie erfahren.

Oben auf der Brücke erreichte Raycevic jetzt den Kofferraum seines Streifenwagens, der nicht mehr abgeschlossen war. Mit blutverschmierten Händen zog er die Heckklappe auf und griff hinein …

Und jetzt hob er sein AR-15 heraus.

Das Sturmgewehr hatte den ganzen Tag im Dunkeln gewartet, aber jetzt, endlich, hielt er es in den Händen. Schwarz, ölig glänzend, mit dem süßlichen Geruch von Lösungsmittel. Er unterdrückte ein aufsteigendes Lachen – »Überraschung, du Schlampe!« –, als er sich zu Lena umschaute.

Sie war jetzt aus dem Wagen gestiegen. Stand ganz ruhig neben der Tür, die Füße in schulterbreitem Abstand auf dem Boden. Sie hob die Arme, und ihre Ellenbogen formten ein gleichschenkliges Dreieck, perfekte Isosceles-Anschlagshaltung, die Beretta direkt auf ihn gerichtet. Sie hielt es nicht mal für nötig, ihr Fahrzeug als Deckung zu benutzen.

Noch verwunderlicher war die Entfernung. Sie befanden sich immer noch fünfzig Meter weit auseinander.

Raycevic lud sein Gewehr durch, nahm es hoch und legte die Laufabdeckung auf die Stoßstange des Streifenwagens. Das rote Fadenkreuz glitt gierig über ihren Körper.

Cambry stand aufrecht da. Zielte direkt auf ihn.

Nein, *Lena*. Die jetzt Cambrys Brille trug. Sie stand da wie eine Statue, ein halbes Fußballfeld entfernt, scharf umrissen auf dem gläsernen Bildschirm von Ricks Zielfernrohr, und starrte ihn durch das schlichte Visier ihrer Pistole an. Einen verrückten Augenblick lang glaubte er, sie würden einander über die Läufe hinweg tief in die Augen sehen. Etwas daran – an diesem Duell unter einem Himmel voller Rauch und Feuer – machte ihm Angst. Keine Deckung. Keine Worte. Keine Entschuldigungen.

Ernsthaft, Mädchen?, wollte er rufen. Das war hier schließlich kein Schauschießen auf dem Rummelplatz.

Fünfzig Meter, das war ein Klacks für sein AR-15-Gewehr, aber es war doppelt so weit wie die effektive Reichweite ihrer Beretta. Pistolen sind Waffen für den Nahkampf und auf größere Entfernung nur sehr eingeschränkt zu nutzen. Projektile mit geringer Mündungsgeschwindigkeit sind anfällig für Einflüsse von Wind und Gravitation. Das hier war garantiert eine größere Entfernung als die, die Lena in der Abgeschlossenheit des Schießstands in Seattle geübt hatte. Und er trug ja immer noch seine kugelsichere Weste, die ihn vor allem schützte, bis auf einen Kopfschuss. Sie war eine gute Schützin, aber so gut nun auch wieder nicht. Richtig?

Richtig. Er schnippte den Sicherungshebel um.

Vielleicht fiel es ihr jetzt auch auf – dass sie einen fatalen Fehler begangen hatte, als sie zurückgekehrt war, um ihn zu erledigen. Dass sie dieses Duell unmöglich gewinnen konnte. Rick Raycevic lenkte das rote Kreuz im Zielfernrohr seines Gewehrs auf ihre Brust und war bereit zu feuern, während sie die Beretta mit beiden Händen umfasst auf ihn richtete, tief durchatmete und ebenfalls zielte.

So gut ist sie nicht, dachte er.

Sie kann niemals so gut sein …

Er sah das Aufblitzen ihres Mündungsfeuers, als sie zuerst abdrückte.

Vier Minuten später verließ der Corolla der Nyguen-Schwestern zum letzten Mal die Hairpin Bridge und näherte sich dabei erneut dem havarierten Sattelschlepper von Theo Raycevic auf der Südrampe der Brücke.

Dort lag seine Winchester noch immer auf dem Fensterrahmen der Fahrertür, mit einem Stahlmantelgeschoss Kaliber .30 -30 im Lauf. Ein schmutziger Fingernagel hielt den Abzugshahn der Waffe fest. Der Corolla tauchte zuerst im zerbrochenen Spiegel des Trucks auf, dann im Visier des Gewehrs. Aber die Kugel wurde nicht abgefeuert, weil der Mann, der die Waffe in Anschlag gebracht hatte, vor wenigen Minuten an Blutverlust gestorben war.

Der Corolla fuhr durch die Schusslinie des Gewehrs.

Und fuhr weiter.

Theos Sattelschlepper hing noch weitere achtundvierzig Minuten an einem Gewirr verknäuelter, zerborstener Metallstäbe. Dann gab die letzte Niete unter dem Gewicht des Lasters nach, und das ganze Monstrum – inklusive der Leiche des Serienkillers, der posthum als der Plastikmann Berühmtheit erlangen würde – stürzte hinab in das ausgetrocknete Flussbett und sein Dieseltreibstoff ging in Flammen auf – ohne dass jemand davon Notiz nahm.

KAPITEL 28

Als ich wegfuhr, hätte ich schwören können, dass du bei mir im Auto gewesen bist, Cambry.

Du hast auf dem Beifahrersitz gesessen. Direkt neben mir. Das Bild ist glasklar in meinem Kopf gespeichert: Ich sah dich dort sitzen, du stemmtest die Füße gegen das Armaturenbrett und kautest Kaugummi, während du etwas in dein Skizzenbuch gezeichnet und mich dabei immer wieder angelächelt hast. Du hast immer so gern gezeichnet.

Ich habe zurückgelächelt.

Ich kann nicht beschreiben, wie ich mich in diesem Moment fühlte. Ich versuche es gerade, aber es will mir nicht gelingen. Ich kann dazu nur sagen, dass es das wärmste und zufriedenste Gefühl war, das ich in meinem ganzen Leben jemals gespürt habe. Es war ein hart erkämpftes Gefühl von Frieden.

Dein Geist kann jetzt zur Ruhe kommen, Schwesterherz, denn deine Mörder werden nie mehr einem unschuldigen Menschen das Leben rauben. Mom weiß, dass du nicht in die Hölle gekommen bist. Als ich in deinem von Kugeln durchsiebten Wagen zurück nach Magma Springs gefahren bin, konnte ich nicht anders, als dumm vor mich hinzugrinsen. Ich drehte den Lautstärkeregler ganz weit auf und hörte deine alten CDs so laut, wie es die Lautsprecher aushielten.

Lena fuhr schweigend.

Sie musste nicht mehr schreien. Musste nicht mehr weinen. Musste sich nicht mehr übergeben. Das hatte sie alles bereits getan, mit geröteten Augen und rauer Kehle. In diesem Moment fühlte sie rein gar nichts mehr. In ihrer Brust hatte sich eine gefühllose Leere ausgebreitet.

Die Hairpin Bridge verschwand hinter ihr. Sie schwor, niemals wieder einen Fuß auf dieses Stahlgerüst zu setzen, das sich vor dem Hintergrund einer kilometerhohen Rauchwand abhob. Sie wünschte, Stahl könnte wie Holz in Flammen aufgehen. Sie wünschte, sie wäre niemals nach Montana gekommen.

Ein gezackter Blitz jagte über den Himmel. Kein Donner, kein Sturm. Nur ein Zittern inmitten des Ascheregens.

Auf ihrem Oberschenkel lag das Foto aus Raycevics Brieftasche, auf dem er und Cambry am See in die Kamera lächelten. Lena warf einen letzten Blick auf das schiefe Lächeln ihrer Schwester.

Sie hielt es aus dem Fenster, damit der Wind es davontragen konnte.

KAPITEL 29

Eine letzte Sache noch.

Dann bin ich fertig.

Während ich dies schreibe, bricht der neue Tag an, es ist 5:31 Uhr am 21. September. Ich werde mich bald auf meine Selbstmordmission nach Howard County begeben, um Raycevic zu stellen und die Wahrheit über den Tod von Cambry herauszufinden. Ich habe eine Thermoskanne mit schwarzem Kaffee gefüllt, meine Beretta ist geladen und gesichert.

Letzte Nacht hatte ich einen Traum.

Ich muss ihn aufschreiben, bevor ich ihn vergesse. Bevor ich losfahre.

In meinem Traum waren wir wieder achtzehn Jahre alt. Du und ich, Cambry. Wir standen auf den Eisenbahnschienen auf der Brücke über dem Yakima River, zusammen mit deinen Freunden, und du sagtest mir, du würdest nicht an ein Leben nach dem Tod glauben, bevor du hinuntersprangst. Dieses schreckliche Geräusch, als dein Kopf gegen den Balken prallte. Ich bin dir hinterhergesprungen und habe dich irgendwie dort unten in dem kalten dunklen Wasser gefunden. Und dann sind wir beide am Ufer auf dem kühlen Sand zusammengebrochen. Nach Luft schnappend. In deinem Haar hing grüner Tang.

Du drehst den Kopf zu mir und siehst mich an – im wirklichen Leben hatten uns deine Freunde bereits umringt, aber in meinem Traum sind nur wir beide da –, und du schaust mich mit dieser durchdringenden Traurigkeit in deinen Teenageraugen an. Ich habe nie zuvor eine derartige Traurigkeit gesehen.

Ich wartete darauf, dass du etwas sagst.

Ich weiß, dass dies kein normaler Traum ist. Es ist keiner dieser Albträume mit durchgeschnittenen Kehlen und glitschigen Gedärmen. Aus irgendeinem Grund weiß ich: Dies ist meine Chance, vielleicht meine einzige Chance, real oder eingebildet, jemals wieder mit dir zu sprechen. Wenn dieser Traum vorbei ist, wirst du für immer verschwunden sein.

Ich warte darauf, dass du etwas sagst. Das ist der Moment.

Bitte. Sag irgendwas, Schwester.

Lena erreichte Magma Springs unter einem giftig orangefarbenen Himmel. Der Highway war voller Autos mit Evakuierten, die nach Osten wollten, und Feuerwehrfahrzeugen, die nach Westen fuhren. Sie erreichte den nicht asphaltierten Parkplatz, den sich das Magma Springs Diner und die Shell-Tankstelle teilten. Graue Ascheflocken überzogen die Fenster wie eine apokalyptische Frostschicht.

Sie schob die Tür des Corolla zu und schloss sie ab. Gedankenlos, nur aus Gewohnheit – die Fenster waren zerschossen.

Sie betrat das Diner und stellte fest, dass in ihrer Nische alles noch so war wie vorher. Die Aufnahme war in die Cloud geladen worden, genau wie geplant. Die Verbindung war nicht unterbrochen worden. Die .mp4-Datei hatte drei Stunden und neunzehn Minuten lang aufgenommen, bevor Raycevic das Funkgerät zerstört hatte. Morgen würden die beiden Kriminellen, die sie getötet hatte, in den landesweiten Nachrichten auftauchen.

Die Frau hinterm Tresen war so sehr damit beschäftigt, den Waldbrand auf dem Flachbildschirm zu verfolgen, dass sie gar nicht zu ihr hinschaute. Sie fragte zerstreut, wie Lena mit ihrem Projekt vorankam.

Bestens, sagte sie.

Möchten Sie irgendwas?

Nein. Dann überlegte sie es sich anders. *Einen Sundae.*

Die Frau verschwand in der Küche, und Lena bemerkte einen Zeitungsausschnitt, der eingerahmt an der Wand hing. Ein hiesiger Polizist hatte eine Auszeichnung erhalten. Sie erkannte das Lächeln eines jüngeren Raycevic und studierte sein Gesicht, seine blendend weißen Zähne, seinen verkniffenen Actionheld-Blick. Sie fragte sich, wie viele Leichen er wohl zu diesem Zeitpunkt schon beseitigt hatte. Was hatte ihre Schwester in ihm gesehen? Den Grässlichen Kerl Nr. 18? Ein weiteres Insekt in ihrer Sammlung?

Cambry würde ihre Fragen nie beantworten. Falls es eine Hölle gab, war sie wahrscheinlich dort.

Oder sie war völlig verschwunden. Was wäre schlimmer?

Auf der Tischplatte war Dino Bob zu sehen. Sie hatte ihn heute früh dort hingemalt, als sie auf Raycevic gewartet hatte. Jetzt nahm sie einen Stift aus ihrer Umhängetasche und strich ihn so lange durch, bis er verschwunden war. Sie dachte wieder an die Hairpin Bridge, an den Dino auf dem Sitzpolster von Raycevics Streifenwagen – noch so eine offene Frage. Wahrscheinlich hatte er recht gehabt, dachte sie niedergeschlagen, und dieser Dino war wirklich bloß eine Kopie der Eidechse aus diesem alten Zeichentrickfilm gewesen, den auch irgendjemand anderes dort hingekritzelt haben konnte.

Der Sundae wurde serviert.

Lena nahm drei Bissen, aber ihr loser Zahn schmerzte stark. Die Schokoladensoße war sehr dünn. Alles schmeckte nach Blut. Ihr Magen rebellierte. Sie ließ den Löffel fallen. Ihre Wangen brannten, Tränen schossen ihr in die Augen.

Die Kellnerin starrte sie erschrocken an. Sie stand immer noch vor ihr. Erst jetzt erkannte Lena, warum: Sie hatte eine gebrochene Nase, ihre Kleider und ihre Haare waren blutverkrustet, und ihr linkes Auge war halb zugeschwollen.

Können Sie bitte die Polizei rufen?

Die Kellnerin nickte und eilte davon.

Lena blieb in ihrer Nische sitzen und wartete. Sie zog die leer geschossene Beretta aus dem Holster, zerlegte sie und platzierte die öligen Teile ordentlich nebeneinander. Dann legte sie die Hände in den Schoß und fragte sich, ob sie ihre Schwester jemals geliebt hatte oder nur die *Idee* von ihr. Spielte das überhaupt eine Rolle, wenn die betreffende Person nicht mehr existierte?

Sie starrte auf den Sitzplatz gegenüber, bis ihr die Augen zufielen.

Du erwiderst meinen Blick.

Deine Augen füllen sich mit Tränen, du verziehst den Mund, und zuerst erkenne ich es nicht, denn das habe ich noch nie in deinem Gesicht gesehen: Scham. Tiefe, schmerzhafte Erniedrigung. Es ist herzzerreißend. Ich sehe, dass du Angst vor mir hast. Wegen dem, was ich von dir denke.

Ich frage dich, was los ist.

Du antwortest nicht. Du wendest dich hastig ab, mit Tränen in den Augen, und schaust über den Yakima River.

Ich verstehe immer noch nicht. Ich berühre deine Schulter. Du schüttelst den Kopf. Deine nassen Haare fliegen hin und her. Du starrst absichtlich nach vorn, über die Wasserfläche, unter der du beinahe für immer verschwunden wärst. Dann öffnest du den Mund, und endlich sagst du etwas, mit klappernden Zähnen und flachem Atem:

Lena, geh.

Sie blinzelte.

Sie war ganz allein im Diner. Der Ton des Bildschirms war abgestellt. Kein Geschirrklappern oder Wasserplätschern in der Küche. Die Kellnerin hatte die Mitarbeiter rausgeschickt, nachdem sie die auseinandergenommene Pistole auf dem Tisch gesehen hatte. Lena musste jetzt nur noch auf die Polizei warten – die richtige Polizei –, die sie zum Verhör mitnehmen würde. Aber etwas stimmte nicht.

Noch nicht.

Auf der verkratzten Tischplatte war Dino Bob immer noch ein bisschen zu erkennen. Sie hatte seine Augen nicht komplett übermalt.

Doch sie griff nicht nach ihrem Stift. Sie saß ganz still da, die Hände im Schoß, im grellroten Sonnenlicht, und nun nahm der Traum der letzten Nacht wieder Umrisse an.

Wohin?

Du antwortest nicht. Du starrst nur weiter über die Wasseroberfläche und schüttelst deinen Kopf.

Geh, bitte.

Ich verstehe nicht.

Du drehst dein Gesicht zu mir, und eine Träne rollt über deine Wange. Etwas schimmert in deinen Augen – mit großer Dringlichkeit. Ein Alarmzeichen.

Geh, Lena.

Geh jetzt einfach.

Ich kann nicht anders, als dich anzustarren.

Ich bin unendlich frustriert, weil ich nicht verstehe, was du meinst. Und ehrlich gesagt, Cambry, bin ich es allmählich leid. Ich bin in das dunkle Wasser gesprungen und habe mein Leben für dich riskiert, und jetzt willst du mich einfach so wegschicken? Was sollte das Ganze dann? Wieso habe ich das getan?

Ich schüttle den Kopf, bin verwirrt. Ich möchte nicht fortgehen. Ich möchte bei dir bleiben. Du fehlst mir. Bitte, lieber Gott, lass mich hier noch eine Weile am Ufer des Yakima River sitzen und mit meiner toten Schwester sprechen. Aber dann versetzt du mir einen Stoß. Richtig fest.

Warum tust du das?

Ich falle rücklings auf den nassen Sand, verblüfft und zutiefst verletzt, und starre dich an. Meine Augen füllen sich mit Tränen. Ich kann nichts dagegen tun.

Geh, zischst du mich an. *Jetzt.*

Du hast nicht mehr viel Zeit.

Sie verließ das Magma Springs Diner.

Den Laptop, ihren kaum angerührten Sundae und die in fünf Teile zerlegte Beretta ließ sie in ihrer Nische zurück. Die Tür schlug scheppernd hinter ihr zu, und sie ging zu ihrem Corolla zurück. Der Himmel verdüsterte sich immer mehr. Die Kellnerin stand neben den Zapfsäulen an der Tankstelle, und während Lena davonfuhr, wählte sie den Notruf und gab das Kennzeichen von Lenas Wagen durch.

Sie fuhr zurück auf den Highway. Der Motor klapperte und hustete.

Lena, geh.

Sie reihte sich zwischen Löschfahrzeugen und Tanklastzügen voller Wasser ein. Sie spürte den Windzug auf ihren zerschnittenen Wangen. Highway 200, dann die Pickle Farm Road. Nach einigen Meilen hörte sie das Jaulen der Polizeisirene hinter sich. Sie schaute nicht zurück. Sie wusste, dass sie von einem Streifenwagen verfolgt wurde, der genauso aussah wie der von Raycevic. Es spielte keine Rolle, denn sie war schon fast da.

Geh, jetzt.

Beinahe hätte sie die Ausfahrt verpasst. Aber doch, da war sie, gleich rechts neben der ausgebrannten Scheune, genau wie Raycevic es beschrieben hatte. Noch eine halbe Meile über eine ausgewaschene Schotterpiste, dann erreichte sie einen mittelgroßen Trailer. Sie hielt an, stieg aus und ließ die Tür offen. Das Licht der Scheinwerfer kämpfte sich durch die hereinbrechende Dunkelheit. Sie schritt durch eine fremdartige Ödnis, vorbei an dem verrosteten Wrack eines alten Sattelschleppers. Sie passierte ein paar kleine Steinhügel, daneben ordentlich übereinandergestapelte Holzscheite, die schon verfaulten, und erblickte dann zu ihrer Rechten den Ort, wo alles begonnen hatte: vier Feuerstellen, über denen kleine Steinpyramiden errichtet worden waren. Sie waren leer. Der Wind verwehte den Kohlenstaub.

Sie ging weiter. Links von ihr waren Gräben ausgehoben worden. Ein roter Traktor, schlammverkrustet. Aufgewühlte Erde, teilweise eingesunken. Sie fragte sich, über wie viele vergrabene Autos sie hier ging. Wie viele menschliche Gebeine in dieser Erde steckten.

Der Streifenwagen hielt hinter ihrem Corolla an und warf mit seinem blauen und roten Blinklicht wilde Schatten über das Grundstück der Raycevics.

Sie ging weiter, immer weiter. Der Cop ließ die Sirene ausklingen und rief ihr etwas hinterher. Sie drehte sich nicht um. Sie konnte nicht anhalten. Sie wollte nicht. Ihr Herz klopfte immer heftiger.

Du hast nicht mehr viel Zeit …

Dann wachte ich auf.

Das war mein Traum, liebe Leserinnen und Leser.

Ich kann nur hoffen, dass wirklich du es warst, Cambry, und nicht nur meine sehnsuchtsvolle Einbildung. Ich hoffe, es war wirklich deine Seele, die mich in meinem Schlaf heimgesucht hat und mich auf deine typisch ruppige Art dazu zwang, loszugehen. Damit ich nicht den Mut verliere und mich auf den Weg mache, um Raycevic auf der Brücke zu stellen, unter der du gestorben bist, um zu verhindern, dass einer anderen das Gleiche passiert wie dir.

Aber etwas stimmte nicht – die Verzweiflung in deinen Augen. Die Art, wie du mich weggestoßen hast. Warum warst du so aufgebracht? Ich wünschte, du hättest etwas Netteres gesagt, zum Beispiel: *Ich liebe dich*.

Ich schätze, ich verstehe es einfach nicht.

Aber das spielt keine Rolle, denn was du auch getan hast, als du noch lebtest – es ist mir egal. Ich vergebe dir vorab, Schwester.

Alles. Einfach alles.

Was es auch sein mag.

Ich wachte auf, bevor ich dir das sagen konnte, aber wolltest du überhaupt eine Antwort? Du kennst mich. Ich würde es so spießig wie möglich ausdrücken. Ich denke da an eine umgekehrte Version der bösen KI in Harlan Ellisons »Ich muss schreien und habe keinen Mund«. Nur: Liebe, Liebe, Liebe, Liebe. Nur Liebe für dich. Nichts als Liebe in diesem Krater, den du mir hinterlassen hast. Liebe von unglaublicher Tiefe, ungekannter Weite, die sich nach Osten und Westen, Norden und Süden ausdehnt bis zum Horizont, eine unaufhörliche, unermüdliche, unbedingte Liebe. Cambry, meine Zwillingsschwester, ich liebe dich beschissen unendlich.

Und was du auch getan hast, als du noch lebtest, für was du auch büßen möchtest, wofür du mein Urteil fürchtest, es ist mir egal. Ruhe sanft, Schwesterherz, denn ich werde dich immer lieben.

Und …

Das war's. Auf nach Montana. Ich klappe den Laptop zu und gehe zu deinem Wagen, starte den Motor und fahre los. Ich *gehe*, so wie du es gefordert hast. Aber ich möchte auch von dir etwas fordern.

Wenn ich heute auf der Hairpin Bridge stehe, dann gib mir Rückendeckung. Sei mein sechster Sinn. Sei die Stimme in meinem Kopf, die bewirkt, dass sich meine Haare im Nacken sträuben. Die warnende Stimme, die mir hilft, den heutigen Kampf lebend zu überstehen. Lass mich für einen Tag eine deiner Furien ausleihen. Aber vor allem, wenn du es wirklich warst, die mir im Traum erschien, und nicht nur meine verzweifelte Einbildungskraft, dann …

Bitte, Cambry …

Gib mir ein Zeichen.

Sie hörte, wie der Cop das Fenster herunterließ und schrie: *Stopp!*

Sie hielt nicht an. Sie konnte nicht.

Er stellte den Motor ab, und in der plötzlichen Stille hörte Lena ein leises Geräusch. Ein kaum hörbares, dünnes Wimmern. Sie hielt an. Es klang wie eingebildet, ausgedacht, eine Illusion, wie ein Klingeln im Ohr.

Hinter ihr wurde eine quietschende Autotür aufgeschoben. *Stopp, stehen bleiben!*

Aber Lena konzentrierte sich weiter auf diesen entfernten Ton, auf dieses unwirkliche Echo. Es war kaum vernehmbar, aber doch vorhanden, ganz am Rand ihrer Wahrnehmung. Sie zwang sich, an seine Existenz zu glauben, es war keine Einbildung, es war kein Produkt beschädigter Zellen in ihren Gehörgängen, es war wirklich da, und es hatte eine *Bedeutung*. Es kam von unten. Zu ihrer Linken. Und da entdeckte sie einen Kreis aus Steinen. Einen Grundwasserbrunnen.

Ihr gefror das Blut in den Adern.

Erst jetzt drehte sie sich um, mit zitternden Beinen, und schaute den Polizisten an. Er hatte eine Hand auf sein Pistolenholster gelegt. Aber auch er hielt inne, mitten in der Bewegung, genau wie sie, denn er hörte dasselbe Geräusch wie sie. *Oh, Gott sei Dank* – er hörte es auch. Es war real. Sie wischte sich die Tränen aus den Augen und schaute ihn an.

Aus dem dunklen Schacht des Brunnens auf dem Grundstück der Raycevics kam es jetzt noch lauter. Ein jammerndes, heiseres Rufen aus einer ausgetrockneten Kehle, die zwei Tage nichts zu trinken bekommen hatte. Eine dünne Stimme, die darum bettelte, endlich gefunden zu werden.

Die schluchzende Stimme eines kleinen Jungen.

EPILOG

Sie stieg in den engen Schacht hinab, die Füße und Schultern gegen die trockene Steinmauer gestemmt. Als würde sie mit angezogenen Knien einen Schornstein hinabklettern. Die Öffnung war viel zu eng für den Polizisten, der sie an einem Seil nach unten ließ. Die Temperatur sank mit jedem Meter, die Dunkelheit war erstickend. Drei Meter tief, vier, dann fünf, sie hätte schwören können, dass sie wieder unter der Oberfläche des Yakima River war, mit schmerzender Lunge die Hände ausstreckte und fürchtete, sie würde nichts finden und Cambry könnte für immer verschwunden sein.

Aber dieses Mal hatte Lena Nguyen keine Furcht.

Als sie unten ankam, spürte sie sofort, wie kleine Hände nach ihr fassten.

Sie löste das Seil von ihrem Gürtel und setzte sich neben den Jungen, damit sie zusammen auf Hilfe warten konnten. Sie gab ihm Wasser in kleinen Schlucken, damit er es nicht wieder herauswürgte. Später würde sie sich kaum noch an das erinnern, was sie dem Jungen erzählt hatte – dass er in Sicherheit war; dass gute Menschen kommen und ihn herausholen würden; dass geliebte Menschen für immer bei uns bleiben. All das bedeutete dem armen, halb verdursteten Jungen mit den gebrochenen Beinen wenig. Aber manchmal genügt es schon, im Dunkeln eine Stimme zu hören.

Aber an eins würde sie sich immer erinnern.

»Möchtest du ein Geheimnis wissen?«

Natürlich wollte er das.

Und während Feuerwehrleute und Sanitäter anrückten, weit oben Stimmengewirr zu hören und Lichtkegel zu sehen waren, beugte sich Lena zu ihm und flüsterte ihm etwas ins Ohr.

»Meine Schwester hat mir geholfen, dich zu finden.«

DANKSAGUNGEN

Auch dieses Buch hätte ich ohne die unermüdliche Unterstützung meiner Familie niemals schreiben können. Ich danke meinen Eltern dafür, dass sie immer an mich glauben und meine größten Fans sind.

Ich danke Jaclyn – die meine Launen und meine abwesenden Blicke ertragen hat, während ich diese Geschichte schrieb; die mich gedrängt hat, hin und wieder das Tempo herauszunehmen und eine Idee beisteuerte, welche die Story wahrscheinlich gerettet hat.

Vielen Dank auch an meinen Agenten David Hale Smith, der mir den Ausweg aus einer kniffligen Situation gewiesen hat. Außerdem danke ich Emma Linch und Martin Soames für ihren Sachverstand sowie Chad Snopek für seine wertvollen Ratschläge. Ich bin glücklich darüber, dass sich so viele Menschen für mein Projekt begeistern konnten, und hoffe, dass es noch mehr werden.

Dank gilt auch meiner unglaublichen Lektorin Jennifer Brehl bei William Morrow, die mich mit klarem Blick angeleitet hat, als es darum ging, das Beste aus dieser Geschichte herauszuholen. (Und Peter Schneider natürlich, für deine stets genau passenden Buch- und Filmtipps!) Außerdem geht ein ganz großes Dankeschön an das gesamte Team bei William Morrow, für die großartige Arbeit beim finalen Feinschliff und der Auslieferung des Buchs an die Leser.

Vielen Dank euch allen.